Irvin D. Yalom

Verdugo del amor

imago mundi

Irvin D. Yalom

Verdugo del amor

Historias de psicoterapia

Traducción de Rolando Costa Picazo y Julio Sierra

Ediciones Destino   Colección Imago Mundi   **Volumen 381**

Obra editada en colaboración con Editorial Planeta – España

Título original: *Love's Executioner*

© Irvin D. Yalom, 1989
Publicado mediante convenio con Basic Books, a division of Perseus Books, LLC

© por la traducción del inglés, Rolando Costa Picazo, 1989
© por la traducción del inglés del posfacio, Julio Sierra, 2013
Composición: Realización Planeta

© 2011, Grupo Editorial Planeta S.A.I.C.
© 2025, Editorial Planeta, S. A. – Barcelona, España

Derechos reservados

© 2025, Editorial Planeta Mexicana, S.A. de C.V.
Bajo el sello editorial DESTINO M.R.
Avenida Presidente Masarik núm. 111,
Piso 2, Polanco V Sección, Miguel Hidalgo
C.P. 11560, Ciudad de México
www.planetadelibros.com.mx

Primera edición impresa en España: marzo de 2025
ISBN: 978-84-233-6722-1

Primera edición impresa en México: mayo de 2025
ISBN: 978-607-39-2832-8

Impreso en los talleres de Impregráfica Digital, S.A. de C.V.
Av. Coyoacán 100-D, Valle Norte, Benito Juárez
Ciudad De Mexico, C.P. 03103
Impreso en México - *Printed in Mexico*

A mi familia: mi esposa, Marilyn, y mis hijos,
Eve, Reid, Victor y Ben.

AGRADECIMIENTOS

Más de la mitad de este libro fue escrita durante un año sabático en el que viajé mucho. Quiero empezar dando las gracias a todas aquellas personas e instituciones que me acogieron y facilitaron mi trabajo: el Centro de Humanidades de la Universidad de Stanford, el Centro de Estudios Bellagio de la Fundación Rockefeller, los doctores Mikiko y Tsunehito Hasegawa en Tokio y Hawái, el Caffe Malvina en San Francisco, el Programa de Literatura Creativa de Bennington College.

Le estoy agradecido a mi esposa, Marilyn (siempre mi crítica más severa y mi sostén más fiel); a Phoebe Hoss, mi editora de Basic Books, que hizo posible este libro y los anteriores que publiqué en Basic; y a Linda Carbone, mi editora de proyectos en Basic Books. Agradezco también a muchos muchos colegas y amigos que no huyeron al ver que me acercaba con un nuevo escrito en la mano, y que me brindaron su crítica, aliento o consuelo. El proceso ha sido largo y sin duda debo de haber perdido nombres por el camino. No obstante, vaya mi gratitud a Pat Baumgardner, Helen Blau, Michele Carter, Isabel Davis, Stanley Elkin, John Felstiner, Albert Guerard, Maclin Guerard, Ruthellen Josselson, Herant Katchadourian, Stina Katchadourian, Marguerite Leferberg, John L'Heureux, Morton Lieberman,

Dee Lum, K. Y. Lum, Mary Jane Moffat, Nan Robinson, mi hermana Jean Rose, Gena Sorensen, David Spiegel, Winfrid Weiss, mi hijo Benjamin Yalom, la clase de 1988 de residentes y practicantes de Psicología de Stanford, y mi secretaria Bea Mitchell, quien durante diez años mecanografió mis notas clínicas e ideas de las cuales surgieron estos relatos. Como siempre, estoy agradecido a la Universidad de Stanford por proporcionarme el apoyo, la libertad académica y la comunidad intelectual esenciales para mi trabajo.

Tengo una gran deuda con los diez pacientes que inspiraron estas páginas. Cada uno de ellos leyó su historia del comienzo al final (excepto uno, que murió antes de que yo terminara) y me dio su consentimiento para que la publicase. Cada uno aprobó el disfraz bajo el cual aparece; muchos ayudaron en la corrección. Uno de ellos (Dave) me dio el título para su historia; algunos comentaron que el disfraz era innecesariamente amplio y me instaron a ser más fiel y preciso; dos de ellos se inquietaron por mis revelaciones personales o por algunas de las libertades que me tomé. No obstante, con la esperanza de que los relatos resultaran útiles para los terapeutas o para sus pacientes, todos me dieron su consentimiento y su bendición. A todos ellos, mi más profundo agradecimiento.

Estas son historias verdaderas, pero he tenido que hacer cambios para proteger la identidad de los pacientes. En varios casos he sustituido ciertos aspectos de la identidad y la vida de un paciente y sus circunstancias por algún tipo de equivalencia simbólica; en ocasiones he intercambiado partes de la identidad de uno y otro paciente. Muchas veces el diálogo es ficticio, y mis reflexiones personales son posteriores al momento en que aparecen. El disfraz es profundo: solo el paciente puede ver detrás de él. Sin lugar a dudas, cualquier lector que crea reconocer alguno de los diez casos estará equivocado.

Todos los nombres, características identificatorias y demás detalles de cada caso del presente libro han sido cambiados.

PREFACIO

Imagínese esta escena: a trescientas o cuatrocientas personas, desconocidas entre sí, se les pide que formen parejas y que cada integrante formule al otro una sola pregunta, una y otra vez: «¿Qué quiere usted?».

¿Podría haber algo más simple? Una pregunta inocente, y su respuesta. Y, sin embargo, una y otra vez he visto que este ejercicio grupal hace aflorar sentimientos poderosos. Muchas veces, en cuestión de minutos, el ambiente se estremece de emoción. Hombres y mujeres —no necesariamente desesperados o necesitados, sino personas exitosas, bien vestidas, socialmente desenvueltas, que deslumbran mientras caminan— se ven sacudidos en lo más profundo de su ser. Claman a quienes están irrevocablemente perdidos (padres, cónyuges, hijos, amigos muertos o ausentes): «Quiero verte otra vez», «Necesito tu amor», «Quiero saber que estás orgulloso de mí», «Quiero que sepas que te amo y cuánto siento el no habértelo dicho nunca», «Quiero la infancia que nunca tuve», «Quiero tener salud, volver a ser joven. Necesito que me amen, que me respeten. Que mi vida signifique algo. Lograr algo. Quiero ser importante, ser recordado».

Tanto querer, tanto necesitar. Tanto añorar. Y tanto dolor, cerca de la superficie, que emerge a los pocos minutos. Dolor por el destino. Dolor por la existencia. Un dolor que está siempre allí, aleteando siempre, justo debajo de la membrana de la vida. Dolor al que se accede con demasiada facilidad. Muchas cosas —un simple ejercicio de grupo, unos pocos minutos de honda reflexión, una obra de arte, un sermón, una crisis personal, una pérdida— nos recuerdan que nuestros deseos más profundos nunca pueden cumplirse: nuestro deseo de juventud, de que se detenga el proceso de envejecimiento, que regresen los seres que se han ido; nuestro deseo de amor eterno, protección, significación, de la inmortalidad misma.

Cuando estos deseos inasequibles terminan dominando nuestra vida, recurrimos a la ayuda de nuestra familia, de nuestros amigos, de la religión; a veces, de los psicoterapeutas.

En este libro cuento las historias de diez pacientes que recurrieron a la psicoterapia y que en el transcurso de sus sesiones se debatieron con el dolor de la existencia. Esta no era la razón por la cual acudieron a mí en busca de ayuda; por el contrario, los diez padecían de los problemas comunes de la vida cotidiana: soledad, autodesprecio, impotencia, migrañas, compulsividad sexual, obesidad, hipertensión, pena, un amor obsesivo que los consumía, estados cambiantes de ánimo, depresión. Y, sin embargo (un «sin embargo» que se desarrolla de forma distinta en cada historia), la terapia sacó a la superficie las raíces profundas de estos problemas diarios, raíces que se remontaban al lecho de roca de la existencia.

«¡Quiero! ¡Quiero!» es un clamor que se oye todo el tiempo en estas historias. Una paciente decía: «Quiero que mi hija muerta regrese», mientras descuidaba a sus dos hijos vivos. Otro paciente repetía con insistencia: «Quiero tirarme a todas las mujeres que veo», a medida que el linfoma iba invadiendo los resquicios de su cuerpo. Y otro rogaba: «Quiero a los padres, la infancia que nunca tuve», mientras sufría por tres cartas que no se atrevía a abrir. Y otra paciente, una anciana, pedía ser eternamente joven, y se veía incapaz de renunciar a su amor obsesivo por un hombre treinta y cinco años menor que ella.

Yo creo que la sustancia fundamental de la psicoterapia es siempre ese dolor existencial y no, como aseguran algunos, los anhelos instintivos reprimidos o los fragmentos imperfectamente sepultados de un pasado personal trágico. En mi terapia con cada uno de estos pacientes, mi hipótesis clínica primaria —hipótesis en la que baso mi técnica— es que la ansiedad fundamental emerge de los esfuerzos que toda persona hace, consciente e inconscientemente, mientras intenta hacer frente a la dura realidad de la vida, a los «supuestos» de la existencia.*

He descubierto que cuatro de estos supuestos son particularmente relevantes en psicoterapia: la inevitabilidad de la muerte, tanto personal como la de nuestros seres queridos; la libertad de llevar nuestras vidas como queramos; nuestra extrema soledad; y, por último, la ausencia de un propósito o sentido obvio en nuestra vida. A pesar de lo sombrío que parezcan estos supuestos, contienen las semillas de la sabiduría y de la redención. Espero demostrar con estos diez relatos de psicoterapia que es posible confrontar las verdades de la existencia y utilizarlas para el cambio y el crecimiento personal.

De estos hechos de la vida, la muerte es el más obvio e intuitivamente evidente. A una edad temprana, mucho antes de lo que creemos, nos damos cuenta de que la muerte

---

* Para una discusión detallada de esta perspectiva existencial y de la teoría y práctica de la psicoterapia basada en ella, véase mi libro *Existential Psychotherapy*, Basic Books, Nueva York, 1980. (*Psicoterapia existencial*, Herder Editorial, Barcelona, 2011.)

ha de llegar y de que no hay escapatoria posible. No obstante, según Spinoza, «todo se esfuerza por persistir en su propio ser». En el fondo de cada uno de nosotros hay un perpetuo conflicto entre el deseo de seguir viviendo y la conciencia de la muerte inevitable.

Para adaptarnos a la realidad de la muerte, hacemos gala de un gran ingenio a la hora de idear diversas maneras de negarla o evitarla. De jóvenes negamos la muerte con la ayuda de la tranquilidad que nos infunden nuestros padres y los mitos seculares y religiosos; más adelante, la personificamos, transformándola en una entidad, un monstruo, un personaje fabuloso o un demonio. Después de todo, si la muerte es un ente acosador, es posible encontrar una manera de eludirla; además, por más terrorífico que resulte un monstruo que personifique la muerte, siempre dará menos miedo que la verdad: que uno lleva en sí mismo las esporas de su propia muerte. Más tarde, los niños experimentan con otras maneras de atenuar la ansiedad ante la muerte: desintoxican la muerte ridiculizándola, la desafían con osadía o la neutralizan exponiéndose, en compañía de sus amigos y una bolsa de palomitas de maíz, a historias de fantasmas y películas de terror.

A medida que crecemos, aprendemos a quitarnos la muerte de la cabeza; nos distraemos; la transformamos en algo positivo (regresando al hogar, volviendo a Dios, logrando, por fin, la paz); la negamos con mitos que proporcionan apoyo; luchamos por alcanzar la inmortalidad mediante obras imperecederas, proyectando nuestra simiente hacia el futuro a través de nuestros hijos o abrazando un sistema religioso que ofrece perpetuidad espiritual.

Muchas personas discrepan con esta descripción de la negación de la muerte. «¡Tonterías! —dicen—. Nosotros no negamos la muerte. Todos vamos a morir. Lo sabemos. Los hechos son obvios. Pero ¿tiene sentido insistir en ello?»

La verdad es que lo sabemos y no lo sabemos. Conocemos los hechos intelectualmente, pero nosotros —es decir, la parte inconsciente de la mente que nos protege de una ansiedad abrumadora— los desechamos o nos disociamos del terror asociado a la muerte. Este proceso disociativo es inconsciente, invisible para nosotros, pero su existencia se pone de manifiesto en esos raros episodios en que la maquinaria de la negación fracasa y la ansiedad de la muerte estalla con toda su fuerza. Esto puede suceder solo de manera puntual, quizá una o dos veces en toda la vida. Ocasionalmente sucede en momentos en que estamos despiertos, algunas veces después de un roce personal con la muerte o cuando muere un ser querido, pero más comúnmente la ansiedad por la muerte aflora en las pesadillas.

Una pesadilla es un sueño fracasado, un sueño que, al no «gestionar» la ansiedad, falla en su papel como guardián del reposo. Si bien las pesadillas difieren en su contenido explícito, el proceso subyacente de toda pesadilla es el mismo: la ansiedad de la muerte escapa de sus guardianes y estalla en el plano de lo consciente. La historia «En busca del soñador» ofrece una visión única entre bastidores de una huida de la ansiedad de la muerte y de la última tentativa de la mente por contenerla; allí, en medio de las penetrantes y oscuras imágenes de muerte de la pesadilla de Marvin, hay un instrumento vital que desafía a la muerte: el reluciente bastón de punta blanca con el que el durmiente se debate en un duelo sexual con la muerte.

El acto sexual es visto también por los protagonistas de los otros relatos como un talismán de protección contra la disminución, el envejecimiento y la proximidad de la muerte. De ahí la promiscuidad compulsiva de un hombre joven frente al cáncer que lo está matando («Si la violación fuera legal...») y el viejo que se aferra a las cartas amarillentas recibidas de su amante muerta hace treinta años («No vayas mansamente»).

En mis muchos años de trabajo con enfermos de cáncer que se enfrentan a una muerte inminente, he notado dos métodos particularmente poderosos y comunes de apaciguar los temores, dos creencias, o falsas ilusiones, que proporcionan una sensación de seguridad. Una es la creencia en la singularidad personal; la otra, la fe en un salvador final. Aunque ambas constituyen un engaño, pues representan «falsas creencias», no empleo el término *engaño* en un sentido peyorativo: se trata de creencias universales que, en algún nivel de la conciencia, existen en todos nosotros y desempeñan un papel en varios de estos relatos.

La *singularidad* es la creencia de que uno es invulnerable, inviolable, que está más allá de las leyes ordinarias de la biología y el destino. En algún momento de la vida, cada uno de nosotros se enfrenta a alguna crisis: puede tratarse de una enfermedad grave, de un fracaso profesional o el divorcio. O, como le sucede a Elva en «Nunca pensé que me pasaría a mí», puede ser un hecho tan simple como que le roben la cartera; algo que de repente ponga de manifiesto lo común y corrientes que somos, y desafíe la suposición de que la vida siempre será una eterna espiral ascendente.

Si bien la creencia en la singularidad personal otorga un sentido de seguridad interior, el otro mecanismo de negación de la muerte —la creencia en un salvador final— permite que nos sintamos siempre vigilados y protegidos por una fuerza exterior. Aunque podamos tener tropiezos, enfermemos o lleguemos al borde mismo de la muerte, estamos convencidos de que existe un servidor omnipresente que siempre nos rescatará.

Juntos, estos dos sistemas de creencias constituyen una dialéctica, dos respuestas diametralmente opuestas a la condición humana. El ser humano afirma su autonomía mediante la autoafirmación heroica o busca la seguridad mediante la fusión con una fuerza superior: es decir, uno emerge o se fusiona, se separa o se engasta. Uno se convierte en su propio progenitor o sigue siendo un niño eterno.

La mayoría de nosotros, la mayor parte del tiempo, vive cómodamente evitando la mirada de la muerte, dándole un poco la razón a Woody Allen cuando dice: «No le tengo miedo a la muerte, solo que no quiero estar allí cuando suceda». Sin embargo, hay otra manera —una larga tradición, aplicable a la psicoterapia— que nos enseña que, si tomamos plena conciencia de la muerte, eso nos dará madurez y enriquecerá nuestra vida. Las últimas palabras de uno de mis pacientes (en «Si la violación fuera legal...») demuestran que, si bien el hecho de la muerte, su realidad física, nos destruye, la *idea* de la muerte puede salvarnos.

La libertad, otro supuesto de la existencia, presenta un dilema para varios de estos diez pacientes. Cuando Betty, una paciente obesa, anunció que se había dado un atracón antes de venir a verme y planeaba volver a hacerlo en cuanto saliera de mi consulta, estaba tratando de renunciar a su libertad mientras me persuadía para que yo asumiera el control sobre ella. El curso completo de terapia de otra paciente (Thelma, en «El verdugo del amor») giraba en torno al tema de la entrega a un examante (y terapeuta) y mi búsqueda de estrategias para ayudarla a recobrar su poder y su libertad.

La libertad como algo dado parece la antítesis misma de la muerte. Si bien tememos a la muerte, por lo general consideramos la libertad como inequívocamente positiva. La historia de la civilización occidental, ¿no ha estado caracterizada por anhelos de libertad e incluso impulsada por ella? Sin embargo, desde una perspectiva existencial la libertad está ligada a la ansiedad cuando afirmamos que, al contrario de lo que nos podría sugerir nuestra experiencia cotidiana, no hemos entrado ni finalmente saldremos de un universo bien estructurado, con un gran diseño eterno. La libertad implica que cada uno es responsable de sus propias decisiones, sus acciones, de su situación vital concreta.

Si bien la palabra *responsable* puede usarse de varias maneras, yo prefiero la definición de Sartre: ser responsable es ser «autor». Cada uno de nosotros es el autor de su propio proyecto de vida. Somos libres de ser cualquier cosa, excepto de no ser libres. Como diría el propio Sartre, estamos condenados a ser libres. De hecho, algunos filósofos van aún más allá: afirman que la arquitectura de la mente humana nos hace a cada uno responsables de la estructura de la realidad exterior, de la forma misma del espacio y el tiempo. Es aquí, en el reino de la construcción del sujeto, donde reside la ansiedad: somos criaturas que desean una estructura y nos asusta un concepto de libertad que implica que debajo de nosotros no hay nada más que una carencia total de fundamento.

Todos los terapeutas saben que el primer paso crucial de la terapia es que el paciente asuma la responsabilidad de su propia vida. Mientras uno crea que sus problemas son causados por alguna fuerza o entidad exterior a uno mismo, la terapia no podrá ser eficaz. Al fin y al cabo, si el problema reside allá fuera, ¿para qué va uno a cambiar? Es el mundo exterior (amigos, empleo, cónyuge) el que debe ser cambiado, o intercambiado. De esa manera Dave (en «No vayas mansamente»), que se quejaba amargamente de haber sido encarcelado en una prisión matrimonial por una esposa guardiana fisgona y posesiva, no pudo avanzar en la terapia hasta que reconoció hasta qué punto él mismo era responsable de la construcción de esa prisión.

Como los pacientes tienden a resistirse a asumir la responsabilidad, los terapeutas debemos desarrollar técnicas para hacer que tomen conciencia de cómo ellos mismos crean sus propios problemas. Una técnica eficaz, que utilizo en muchos de estos casos, es el foco del aquí y ahora. Como los pacientes tienden a recrear *en la escena de la terapia* los mismos problemas interpersonales que los acosan en su vida fuera, me centro en lo que está sucediendo en ese momento entre el paciente y yo más que en los hechos de su vida actual o pasada. Al examinar los detalles de la relación de terapia (o, en un grupo de terapia, las relaciones entre los miembros del grupo), puedo percibir en el acto la manera en que un paciente influye sobre las reacciones de otra gente. Así, aunque Dave podía resistirse a asumir la responsabilidad por sus problemas matrimoniales, no podía hacerlo ante los datos inmediatos que él mismo generaba en la terapia de grupo: es decir, que su comportamiento reservado, burlón y elusivo provocaba que los demás miembros del grupo reaccionaran de una manera muy similar a como lo hacía su esposa en casa.

De manera parecida, la terapia de Betty («Mujer obesa») resultó ineficaz mientras pudo atribuir su soledad a la superficial y desarraigada cultura de California. Cuando le demostré que en nuestras horas juntos su manera de ser impersonal, cohibida y distante recreaba el mismo ambiente impersonal en la terapia, ella pudo empezar a hacer frente a su responsabilidad en la creación de su propio aislamiento.

Si bien la asunción de responsabilidad conduce al paciente al vestíbulo del cambio, no es sinónimo de cambio. Y es el cambio el verdadero objetivo, por mucho que el terapeuta corteje la perspicacia, la asunción de la responsabilidad y la autorrealización.

La libertad no solo requiere que asumamos la responsabilidad por nuestras elecciones vitales, sino que también postula que el cambio requiere un acto de voluntad. Aunque *voluntad* es un concepto que los terapeutas raras veces utilizamos de forma explícita, nos esforzamos especialmente para influir sobre la voluntad del paciente. Continuamente aclaramos e interpretamos, asumiendo (y es un salto de fe, pues carecemos de un apoyo empírico convincente) que el entendimiento indefectiblemente habrá de provocar un cambio. Cuando años de interpretación no logran generar el cambio, podemos empezar a apelar a la voluntad de forma directa: «También se necesita la voluntad. Debes esforzarte, lo sabes. Hay un tiempo para el análisis, pero también hay un tiempo para la acción». Y cuando la confrontación directa fracasa, el terapeuta se ve obligado —como atestiguan estas historias— a emplear cualquier medio conocido por el que una persona puede influir sobre otra. Así, puedo aconsejar, discutir, importunar, engatusar, incitar, implorar o simplemente aguantar, con la esperanza de que la visión neurótica del mundo del paciente se desmorone por pura fatiga.

Es mediante la *voluntad*, móvil principal de la acción, que actúa nuestra libertad. Considero que la voluntad tiene dos etapas: una persona parte del deseo y actúa mediante la decisión. Algunas personas tienen el deseo bloqueado: no saben qué sienten ni qué quieren. Sin opiniones, sin impulsos, sin inclinaciones, se convierten en parásitos de los deseos de los demás. Personas así pueden resultar tediosas. Betty aburría precisamente porque sofocaba sus deseos, y los demás se cansaban de proporcionarle deseos e imaginación.

Otros pacientes no pueden tomar decisiones. Aunque saben exactamente lo que quieren y lo que deben hacer, no pueden actuar y, en cambio, se pasean, atormentados, frente a la puerta de la decisión. Saul, en «Tres cartas sin abrir», sabía que cualquier hombre razonable abriría las cartas;

sin embargo, el temor que le provocaban paralizaba su voluntad. Thelma («El verdugo del amor») sabía que su amor obsesivo estaba socavando el sentido de realidad de su vida y que, para recuperarlo, debía renunciar a su enamoramiento. Sin embargo, no podía, o no quería hacerlo, y se resistía con ferocidad a todos mis intentos por infundir energía a su voluntad.

Las decisiones son difíciles por muchas razones, algunas de las cuales sacuden la base misma del ser. John Gardner, en su novela *Grendel*, habla de un hombre sabio que resume sus meditaciones sobre el misterio de la vida en dos postulados simples pero terribles: «Las cosas se desvanecen; las alternativas excluyen». Al primer postulado, la muerte, ya me he referido. El segundo, «las alternativas excluyen», es una llave importante para entender por qué toda decisión es difícil. Invariablemente, una decisión implica una renuncia: por cada sí debe haber un no. Cada decisión elimina o mata otras opciones (la raíz de la palabra *decidir* significa «matar», como en los vocablos *homicidio* o *suicidio*). De esa manera, Thelma se aferraba a la posibilidad infinitesimal de que pudiera reavivarse la relación con su amante; renunciar a esa posibilidad significaba una disminución o incluso la muerte.

La soledad existencial, un tercer supuesto de la vida, se refiere a la brecha infranqueable entre el sujeto y los demás, brecha que existe incluso en el seno de relaciones interpersonales profundamente gratificantes. Uno está aislado no solo de los otros seres, sino —en la medida que uno constituye su propio universo— también del resto del mundo. Esta soledad debe distinguirse de otros dos tipos: la soledad interpersonal y la soledad intrapersonal.

Uno siente la soledad *interpersonal* cuando carece de las

habilidades sociales o del estilo de personalidad que permite interacciones sociales íntimas. La soledad *intrapersonal* ocurre cuando ciertas partes del yo se dividen, como sucede cuando uno separa la emoción del recuerdo de un hecho. La forma de separación más extrema e intensa, la personalidad múltiple, es relativamente rara (aunque cada vez es más reconocible); cuando se produce, el terapeuta puede enfrentarse —como me ocurrió a mí en el tratamiento de Marge («Monogamia terapéutica»)— con el desconcertante dilema de cuál de las personalidades favorecer.

No hay solución para la soledad existencial, así que los terapeutas deben evitar las soluciones falsas. Los esfuerzos que realizamos para huir de la soledad pueden de hecho sabotear nuestras relaciones con otras personas. Muchas amistades o matrimonios han fracasado porque una persona, en lugar de relacionarse con la otra o interesarse por ella, la usa como un escudo contra su soledad.

Una tentativa generalizada —y vigorosa— por resolver la soledad existencial, que ocurre en varios de estos relatos, es la fusión, en la cual se suavizan nuestras fronteras y nos confundimos con el otro. El poder de la fusión ha sido demostrado en experimentos de percepción subliminal en los que en una pantalla se proyecta el mensaje «Mamá y yo somos uno» tan rápidamente que las personas no alcanzan a verlo de forma consciente. Hace que se sientan mejor, más fuertes y más optimistas, e incluso reaccionan mejor que otros al tratamiento de, por ejemplo, el tabaquismo, la obesidad o una conducta adolescente problemática.

Una de las grandes paradojas de la vida es que la autoconciencia genera ansiedad. La fusión erradica la ansiedad de manera radical al eliminar la toma de autoconciencia. La persona enamorada, que está experimentando un estado de arrobamiento y unión con la otra persona, no se torna autorreflexiva porque el *yo* solitario que se cuestionaba (y la consiguiente ansiedad de la soledad) se disuelve en un *nosotros*. Así, se termina la ansiedad, pero el sujeto se pierde también a sí mismo.

Esta es precisamente la razón por la cual a los terapeutas no nos gusta tratar a un paciente que está enamorado. La terapia y la condición de fusión por enamoramiento son incompatibles, porque el trabajo terapéutico requiere una autorreflexividad que se haga preguntas y una ansiedad que en última instancia servirá de guía para los conflictos internos.

Además, como les sucede a todos los terapeutas, me resulta difícil establecer una relación con un paciente que se ha enamorado. En el relato «El verdugo del amor», por ejemplo, Thelma evitaba relacionarse conmigo: su energía era consumida por completo por su amor obsesivo. Cuidado con el poderoso y exclusivo apego hacia otra persona; no es, como mucha gente cree, una prueba de la pureza del amor. Un amor así, tan encapsulado —que se alimenta a sí mismo, que no tiene en cuenta a los demás—, está destinado a derrumbarse. El amor no es solo una chispa apasionada entre dos personas; hay una diferencia infinita entre enamorarse y seguir enamorado. El amor es, más bien, un estado, un «dar», un modo de relacionarse en general, y no un acto limitado a una sola persona.

Aunque nos esforzamos en la vida por vivir en pareja o en grupo, hay momentos, sobre todo cuando se acerca la muerte, que la verdad irrumpe con escalofriante claridad: nacemos solos y morimos solos. He oído decir a muchos pacientes a punto de morir que lo más horrible que tiene la muerte es que uno debe morir solo. Sin embargo, incluso en el momento de la muerte, el deseo de otra persona de hacer sentir su presencia con plenitud puede llegar a penetrar la soledad. Como dice un paciente en «No vayas mansamente»: «Aunque estés solo en tu barco, siempre es un consuelo ver las luces de los otros barcos moviéndose cerca».

Ahora bien, si la muerte es inevitable, si todos nuestros logros e incluso el sistema solar entero estarán en ruinas algún día, si el mundo es contingente (es decir, si todo pudo igualmente haber sido de otra manera), si los seres humanos deben construir el mundo y el diseño humano dentro de ese mundo, ¿qué significado duradero puede haber en la vida?

Esta pregunta atormenta a los hombres y mujeres en la actualidad, y muchos buscan terapia porque sienten que su vida carece de sentido y objetivo. Somos criaturas que buscan significados. Biológicamente, nuestro sistema nervioso está organizado de tal manera que el cerebro reúne automáticamente los estímulos que le llegan en configuraciones. Los significados también proporcionan una sensación de control: nos sentimos impotentes y confundidos frente a acontecimientos casuales, sin pauta alguna, así que buscamos ordenarlos y, al hacerlo, tenemos la sensación de que los dominamos. Lo que es más importante, el significado da origen a valores y, por extensión, a un código de comportamiento: de esa manera, la respuesta a preguntas que tienen que ver con *por qué* (¿Por qué vivo?) proporciona una respuesta a preguntas que tienen que ver con *cómo* (¿Cómo vivo?).

En estos diez relatos de psicoterapia hay pocas discusiones explícitas sobre el sentido de la vida. La búsqueda de significado, al igual que la búsqueda de placer, debe ser llevada a cabo de manera oblicua. El significado surge de la propia actividad significativa: cuanto más deliberadamente lo buscamos, menos probable es que demos con él; las preguntas racionales que podemos hacernos acerca del significado siempre excederán nuestras respuestas. En la terapia, como en la vida, el sentido es el resultado de la implicación y el compromiso, y es hacia allí donde el terapeuta debe dirigir sus esfuerzos; pero no porque este tipo de dedicación proporcione una respuesta racional a preguntas sobre el significado, sino porque hace que estas preguntas importen.

Este dilema existencial —un ser que busca significado y certeza en un universo que carece de ambos— tiene una enorme importancia para la profesión del psicoterapeuta. En su trabajo diario, los terapeutas que desean establecer una relación auténtica con sus pacientes experimentan una incertidumbre considerable. El paciente que se enfrenta a preguntas sin respuesta no solo expone al terapeuta a las mismas preguntas, sino que hace que el terapeuta reconozca —como me sucede en «Dos sonrisas»— que la experiencia del otro es, en última instancia, irreductiblemente privada e imposible de conocer.

De hecho, la capacidad de tolerar la incertidumbre es un requisito previo para la profesión. Aunque el público pueda creer que los terapeutas guían a sus pacientes sistemáticamente y con seguridad a través de etapas terapéuticas predecibles hacia un objetivo establecido con anterioridad, esto raras veces sucede; en cambio, como atestiguan estos relatos, los terapeutas frecuentemente se tambalean, improvisan y buscan a tientas una dirección. La poderosa tentación de alcanzar algún tipo de certeza abrazando una escuela ideológica y un sistema terapéutico riguroso es traicionera: puede bloquear el encuentro incierto y espontáneo que se necesita para que la terapia funcione.

Este encuentro, que es el corazón mismo de la psicoterapia, es un afectuoso encuentro humano entre dos personas, una de las cuales (por lo general, aunque no siempre, el paciente) está más problematizada que la otra. Los terapeutas tienen un rol dual: deben observar y al mismo tiempo participar en la vida de sus pacientes. Como observador, uno debe ser lo suficientemente objetivo para dar la necesaria guía rudimentaria al paciente. Como participante, uno debe entrar en la vida del paciente; el encuentro afecta y a veces cambia al terapeuta.

Al escoger entrar plenamente en la vida de cada paciente, yo, el terapeuta, no solo quedo expuesto a las mismas cuestiones existenciales de mis pacientes, sino que debo estar preparado para examinarlas con las mismas reglas de investigación. Debo asumir que saber es mejor que no saber, que aventurarse es mejor que no aventurarse, y que la magia de la ilusión, por más rica y atractiva que sea, finalmente debilita el espíritu humano. Me tomo muy en serio las sólidas palabras de Thomas Hardy: «Si existe un camino hacia lo Mejor, este exige una mirada completa a lo Peor».

El rol dual de observador y participante exige mucho del terapeuta y, en estos diez casos, me planteó preguntas inquietantes. Por ejemplo, ¿podía yo esperar que un paciente que me pedía ser el guardián de sus cartas de amor se enfrentara a los mismos problemas que yo había evitado en mi propia vida? ¿Sería posible guiarlo más allá de donde yo había llegado? ¿Debía yo formular duras preguntas existenciales a un moribundo, a una viuda, a una madre que había perdido a un hijo, a una persona a punto de jubilarse, acosada por sueños trascendentes, cuando eran preguntas para las cuales yo no tenía respuesta? ¿Debía revelar mi debilidad y mis limitaciones a una paciente cuya otra personalidad alternativa yo encontraba tan seductora? ¿Podía yo establecer una relación honesta y afectuosa con una señora obesa cuyo aspecto físico me resultaba repulsivo? Bajo el estandarte del autoconocimiento, ¿debía demoler la ilusión amorosa de una anciana, irracional, sí, pero que al mismo tiempo la sustentaba y le daba ilusiones? ¿O imponer mi voluntad sobre un hombre que, incapaz de actuar en su propio interés, permitía que tres cartas sin abrir lo aterrorizaran? Aunque en estos relatos de psicoterapia abundan las palabras *paciente* y *terapeuta*, no se deje confundir el lector con estos términos: estos son relatos referidos a todos los hombres y a todas las mujeres. La condición de paciente es ubicua. La asignación de tal etiqueta es en gran parte arbitraria y con frecuencia depende más de factores culturales, educativos y económicos que de la severidad de la patología. Dado que los terapeutas, no menos que los pacientes, deben confrontar estos supuestos de la existencia, la postura profesional de objetividad desinteresada, tan necesaria para el método científico, resulta aquí inapropiada. Nosotros los psicoterapeutas simplemente no podemos alardear de comprensión y exhortar a los pacientes a que luchen denodadamente con sus problemas. No podemos hablarles de *usted* y *sus* problemas, sino de *nosotros* y *nuestros* problemas, porque nuestra vida, nuestra existencia, siempre estará ligada a la muerte, el amor ligado a la pérdida, la libertad al miedo, el crecimiento a la separación.

Estamos, todos nosotros, juntos en esto.

1

EL VERDUGO DEL AMOR

No me gusta trabajar con pacientes que están enamorados. Quizá se deba a la envidia: yo también anhelo la fascinación. Quizá se deba a que el amor y la psicoterapia son incompatibles en lo fundamental. Un buen terapeuta lucha contra la oscuridad y busca la iluminación, mientras que el amor romántico se sustenta en el misterio y se desmorona en cuanto es inspeccionado. Odio ser el verdugo del amor.

Sin embargo, en los primeros minutos de nuestra primera entrevista Thelma me dijo que estaba trágica y perdidamente enamorada, y yo en ningún momento vacilé en aceptarla como paciente. Todo lo que vi de una primera mirada —su arrugado rostro de mujer de setenta años, con un senil temblor en la mandíbula, el mal cuidado pelo amarillo teñido que empezaba a ralear, las flacas manos de venas azuladas— me decía que debía estar equivocada, que no podía estar enamorada. ¿Cómo era posible que el amor escogiera devastar ese frágil cuerpo tambaleante o alojarse en ese informe chándal de poliéster?

Además, ¿dónde estaba el aura de arrobamiento amoroso? El sufrimiento de Thelma no me sorprendió, ya que el amor siempre está contaminado por el dolor, pero ese amor suyo estaba monstruosamente desequilibrado: no contenía absolutamente ningún placer. Su vida era solo tormento.

De modo que acepté tratarla porque estaba seguro de que ella sufría no a causa del amor, sino de alguna extraña variante que ella confundía con amor. No solo creía yo que podría ayudar a Thelma, sino que estaba intrigado por la idea de que esa falsa emoción sería un faro capaz de iluminar en parte el profundo misterio del amor.

Thelma se mostró distante y tensa en nuestra primera entrevista. No devolvió mi sonrisa cuando la saludé en la sala de espera, y me siguió a unos pasos de distancia mientras la acompañaba por el pasillo. Una vez que entramos en mi consulta, no inspeccionó el entorno, sino que se sentó de inmediato. Luego, sin esperar a que yo hiciera algún comentario —y sin desabrocharse el pesado chaquetón que llevaba sobre su camiseta—, inspiró hondo y empezó a hablar:

—Hace ocho años tuve una relación con mi terapeuta. Desde entonces no me lo he podido quitar de la cabeza. Estuve a punto de suicidarme una vez, y creo que la próxima lo conseguiré. Usted es mi última esperanza.

Yo siempre presto mucha atención a las primeras palabras de mis pacientes. Con frecuencia son extraordinariamente reveladoras y predicen el tipo de relación que podré establecer con ellos. Las palabras permiten que uno cruce a la vida del otro, pero el tono de voz de Thelma no contenía ninguna invitación para que me aproximara. Ella prosiguió:

—En caso de que le cueste creerme, quizá esto le ayude.

Buscó en un gastado bolso con cordones y me entregó dos viejas fotografías. La primera era la de una joven y bella bailarina con un elegante traje de malla negro. Al ver la cara de la bailarina me sorprendí al encontrar la mirada penetrante de Thelma, que parecía buscar la mía a través de las décadas.

—Esa —me informó Thelma cuando vio que miraba la segunda foto, la de una imperturbable mujer de sesenta años, bien parecida— fue tomada hace unos ocho años. Como verá —se pasó los dedos por el despeinado pelo—, ya no cuido mi aspecto.

Aunque me costaba imaginar que esta gastada anciana pudiera haber tenido una relación con su terapeuta, no le dije que no la creía. De hecho, no dije nada en absoluto. Traté de mantener una completa objetividad, pero ella debió de notar cierta incredulidad por mi parte a través de algún pequeño indicio, quizá un casi imperceptible ensanchamiento de mis ojos. Opté por no rechazar la acusación de que no la creía. Este no era momento de galanterías, y había, sí, algo incongruente en la idea de que una descuidada mujer de setenta años pudiera estar loca de amor. Ella lo sabía, yo lo sabía y ella sabía también que yo lo sabía.

Pronto me enteré de que en los últimos veinte años había padecido una depresión crónica y que había estado bajo tratamiento psiquiátrico de manera casi continua. Había recibido gran parte de la terapia en la clínica de salud mental del condado, donde había sido atendida por una serie de profesionales en prácticas.

Unos once años antes había comenzado a tratarse con Matthew, un joven y apuesto residente de Psicología. Durante ocho meses tuvieron sesiones semanales en la clínica, y ella siguió viéndolo en su consulta particular durante otro año. Al año siguiente, cuando Matthew se incorporó a tiempo completo en un hospital público, se vio obligado a poner punto final a la terapia con todos sus pacientes privados.

Thelma se despidió de él con enorme tristeza. Era, de lejos, el mejor terapeuta que había tenido y le había cogido mucho mucho afecto. Durante esos veinte meses aguardaba con ansia cada sesión de terapia. Nunca antes había tenido una relación tan franca y abierta con nadie. Nunca antes había conocido a un terapeuta tan escrupulosamente honesto, directo y cortés.

Thelma cantó las loas de Matthew durante varios minutos.

—Era tan afectuoso, se preocupaba tanto... Tuve otros terapeutas que trataron de ser cálidos, de hacerme sentir cómoda, pero Matthew era diferente. Se interesaba de verdad, de verdad me aceptaba. No importaba lo que yo hiciera, las cosas horrendas que pensara, yo sabía que él lo aceptaba y, más aún..., ¿cómo se dice?, lo confirmaba. No, lo validaba. Me ayudaba, igual que todos los terapeutas, pero hacía mucho más que eso.

—¿Por ejemplo?

—Me introdujo a la dimensión espiritual, a la dimensión religiosa de la vida. Me enseñó a que me importaran todos los seres vivos. Me enseñó a pensar en las razones por las que yo estaba en la tierra. Pero él no tenía la cabeza en las nubes. Estaba siempre allí, junto a mí.

Thelma estaba muy animada. Hablaba con pasión y señalaba hacia abajo, a la tierra, y luego hacia arriba, a las nubes. Yo veía que le gustaba hablar de Matthew.

—Me encantaba la manera en que se relacionaba conmigo. Nunca dejó que me saliera con la mía. Siempre criticaba mis hábitos de mierda.

Esta última frase me llamó la atención: no coincidía con el lenguaje que había estado usando hasta entonces. Sin embargo, escogió los términos con tanto cuidado que supuse que la expresión era del propio Matthew. ¡Quizá ese era un ejemplo de su magnífica técnica! Mis sentimientos negativos hacia él iban rápidamente en aumento, pero no dije nada. Las palabras de Thelma indicaban que no vería bien ninguna crítica que le hiciera a Matthew.

Después de Matthew, Thelma inició terapia con otros

profesionales, pero ninguno pudo llegar a ella ni la ayudó a valorar la vida como él había hecho.

Imagínese, pues, lo contenta que se puso cuando, un año después de su última sesión, un sábado por la tarde se lo encontró en Union Square, en San Francisco. Charlaron y, para huir del torbellino de la gente que hacía compras, fueron a tomar un café en la cafetería del hotel St. Francis. Tenían tanto de qué conversar, y Matthew quería saber tantas cosas sobre el último año de Thelma, que el café se extendió hasta la hora de comer, así que decidieron ir al Scoma, en el muelle de los pescadores, a comer cangrejo *cioppino*.

Todo parecía muy natural, como si solieran comer juntos siempre. En realidad, hasta entonces la relación había sido estrictamente profesional y nunca se había transgredido el límite formal entre paciente y terapeuta. Se habían llegado a conocer en tramos semanales de exactamente cincuenta minutos: ni más, ni menos.

Sin embargo, esa noche, por razones que ni siquiera ahora Thelma llegaba a comprender, ella y Matthew traspasaron la frontera para internarse en la realidad cotidiana. Ninguno consultó la hora; en silencio, ambos se confabularon para fingir que no había nada extraño en que charlaran de cuestiones personales, compartieran un café o comieran juntos. A ella le parecía natural arreglarle a él el cuello arrugado de la camisa, quitarle la pelusa de la chaqueta, tomarlo del brazo al subir por la cuesta de Nob Hill. A Matthew le pareció natural describirle su nuevo «nidito» en el Haight, y, por lo tanto, no le pareció raro que Thelma dijera que se moría de ganas de verlo. Se rieron cuando Thelma dijo que su marido Harry estaba de viaje. Era miembro de la comisión asesora de la asociación de Boy Scouts y estaba de gira por el país dando charlas casi todas las noches. A Matthew le divirtió que casi nada hubiera cambiado; no había necesidad de explicarle nada. Después de todo, él estaba por completo al tanto de su vida.

—No recuerdo mucho del resto de esa noche —prosiguió diciendo Thelma—, no sé cómo pasaron las cosas, quién fue el primero en tocar al otro ni cómo terminamos en la cama. No tomamos una decisión: todo pasó de una manera espontánea, nada forzada. Lo que sí recuerdo con gran claridad es que sentir los brazos de Matthew a mi alrededor fue arrobador. Uno de los mejores momentos de toda mi vida.

—Cuénteme qué pasó después.

—Los veintisiete días siguientes, del 19 de junio al 16 de julio, fueron mágicos. Hablábamos por teléfono varias veces al día y nos vimos catorce veces. Yo flotaba, me deslizaba en lugar de caminar, bailaba.

La voz de Thelma se había tornado cantarina, y movía la cabeza al ritmo de una melodía oída hacía ocho años. Tenía los ojos casi cerrados, lo que me impacientaba. No me gusta ser invisible.

—Esa fue la cumbre de mi vida. Nunca he sido tan feliz, ni antes ni después. Lo que sucedió desde entonces nunca podrá borrar lo que él me había dado.

—¿Qué sucedió desde entonces?

—La última vez que lo vi fue el 16 de julio, a las doce y treinta. Durante dos días no había podido comunicarme con él por teléfono, así que me presenté en su consulta sin anunciarme. Él se estaba comiendo un sándwich después de una sesión de terapia de grupo. Le pregunté por qué no me había devuelto las llamadas y solo me dijo que lo nuestro no estaba bien, y que ambos lo sabíamos.

Hizo una pausa. Estaba llorando en silencio.

Buen momento para decidir que no estaba bien, pensé.

—¿Puede seguir?

—Le pregunté: «¿Y si te llamo el año que viene o dentro

de cinco años? ¿Querrías quedar conmigo? ¿Volveríamos a cruzar el puente Golden Gate? ¿Podría abrazarte?». Matthew respondió mis preguntas tomándome de la mano, sentándome sobre sus rodillas y estrechándome con fuerza durante varios minutos.

»Lo he llamado infinidad de veces desde entonces y le he dejado mensajes en el contestador. Al principio me devolvió algunas llamadas, pero luego dejé de saber de él. Me borró de su vida. Silencio absoluto.

Thelma se volvió y miró por la ventana. Su voz había perdido la alegría. Hablaba más pausadamente, con un tono amargo y distante, pero ya no había lágrimas. Me pareció que estaba más cerca de destruir o lastimar que de llorar.

—Nunca supe por qué... por qué terminó todo, así como así. En una de nuestras últimas conversaciones dijo que debíamos retomar nuestra verdadera vida, y luego añadió que estaba saliendo con otra persona.

Sospeché que esa nueva persona en la vida de Matthew era otro paciente.

Thelma no estaba segura de si se trataba de un hombre o una mujer. Sospechaba que Matthew era gay: vivía en uno de los enclaves gais de San Francisco, y era hermoso como pueden serlo los hombres gais, con su bigotito bien peinado, cara de querubín, un cuerpo como el de Mercurio. Esta posibilidad se le ocurrió un par de años después. Estaba haciendo una gira turística por los alrededores y entró con cierta cautela en un bar gay de la calle Castro. Casi se cayó de espaldas al ver a Matthew sentado frente a la barra, entre delgados jóvenes atractivos, con su impecable bigote.

Verse separada de Matthew de una manera tan brusca fue devastador para ella, y no saber por qué, insoportable. Thelma pensaba en él continuamente; no pasaba una hora

sin que tuviera una fantasía acerca de él. Llegó a obsesio-
narse con los motivos de la separación. ¿Por qué la había
rechazado, apartándola de su vida? ¿Por qué entonces?
¿Por qué no quería verla, ni siquiera hablar con ella por
teléfono?

Thelma se deprimió más y más después de que todas las
tentativas de comunicarse con Matthew fracasaran. Se quedaba en su casa el día entero, mirando por la ventana; no
podía dormir; su manera de hablar y sus movimientos se
tornaron lentos; perdió todo entusiasmo. Dejó de comer, y
pronto su depresión superó la ayuda que pudiera darle la
psicoterapia o cualquier medicación antidepresiva. Al consultar a tres médicos distintos y obtener de cada uno de
ellos una receta para el insomnio, pronto logró reunir una
dosis letal. Exactamente seis meses después de su encuentro casual con Matthew en Union Square, escribió una
nota de despedida para su marido. Harry estaba fuera de la
ciudad esa semana. Thelma esperó su llamada de buenas
noches desde la Costa Este, desenchufó el teléfono, se tomó
todas las pastillas y se acostó.

Harry tampoco podía dormir esa noche, así que la llamó otra vez. Se alarmó al oír que el teléfono estaba cons-
tantemente ocupado. Llamó a los vecinos, que golpearon
la puerta de la casa de Thelma en vano. Telefonearon entonces a la policía, que entró en la casa y la encontró al
borde de la muerte.

Solo los heroicos esfuerzos de los médicos lograron sal-
varle la vida. La primera llamada que hizo al recobrar la
lucidez fue a Matthew, al que dejó un mensaje en el contestador. Le aseguró que mantendría la relación con él en
secreto, y le rogó que fuera a visitarla al hospital. Matthew
la visitó, pero solo se quedó quince minutos, y su presencia, según Thelma, fue peor que su silencio: eludió toda
alusión que hizo ella a los veintisiete días que pasaron jun-

tos y mantuvo en todo momento una actitud formal y profesional. Excepto en una ocasión. Cuando Thelma le preguntó cómo iba su relación con esa nueva persona en su vida, él le espetó: «¡No tienes por qué saberlo!».

—Y eso fue todo. —Thelma volvió su rostro hacia mí por primera vez—. No lo he vuelto a ver —agregó—. Llamo y le dejo mensajes en fechas importantes: su cumpleaños, el 19 de junio (nuestra primera cita), el 16 de julio (nuestra última cita), Navidad y Año Nuevo. Cada vez que cambio de terapeuta, lo llamo para comunicárselo. Él nunca me llama.

»Durante ocho años no he dejado de pensar en él. A las siete de la mañana me pregunto si estará despierto ya, y a las ocho lo veo desayunando cereales (le encanta la avena; creció en Nebraska, en una granja). Cada vez que camino por la calle lo busco con los ojos. A veces creo verlo, pero me equivoco: es un perfecto desconocido con quien lo confundo. Sueño con él. Revivo mentalmente cada uno de nuestros encuentros durante esos veintisiete días. De hecho, estas fantasías ocupan la mayor parte de mi vida; apenas me doy cuenta de lo que sucede. Mi vida es la que tuvo lugar hace ocho años.

Mi vida es la que tuvo lugar hace ocho años. Una frase impresionante. La archivé para usos futuros.

—Hábleme de la terapia que ha seguido estos últimos ocho años, desde su intento de suicidio.

—Durante todo ese tiempo jamás he vivido sin terapia. Me daban montones de antidepresivos, que no hacen mucho, pero que al menos me permiten dormir. La terapia tampoco ha ido mucho más allá. Hablar nunca me ha ayudado. Supongo que podría decirse que no le di muchas oportunidades a la terapia desde que tomé la decisión de proteger a Matthew y no hablar de él ni de la relación con ningún terapeuta.

—¿Me está diciendo que durante ocho años de terapia nunca ha hablado de Matthew?

¡Mala técnica! Un error de principiante, pero yo no podía reprimir mi asombro. Recordé una escena en la que no había pensado en décadas: yo era estudiante en una clase sobre entrevistas en la Facultad de Medicina. Un estudiante bienintencionado pero fanfarrón e insensible (que luego, por suerte, decidió convertirse en cirujano ortopédico) estaba conduciendo una entrevista delante de sus condiscípulos e intentaba usar la técnica rogeriana de inducir a un paciente a que hablara repitiendo sus últimas palabras. El paciente, que había estado enumerando hechos espantosos cometidos por su tiránico padre, dijo en un momento: «¡Y come hamburguesas crudas!». El estudiante que lo entrevistaba, y que hasta ese momento se había esforzado por mantenerse neutral y objetivo, no pudo contener más su indignación y bramó: «¿Hamburguesas crudas?». Durante el resto de ese año, si en medio de una clase alguien susurraba «¿Hamburguesas crudas?», todos estallábamos de risa.

Guardé para mí el recuerdo.

—Pero hoy ha tomado la decisión de venir a verme y ser sincera. Hábleme sobre esa decisión.

—Me he estado informando. Llamé a otros cinco terapeutas, les dije que había decidido darle una última oportunidad a la terapia y les pregunté a quién debería ver. Su nombre se repitió en cuatro ocasiones. Todos dijeron que usted era un buen terapeuta para casos de «última oportunidad». De modo que eso era algo a su favor. Pero luego descubrí que eran antiguos alumnos suyos, así que seguí investigando. Fui a la biblioteca y consulté uno de sus libros. Me impresionaron dos cosas: usted era claro (podía entender lo que decía) y estaba dispuesto a hablar con franqueza sobre la muerte. Y seré franca con usted: estoy segura de que tarde o temprano terminaré suicidándome. Estoy aquí para probar la terapia por última vez, para ver si descubro una manera de seguir viviendo con un ápice de felicidad. Si no, espero que usted me ayude a morir y me aconseje la forma de causar el menor dolor posible a mi familia.

Le dije a Thelma que yo creía que podríamos trabajar juntos, pero le sugerí que mantuviéramos otra hora de consulta para considerar la situación más a fondo y también para que ella pudiese valorar si quería trabajar conmigo. Yo iba a proseguir cuando Thelma miró su reloj.

—Veo que ya han pasado mis cincuenta minutos, y si he aprendido algo es a no prolongar mi tiempo de terapia.

Yo estaba meditando sobre este último comentario —no del todo sardónico, no del todo coqueto— cuando Thelma se puso de pie, diciéndome al salir que programaría la fecha de la próxima visita con mi secretaria.

Después de esta sesión yo tenía mucho que pensar. Primero, estaba Matthew. Me ponía furioso. Había visto demasiados pacientes lastimados por terapeutas que los utilizaban sexualmente. Eso siempre perjudica a un paciente.

Las excusas de los terapeutas son siempre las mismas, generalizaciones a modo de justificación; por ejemplo, que el terapeuta acepta y afirma la sexualidad del paciente. Si bien muchos pacientes pueden necesitar una afirmación de su sexualidad —los que carecen de atractivo, son extremadamente obesos o han sido desfigurados por la cirugía—, nunca he oído que un terapeuta afirme sexualmente a uno de *ellos*. De hecho, siempre es una mujer atractiva quien resulta elegida para dicha afirmación. Son los terapeutas que cometen este tipo de actos los que necesitan afirmarse sexualmente, ya que carecen de recursos o habilidades para obtener esta afirmación en su propia vida privada.

No obstante, Matthew constituía un enigma. Cuando

sedujo a Thelma (o se dejó seducir, lo mismo da) acababa de terminar su posgrado, de modo que tendría alrededor de treinta años. ¿Por qué, entonces? ¿Por qué un hombre joven y atractivo, presumiblemente con talento, eligió a una mujer de sesenta y dos años que desde hacía mucho se sentía deprimida y sin vida? Pensé acerca de la conjetura de Thelma de que él era gay. Quizá la hipótesis más razonable era que Matthew actuó para resolver alguna cuestión sexual personal, utilizando a su paciente para ello.

Precisamente por esta razón instamos a los practicantes a que reciban una terapia personal prolongada. Pero en la actualidad, con cursos breves de formación, menor supervisión, criterios menos exigentes durante el aprendizaje y requisitos para la práctica de la profesión también más laxos, con frecuencia los terapeutas se niegan a aceptarla, y, en consecuencia, muchos pacientes sufren por la falta de autoconocimiento del terapeuta. Yo no disculpo a los profesionales irresponsables y he tratado de convencer a muchos pacientes para que denuncien a los terapeutas que los han usado sexualmente ante las comisiones de ética profesional. Por un momento sopesé lo que yo podía hacer con Matthew, pero supuse que su infracción ya había prescrito. Aun así, quería que él se enterara del daño que había causado.

Volví la atención hacia Thelma y, por el momento, dejé de lado la cuestión de los motivos de Matthew. Pero tuve que enfrentarme a ella muchas veces antes de dar por concluida esta terapia y en ese momento no pude imaginar que, de todos los enigmas en el caso de Thelma, sería el de Matthew el que llegaría a resolver mejor.

Me sorprendía la tenacidad de la obsesión amorosa de Thelma, que la había poseído durante ocho años sin ningún tipo de refuerzo exterior. Esa obsesión colmaba todo el espacio de su vida. Ella estaba en lo cierto: vivía su vida de hacía ocho años. La obsesión debía de sacar fuerzas del empobrecimiento del resto de su existencia. Yo dudaba de si sería posible separarla de su obsesión si no la ayudaba primero a enriquecer otros ámbitos de su vida.

Me pregunté cuánta intimidad habría en su vida diaria. Por lo que me había contado de su matrimonio, al parecer ella y su marido no mantenían una relación muy estrecha. Quizá la función de la obsesión era proporcionar intimidad: la vinculaba a otro, aunque no se tratara de una persona real, sino de una fantasía.

Mi mejor esperanza podría ser establecer una relación cercana y significativa entre nosotros dos y luego usar esa relación como disolvente para ir diluyendo su obsesión. Pero eso no sería fácil. Su relato de la terapia era escalofriante. Costaba imaginar que alguien pudiera hacer terapia durante ocho años sin hablar de su verdadero problema. Para eso se requiere un tipo especial de persona, alguien capaz de tolerar el engaño, capaz de abrazar la intimidad en la fantasía pero de evitarla en la vida real.

Thelma inició la siguiente sesión diciéndome que esa semana había sido espantosa. La terapia siempre constituía una paradoja para ella.

—Sé que necesito ver a alguien, que no me puedo arreglar sola. Y, sin embargo, cada vez que hablo de lo que me ha ocurrido paso una semana terrible. Las sesiones de terapia siempre agitan el avispero. Nunca resuelven nada; lo empeoran todo.

No me gustó cómo lo dijo. ¿Se trataba de un avance de futuras atracciones? ¿Me estaba explicando la razón por la cual en última instancia abandonaría la terapia?

—Esta semana no he hecho más que llorar. En ningún momento me he podido sacar a Matthew de la cabeza. No puedo hablar con Harry porque solo pienso en dos cosas: Matthew y el suicidio, y los dos son temas prohibidos.

»Nunca, nunca hablaré de Matthew con mi marido. Hace años le dije que lo encontré por casualidad y estuve con él un momento. Debo de haber hablado demasiado, porque después Harry me dijo que creía que de alguna manera Matthew era responsable de mi intento de suicidio. Si llegara a saber la verdad, realmente creo que mataría a Matthew. Harry está lleno de lemas de los *boy scouts* relacionados con el honor —no piensa más que en los *boy scouts*—, pero bajo la superficie es un hombre violento. Fue oficial de los comandos británicos durante la Segunda Guerra Mundial y se especializó en enseñar métodos para matar en combate cuerpo a cuerpo.

—Cuénteme más sobre Harry. —Me sorprendió la vehemencia en la voz de Thelma al decir que Harry mataría a Matthew de saber lo que había pasado.

—Conocí a Harry en la década de los treinta, cuando yo era bailarina profesional en Europa. Siempre he vivido solo para dos cosas: hacer el amor y bailar. No quise dejar de bailar para tener hijos, pero me vi forzada hace treinta y un años porque contraje la gota, que no es una buena enfermedad para una bailarina. En cuanto al amor, de joven tuve muchos muchos amantes. Ya vio usted esa foto mía. Sea sincero, dígame la verdad, ¿no era guapa? —Siguió hablando sin esperar respuesta—. Pero en cuanto me casé con Harry, se acabó el amor. Muy pocos hombres (aunque hubo algunos) fueron lo bastante valientes para amarme: todos le tenían mucho miedo a Harry. Y Harry puso fin al sexo hace veinte años, y es muy bueno para poner fin a las cosas. Ya casi no nos tocamos, algo de lo que quizá yo tenga tanta culpa como él.

Estaba a punto de preguntarle sobre qué quería decir con eso de que Harry era bueno para poner fin a las cosas, pero Thelma siguió hablando de prisa. Quería hablar, aunque como si no hablara conmigo. No mostraba ninguna señal de esperar una respuesta de mi parte. Apartaba la mirada. Por lo general miraba hacia arriba, como ensimismada en los recuerdos.

—Lo otro en lo que pienso, y sobre lo que tampoco puedo hablar, es el suicidio. Tarde o temprano sé que me suicidaré: es la única salida. Pero nunca le digo ni una palabra de esto a Harry. Mi tentativa casi se lo lleva. Sufrió un pequeño ataque y envejeció diez años delante de mis ojos. Cuando, para mi sorpresa, me desperté viva en el hospital, pensé mucho en lo que le hice a mi familia. En ese mismo momento tomé varias resoluciones.

—¿Qué clase de resoluciones?

No había necesidad de esa pregunta, porque Thelma ya estaba a punto de explicar sus resoluciones, pero yo debía mantener una suerte de intercambio con ella. Estaba recibiendo mucha información, pero no establecíamos contacto. Bien podríamos haber estado en cuartos separados.

—Decidí que nunca diría o haría nada que pudiera causarle dolor a Harry. Decidí darle lo que quiere y ceder en todo. Quiere construir una nueva habitación para su equipo de gimnasia. Muy bien. Quiere ir a México de vacaciones. Muy bien. Quiere conocer gente en las reuniones sociales de la iglesia. Muy bien.

Notó mi intriga al mencionar las reuniones sociales de la iglesia, pues me dio una explicación.

—Durante los últimos tres años, desde que supe que tarde o temprano me suicidaría, no he querido conocer a nadie. Los nuevos amigos solo significan más despedidas y más personas a las que hacer daño.

He trabajado con muchos pacientes que verdaderamente han querido suicidarse, pero en cierta forma su experiencia es de alguna manera transformadora, y cuando maduran adquieren sabiduría. Por lo general, una confrontación real con la muerte hace que uno se cuestione con seriedad los objetivos de la vida y la conducta que ha llevado hasta entonces. Lo mismo sucede con los que se enfrentan a una enfermedad grave: muchos se lamentan, por ejemplo, de haber esperado hasta tener cáncer para aprender a vivir. Sin embargo, Thelma era diferente. Nunca he conocido a nadie que hubiera estado tan cerca de la muerte y hubiera aprendido tan poco. Por ejemplo, esas resoluciones que tomó al recobrar el sentido después de su sobredosis: ¿creía de verdad que haría feliz a Harry accediendo a todos sus deseos y ocultando sus propios deseos y pensamientos? En realidad, ¿qué podía ser peor para Harry que ver llorar a su mujer y no compartir nada con ella? Esta era una mujer sumida en el autoengaño.

Su autoengaño era particularmente obvio cuando hablaba de Matthew.

—Tiene una dulzura tal que toca el corazón de todos los que entran en contacto con él. Todas sus secretarias lo amaban. A todas les decía algo afectuoso, sabía los nombres de sus hijos, les llevaba algún pastelito tres o cuatro veces por semana. Cada vez que salimos, durante esos veintisiete días, nunca dejó de hacer un comentario que hacía feliz al camarero o al empleado de la tienda. ¿Sabe usted algo de la práctica de meditación budista?

—Pues, sí, de hecho...

Pero Thelma no esperó a que terminara la frase.

—Entonces sabrá lo que es la meditación «amor y bondad». La practicaba dos veces por día, y me la enseñó a mí también. Precisamente por eso nunca, ni en un millón de años, pensé en que me trataría de esta manera. Su silencio me está matando.

»Algunas veces, cuando me pongo a pensar, siento que no puede ser posible que precisamente él, que me enseñó a tener una actitud franca y abierta, haya ideado un castigo peor que el silencio absoluto. Estos días pienso cada vez más —Thelma bajó la voz a un susurro— que intencionadamente me está empujando al suicidio. ¿Le parece eso descabellado?

—No sé si es descabellado, pero sí que me parece una idea desesperada y terriblemente dolorosa.

—Está empujándome al suicidio. Así se librará de mí para siempre. ¡Esa es la única explicación posible!

—Sin embargo, aun así, usted lo ha protegido todos estos años. ¿Por qué?

—Porque, más que nada en el mundo, quiero que Matthew piense bien de mí. ¡No quiero hacer peligrar la única oportunidad que tengo de ser feliz!

—Pero, Thelma, han pasado ocho años. ¡No ha sabido nada de él en ocho años!

—Pero hay una posibilidad, aunque sea pequeña. Una posibilidad del dos por ciento, o incluso del uno por ciento, es mejor que nada. No espero que Matthew me vuelva a amar, solo quiero que le importe que vivo en este planeta. No es mucho pedir. Cuando paseamos por el parque Golden Gate, casi se torció un tobillo por tratar de esquivar un hormiguero. ¡Seguramente podría reservar para mí un poco de esa consideración!

Tanta inconsistencia, tanta ira, casi cómica, junto a tanta reverencia. Aunque yo iba entrando poco a poco en su mundo y me estaba acostumbrando a sus exageraciones con respecto a Matthew, el siguiente comentario me dejó sin habla.

—Si me llamara una vez por año y hablara conmigo aunque fuera cinco minutos, preguntara por mí, me demostrara su interés, entonces yo viviría feliz. ¿Es eso demasiado pedir?

Yo nunca había conocido a una persona que diera mayor poder a otra que Thelma: ¡asegurar que una llamada telefónica de cinco minutos al año la curaría! Me pregunté si sería así. Recuerdo que pensé que, si todo lo demás fracasaba, no dudaría en recurrir a ese experimento. Reconocí que las posibilidades de éxito en la terapia no eran buenas: el autoengaño de Thelma, su falta de atención psicológica, su resistencia a la introspección, su tendencia al suicidio, todo me alertaba y me obligaba a tener cuidado.

A pesar de todo, su problema me fascinaba. Su obsesión amorosa —¿de qué otra forma llamarla?— era poderosa y tenaz, pues durante ocho años había dominado enteramente su vida. Y, sin embargo, las raíces de su obsesión parecían extraordinariamente frágiles. Un pequeño esfuerzo, un poco de ingenio bastarían para arrancar la maleza. ¿Y después? Debajo de la obsesión, ¿qué encontraría? ¿Descubriría, ocultos por el encantamiento, la realidad brutal de la experiencia humana? Entonces sí podría llegar a descubrir algo acerca del funcionamiento del amor. En los primeros días del siglo xix, los investigadores médicos descubrieron que la mejor manera de entender el propósito de un órgano endocrino era extirparlo y observar luego el funcionamiento fisiológico del animal en el laboratorio. Aunque la inhumanidad de mi metáfora me dejó helado, se me ocurrió preguntarme: el mismo principio, ¿no sería aplicable en este caso? Hasta ese momento, me parecía obvio que el amor de Thelma por Matthew era, en realidad, otra cosa, quizá una vía de escape, un escudo contra el envejecimiento y la soledad. Había poco de Matthew en ello y poco de amor, en caso de que el amor sea una relación afectuosa, generosa, desprovista de necesidad.

Otros signos de pronóstico reclamaban mi atención, pero opté por ignorarlos. Por ejemplo, podría haber considerado con mayor detenimiento los veinte años de atención psicológica de Thelma. Cuando yo era estudiante en la Clínica Psiquiátrica Johns Hopkins, el personal consideraba muchos índices de cronicidad. Uno de los más irreve-

rentes era el volumen: cuanto más pesada la historia clínica del paciente, mayor el problema y peor el pronóstico.
Thelma habría sido considerada una mujer de setenta años
de peso pesado: nadie, absolutamente nadie, habría reco-
mendado psicoterapia para ella.

Cuando rememoro mi estado de ánimo durante aquel
periodo, me doy cuenta de que no hice más que racionali-
zar mis preocupaciones.

¿Veinte años de terapia? Los últimos ocho no contaban
debido al silencio de Thelma con respecto a su verdadero
problema. No hay terapia capaz de tener éxito si el paciente oculta la cuestión principal.

¿Los diez años de terapia antes de Matthew? Bien, ¡de
eso hacía mucho! Además, la mayoría de los terapeutas
eran jóvenes en prácticas. Seguramente yo podría brindarle más. Thelma y Harry, de recursos económicos limitados,
nunca habían podido permitirse más que estudiantes de
terapia. Pero en ese momento yo estaba financiado por un
instituto de investigaciones para estudiar la psicoterapia en
personas mayores y podía ver a Thelma por honorarios mí-
nimos. Sin duda, esta era una oportunidad inusual para
ella de contar con un clínico con experiencia.

Mis verdaderas razones para aceptar a Thelma se debían a algo más: yo me sentía fascinado al encontrar una
obsesión amorosa tan arraigada y un estado tan vulnerable
a la vez, y nada me apartaría de la posibilidad de investigar-
la. Por otra parte, yo padecía lo que ahora reconozco como
hubris, la arrogancia de creer que podría ayudar a la paciente, que no había nadie a quien yo no pudiera ayudar. Los
presocráticos definían la *hubris* como una «insubordina-
ción a la ley divina». Yo me había insubordinado, sin duda,
aunque no contra la ley divina, sino contra la ley natural,
la que gobierna los hechos en mi campo profesional. Creo
que en ese momento yo tenía la premonición de que, an-

tes de finalizar mi trabajo con Thelma, debería pagar por mi *hubris*.

Al final de nuestra segunda hora discutí con Thelma un contrato de tratamiento. Ella había aclarado que no se comprometería a un tratamiento a largo plazo; además, yo creía que en seis meses sabría si podría ayudarla. De modo que quedamos en vernos una vez por semana durante seis meses (con la posibilidad de una extensión de otros seis meses, si era necesario). Ella se comprometió a asistir con regularidad y a participar en un proyecto de investigación psicoterapéutica, lo que implicaba una entrevista y una serie de test psicológicos para medir resultados que debía realizarse dos veces, una al comienzo de la terapia y otra seis meses después de que finalizase.

Me esforcé por informarla de que la terapia, indudablemente, la trastornaría de algún modo, y logré obtener su promesa de que no la abandonaría.

—Thelma, este pensamiento continuo sobre Matthew, que para simplificar llamaremos «obsesión»...

—Esos veintisiete días fueron un gran regalo —dijo ella, fastidiada—. Esa es la razón por la que no he hablado de ellos con los otros terapeutas. No quiero que se los trate como una enfermedad.

—No, Thelma, no estoy hablando de hace ocho años. Estoy hablando de ahora y de cómo usted no puede vivir su vida porque no hace más que repetir una historia pasada. Pensé que había venido a verme porque quería dejar de atormentarse.

Suspiró, cerró los ojos y asintió. Me había hecho la advertencia que quería hacerme, y ahora se recostó en la silla.

—Lo que yo iba a decir es que esta obsesión... Busquemos otra palabra si *obsesión* la ofende...

—No, está bien. Ahora entiendo lo que me quiere decir.

—Bien, esta obsesión ha sido una parte central de sus

pensamientos durante ocho años. Es difícil desarraigarla. Tendré que cambiar algunas de sus creencias, y la terapia puede ser estresante. Necesito su compromiso de que me ayudará.

—Lo tiene. Cuando tomo una resolución nunca me echo atrás.

—Además, Thelma, yo no puedo trabajar con una amenaza de suicidio sobre mi cabeza. Necesito la promesa solemne de que en los próximos seis meses no hará nada físicamente autodestructivo. Si se encuentra al límite, llámeme. Telefonéeme en cualquier momento, y yo estaré allí para atenderla. Pero si hace cualquier tentativa, por pequeña que sea, entonces nuestro contrato quedará roto y yo no seguiré trabajando con usted. Con frecuencia escribo todo esto y hago que el paciente lo firme, pero respeto lo que usted me dice de que nunca se echa atrás cuando toma una resolución.

Para mi sorpresa, Thelma sacudió la cabeza.

—No hay forma de que pueda prometerle eso. Me siento muy mal cuando sé que no tengo elección. No puedo cerrar esta opción.

—Estoy hablando solo de los próximos seis meses. No le pido nada más allá, pero no comenzaré sin esto. ¿Quiere pensárselo un poco, Thelma, y nos vemos la semana que viene, cuando ya haya tomado una decisión?

De inmediato se tornó conciliadora. Creo que no esperaba que yo me pusiera tan firme. Aunque no lo mostró explícitamente, me pareció que se sentía aliviada.

—No puedo esperar una semana más. Quiero que tomemos la decisión ya y empecemos la terapia de inmediato. Me comprometo a hacer un esfuerzo.

«A hacer un esfuerzo.» Eso no era suficiente, pero vacilé antes de embarcarme tan pronto en una lucha por el control. Así que no dije nada; solo levanté las cejas.

Después de un minuto y medio (un largo silencio en terapia), Thelma se puso de pie, me extendió la mano y dijo:

—Tiene mi promesa.

La semana siguiente empezamos nuestro trabajo. Decidí mantener el foco en las cuestiones importantes e inmediatas. Thelma había tenido tiempo suficiente (¡veinte años de terapia!) para explorar sus años de crecimiento. Lo que yo menos deseaba era ocuparme de cosas que se remontaban a más de sesenta años.

Ella era muy ambivalente con respecto a la terapia: si bien la consideraba su única esperanza, nunca había tenido una sesión satisfactoria. En las siguientes diez semanas descubrí que, si analizábamos sus sentimientos hacia Matthew, su obsesión la atormentaba la semana siguiente. Por otra parte, si explorábamos otros temas, incluso cuestiones importantes como su relación con Harry, ella consideraba la sesión como una pérdida de tiempo porque habíamos ignorado lo fundamental: Matthew.

Como resultado de su descontento, nuestro tiempo juntos también resultaba poco gratificante para mí. Aprendí a no esperar ninguna recompensa personal de mi trabajo con Thelma. Nunca experimenté ningún placer en su presencia y, ya en la tercera o cuarta sesión, me di cuenta de que cualquier gratificación personal en esta terapia debería provenir del campo intelectual.

Dedicábamos la mayor parte del tiempo juntos a Matthew. Yo le preguntaba sobre el contenido preciso de sus fantasías, y Thelma al parecer disfrutaba hablando de ellas. Sus pensamientos eran en gran medida repetitivos: la mayoría eran una recreación bastante fiel de sus encuentros durante aquellos veintisiete días. El más común se refería a la primera vez: el encuentro casual en Union Square, el café en el St. Francis, el paseo por el muelle de pescadores, la vista de la bahía desde el restaurante Scoma, la excitación de la caminata hasta el apartamento de Matthew. Muchas veces solo reproducía una de sus charlas telefónicas.

El sexo desempeñaba un papel menor en estos pensamientos: raras veces se excitaba en ese sentido. De hecho, aunque había habido considerables caricias sexuales durante los veintisiete días con Matthew, solo en una ocasión, la primera noche, mantuvieron relaciones completas. Intentaron hacerlo otras dos veces, pero Matthew se mostró impotente. Cada vez yo me convencía más de que mi corazonada acerca de su comportamiento era correcta: es decir, que él padecía serios problemas psicosexuales que intentó resolver con Thelma (y, probablemente, con otros pacientes desafortunados).

Había tantos senderos que seguir que resultaba difícil seleccionar y concentrarse en uno solo. Sin embargo, primero era necesario dejar sentado, con la total aprobación de Thelma, que esa obsesión debía ser erradicada. Pues una obsesión amorosa absorbe toda la realidad de la vida y hace imposible las nuevas experiencias, tanto las buenas como las malas, como he comprobado yo mismo. Por cierto, la mayoría de mis creencias más arraigadas sobre la terapia, así como mis áreas de mayor interés psicológico, tienen que ver con mi experiencia personal. Nietzsche afirmaba que el sistema de pensamiento de un filósofo siempre proviene de su autobiografía, y yo creo que eso sucede con todos los terapeutas y, de hecho, con todo el que piensa sobre el pensamiento.

En una convención, unos dos años antes de Thelma, conocí a una mujer que luego me invadió la mente, los pensamientos, los sueños. Su imagen se instaló en mí, desafiando todos mis esfuerzos por desalojarla. Por un tiempo eso estuvo bien. Me gustaba mi obsesión y la revivía una y otra vez. Unas pocas semanas después, fui de vacaciones con mi familia a una bella isla caribeña. Fue solo después de unos días cuando descubrí que me estaba perdiendo todo de ese viaje: la belleza de la playa, la frondosa y exótica vegetación, el buceo y el mundo bajo el agua. Toda esta rica realidad era anulada por mi obsesión. Yo estaba ausente: encerrado dentro de mi mente, no hacía más que revivir la misma fantasía sin sentido. Cargado de ansiedad y harto de mí mismo, hice terapia (una vez más), y después de varios meses difíciles, mi mente volvió a quedar limpia y pude regresar a la excitante ocupación de vivir mi vida presente. (Algo curioso: mi terapeuta llegó a ser un buen amigo y, años después, me dijo que cuando me estaba tratando él mismo estaba obsesionado con una italiana encantadora cuya atención estaba centrada en otra persona. Y así, de paciente a terapeuta a paciente, sigue *La Ronde* del amor obsesivo.)

De modo que para mi trabajo con Thelma no hacía más que repetirle hasta qué punto su obsesión le viciaba la vida, y con frecuencia le repetía su comentario de que estaba viviendo su vida de hacía ocho años. No era de extrañar que aborreciera estar viva. Estaba sofocada en una cámara sin aire y sin ventanas, ventilada solo por esos veintisiete días del pasado.

Sin embargo, Thelma no encontraba convincente esta tesis, y ahora creo que con razón. Generalizando desde mi experiencia hacia la suya, yo había cometido la equivocación de suponer que su vida tenía una riqueza de la que su obsesión la privaba. Aunque no me lo decía explícitamente entonces, Thelma sentía que su obsesión contenía mucha más vitalidad que la vida que llevaba. (Más adelante exploraríamos, también con mínimo impacto, el opuesto de esta fórmula: que había sido precisamente el empobrecimiento de su vida *la causa* por la que había abrazado la obsesión.)

Aproximadamente hacia la sexta sesión yo ya había logrado convencerla y —creo que para seguirme la corriente— aceptó que esa obsesión era su enemigo y que debía superarla. Dedicamos sesión tras sesión nada más que a hacer un reconocimiento de la obsesión. Me parecía que la tenía en sus garras debido al poder que ella misma le había dado a Matthew. Nada se podía hacer hasta que no disminuyésemos ese poder.

—Thelma, esta idea de que lo único que importa es que Matthew piense bien de usted... Dígame todo lo que sabe de eso.

—Es difícil de expresar. No soporto la idea de que pueda odiarme. Es la única persona en mi vida que ha llegado a saberlo todo de mí. Por eso, el hecho de que pudiera seguir amándome, a pesar de todo lo que sabía, significaba tanto.

Pensé que precisamente esa era la razón por la cual los terapeutas no deben involucrarse emocionalmente con sus pacientes. A causa de su rol privilegiado por su acceso a los sentimientos profundos y a información secreta, sus reacciones siempre asumen una significación exagerada. Es casi imposible que el paciente vea al terapeuta tal como es. Eso aumentó mi enfado contra Matthew.

—Pero no es más que una persona, Thelma. Usted no lo ha visto en ocho años. ¿Qué importancia tiene lo que él piense de usted?

—Eso no se lo puedo decir. Sé que no tiene sentido, pero en el fondo de mi corazón creo que yo estaría bien, sería feliz, si él pensara bien de mí.

Esta idea, esta creencia falsa, era el enemigo. Debía expulsarla. Le supliqué.

—Usted es usted, tiene su propia vida, continúa siendo la persona que es en este momento, y en otro, y día tras día. Básicamente, su existencia es impermeable a los pensa-

mientos fugaces, a las ondas electromagnéticas que ocurren en una mente desconocida. Trate de verlo así. Todo
ese poder que tiene Matthew se lo ha dado usted.

—Se me descompone el estómago con solo pensar en
que pueda despreciarme.

—Lo que ocurre en la mente de otra persona, en alguien que usted ni siquiera ve, que está atareado con su
propia vida, no altera la persona que usted es.

—Ah, él es perfectamente consciente de mi existencia.
Le dejo muchos mensajes en el contestador automático. De
hecho, le dejé un mensaje la semana pasada informándolo
de que le estaba viendo a usted. Me pareció que debía saber
que estoy hablando de él con usted. En todos estos años
siempre lo he llamado cada vez que cambiaba de terapeuta.

—Pero yo creía que usted no hablaba de él con los otros
terapeutas.

—No, no hablaba. Se lo prometí a él, y aunque nunca
me lo pidió, mantuve mi promesa. Hasta ahora. Aunque
no hablé de él todos estos años, me pareció justo que supiera a qué terapeuta estaba viendo. Muchos eran de su misma facultad. Quizá eran amigos suyos.

Debido a mis sentimientos negativos hacia Matthew,
no me disgustaron las palabras de Thelma. Por el contrario, me divirtió imaginar su incomodidad a lo largo de los
años cada vez que escuchara los mensajes ostensiblemente
solícitos de Thelma en su contestador automático. Empecé
a disfrutar con la idea de atacar a Matthew. Esta señora sabía cómo castigarlo y no me necesitaba para ello.

—Pero, Thelma, vuelva a lo que estaba diciendo antes.
¿No ve que esto es algo que se está haciendo a usted misma? Las ideas que tenga él realmente no pueden cambiar
la clase de persona que es usted. Es usted quien permite
que él la influya. Él es tan solo una persona igual que usted
o yo. Si usted piensa mal de una persona con la que no

tiene ningún contacto, sus pensamientos, esas imágenes mentales que circulan en su cerebro y que nadie más que usted conoce, ¿pueden afectar a esa persona? La única manera en que eso puede suceder es a través del vudú. ¿Por qué le entrega ese poder a Matthew? Es una persona como cualquier otra, que lucha por vivir, que envejece, que se tira pedos, que morirá.

No hubo respuesta de Thelma. Subí mi apuesta.

—Me dijo antes que él no podría haber optado por un comportamiento que le hiciera más daño. Piensa que quizá esté tratando de empujarla al suicidio. No está interesado en su bienestar. Entonces, ¿qué sentido tiene encumbrarlo de esta manera? ¿Hasta el punto de creer que nada en la vida es más importante que lo que él piense de usted?

—Realmente no creo que esté tratando de empujarme al suicidio. Es solo una idea que se me ocurre a veces. No hago más que examinar mis sentimientos hacia Matthew. La mayor parte del tiempo pienso que lo importante es que piense bien de mí.

—Pero ¿por qué es importante? Usted lo ha elevado a una posición sobrehumana. Sin embargo, él parece ser una persona especialmente confusa. Usted misma se refiere a sus problemas sexuales. Piense en la cuestión de su integridad, en su código ético. Ha violado el código fundamental de toda profesión de asistencia. Mire el perjuicio que le ha causado. Los dos sabemos que está mal que un terapeuta profesional, que ha jurado actuar en beneficio de su paciente, haga daño a una persona de la forma en la que él se lo ha hecho.

Pero lo mismo hubiera sido que hablara en el vacío.

—Fue solo cuando empezó a actuar como un profesional, cuando volvió a adoptar su rol formal, cuando me hizo daño. Cuando solo éramos dos personas enamoradas, me dio el regalo más precioso del mundo.

Era frustrante. Obviamente, Thelma era responsable de su situación vital. Obviamente, era una ficción que Matthew ejerciera un verdadero poder sobre ella. Obviamente, ella le había dado tal poder en un intento por negar su propia libertad y su responsabilidad sobre la constitución de su propia vida. Lejos de querer recobrar su libertad, disfrutaba de su sumisión con lascivia.

Desde el principio, por supuesto, yo sabía que la lógica de mi argumento no lograría penetrar lo suficiente para producir un cambio. Eso rara vez sucede. No sucedió en mi caso cuando hacía terapia. Solo cuando uno lo siente en los huesos se da cuenta. Solo entonces puede actuar y cambiar. La psicología popular no hace más que hablar de «asumir la responsabilidad», pero eso son solo palabras: es extraordinariamente difícil, aterrador incluso, convencerse de que uno, y solo uno, construye el modelo de su propia vida. Por eso, el problema en la terapia siempre reside en cómo avanzar desde una apreciación intelectual ineficaz de una verdad con respecto a uno mismo hacia una experiencia emocional de esa verdad. Solo cuando la terapia pone en juego emociones profundas se convierte en una fuerza poderosa del cambio.

Y la impotencia era el problema en mi terapia con Thelma. Mis intentos por generar poder carecían vergonzosamente de elegancia y consistían sobre todo en tanteos, reproches y círculos repetitivos alrededor de su obsesión, mientras trataba de derribarla.

En esas ocasiones, ¡cuánto ansío la certeza que ofrece la ortodoxia! El psicoanálisis —por citar la más católica de las escuelas ideológicas de psicoterapia— siempre postula convicciones muy fuertes acerca de los procedimientos técnicos necesarios. De hecho, los analistas parecen estar más seguros de *todo* de lo que yo puedo llegar a estar de *algo*. ¡Qué consolador sería poder sentir, por una vez, que sé exactamente lo que estoy haciendo en mi trabajo con los pacientes! Como, por ejemplo, que estoy siguiendo correctamente y en su propia secuencia las etapas precisas del proceso terapéutico.

Naturalmente, no es más que una ilusión. Si pueden llegar a ser de alguna utilidad, las escuelas ideológicas, con sus complejos edificios metafísicos, tienen éxito porque aplacan la ansiedad del terapeuta, no la del paciente (y así permiten que el terapeuta haga frente a la ansiedad del proceso terapéutico). Cuanto más puede el terapeuta tolerar la ansiedad de no saber, menor necesidad tiene de abrazar la ortodoxia. Los miembros creativos de una ortodoxia, de cualquier ortodoxia, siempre acaban con el tiempo superando su disciplina.

Aunque hay algo tranquilizador en un terapeuta omnisciente que siempre controla la situación, puede haber algo muy atractivo en un terapeuta que busca a tientas, un terapeuta dispuesto a hundirse con el paciente hasta que ambos, juntos, tropiezan con un descubrimiento. Pero, ¡ay!, como me enseñaría Thelma antes de que concluyera este caso, es posible desperdiciar buena terapia en un paciente.

En mi búsqueda de poder, me esforcé al máximo. Intenté sacudirla.

—Suponga, por un momento, que Matthew muriera. ¿Eso la liberaría?

—He intentado imaginármelo. Cuando lo imagino muerto, una gran tristeza desciende sobre mí. Viviría entonces en un mundo vacío. No puedo seguir pensando más allá.

—¿Cómo puede liberarse de esto? ¿Cómo podría liberarse? ¿Podría liberarla Matthew? ¿Se ha imaginado alguna vez una conversación en la que Matthew la libera?

Thelma sonrió al oír esta pregunta. Me miró con más respeto, me pareció, como si se sintiera impresionada por mi habilidad para leer sus pensamientos. Era obvio que se trataba de una de sus fantasías más importantes.

—Lo imagino muy muy a menudo.

—Comparta conmigo eso. ¿Qué es lo que imagina?

Yo no creo mucho en desempeñar distintos roles o en cambiar de sillón, pero este parecía el momento adecuado.

—Juguemos a desempeñar distintos roles. ¿Quiere sentarse en esa otra silla, fingir que es Matthew, y hablarle a Thelma, sentada donde estoy yo?

Como Thelma siempre se oponía a lo que yo le sugería, me estaba preparando para convencerla cuando, para mi sorpresa, aceptó con entusiasmo. Quizá, en sus veinte años de terapia, había trabajado con terapeutas gestálticos que empleaban estas técnicas. O quizá era su propia experiencia escénica la que emergía. Casi saltó de la silla, se aclaró la voz, hizo el gesto de ponerse una corbata y abotonarse una chaqueta, asumió una sonrisa beatífica y una expresión exagerada de magnanimidad benévola, volvió a aclararse la voz, se sentó en el otro sillón y se convirtió en Matthew.

—Thelma, he venido a ti recordándote con afecto por el trabajo que hicimos juntos en terapia, como un amigo. Disfruté de nuestro intercambio, nuestro toma y daca. También de nuestras bromas sobre tus hábitos de mierda. Fui sincero. Quise decir las cosas que te dije, cada una de ellas. Y luego ocurrió algo de lo que opté por no hablarte y que me hizo cambiar de opinión. No fue nada que hicieras tú. Nada tuyo me resultó odioso, aunque no tuvimos el tiempo suficiente para construir una relación duradera. Lo que sucedió fue que conocí a una mujer, Sonia...

Aquí Thelma salió de su rol por un minuto.

—Doctor Yalom —dijo con un susurro teatral—, Sonia era mi nombre artístico cuando era bailarina.

Volvió a ser Matthew y prosiguió.

—Esta mujer, Sonia, entró en escena, y me di cuenta de que la vida con ella era lo más apropiado para mí. Traté de alejarme, traté de decirte que dejaras de llamarme, pero, debo ser franco, me molestó que no lo hicieras. Después de tu intento de suicidio, supe que debía ser cuidadoso con lo que decía, y esa es la razón por la cual me volví tan distante. Vi a un psicólogo, y fue él quien me aconsejó silencio absoluto. Tú eres la persona que me encantaría tener como amiga, pero no hay forma de entablar una amistad de una manera abierta. Tú tienes a Harry, y yo a Sonia.

Se detuvo y se hundió en su asiento. Dejó caer los hombros, su sonrisa benévola se desvaneció y, totalmente agotada, volvió a ser Thelma.

Permanecimos en silencio los dos. Mientras yo pensaba acerca de las palabras que ella había puesto en boca de Matthew, logré comprender su atractivo y la razón por la que sin duda las habría repetido con frecuencia: confirmaban su visión de la realidad, absolvían a Matthew de toda responsabilidad (después de todo, fue su psicólogo el que le aconsejó que mantuviera el silencio) y confirmaban también que ella no tenía nada de malo o que la relación fuera incongruente. Lo único que pasaba era que Matthew tenía una mayor obligación con otra persona. Que la otra mujer fuera Sonia, ella misma cuando joven, sugería que yo debía dedicar más tiempo a examinar los sentimientos de Thelma sobre su edad.

La idea de liberación me fascinó. Esas palabras de Matthew, ¿realmente la liberarían? Como un relámpago, apareció en mi recuerdo un intercambio con un paciente durante el primer año de mi residencia. Las primeras experiencias clínicas permanecen imborrables, como grabadas en nuestra infancia profesional. El paciente, que era muy paranoico, insistía en que yo no era el doctor Yalom, sino un agente del FBI, y exigió que me identificase de alguna forma.

Cuando en la sesión siguiente le presenté mi partida de nacimiento, carnet de conductor y pasaporte, él sostuvo que yo le había dado la razón: solo alguien con conexiones en el FBI podría haber logrado falsificaciones tan rápido. Cuando un sistema se expande infinitamente, es imposible no verse encerrado en él.

No se trataba de que Thelma fuera paranoica, por supuesto, pero me pregunté si ella también refutaría declaraciones liberadoras, incluso provenientes de Matthew, exigiendo más pruebas y garantías. No obstante, al recordar este caso, creo que fue en ese momento cuando empecé a considerar seriamente si convenía involucrar a Matthew en el proceso de terapia: no a su Matthew idealizado, sino al Matthew real de carne y hueso.

—¿Qué le ha parecido el juego de los roles, Thelma? ¿Qué ha provocado en usted?

—Me sentí como una idiota. Es ridículo para alguien de mi edad actuar como una adolescente tonta.

—¿Me está haciendo una pregunta? ¿Cree que eso es lo que pienso de usted?

—Para serle sincera, esa es otra de las razones (además de la promesa que le hice a Matthew) por las que no he hablado de él con los otros terapeutas ni con ninguna otra persona. Sé que dirían que era un enamoramiento pasajero o una obsesión o una transferencia. «Todo el mundo se enamora de su terapeuta.» Me parece oírlo. O si no, dirían que es... ¿Cómo se dice cuando el terapeuta le transfiere algo al paciente?

—Contratransferencia.

—Sí, contratransferencia. De hecho, la semana pasada usted lo sugirió cuando dijo que Matthew trataba de resolver sus problemas personales a través de la terapia conmigo. Le seré franca, como me recomienda usted en la terapia: eso me irrita. Es como si yo no importara, como si fuera una espectadora inocente en algo que tiene que ver con él y su madre.

Me mordí la lengua. Ella tenía razón, esos eran mis pensamientos. Todavía los estaba estructurando: tanto usted como Matthew son «espectadores inocentes». Ninguno de los dos se relacionaba con el otro, sino con una fantasía del otro. Usted se enamoró de Matthew por lo que representaba para usted: alguien capaz de amarla total e incondicionalmente, por entero dedicado a su bienestar, a su desarrollo, que detendría su proceso de envejecimiento y la amaría como a la joven, bella Sonia, alguien que le brindaba la oportunidad de huir del dolor de la soledad y le ofrecía la felicidad de una unión desinteresada. Usted puede haber estado «enamorada», pero hay algo seguro: no de Matthew, porque nunca conoció a Matthew.

¿Y Matthew? ¿Qué amaba él, o a quién? Eso no lo sabía aún, pero no me parecía que estuviera enamorado. Y no la amaba a usted, Thelma, la utilizaba. Thelma, la mujer de carne y hueso, no le importaba. Cuando dice que él estaría resolviendo algún problema con su madre quizá lleve razón.

Como si me estuviera leyendo la mente, Thelma prosiguió, alzando la barbilla y pronunciando sus palabras como ante un público numeroso.

—Cuando la gente piensa que en realidad no nos amamos, disminuyen el amor que compartimos. Le quitan profundidad, lo transforman en nada. Ese amor fue, y es, real. Nada ha sido nunca tan real para mí. Esos veintisiete días fueron el punto culminante de mi vida. Fueron veintisiete días en el paraíso, y daría cualquier cosa por recobrarlos.

Una mujer fuerte, pensé. Había trazado la línea con efectividad: «No me quites lo mejor de mi vida. No me quites lo único real que he tenido». ¿Quién le haría eso a

nadie, y menos aún a una mujer de setenta años, deprimida, con impulsos suicidas?

No obstante, yo no tenía intención de dejarme chanta-
jear de esa manera. Ceder ahora me quitaría toda eficacia.
De modo que continué, con un tono natural:

—Hábleme de la euforia, todo lo que recuerde.

—Era una experiencia más allá del cuerpo. Yo no tenía
peso. Era como si no estuviera allí, o por lo menos esa parte
de mí que sufre y me tira hacia abajo. Dejé de pensar y de
preocuparme por mí misma. Me convertí en un *nosotros*.

El solitario *yo* se fundía en el *nosotros*. ¡Cuántas veces
había oído eso! Es el denominador común de toda forma de
arrobamiento, romántico, sexual, político, religioso, místico. Todos desean esa dichosa fusión y la reciben con los
brazos abiertos. Pero con Thelma era diferente. No la deseaba, sino que debía tenerla para escapar de algún peligro.

—Eso encaja con lo que usted me dijo cuando me habló sobre el sexo con Matthew, que no era importante que
él la penetrara. Lo importante era que se conectara, que se
fundiera con usted.

—Eso es. A eso me refería cuando le dije que usted estaba dando mucha importancia a la relación sexual. El
sexo, en sí, no desempeñó un papel demasiado importante.

—Eso contribuye a explicar ese sueño que tuvo hace un
par de semanas.

Dos semanas antes, Thelma me había contado un sueño angustioso, el único al que se refirió durante toda la
terapia:

> *Yo estaba bailando con un hombre negro, grande. Luego se
> convirtió en Matthew. Nos acostamos sobre el suelo de la pista de
> baile y mantuvimos relaciones sexuales. Justo cuando yo empeza-
> ba a tener un orgasmo, le susurré «Mátame» al oído. Él se esfumó,
> y me quedé sola sobre el suelo de la pista de baile.*

—Es como si quisiera librarse de su soledad, de perderse (que el sueño simboliza con su petición de que la mate), y Matthew fuera el instrumento que lo hace posible. ¿Se le ocurre por qué esto sucede en el suelo de un salón de baile?

—Le he dicho antes que durante esos veintisiete días me sentí eufórica por primera vez en la vida. Eso no es del todo verdad. Muchas veces me sentía eufórica cuando bailaba. Con frecuencia todo desaparecía entonces, yo y todo lo demás: no existía más que el baile y el momento. Cuando bailo en sueños, eso significa que trato de hacer que todo lo malo desaparezca. Creo que también quiere decir volver a ser joven.

—Hemos hablado muy poco de cómo se siente por tener setenta años.

—Supongo que mi terapia sería diferente si tuviera cuarenta años en vez de setenta. Tendría algo que esperar. ¿No prefieren los psiquiatras tratar a personas más jóvenes?

Yo sabía que aquí había un material muy rico. Sentí con fuerza que el temor a la vejez y a la muerte alimentaba su obsesión. Una de las razones por las que quería fundirse en el amor, ser anulada por él, era para huir del terror de enfrentarse a la aniquilación definitiva de la muerte. Nietzsche dijo: «La recompensa final de los muertos es no tener que volver a morir». Sin embargo, a mí se me presentaba una oportunidad maravillosa para trabajar. Aunque los dos temas que habíamos estado explorando (la huida de la libertad y de la soledad) constituían —y seguirían constituyendo— el contenido de nuestro discurso, yo sentía que la mejor forma de ayudar a Thelma era alcanzando una relación significativa con ella. Yo esperaba que un vínculo íntimo con ella pudiera atenuar su vínculo con Matthew y le permitiera separarse de él. Solo entonces podríamos ocuparnos de la identificación y eliminación de los obstáculos que le impedían establecer relaciones íntimas en su vida social.

—Thelma, cuando usted se pregunta si la psiquiatría no prefiere trabajar con pacientes más jóvenes, me suena como si me estuviera formulando una pregunta personal.

Como de costumbre, Thelma eludió lo personal.

—Es lógico que se gane más trabajando, digamos, con una madre joven con tres hijos. Ella tiene toda una vida por delante, y si mejora su salud mental eso beneficia a sus hijos y a los hijos de sus hijos.

Persistí.

—Yo quería decir que me estaba haciendo una pregunta, una pregunta personal, algo relacionado conmigo y con usted.

—Los psiquiatras, ¿no preferirían trabajar con una paciente de treinta años y no de setenta?

—¿No podemos centrarnos en usted y en mí en lugar de en la psiquiatría, los psiquiatras y los pacientes? ¿No me está preguntando: «Qué piensa usted, Irvin —Thelma sonrió— de tratarme a mí, Thelma, una mujer de setenta años»?

No hubo respuesta. Miró por la ventana. Sacudió apenas la cabeza. ¡Dios mío, qué testaruda era!

—¿Estoy en lo cierto? ¿No es esa la pregunta?

—Esa es una pregunta posible, pero no la única. Pero si usted hubiera contestado mi pregunta tal como la hice, yo habría tenido la respuesta a la que usted me acaba de hacer.

—Usted quiere decir que se habría enterado de mi opinión acerca de cómo se sienten los psiquiatras, en general, cuando tratan a un anciano, y de allí habría supuesto cómo me siento yo al tratarla a usted.

Thelma asintió.

—Pero eso es tan indirecto... Y, además, puede ser erróneo. Mi comentario general podría haber sido una suposición acerca de la disciplina y no una expresión de mis sentimientos personales sobre usted. ¿Qué le impide formularme la pregunta directamente?

—Esto es lo que tratábamos con Matthew. Esto es exactamente lo que él denominaba mis hábitos de mierda.

Eso me frenó. ¿Quería yo aliarme con Matthew? Sin embargo, sabía que era el camino correcto que seguir.

—Permítame que intente responder a sus preguntas, la pregunta general que me hizo y la personal que no me hizo. Empezaré por la general. A mí, personalmente, me gusta trabajar con pacientes mayores. Como sabe por todos esos cuestionarios que rellenó antes de que comenzáramos, estoy en medio de un proyecto de investigación y trabajo con muchos pacientes de sesenta y setenta años. Y estoy aprendiendo que con ellos se trabaja tan bien en terapia como con pacientes más jóvenes, quizá mejor, y me siento igual de a gusto.

»Comprendo su pregunta acerca de la madre joven y de su influencia potencial, pero lo veo de una manera distinta. Usted también tiene mucha influencia. Todas las personas más jóvenes con quienes entra en contacto la considerarán una guía o modelo para las futuras etapas de su vida. Y desde su punto de vista personal, creo que a los setenta años es posible descubrir una perspectiva nueva que le permita, metafóricamente, volver a inundar su vida anterior con un nuevo significado. Sé que ahora eso es difícil de ver, pero, créame, pasa con frecuencia.

»Ahora, déjeme responder la parte personal de la pregunta: ¿cómo me siento al trabajar con usted? Yo quiero verla. Creo entender su sufrimiento y siento empatía: en el pasado yo experimenté el mismo tipo de dolor. Estoy interesado en el problema con el que usted está luchando y creo poder ayudarla. De hecho, me he comprometido a hacerlo. Lo más difícil para mí en nuestro trabajo juntos es la frustración que siento debido a la distancia que usted pone entre nosotros. Antes usted dijo que puede hallar (o al menos deducir) la respuesta a una pregunta personal mediante otra pregunta impersonal. Pero considere el efecto de eso sobre la otra persona. Cuando usted me hace preguntas impersonales, como hace unos minutos, yo me siento rechazado.

—Eso es exactamente lo que solía decir Matthew.

Sonreí y apreté los dientes en silencio. No se me ocurrió nada constructivo que decir en ese momento. Esta frustrante y trabajosa interacción era prototípica. Nos esperarían muchos intercambios similares.

Era una labor difícil y poco gratificante. Semana a semana yo trabajaba como una hormiga. Intentaba enseñarle el ABC del lenguaje de la intimidad: por ejemplo, a usar los pronombres *yo* y *usted*, a identificar los sentimientos (empezando por la diferencia entre sentimientos y pensamientos), a «reconocer» los sentimientos «como propios» y a expresarlos. Le enseñé acerca de los sentimientos básicos (malo, triste, enojado y contento). Le di frases para que las completara; por ejemplo: «Irv, cuando usted dice eso, yo me siento _____ hacia usted».

Ella poseía un repertorio impresionante de recursos de distanciamiento. Por ejemplo, introducía lo que iba a decir con un preámbulo largo y aburrido. Cuando se lo hice notar, ella reconoció que yo estaba en lo cierto, pero se embarcó en una explicación de cómo, cuando alguien le preguntaba la hora, ella daba una conferencia sobre el tiempo. Varios minutos después, cuando hubo terminado la anécdota (completada con un relato histórico acerca de cómo ella y su hermana desarrollaron el hábito de relatar largas historias tangenciales), estábamos desesperadamente alejados de nuestro punto de partida y yo había sido distanciado con toda efectividad.

En una ocasión reconoció que tenía un serio problema a la hora de expresarse. Solo había sido ella misma, con total naturalidad y espontáneamente, en dos situaciones en su vida adulta: cuando bailaba y durante los veintisiete días de su relación con Matthew. En buena medida, por eso la aceptación de ella por parte de Matthew resultaba tan importante.

—Él me conocía como muy pocas personas: tal cual soy, franca, sin ocultar nada.

Cuando yo le preguntaba cómo iba nuestra terapia ese día o le pedía que describiera los sentimientos hacia mí en esa sesión, raras veces respondía. Por lo general, negaba sentir nada, pero a veces me desarmaba por completo al decir que había sentido una gran intimidad ese día, mientras que yo la había encontrado particularmente evasiva y distante. Explorar las discrepancias en cuanto a nuestras opiniones era peligroso, porque entonces ella podía sentirse rechazada.

A medida que iba notando que no se establecía entre nosotros ninguna relación significativa, era yo quien me sentía rechazado a la par que intrigado. Hasta donde yo alcanzaba a discernir, estaba a su entera disposición. Sin embargo, ella seguía indiferente. Yo trataba de tocar este punto con ella, pero, por más que intentaba distintos enfoques, sentía que mi postura era cada vez quejosa: «¿Por qué no me quiere como a Matthew?».

—¿Sabe, Thelma?, hay algo más en su actitud de que la opinión de Matthew es lo que más le importa, y es su renuencia a dejar que mi opinión sobre usted signifique algo. Después de todo, como Matthew, yo sé muchas cosas sobre usted. Yo también soy terapeuta. De hecho, tengo veinte años más de experiencia que Matthew, y probablemente más juicio. Me pregunto por qué lo que yo pienso sobre usted no cuenta.

Ella respondió al contenido, pero no a la emoción. Me apaciguó.

—No se trata de usted. Estoy segura de que sabe lo que

hace en su profesión. Yo actuaría de la misma forma con cualquier terapeuta. Es solo que Matthew me ha herido tanto que no voy a exponerme a ser vulnerable otra vez con otro terapeuta.

—Usted tiene respuestas para todo, pero en el fondo dicen lo mismo: «No se acerque demasiado». Usted no se acerca a Harry porque no quiere herirlo contándole sus pensamientos íntimos sobre Matthew y el suicidio. Usted no acepta la intimidad con amigos para no hacerles daño si se suicida. No puede entablar una relación estrecha conmigo porque otro terapeuta, hace ocho años, la hirió. La letra es distinta en cada caso, pero la música es la misma.

Finalmente, hacia el cuarto mes, hubo señales de progreso. Thelma dejó de presentar batalla en cada momento y, para mi sorpresa, comenzó una sesión diciéndome que la semana anterior había pasado varias horas haciendo una lista de todas sus relaciones íntimas y viendo qué había sucedido en cada caso. Se dio cuenta de que, cuando se acercaba a alguien, de una manera u otra, ella misma se encargaba de romper la relación.

—Quizá usted tenga razón, quizá tengo un problema para entablar una relación íntima. Creo que no he tenido una buena amiga en treinta años. Y no estoy segura de si la tuve alguna vez.

Este descubrimiento podía dar un giro a nuestra terapia: por primera vez, Thelma identificaba un problema específico y asumía algún tipo de responsabilidad. Tuve la esperanza de que pudiéramos sumirnos en el verdadero trabajo. En cambio, sucedió lo opuesto: ella se replegó aún más, aduciendo que su problema para entablar relaciones estrechas predestinaba nuestra terapia al fracaso.

Con todas mis fuerzas intenté persuadirla de que lo que había aflorado en el trabajo de la terapia era algo positivo, y no negativo. Una y otra vez le expliqué que la dificultad que presenta la intimidad no es algo accidentalmente estático que se interpone en el camino del tratamiento, sino que constituye una cuestión fundamental. Era un desarrollo positivo, y no negativo, que se presentara aquí y ahora, donde era posible examinarlo.

No obstante, su desesperación fue en aumento. Ahora todas las semanas eran malas. Su obsesión era mayor, lloraba más, se apartaba cada vez más de Harry, pasaba más tiempo planeando su suicidio. Cada vez con mayor frecuencia yo la oía criticar la terapia. Aducía que nuestras sesiones solo contribuían a «agitar el avispero» al aumentar su angustia, y decía que lamentaba haberse comprometido a seis meses de terapia.

El tiempo se iba terminando. Ya estábamos comenzando el quinto mes, y aunque Thelma me aseguraba que respetaría el compromiso asumido, dejaba claro que no estaba dispuesta a sobrepasar los seis meses. Yo me sentía desalentado: todos mis penosos esfuerzos resultaban inútiles. Ni siquiera había logrado establecer una alianza terapéutica sólida con ella: su energía emocional, cada gramo de ella, se relacionaba con Matthew, y yo no había hallado manera de canalizarla en otra dirección. Había llegado el momento de jugar la última carta.

—Thelma, desde aquella hora, hace un par de meses, en que usted jugó a desempeñar el rol de Matthew y pronunció las palabras que podrían liberarla, he estado deliberando acerca de la posibilidad de invitarlo a la consulta y mantener una sesión de tres: usted, yo y Matthew. Solo restan siete sesiones, a menos que usted reconsidere su decisión de terminar. —Aquí Thelma sacudió vigorosamente la cabeza—. Creo que necesitamos ayuda para avanzar. Necesitaría su permiso para llamar a Matthew por teléfono e invitarlo a que venga. Creo que una sola sesión de tres bastaría, pero debemos hacerlo pronto porque me parece que necesitaremos varias horas después para integrar lo nuevo que aprendamos.

Thelma, que estaba arrellanada apáticamente en su sillón, de repente se enderezó de un golpe. Su bolso se le deslizó de la falda y cayó al suelo, pero no le prestó atención: me estaba escuchando con los ojos bien abiertos. Por fin, por fin, despertaba todo su interés. Se quedó sentada en silencio durante varios minutos, considerando mis palabras.

Aunque yo no había reflexionado mi propuesta en toda su extensión, creía que Matthew aceptaría reunirse con nosotros. Esperaba que mi reputación profesional lo intimidara de algún modo y lo instara a cooperar. Además, los ocho años durante los cuales Thelma le había estado dejando mensajes debían de estar afectándolo. Yo confiaba en que también él ansiara su liberación.

No estaba seguro de lo que sucedería en esta sesión extraordinaria de tres, pero extrañamente confiaba en que sería positiva. Cualquier información podría resultar útil. Cualquier introducción de la realidad podría ayudarme a liberar a Thelma de su fijación con Matthew. Por más acentuado que fuera el defecto del carácter de él —y yo no dudaba de que era de considerable magnitud—, estaba seguro de que en mi presencia él no haría nada para alentar las fantasías de ella de una unión definitiva.

Después de un silencio inusualmente largo, Thelma dijo que necesitaba más tiempo para pensarlo.

—Por ahora veo más argumentos en contra que a favor...

Suspiré y me arrellané en mi sillón. Sabía que Thelma dedicaría el resto de esa hora a tejer su maraña obsesiva.

—Por el lado positivo, supongo que daría al doctor Yalom la oportunidad de observar la situación de primera mano.

Suspiré con más fuerza. Esto iba a ser peor que de costumbre: ahora hablaba de mí en tercera persona. Empecé a decirle que estaba hablando de mí como si yo no estuviera en el mismo cuarto, pero no reuní fuerzas para continuar. Ella me había doblegado.

—Por el lado negativo, se me ocurren varias posibilidades. Primero, su llamada lo distanciaría aún más de mí. En este momento, tengo un uno o dos por ciento de probabilidades de que se comunique conmigo. Su llamada reduciría mis posibilidades a cero, o menos.

Yo me estaba irritando de verdad. Pensé: «Han pasado ocho años, Thelma, ¿y todavía no recibe el mensaje? Y, además, ¿cómo es posible que sus posibilidades sean menos de cero, tonta?». Esta era realmente mi última carta y estaba empezando a creer que ella la impediría. Sin embargo, guardé silencio.

—Su única motivación para participar sería profesional: ayudar a una enfermita demasiado incompetente para regir su propia vida. Número tres...

¡Por Dios! Estaba volviendo a hablar en forma de listas. Era insoportable.

—Número tres, Matthew probablemente diría la verdad, pero la manera de expresarse sería condescendiente y fuertemente influenciada por la presencia del doctor Yalom. Número cuatro, esto lo colocaría en una posición comprometida y embarazosa profesionalmente. Jamás me lo perdonaría.

—Pero él es un terapeuta, Thelma. Sabe que, para que usted sane, tiene que hablar con él. Si es la persona espiritualmente considerada que usted cree, entonces seguramente debe de sentir mucha culpa por su aflicción y nada le daría más placer que ayudar.

No obstante, Thelma estaba demasiado ocupada confeccionando su lista para oír mis palabras.

—Número cinco, ¿qué beneficio podría obtener yo de

una reunión de tres? Casi no existe ninguna posibilidad de que él diga lo que yo espero oír. No me importa que lo diga con sinceridad: solo quiero oírle decir que yo le importo. Si yo no voy a obtener lo que deseo y necesito, ¿para qué exponerme entonces al dolor? Ya he sufrido bastante. ¿Por qué debería aceptarlo?

Thelma se levantó de su asiento y fue hasta la ventana.

Yo estaba ahora muy preocupado. Thelma estaba a punto de volverse frenética de un modo irracional, lo que bloquearía mi última posibilidad de ayudarla. Me tomé mi tiempo para medir mis palabras.

—La mejor respuesta que puedo darle a todas sus objeciones es que hablar con Matthew nos acercará a la verdad. Seguramente, eso es algo que usted querrá, ¿no? —Ella me daba la espalda, pero me pareció ver que asentía—. ¡No puede seguir viviendo de mentiras o ilusiones!

Proseguí.

—Muchas veces usted me ha hecho preguntas acerca de mi orientación teórica, Thelma. Muchas veces no le he respondido porque pienso que hablar sobre escuelas de terapia nos apartaría del discurso personal que necesitamos. Pero permítame que le dé una respuesta ahora. Quizá el credo terapéutico más importante que tengo es que «la vida no examinada no vale la pena de ser vivida». Traer a Matthew a esta consulta podría ser la llave para examinar verdaderamente y poder entender lo que le ha sucedido a usted estos últimos ocho años.

Mi respuesta tranquilizó a Thelma. Volvió a su sillón y se sentó.

—Esto está removiendo muchas cosas en mi interior. La cabeza me da vueltas. Déjeme que lo piense una semana. Pero debe prometerme una cosa: que no llamará a Matthew sin mi permiso.

Le prometí que, a menos que ella me autorizara, no

llamaría a Matthew durante la próxima semana, y nos despedimos. No tenía la intención de garantizarle que no lo llamaría nunca, pero por suerte no me lo pidió.

Thelma vino a su siguiente sesión con el aspecto de haberse quitado diez años de encima. Caminaba con paso leve, se había arreglado el pelo y lucía una atractiva falda escocesa de lana y medias, en lugar de su acostumbrado chándal o sus pantalones de poliéster. Se sentó de inmediato y fue al grano.

—He pasado toda la semana pensando acerca de una reunión con Matthew. He sopesado los pros y los contras, y creo que usted tiene razón: estoy tan mal que no creo que nada pueda empeorar las cosas.

—Thelma, no es eso lo que yo dije. Yo dije...

Pero Thelma no estaba interesada en lo que yo había dicho, y siguió hablando.

—Pero su plan de llamarlo por teléfono no es una buena idea. Habría sido un shock para él recibir una llamada inesperada suya. De modo que decidí llamarlo yo para prepararlo. Por supuesto, no pude comunicarme con él, pero le dejé un mensaje en el que le explicaba su propuesta, y le pedí que me llamara a mí o a usted..., y...

Con una enorme sonrisa se detuvo aquí e hizo una pausa para crear suspense.

Yo estaba estupefacto. Nunca la había visto actuar así.

—¿Y?

—Bien, usted tiene más poder del que yo creía. Por primera vez en ocho años, él me devolvió la llamada y mantuvimos una amable charla de veinte minutos.

—¿Cómo se sintió hablando con él?

—¡Maravillosa! No puedo decirle lo increíble que fue todo. Como si hubiéramos hablado el día anterior. Volvió a ser el Matthew de antes, dulce y considerado. Me hizo preguntas sobre mí. Se mostró preocupado por mi depresión. Se alegró de saber que le estaba viendo a usted. Tuvimos una magnífica charla.

—¿Puede contarme de qué hablaron?

—Dios, no lo sé. Charlamos, simplemente.

—¿Sobre el pasado? ¿El presente?

—¿Sabe? Suena tonto, pero ¡no me acuerdo!

—¿No se acuerda de nada?

Muchos terapeutas, en este momento, habrían hecho una interpretación acerca de la manera en que me estaba excluyendo. Quizá yo también debería haberlo hecho, pero no podía esperar. ¡Tenía tanta curiosidad! Era típico de Thelma no pensar que yo también pudiera desear algo.

—¿Sabe?, no estoy tratando de ocultar nada. Es que no me acuerdo. Estaba demasiado entusiasmada. Ah, sí, me contó que se había casado y divorciado, y que el divorcio le había provocado una gran confusión. Pero lo principal es que está dispuesto a venir para una sesión entre los tres. ¿Sabe? Es cómico, pero parecía hasta ansioso, como si fuera yo quien lo estuviera esquivando a él. Le dije que viniera a su consulta la próxima sesión, pero él me pidió que le preguntara a usted si no podría ser antes. Ahora que lo hemos decidido, quiere hacerlo lo antes posible. Supongo que yo me siento igual.

Sugerí que nos viéramos en un par de días, y Thelma dijo que se lo comunicaría a Matthew. Después de eso, repasamos su conversación telefónica una vez más y planeamos la siguiente sesión. Thelma no se acordaba de los detalles de la conversación telefónica, pero sí de lo que *no* hablaron.

—Desde que colgué me he estado reprochando el acobardarme y no atreverme a formularle las dos preguntas realmente importantes. Primero, exactamente, ¿qué pasó hace ocho años? ¿Por qué terminaste la relación? Y segundo, exactamente, ¿qué sientes ahora hacia mí?

—Asegurémonos entonces de que no va a terminar nuestra sesión a tres bandas con nuevos reproches por algo que no preguntó. Yo le prometo ayudarla a hacer todas las preguntas que usted quiera, todas las preguntas que puedan liberarla del poder que usted le ha conferido a Matthew. Esa será mi principal labor en la sesión.

Durante el resto de la hora, Thelma repitió gran parte del antiguo material: habló de sus sentimientos hacia Matthew, dijo que no se trataba de una transferencia y que Matthew le había dado la mayor felicidad de su vida. Me parecía que seguiría hablando interminablemente, yéndose por la tangente, y, además, me decía todo eso como si me lo contara por primera vez. Me di cuenta de lo poco que había cambiado y de cuánto dependía todo de lo que sucediera en la siguiente sesión.

Thelma llegó a esa sesión veinte minutos antes de la hora acordada. Yo estaba atareado con la correspondencia y pasé junto a ella en la sala de espera un par de veces mientras consultaba con mi secretaria. Tenía puesto un atractivo vestido ajustado, color azul marino, quizá un atuendo demasiado osado para una mujer de setenta años, pero me pareció que lo llevaba bien. Más tarde, cuando la hice pasar a la consulta, la felicité, y ella, en un tono conspiratorio, cubriéndose los labios con un dedo, me dijo que había pasado la semana entera de compras hasta elegirlo. Era el primer vestido que compraba en ocho años. Mientras se retocaba con el pintalabios me dijo que Matthew llegaría puntualmente, en uno o dos minutos. Le había dicho que no quería pasar mucho tiempo en la consulta porque debía minimizar la posibilidad de encontrarse con algún colega que pudiera estar de paso. Yo no podía culparlo por eso.

De repente, ella dejó de hablar. Yo había dejado la puerta entreabierta, y oímos que Matthew acababa de llegar y que estaba hablando con mi secretaria.

—Vine a algunas conferencias aquí cuando el departamento estaba en el antiguo edificio... ¿Cuándo se mudaron aquí?... La verdad es que me gusta la luz y el aire que tiene todo el edificio. ¿Y a usted?

Thelma se llevó una mano al pecho como para acallar los latidos de su corazón y susurró:

—¿Ve? ¿Ve con cuánta naturalidad se interesa por los demás?

Matthew entró. Era la primera vez que veía a Thelma en ocho años, y si se sorprendió por algún signo físico de su envejecimiento, la juvenil y bondadosa sonrisa que irradiaba no lo manifestó en absoluto. Era mayor de lo que yo esperaba, quizá de cuarenta y tantos años, y llevaba un traje de tres piezas, un estilo que podría considerarse bastante conservador en California. Por lo demás, era tal como lo describía Thelma: delgado, bien bronceado, con bigote.

Yo estaba preparado para su franqueza y sinceridad, y, por lo tanto, no me sorprendió. (Los sociópatas con frecuencia causan una buena impresión, pensé.) Empecé agradeciéndole brevemente que hubiera venido.

—He estado deseando una reunión como esta desde hace años —dijo él de inmediato—. Me corresponde a mí darle las gracias por haberla organizado. Además, me he leído todos sus libros. Es un honor conocerle.

No carece de encanto, pensé, pero no quería verme envuelto en una discusión personal o profesional con Matthew; lo mejor para mí era mantenerme en un segundo plano y permitir que Thelma y Matthew interactuaran lo más posible.

—Hoy tenemos mucho de que hablar —dije, entregándoles la responsabilidad de la sesión—. ¿Por dónde empezamos?

—Es gracioso —dijo Thelma, empezando—. No he aumentado mi medicación. —Se volvió a Matthew—. Sigo tomando antidepresivos. Han pasado ocho años, ¡por Dios, ocho años! Cuesta creerlo... Y probablemente haya probado ocho antidepresivos nuevos, pero ninguno me funciona. Pero lo interesante es que cada vez noto más los efectos secundarios. Ahora mismo, tengo la boca tan seca que me cuesta hablar. ¿Por qué será? ¿Es la tensión lo que agudiza los efectos secundarios?

Thelma siguió parloteando y consumiendo gran parte de nuestro precioso tiempo con sus preámbulos. Yo estaba ante un dilema: en circunstancias normales, podría haber intentado aclarar las consecuencias de su discurso indirecto. Por ejemplo, podría indicarle que estaba adoptando un rol de fragilidad que de inmediato desalentaría la discusión abierta que decía desear. O que había invitado a Matthew para hablar con franqueza y, sin embargo, ella estaba movilizando la culpa de él al recordarle que estaba tomando antidepresivos desde que él la abandonó. Pero tales intervenciones solo traerían como resultado que se usara la mayor parte de la hora como una sesión individual de terapia convencional, justo lo que no quería ninguno de los tres. Además, si yo optaba en algún momento por describir su comportamiento como problemático, ella se sentiría humillada y nunca me lo perdonaría.

Sin embargo, había mucho en juego en esa hora. Yo no podía tolerar que Thelma desperdiciara esta oportunidad yéndose por las ramas. Esta era su oportunidad para formular las preguntas que la atormentaban desde hacía ocho años. Esta era su oportunidad para ser liberada.

—La voy a interrumpir por un minuto, Thelma, si me lo permite. Si ustedes dos están de acuerdo, me gustaría marcar el tiempo hoy para que no nos desviemos mucho del tema. ¿Podemos utilizar un par de minutos para establecer el orden del día?

Se hizo un silencio breve hasta que Matthew lo interrumpió.

—Estoy aquí hoy para ayudar a Thelma. Sé que ha pasado por una mala época y también que la responsabilidad es mía. Estoy abierto a cualquier pregunta.

Eso le abría una oportunidad a Thelma. La miré significativamente. Ella lo captó y empezó.

—No hay nada peor que sentirse desamparada, que una está totalmente sola en el mundo. Cuando yo era una niña, uno de mis libros preferidos, que solía llevar al parque Lincoln, en Washington, para leerlo allí, sentada en un banco, era...

Clavé en Thelma la peor de mis miradas, la más desagradable. Entendió.

—Iré al grano. Supongo que lo fundamental es —se volvió lenta y cuidadosamente hacia Matthew— ¿qué sientes por mí?

¡Así se hace! La bendije con los ojos.

La respuesta de Matthew me cortó la respiración. La miró de frente y dijo:

—¡He pensado en ti cada momento durante estos ocho años! Te quiero. Te quiero mucho. Quiero estar enterado de lo que te pasa. Ojalá hubiera una forma de que nos reuniéramos cada tantos meses para ponernos al día. No quiero mantenerme desconectado.

—Entonces —le preguntó Thelma—, ¿por qué has permanecido en silencio todos estos años?

—Hay veces en que el afecto se expresa mejor con silencio.

Thelma meneó la cabeza.

—Ese es como uno de tus enigmas zen que nunca pude entender.

—Cada vez que trataba de hablar contigo —siguió diciendo Matthew—, las cosas empeoraban. Tú pedías más y más hasta que llegó un punto en el que yo ya no podía darte nada más. Me llamabas doce veces al día. Acudías todo el tiempo a mi consulta. Luego, cuando casi te mataste, supe que lo mejor era dejar de verte por completo. Y mi terapeuta estuvo de acuerdo conmigo.

La declaración de Matthew, según me di cuenta, tenía un parecido increíble con la escena de liberación durante la sesión en que jugamos a desempeñar roles.

—Pero es natural que una persona se sienta desamparada si se le quita algo tan importante de repente —observó Thelma.

Matthew asintió, comprensivo, y por un momento cubrió la mano de Thelma con la suya.

—Creo que es importante —dijo, volviéndose hacia mí— que usted sepa exactamente lo que sucedió hace ocho años. Le hablo a usted ahora, y no a Thelma, porque esto ya se lo he dicho a ella más de una vez. —Se volvió hacia ella—. Siento que tengas que volver a oír todo esto, Thelma.

Con candidez, Matthew se volvió otra vez hacia mí y prosiguió.

—Esto no es fácil para mí. Lo mejor es empezar, de modo que aquí va. Hace ocho años, alrededor de un año después de terminar mi formación, tuve un serio colapso psicótico. Durante ese tiempo yo estaba sumergido en el budismo y hacía meditación..., vipassana... —Matthew me vio asentir e interrumpió su relato—. Usted parece estar familiarizado con eso. Me gustaría conocer su opinión. Pero ahora supongo que es mejor que siga con lo que estaba diciendo... Practicaba vipassana tres o cuatro horas al día. Estaba pensando en ser un monje budista y fui a la India a un retiro de treinta días de meditación en Igatpuri, una pequeña aldea al norte de Bombay. El régimen de silencio total, aislamiento total y meditación catorce horas al día resultó demasiado severo para mí, y los contornos de mi yo empezaron a diluirse. Hacia la tercera semana tenía alucinaciones: creía poder ver a través de las paredes y tener total acceso a mis vidas pasadas y futuras. Los monjes me llevaron a Bombay, y un médico indio me dio una medicación antipsicótica y llamó a mi hermano, que viajó a la India para traerme a casa. Estuve hospitalizado unas cuatro semanas en Los Ángeles. Después de que me dieran de alta volví de inmediato a San Francisco, y fue al día siguiente cuando encontré a Thelma, totalmente por casualidad, en Union Square.

»Todavía me encontraba en un estado mental muy fragmentado. Había transformado las doctrinas budistas en una locura y creía estar en unión con todo el mundo. Me alegré de encontrar a Thelma, de encontrarte a ti, Thelma —dijo, volviéndose hacia ella—. Me alegré de verte. Eso me ayudó a anclarme de nuevo.

Se volvió hacia mí otra vez, y hasta terminar su relato no volvió a mirar a Thelma.

—No tenía más que buenos sentimientos hacia ella. Me sentía un solo ser con Thelma. Deseaba que ella tuviera en la vida todo lo que quería. Más que eso, pensaba que su búsqueda de felicidad era también mi búsqueda. Era la misma búsqueda, y ella y yo éramos un solo ser. Tomaba al pie de la letra el dogma budista de la unidad universal y la ausencia de ego. No sabía dónde terminaba uno y empezaba el otro. Le daba a ella todo lo que quería. Ella quería que yo estuviera junto a ella, quería ir a casa conmigo, quería una relación sexual, y yo estaba dispuesto a darle todo en un estado de perfecta unidad y amor.

»Pero ella quería más, y yo no podía darle más. Me sentía cada vez más perturbado. Después de tres o cuatro semanas volvieron mis alucinaciones, y tuve que volver al hospital, esta vez por seis semanas. No hacía mucho que había salido cuando me enteré del intento de suicidio de Thelma. No sabía qué hacer. Era catastrófico. Era lo peor que me había pasado. Llevo ocho años atormentándome por ello. Al principio respondía sus llamadas, pero cada vez eran más. Mi psiquiatra finalmente me aconsejó que cortara todo contacto, que me mantuviera en total silencio. Dijo que eso era necesario para mi propia cordura, y estaba seguro de que sería lo mejor para Thelma también.

Mientras escuchaba a Matthew la cabeza me daba vueltas. Yo me había formado diversas hipótesis que explicaban su comportamiento, pero no estaba ni remotamente preparado para la historia que acababa de oír.

Primero, ¿era verdad? Matthew era encantador. Persuasivo. ¿Sería todo eso un invento para mí? No, yo no dudaba de que las cosas habían pasado tal y como las había descrito: sus palabras tenían el inconfundible timbre de la verdad. Sin que se lo pidiera, me dio el nombre de los hospitales y de los médicos que lo trataron, en caso de que quisiera llamarlos. Además, Thelma, a quien, según dijo, ya le había contado todo esto en el pasado, escuchó con total atención, sin ofrecer ningún reparo.

Me volví a mirarla, pero ella eludió mis ojos. Después de que Matthew dejó de hablar, ella se puso a mirar por la ventana.

¿Era posible que supiera todo esto desde el comienzo y me lo hubiera ocultado? ¿O había estado tan ensimismada en su propio dolor y sus propias necesidades que no había tomado cabal conciencia del estado mental de Matthew? ¿O lo habría sabido por un breve lapso, reprimiendo luego su conocimiento porque chocaba con su propia mentira vital?

Solo Thelma lo sabía. Pero ¿qué Thelma? ¿La Thelma que me había engañado? ¿La Thelma que se engañaba a sí misma? ¿O la Thelma a quien ella misma engañaba? Dudé de poder encontrar la respuesta a estas preguntas.

Sin embargo, principalmente mi atención estaba centrada en Matthew. En los últimos meses, yo había construido una visión —o, más bien, varias visiones alternativas—
de él: un Matthew irresponsable, sociópata, que explotaba
a sus pacientes; un Matthew insensible y confundido sexualmente que buscaba resolver sus conflictos personales
(con las mujeres en general o con su madre en particular);
un joven terapeuta, descarriado y grandilocuente, que confundía el amor deseado con el amor requerido.

Sin embargo, él no era ninguna de estas versiones. Era
otra cosa que yo jamás había anticipado. Pero ¿qué? No
estaba seguro. ¿Una víctima bienintencionada? ¿Un sanador lastimado, un Cristo que había sacrificado su propia
integridad por Thelma? De hecho, yo ya no lo veía como
un terapeuta que había transgredido los acuerdos tácitos
de la profesión: era un paciente igual que Thelma y, además (no podía dejar de pensarlo mientras echaba un vistazo a Thelma, que seguía mirando por la ventana), un paciente que colaboraba, como los que me gustan a mí.

Recuerdo que me sentí trastornado: casi todas las concepciones que había elaborado se derrumbaron en unos
pocos minutos. El Matthew sociópata o el terapeuta transgresor habían desaparecido para siempre. En su lugar, se
levantaba una nueva e inquietante pregunta: «En esta relación, ¿quién había explotado a quién?».

Esta era toda la información que yo podía manejar (y
toda la que necesitaba, según pensé). Solo tengo un recuerdo vago del resto de la sesión. Recuerdo que Matthew alentó a Thelma a que hiciera más preguntas. Era como si él
también sintiera que ella solo podía ser liberada mediante
información, pues sus ilusiones no soportarían la luz de la
verdad. Y creo, también, que se dio cuenta de que solo gracias a la liberación de Thelma lograría liberarse él. Recuerdo que Thelma y yo hicimos muchas preguntas, todas las

cuales él respondió satisfactoriamente. Su mujer lo había abandonado hacía cuatro años. Ella y él tenían ideas cada vez más diferentes sobre religión, y ella no pudo seguirlo cuando empezó a acercarse a una secta cristiana fundamentalista.

No, no era gay. Ni lo había sido nunca, aunque Thelma se lo había preguntado muchas veces. Solo en ese momento su sonrisa disminuyó y un tono de irritación apareció en su voz («Te dije muchas veces, Thelma, que los heterosexuales también viven en el Haight»).

No, nunca había mantenido una relación personal con ningún otro paciente. De hecho, como resultado de su psicosis y de lo que pasó con Thelma, hacía varios años que se había dado cuenta de que sus problemas psicológicos constituían un obstáculo infranqueable y había dejado de ejercer como terapeuta. Pero, comprometido con una misión de servicio, administró test psicológicos durante algunos años y luego trabajó en un laboratorio de biorretroalimentación. Más recientemente, había empezado a trabajar como administrador de una organización cristiana de salud.

Yo estaba pensando en la decisión profesional de Matthew, preguntándome si no habría llegado el momento de que volviera a ejercer la terapia —quizá ahora podría ser un terapeuta excepcional—, cuando noté que casi se nos había terminado el tiempo.

Pregunté si habíamos cubierto todo. Le pedí a Thelma que se proyectara en el futuro e imaginara cómo podría sentirse dentro de unas horas. ¿Le habían quedado preguntas?

Me sorprendí cuando vi que se echaba a llorar de tal manera que no podía recobrar el aliento. Sus lágrimas se derramaron sobre su nuevo vestido azul hasta que Matthew, adelantándoseme, le acercó la caja de pañuelos de papel. Cuando terminaron sus sollozos, sus palabras se hicieron audibles.

—No puedo creer, simplemente me niego a creer que yo le importe a Matthew. —Sus palabras no iban dirigidas ni a Matthew ni a mí, sino a un punto entre nosotros en la habitación. Noté con cierto alivio que yo no era el único a quien se dirigía en tercera persona.

Traté de ayudarla a hablar.

—¿Por qué? ¿Por qué no lo cree?

—Lo dice porque se siente obligado a decirlo. Es lo correcto. Lo único que puede decir.

Matthew intentó explicarse, pero la comunicación era difícil debido a los sollozos de Thelma.

—Todo lo que he dicho lo he dicho de verdad. He pensado en ti cada día de estos ocho años. Lo que a ti te pasa me importa. Me importa mucho.

—Pero que te importe... ¿qué significa? Ya sé que te importan los pobres, las hormigas y las plantas y los sistemas ecológicos. ¡Yo no quiero ser una de tus hormigas!

Nos habíamos pasado veinte minutos y tuve que poner punto final, aunque Thelma todavía no había recobrado su compostura. Le di una cita para el día siguiente no solo para ayudarla, sino porque sería mejor verla pronto, mientras los detalles de esta hora seguían frescos en su mente.

Los tres terminamos la sesión estrechándonos la mano y nos despedimos. Unos pocos minutos más tarde, mientras tomaba un café, vi que Thelma y Matthew estaban charlando en el pasillo. Él estaba tratando de explicarle algo, pero ella apartaba los ojos. Poco después vi cómo tomaban direcciones distintas.

Thelma no se había recuperado al día siguiente y se mostró muy lábil durante toda la sesión. Lloraba continuamente y, por momentos, tenía arrebatos de ira. Lamentaba, en primer lugar, que Matthew tuviera una opinión tan pobre de ella. Había estado dándole vueltas a la expresión que él había utilizado —que se interesaba por ella— y ahora le parecía un insulto. No había mencionado ninguno de sus rasgos positivos, y estaba convencida de que la actitud general de Matthew no había sido amistosa.

Además, también estaba convencida de que, probablemente debido a mi presencia, él había adoptado una voz y unas maneras seudoterapéuticas que ella encontraba condescendientes. Thelma divagó mucho mientras reconstruía la sesión y la forma en que había reaccionado ante ella.

—Siento como si se me hubiera amputado algo. Hay algo que ya no tengo. A pesar de la altisonante ética de Matthew, creo que soy más honesta que él. Sobre todo en cuanto a su relato de quién sedujo a quién.

Thelma se mantuvo misteriosa al respecto y yo no la forcé a una explicación. Aunque me hubiera gustado descubrir lo que «realmente» había sucedido, su referencia a una «amputación» me intrigaba más aún.

—No he tenido más fantasías con respecto a Matthew —dijo—. Ya no sueño despierta. Pero quiero hacerlo. Quiero hundirme en el abrazo de un ensueño tibio. Fuera hace frío y me siento vacía. Ya no existe nada más.

Como un bote a la deriva que se ha soltado de sus amarras, pensé, aunque un bote consciente que busca desesperadamente un amarre, cualquier amarre. Ahora, sin sus obsesiones, el estado de Thelma era de extraña flotación libre. Este era el momento que yo estaba esperando. Estados así no duran mucho: el obsesivo desvinculado de su obsesión, como oxígeno naciente, rápidamente se funde con una imagen o idea mental. Este momento, este breve intervalo entre obsesiones, era el momento crucial para trabajar, antes de que Thelma restableciera su equilibrio aferrándose a algo o a alguien. Lo más probable era que reconstruyera la hora con Matthew de manera tal que su versión de la realidad pudiera otra vez sustentar su fantasía de fusión.

Me parecía que habíamos logrado un progreso real: la cirugía estaba completa, y ahora mi tarea era impedir que conservara el miembro amputado y rápidamente volviera a cosérselo. Mi oportunidad se presentó pronto, cuando Thelma procedió a lamentar su pérdida.

—Mis predicciones de lo que podría suceder se han hecho realidad. Ya no me quedan esperanzas. Nunca obtendré más satisfacciones. Yo podía vivir con ese uno por ciento de probabilidades. Pude hacerlo mucho tiempo.

—¿Cuál era la satisfacción, Thelma? ¿Un uno por ciento de qué?

—De esos veintisiete días. Hasta ayer siempre había una posibilidad de que Matthew y yo pudiéramos volver a ese tiempo. Estábamos allí, el sentimiento era real. Reconozco el amor cuando lo siento. Mientras Matthew y yo estuviéramos vivos, siempre había una posibilidad de recuperarlo. Hasta ayer. En su consulta.

Todavía quedaban varias hebras de ilusión que separar. Yo había destruido la obsesión casi por completo. Había llegado el momento de terminar la labor.

—Thelma, lo que tengo que decirle ahora no es agradable, pero creo que es importante. Permítame que exprese mis pensamientos con claridad. Si dos personas comparten un momento o un sentimiento, si ambas sienten lo mismo, entonces creo posible que, mientras vivan, les será posible restablecer ese precioso sentimiento entre las dos. Sería un procedimiento delicado; después de todo, la gente cambia, y el amor nunca perdura, pero, aun así, entra dentro del reino de lo posible. Podrían comunicarse plenamente, tratar de lograr una profunda y auténtica relación que, dado que el amor auténtico es un estado absoluto, se aproximaría a lo que tuvieron antes.

»Pero suponga que nunca fue una experiencia compartida. Suponga que las dos personas tuvieron experiencias radicalmente diferentes. Y suponga que una de ellas creyó equivocadamente que sus experiencias eran iguales a las de la otra persona.

Thelma tenía los ojos clavados en mí. Yo estaba seguro de que me entendía perfectamente bien.

—Lo que oí en la sesión con Matthew —proseguí— fue precisamente eso. Su experiencia y la de él fueron muy diferentes. ¿Puede ver lo imposible que sería para cada uno de ustedes recrear el estado mental particular en que se encontraban? Ustedes dos no pueden ayudarse mutuamente porque no comparten ese mismo estado mental.

»Él estaba en un lugar, y usted en otro. Él estaba sumido en la psicosis. No sabía cuáles eran sus límites, dónde terminaba él y empezaba usted. Él quería que fuera feliz porque pensaba que era uno con usted. La experiencia que tuvo usted fue muy diferente. Usted no puede recrear un estado de amor romántico compartido, de los dos profundamente enamorados el uno del otro, porque eso nunca existió.

No creo haber dicho nunca nada tan cruel, pero para hacerme oír debía usar palabras tan fuertes y duras que no pudieran luego ser distorsionadas ni olvidadas.

No había duda de que mi observación había dado en el blanco. Thelma había dejado de llorar y estaba sentada allí, inmóvil, considerando mis palabras. Rompí el pesado silencio después de varios minutos.

—¿Cómo se siente con respecto a lo que le he dicho, Thelma?

—Ya no puedo sentir nada. No queda nada por sentir. Debo encontrar una manera de subsistir. Estoy aturdida.

—Ha vivido y se ha sentido de la misma manera durante ocho años, y ahora, de repente, en veinticuatro horas se queda sin nada. Estos próximos días van a ser desorientadores. Se sentirá perdida. Pero es algo que debemos esperar. ¿Cómo podría ser de otra manera?

Dije esto porque muchas veces la mejor manera de prevenir una reacción calamitosa es predecirla. Otra manera es ayudar a que el paciente salga y ocupe el rol del observador.

—Será importante que esta semana —añadí en consecuencia— observe y registre su propio estado interior. Me gustaría que lo constatara cada cuatro horas, mientras esté despierta, y que anote sus comentarios. Los estudiaremos la semana próxima.

Pero a la semana siguiente, por primera vez, Thelma faltó a su hora de terapia. Su marido llamó para pedir disculpas en nombre de su esposa, que se había quedado dormida, y acordamos vernos dos días después.

Cuando entré en la sala de espera para saludar a Thelma, me apenó su deterioro físico. Iba de nuevo con su chándal verde y era evidente que no se había peinado ni había hecho ningún esfuerzo por arreglarse. Además, por primera vez vino acompañada por su esposo, Harry, un hombre canoso con una gran nariz bulbosa que permanecía sentado, apretando en cada mano un tensor digital para fortalecer el puño. Recordé lo que me había dicho Thelma, que su marido había enseñado técnicas de combate cuerpo a cuerpo durante la guerra. Pude imaginarlo estrangulando a alguien.

Pensé que era extraño que la acompañara ese día. A pesar de sus años, Thelma estaba en buena forma física y siempre había ido sola a la consulta. Sentí más curiosidad aún cuando me dijo en la sala de espera que Harry quería hablar conmigo. Yo ya lo conocía: en la tercera o cuarta sesión lo vi junto con Thelma para una discusión de quince minutos, principalmente para constatar la clase de persona que era y aprender algo sobre el matrimonio desde la perspectiva de él. Nunca antes había solicitado una reunión; era evidente que se trataba de algo importante. Accedí a hablar con él los diez minutos finales de la sesión de Thelma y también dejé bien claro que me sentiría libre de informarla a ella sobre lo que discutiéramos.

Thelma se veía cansada. Se dejó caer sobre su asiento y habló despacio, en voz baja y con tono resignado.

—¡La semana ha sido un horror, un verdadero infierno! Mi obsesión ha desaparecido, o casi desaparecido, supongo. En lugar del noventa por ciento del tiempo, paso menos del veinte por ciento del tiempo en que estoy despierta pensando en Matthew, e incluso ese veinte por ciento varía. Pero ¿qué he hecho, en cambio? Nada. Absolutamente nada. Me he pasado durmiendo doce horas al día. No hago más que dormir, estar sentada y suspirar. Estoy seca, ya no puedo llorar. No he comido casi en toda la semana... Harry, que casi nunca adopta una actitud crítica, me preguntó anoche, mientras picoteaba algo durante la cena: «¿Otra vez te estás compadeciendo de ti misma?».

—¿Cómo explica lo que le ha estado pasando?

—Es como si hubiera estado en un espectáculo de magia y ahora esté fuera, donde todo es muy gris.

Se me puso la piel de gallina. Nunca la había oído hablar metafóricamente. Era como si hablara otra persona.

—Hábleme más de cómo se siente.

—Me siento vieja, realmente vieja. Por primera vez tengo setenta años, siete cero, y eso es más viejo que el noventa y nueve por ciento de la gente que camina a mi alrededor. Me siento como una zombi, como si me hubiera quedado sin combustible. Mi vida es un vacío, un callejón sin salida. Nada que hacer, excepto vivir hasta que se me termine el tiempo.

Dijo estas palabras rápidamente, pero la cadencia disminuyó en la última oración. Luego se volvió hacia mí y clavó sus ojos en los míos. Eso de por sí era muy poco habitual, pues raras veces me miraba directamente. Quizá me equivoco, pero creo que sus ojos decían: «¿Está satisfecho ahora?». No hice ningún comentario acerca de su mirada.

—Todo esto siguió a nuestra sesión con Matthew. ¿Qué pasó en esa hora para ponerla así?

—¡Qué tonta fui en protegerlo durante ocho años!

El enojo de Thelma la hacía cobrar vida. Tomó el bolso, que estaba sobre su falda, lo colocó en el suelo y cargó su tono de energía.

—¿Qué recompensa obtuve? Le diré: ¡una patada en los dientes! Si yo no hubiera ocultado su secreto a mis otros terapeutas todos estos años, quizá las cosas hubieran resultado distintas.

—No lo entiendo. ¿Cuál fue la patada en los dientes?

—Usted estuvo presente. Lo vio. Vio su insensibilidad. No me dijo hola ni adiós. No respondió mis preguntas. ¿Tanto esfuerzo le hubiera costado? Aún no me ha dicho por qué me abandonó.

Traté de explicarle que yo veía las cosas de manera diferente y que, en mi opinión, Matthew había sido afectuoso con ella y se había explayado, refiriéndole incluso dolorosos detalles, para aclararle por qué había dejado de verla.

Pero Thelma siguió hablando, sin escuchar mis comentarios.

—Solo una cosa está clara: Matthew Jennings está harto de Thelma Hilton. Dígame: ¿cuál es la situación perfecta para llevar al suicidio a una examante? *Abandono repentino sin dar razones*. ¡Eso es exactamente lo que me hizo! Ayer, en una de mis fantasías, vi a Matthew, hace ocho años, jactándose ante uno de sus amigos (y apostando dinero) de que podía usar sus conocimientos psicológicos primero para seducirme y luego para destruirme por completo en veintisiete días.

Thelma se inclinó, abrió su bolso y sacó el recorte de

un diario sobre un asesinato. Esperó un par de minutos hasta que lo leí. Había subrayado en rojo un párrafo donde se decía que los suicidios, en realidad, son homicidios dobles.

—Lo vi en el diario del domingo. ¿Fue así en mi caso? ¿Quizá cuando traté de suicidarme quería matar a Matthew? ¿Sabe?, parece cierto. Lo siento aquí. —Se tocó el corazón—. No se me había ocurrido antes.

Luché por mantener el equilibrio. Naturalmente, me preocupaba su depresión. Y, sin embargo, por supuesto, estaba desesperada. ¿Cómo podía ser de otra forma? Solo la desesperación más grande podía haber generado una ilusión con la fuerza y la tenacidad suficientes para durar ocho años. Y si yo erradicaba la ilusión, entonces debía estar preparado para enfrentarme a la desesperación que ocultaba. Por eso, por muy dura que fuera, la angustia de Thelma era una buena señal, pues indicaba que estábamos dando en el blanco. Todo iba bien. La preparación por fin había sido completada, y la verdadera terapia podía empezar.

De hecho, ya había empezado. Los sorpresivos estallidos de Thelma, su repentina ira hacia Matthew, eran un signo de que las viejas defensas ya no resistían. Ahora estaba en un estado de fluidez. Todo paciente con una obsesión severa siente enojo en el fondo, y yo me sentía preparado para que emergiera en Thelma. A pesar de sus componentes irracionales, su enojo era excelente.

Yo estaba tan ensimismado en mis pensamientos, trazando planes para el futuro, que me perdí la primera parte del siguiente comentario de Thelma, aunque oí con claridad el final de la oración:

—...y por eso debo abandonar la terapia.

Me apresuré en responder:

—Thelma, ¿cómo puede siquiera considerar eso? Este

es el peor momento posible para dejar la terapia. Es justamente ahora cuando podemos hacer verdaderos progresos.

—Yo ya no quiero seguir con la terapia. He sido una paciente durante veinte años y estoy cansada de ser tratada como una paciente. Matthew me trataba como paciente, no como amiga. Usted me trata como paciente. Quiero ser como todos los demás.

Yo ya no recuerdo la secuencia de mis palabras. Solo sé que saqué todos los frenos y ejercí sobre ella la mayor presión para que lo reconsiderara. Le recordé su compromiso de seis meses, del cual quedaban cinco semanas.

—Incluso usted —replicó— estaría de acuerdo en que llega el momento en que una debe protegerse. Un poco más de este «tratamiento» sería insoportable. —Sonrió sombríamente—. Un poco más de tratamiento mataría al paciente.

Todos mis argumentos tuvieron un destino semejante. Insistí en que habíamos progresado. Le recordé que originalmente ella había venido a verme para que liberara su mente de sus preocupaciones, y que habíamos dado grandes pasos en esa dirección. Este era el momento de abordar la sensación de vacío y futilidad que había alimentado la obsesión.

Su respuesta fue, en efecto, que sus pérdidas habían sido demasiado grandes, más de lo que podía soportar. Había perdido su esperanza para el futuro (y por eso quería decir que había perdido el «uno por ciento de probabilidad» de una reconciliación); también había perdido los mejores veintisiete días de su vida (si, como demostraba yo, no eran «reales», entonces había perdido este recuerdo del mejor momento de su vida); y también había perdido ocho años de sacrificio (si había estado protegiendo una ilusión, entonces su sacrificio había carecido de sentido).

Tanto poder tenían las palabras de Thelma que yo no encontré una manera efectiva de refutarlas, excepto reconocer sus pérdidas, decirle que tenía por delante un periodo de duelo y que yo quería estar a su lado para ayudarla. Traté también de señalar que el arrepentimiento es una experiencia muy dolorosa, pero que podíamos hacer mucho para prevenir el arraigo de futuros arrepentimientos. Le dije que considerara, por ejemplo, la decisión a la que se enfrentaba en ese momento: dentro de un mes o de un año, ¿no se arrepentiría de haber dejado la terapia?

Thelma replicó que, aunque yo estuviera probablemente en lo cierto, se había prometido a sí misma dejar la terapia. Comparó nuestra sesión a tres bandas con una visita al médico cuando uno sospecha que tiene cáncer.

—Una ha estado muy confundida, tan asustada que ha pospuesto la visita una y otra vez. El médico confirma que una tiene cáncer, y entonces toda la confusión cesa. ¿Con qué se queda, entonces?

Mientras intentaba aclarar mis sentimientos, me di cuenta de que una de mis primeras reacciones que reclamaba atención era: «¿Cómo me puede hacer esto?»; aunque, sin duda, mi indignación se derivaba en parte de mi propia frustración, también estaba seguro de que estaba reaccionando al sentimiento de Thelma hacia mí. Yo era la persona responsable de todas esas pérdidas. La sesión con los tres había sido idea mía, y yo fui quien la privó de sus ilusiones. Se me ocurrió que yo estaba desempeñando una tarea ingrata. La misma palabra *desilusión*, con su connotación negativa, nihilista, debió haberme hecho una advertencia. Pensé en *Aquí está el vendedor de hielo*, de Eugene O'Neill, y la suerte de Hickey, el desilusionador. Aquellos a quienes él trata de devolver a la realidad en última instancia se vuelven en su contra y regresan al mundo de la ilusión.

Recordé que, unas semanas atrás, había descubierto que Thelma sabía cómo castigar y que no necesitaba mi ayuda. Pienso que su tentativa de suicidio fue en realidad un intento de asesinato, y ahora creía que su decisión de suspender la terapia también era una forma de doble homicidio. Ella consideraba que terminar la terapia era una forma de atacarme, y estaba en lo cierto. Había percibido lo importante que era para mí tener éxito en su caso, satisfacer mi curiosidad intelectual, hacer un seguimiento hasta el final.

Su venganza contra mí era frustrar todos estos propósitos. No importaba que el cataclismo que destinaba para mí terminara afectándola también a ella; de hecho, su tendencia sadomasoquista era tan pronunciada que le atraía la idea de una doble inmolación. Noté con ironía que el hecho de que yo recurriera a la jerga de diagnóstico profesional significaba que debía de estar realmente enojado con ella.

Traté de explorar estas ideas con Thelma.

—Me doy cuenta de su enojo con Matthew, pero me pregunto si usted no estará también enojada conmigo. Tendría mucho sentido que estuviera enfadada, muy enfadada, en realidad, conmigo. Después de todo, de alguna manera usted debe de sentir que yo la metí en este lío en que está ahora. Fue idea mía invitar a Matthew, hacerle esas preguntas.

Me pareció ver que asentía.

—Si es así, Thelma, ¿qué mejor lugar para resolver todo esto que en la terapia, aquí?

Thelma sacudió la cabeza más vigorosamente aún.

—Mi razón me indica que usted está en lo cierto. Pero a veces una hace lo que debe hacer. Me prometí a mí misma dejar de ser una paciente, y voy a cumplir esa promesa.

Me di por vencido. Estaba frente a un muro de piedra.

EL VERDUGO DEL AMOR 95

Hacía mucho que se había pasado la hora, y todavía me faltaba hablar con Harry, a quien le había dicho que lo vería diez minutos. Antes de que Thelma se fuera, conseguí que me prometiera meditar su decisión y verme dentro de tres semanas. Además, dijo que respetaría su compromiso con el proyecto de investigación y que dentro de seis meses vería a los psicólogos del proyecto y completaría todos los cuestionarios. Al terminar la sesión pensé que, aunque cumpliera con su compromiso con la investigación, había pocas probabilidades de que reanudara la terapia.

Con su victoria pírrica asegurada, Thelma podía permitirse cierta generosidad: al salir de la consulta me agradeció mis esfuerzos y dijo que, si alguna vez volvía a terapia, me elegiría de nuevo a mí.

Acompañé a Thelma hasta la sala de espera e hice pasar a Harry. Fue directamente al grano.

—Sé lo que significa cumplir horarios estrictos, Doc, yo lo hice en el ejército durante treinta años y veo que se le está haciendo tarde. Eso le atrasará el día entero, ¿eh?

Asentí, pero le aseguré que tenía tiempo para él.

—Bien, puedo ser breve. No soy como Thelma. Nunca me ando con rodeos. Le diré lo que quiero: que me devuelva a mi mujer, doctor, la Thelma de antes, tal como era.

La voz de Harry no era amenazadora, sino suplicante. Aun así, mientras él hablaba, no pude dejar de mirarle esas manos grandes, de estrangulador. Prosiguió, y con un tono de reproche añadió que Thelma había ido empeorando progresivamente desde que empezó a trabajar conmigo. Cuando terminó de hablar, traté de brindarle cierto apoyo diciéndole que una larga depresión es casi tan mala para la familia como para el paciente. Ignorando mi maniobra, respondió que Thelma siempre había sido una buena esposa y que quizá él hubiera agravado el problema por viajar tanto. Finalmente, cuando lo informé de la decisión de

Thelma de suspender la terapia, pareció aliviado y complacido: llevaba varias semanas insistiéndole en que lo hiciera.

Una vez que Harry se marchó, me quedé sentado, cansado, aturdido y de mal humor. ¡Por favor, qué pareja! ¡Que Dios me libre de ellos! Qué ironía... El viejo tonto quería a «la Thelma de antes». ¿Tan ausente había estado que no se daba cuenta de que nunca tuvo a Thelma, ni antes ni ahora? La Thelma de antes nunca estaba en casa: durante los últimos ocho años había pasado el noventa por ciento de su vida perdida en la fantasía de un amor que nunca tuvo. Harry, al igual que Thelma, también optaba por ceñirse a una ilusión. Cervantes se preguntaba: «¿Qué prefieres: una sabia locura o una cordura tonta?». La elección de Harry y Thelma era muy clara.

No obstante, a mí no me consolaba criticar a Thelma y Harry o lamentar la debilidad del espíritu humano, ese débil espectro incapaz de sobrevivir sin ilusiones, sin encantamientos, quimeras o mentiras vitales. Era hora de afrontar la verdad: yo había arruinado este caso de una manera increíble y no podía transferir la culpa a la paciente, o a su marido, o a la condición humana.

Los días siguientes estuvieron llenos de autorrecriminaciones y de preocupación por Thelma. Al principio por su suicidio, pero después me tranquilicé pensando que su enojo era tan manifiesto y dirigido hacia otro que era improbable que lo dirigiera contra sí misma.

Para combatir los reproches continuos que me hacía, intenté persuadirme de que había empleado una estrategia terapéutica apropiada: Thelma estaba en una situación desesperada cuando vino a consultarme, y había que hacer algo. Aunque ahora no es que estuviera bien, tampoco estaba peor que cuando comenzamos a trabajar. Quién sabe: quizá estuviera mejor, quizá yo la había desilusionado, sí, pero eso era justamente lo que debía hacer, y ella necesitaba lamerse las heridas sola antes de reanudar otra forma de terapia. Yo había intentado un enfoque más tradicional durante cuatro meses, y había recurrido a una intervención extrema solo cuando se hizo patente que no me quedaba otra opción.

Pero todo esto era un autoengaño. Yo sabía que existían buenas razones para sentirme culpable. Una vez más, había caído víctima de la pretenciosa creencia de que era capaz de tratar a cualquiera. Al principio, había desechado veinte años de evidencia que decían que Thelma no era una buena candidata para la psicoterapia, y la había sometido a una dolorosa confrontación que, retrospectivamente, tenía escasas probabilidades de éxito. Había derribado sus defensas sin construir nada para reemplazarlas.

Quizá Thelma estaba en lo cierto al protegerse de mí en este momento. Quizá estaba en lo cierto al decir que «un poco más de tratamiento mataría al paciente». Después de todo, me merecía la crítica de Thelma y Harry. Me había avergonzado a mí mismo profesionalmente. Al describir la psicoterapia de Thelma en una conferencia educativa un par de semanas antes, había despertado considerable interés. Ahora me amedrentaba la posibilidad de que en el futuro colegas y estudiantes me pidieran que les contara cómo había terminado todo.

Como esperaba, Thelma no asistió a su sesión tres semanas después. La llamé por teléfono y tuve con ella una conversación breve pero significativa. Aunque se mostró inflexible al reafirmar su intención de dejar de ser una paciente, detecté menos rencor en su voz. Dijo que no solo le fastidiaba la terapia, sino que ya no la necesitaba: se sentía mucho mejor que hacía tres semanas. El ver a Matthew el día anterior, me dijo de improviso, la había ayudado inmensamente.

—¿Cómo? ¿Matthew? ¿Cómo sucedió? —le pregunté.

—Ah, tuve una charla agradable con él. Tomamos un café. Hemos quedado en vernos cada mes, más o menos.

Eso picó mi curiosidad y le hice más preguntas. Primero adoptó un tono burlón («Siempre le dije que eso era lo que yo necesitaba»). Luego dejó claro que yo ya no tenía derecho de hacerle preguntas personales. Al final me di cuenta de que no me enteraría de nada más y me despedí definitivamente. Cumplí con el ritual de decirle que estaba disponible como terapeuta, en caso de que cambiara de opinión. Pero al parecer ella ya había perdido todas las ganas de someterse al tipo de terapia que yo practicaba, y no volví a saber nada más de ella.

Seis meses después, el equipo de investigadores entrevistó a Thelma y volvió a administrarle su batería de instrumentos psicológicos. Cuando se publicó el informe final, lo primero que leí fue su relato sobre el caso de Thelma Hilton.

En resumen, T. H., una mujer blanca, casada, de setenta años, como resultado de un curso de terapia semanal de cinco meses mejoró de forma significativa. De hecho, de los veintiocho sujetos geriátricos que han participado en este estudio, ella fue la que obtuvo los resultados más positivos.

Está mucho menos deprimida. Sus tendencias suicidas, muy elevadas al principio, se habían reducido hasta tal punto que ahora ya no se considerarían un factor de riesgo. Su autoestima ha mejorado y se han producido significativas mejorías en otras escalas: ansiedad, hipocondría, psicosis y obsesionalismo.

El equipo de investigación no tiene del todo clara la naturaleza de la terapia que ha producido estos impresionantes cambios debido a que la paciente sigue mostrándose inexplicablemente reservada acerca de los detalles de la terapia. Al parecer, el terapeuta utilizó con éxito un plan de tratamiento pragmático orientado sintomáticamente, destinado a brindar alivio antes que un esclarecimiento profundo o un cambio en la personalidad. Además, empleó eficazmente un enfoque sistémico e involucró en el proceso terapéutico tanto a su marido como a un amigo de toda la vida (de quien ella había estado distanciada).

¡Un informe sensato! De alguna manera, me proporcionó un poco de consuelo.

2

«SI LA VIOLACIÓN FUERA LEGAL...»

—Su paciente es un imbécil de mierda y así se lo dije anoche en el grupo, con estas mismas palabras.

Sarah, una joven residente de Psiquiatría, hizo una pausa y me dedicó una mirada feroz, desafiándome a que la criticara.

Era obvio que algo extraordinario había sucedido. No todos los días irrumpe un estudiante en mi consulta y, sin rastros de enojo —en realidad, se la veía orgullosa y desafiante—, me dice que ha insultado a uno de mis pacientes. Sobre todo a un paciente con un cáncer avanzado.

—Sarah, ¿por qué no te sientas y me lo cuentas todo? Tengo unos minutos antes de que llegue el siguiente paciente.

Esforzándose por mantener la compostura, Sarah empezó a hablar.

—¡Carlos es el ser más grosero y despreciable que he conocido en mi vida!

—Bien, ya sabes que no es tampoco mi persona favorita. Te lo dije antes de enviártelo. —Yo había estado tratando a Carlos de forma individual desde hacía unos seis meses y unas semanas antes se lo había enviado a Sarah para que lo incluyera en su grupo de terapia—. Pero sigue. Y perdona la interrupción.

—Bien, como sabe, es ofensivo. Olfatea a las mujeres como si él fuera un perro y ellas perras en celo, y le da igual todo lo que suceda en el grupo. Anoche, Martha, una joven frágil con un trastorno límite de la personalidad que se mantiene casi muda en el grupo, empezó a contar que el año pasado fue violada. Creo que no lo había compartido con nadie; por lo menos, no en un grupo. Estaba tan asustada, lloraba tanto, pues le costaba decirlo, que era increíblemente doloroso. Todos trataban de ayudarla y, no sé si hice bien, pero decidí que ayudaría a Martha si contaba al grupo que yo fui violada hace tres años...

—No lo sabía, Sarah.

—¡Nadie lo sabía, tampoco!

Sarah se detuvo y se enjugó los ojos. Podía ver que le costaba decirme esto, pero en este punto no estaba seguro de qué le dolía más: si hablarme de la violación que había sufrido o la manera en que se había expuesto ante el grupo. (El hecho de que yo fuera el instructor de terapia de grupo en el programa debe de haber complicado las cosas para ella.) ¿O estaba más molesta por lo que aún no me había dicho? Decidí actuar de forma natural.

—¿Y qué pasó entonces?

—Bueno, entonces fue cuando Carlos entró en acción.

¿*Mi* Carlos? ¡Ridículo!, pensé. Como si fuera mi hijo y yo tuviera que responder por él. (Sin embargo, era verdad que yo había instado a Sarah a que lo aceptara; la idea de introducir a un paciente con cáncer en el grupo no le había entusiasmado precisamente. Pero también era verdad que su grupo se había reducido a cinco, y necesitaba nuevos miembros.) Nunca la había visto tan alterada ni irracional. Yo temía que se sintiera turbada por esto después y no quería empeorar las cosas con nada que sonara a crítica.

—¿Qué hizo?

—Le hizo a Martha una serie de preguntas puntuales:

cuándo, dónde, qué, quién. Al principio eso la ayudó a hablar, pero en cuanto yo hablé de la agresión que sufrí, él ignoró a Martha y empezó a hacer lo mismo conmigo. Luego nos hizo a las dos preguntas con detalles íntimos. El violador, ¿nos desgarró la ropa? ¿Se corrió dentro de nosotras? ¿Hubo un momento en que empezamos a disfrutar? Todo esto era tan insidioso que pasó un tiempo antes de que el grupo empezara a darse cuenta de que él estaba disfrutando. No le importábamos un rábano Martha y yo; él se estaba excitando sexualmente. Sé que debería sentir más compasión por él, pero ¡es tan asqueroso!

—¿Cómo terminó?

—Bien, los del grupo por fin se percataron y empezaron a recriminarle su falta de sensibilidad, pero él no demostró ningún remordimiento. En realidad, se puso más ofensivo y nos acusó, a Martha y a mí, y a todas las víctimas de violación, de exagerar las cosas. «¿Cuál es el problema?», preguntó, y luego dijo que a él, personalmente, no le molestaría ser violado por una mujer atractiva. Su golpe final al grupo fue decir que a él no le importaría que lo violase cualquiera de las mujeres del grupo. Fue entonces cuando le dije: «¡Si eso es lo que crees, eres un ignorante de mierda!».

—Yo creía que le habías dicho que era un imbécil de mierda.

Eso redujo la tensión de Sarah, y ambos sonreímos.

—Eso también se lo dije. Realmente, perdí el control.

Busqué unas palabras constructivas de apoyo, pero sonaron más pedantes de lo que pretendía.

—Recuerda, Sarah, que con frecuencia situaciones extremas como esta pueden acabar siendo un punto de inflexión si se aprovechan bien. Todo lo que sucede puede ser provechoso en terapia. Tratemos de que esta experiencia suponga para él algún tipo de aprendizaje. Yo lo veré mañana y trabajaré sobre el tema. Pero quiero que te cuides. Estoy disponible si necesitas alguien con quien hablar, hoy más tarde o en cualquier momento de la semana.

Sarah me dio las gracias y me dijo que necesitaba tiempo para pensárselo. Cuando se fue, pensé que, aunque decidiera hablar de sus problemas con algún otro, aun así yo intentaría reunirme con ella más adelante, cuando se calmase, para ver si podíamos transformar esto en una experiencia de aprendizaje para ella también. Había pasado por algo terrible, y lo sentí por ella, pero me pareció que se había equivocado al tratar de introducir terapia personal en el grupo. Quizá hubiera tenido que hablar antes del problema en su terapia individual y luego, si optaba por discutirlo con el grupo —lo que resultaba problemático—, habría manejado mejor la situación para todos los involucrados.

Entonces entró mi siguiente paciente y volqué mi atención hacia ella. Pero no pude dejar de pensar en Carlos y en cómo abordaría la próxima sesión con él. No era extraño que pensara en Carlos: era un paciente fuera de lo común, y desde que comencé a verlo, unos meses atrás, pensaba en él mucho más que el par de horas por semana que nos veíamos.

«Carlos es un gato de siete vidas, pero parece que ahora está acercándose al final de la séptima.» Esto fue lo primero que me dijo el oncólogo que le recomendó que hiciera terapia. Luego me explicó que Carlos tenía un extraño linfoma de crecimiento lento que causaba más problemas por su gran tamaño que por su malignidad. Durante diez años el tumor había respondido bien al tratamiento, pero ahora le había invadido los pulmones y le afectaba al corazón. Los médicos se estaban quedando sin opciones: le habían suministrado la máxima radiación y habían agotado los tratamientos de quimioterapia. ¿Con qué franqueza debían hablarle?, me preguntaron. Carlos no parecía escuchar. Los médicos no estaban seguros de si él estaba dispuesto a ser sincero con ellos. Sabían que estaba entrando en una profunda depresión y no parecía tener a quién recurrir.

Carlos estaba realmente solo. Aparte de un hijo y una hija de diecisiete años —mellizos dicigóticos que vivían con su exmujer en Sudamérica—, Carlos, a los treinta y nueve años, se encontraba virtualmente solo en el mundo. Hijo único, se había criado en Argentina. Su madre murió al nacer él, y veinte años antes su padre sucumbió al mismo tipo de linfoma que ahora estaba matando a Carlos. Nunca había tenido un amigo varón. «¿Quién los necesita? —me dijo una vez—. Nunca he conocido a nadie que no estuviera dispuesto a matarlo a uno por un dólar, un puesto de trabajo o un coño.» Había estado casado por poco tiempo, y nunca tuvo otras relaciones significativas con mujeres. «¡Hay que estar loco para follarse a una mujer más de una vez!» Su objetivo en la vida, me dijo sin rastro de vergüenza o cohibición, era tirarse a tantas mujeres diferentes como fuera posible.

No, en mi primera sesión no encontré nada atractivo en el carácter de Carlos ni en su aspecto físico. Era flaco, con protuberancias (nódulos linfáticos visibles en los codos, el cuello, detrás de las orejas) y, como resultado de la quimioterapia, se había quedado totalmente calvo. Sus patéticos esfuerzos estéticos —un sombrero panamá de ala ancha, cejas pintadas y una bufanda para ocultar las hinchazones del cuello— solo lograban llamar más la atención sobre su apariencia.

Estaba obviamente deprimido —tenía una buena razón— y hablaba con amargura y cansancio de sus diez años de lucha contra el cáncer. Su linfoma, me dijo, lo estaba matando por etapas. Ya había matado la mayor parte de él:

su energía, su fortaleza y su libertad (debía vivir cerca del hospital Stanford, en un exilio permanente de su propia cultura).

Y lo que era aún más importante, había acabado con su vida social, con lo que se refería a su vida sexual: cuando recibía quimioterapia, se volvía impotente; cuando terminaba el tratamiento y empezaban a circular sus fluidos sexuales, no podía acostarse con ninguna mujer debido a su calvicie. Tampoco la situación mejoraba cuando, unas semanas después de la quimioterapia, le volvía a crecer el pelo: ninguna prostituta lo aceptaba porque creían que sus nódulos linfáticos significaban que tenía sida. Su vida sexual se reducía en aquel momento a la masturbación mientras miraba películas sadomasoquistas que sacaba del videoclub.

Era verdad —dijo cuando le pregunté— que se sentía solo y, sí, eso constituía un problema, pero solo cuando estaba demasiado débil para ocuparse de sus propias necesidades físicas. La idea del placer derivado de un estrecho contacto humano (no sexual) le parecía algo imposible. Había una sola excepción —sus hijos—, y cuando Carlos hablaba de ellos surgía una verdadera emoción, con la que yo podía identificarme. Me conmovía ver su frágil cuerpo sacudido por los sollozos cuando describía su miedo de que ellos también lo abandonaran, que su madre lograra por fin ponerlos en su contra, o que a ellos les repeliera su cáncer y se apartaran de él.

—¿Qué puedo hacer para ayudar, Carlos?

—Si quiere ayudarme, ¡enséñeme entonces a odiar los armadillos!

Por un momento Carlos disfrutó de mi perplejidad, y luego procedió a explicar que había estado trabajando con imágenes visuales, una forma de autocuración que intentan muchos pacientes de cáncer. Las imágenes visuales para su nueva quimioterapia (a la que sus oncólogos se referían como OC) eran oes y ces gigantescas: osos y cerdos. Su metáfora para sus nódulos linfáticos cancerígenos era un armadillo de placas óseas. En sus sesiones de meditación, él visualizaba osos y cerdos que atacaban a armadillos. El problema era que él no podía lograr que sus osos y cerdos fueran lo suficientemente feroces para despedazar a los armadillos y matarlos.

A pesar del horror de su cáncer y la mezquindad de su espíritu, yo me sentía atraído por Carlos. Quizá se trataba de una generosidad que nacía de mi alivio porque era él, y no yo, el que se estaba muriendo. Quizá fuera por el amor que sentía por sus hijos o la forma lastimera en que me cogía la mano con las suyas cuando se iba de la consulta. O quizá fuera por su caprichoso requerimiento: «Enséñeme a odiar los armadillos».

Así que, mientras pensaba si podía tratarlo, minimicé los posibles obstáculos y me convencí de que no era malignamente antisocial, sino carente de sociabilidad, y que gran parte de sus creencias y rasgos odiosos podían ser modificados. No analicé claramente mi decisión e, incluso después de aceptarlo para la terapia, no estaba seguro acerca de los objetivos apropiados y realistas del tratamiento. ¿Iba yo simplemente a acompañarlo a través de su quimioterapia? (Como muchos pacientes, Carlos se sentía enfermo y abatido durante la quimioterapia.) O, si estaba entrando en una fase terminal, ¿debía comprometerme a permanecer con él hasta su muerte? ¿Debía contentarme con ofrecerle solo mi presencia y mi apoyo? (Quizá eso fuera suficiente. ¡Dios sabía que no tenía a nadie más con quien conversar!) Por supuesto, él era responsable de su propia soledad, pero ¿yo iba a ayudarlo a que lo reconociera y a intentar cambiarlo? ¿Ahora? Ante la muerte, estas consideraciones parecían sin importancia. ¿O no? ¿Era posible que Carlos lograra algo más «ambicioso» en la terapia? ¡No, no, no! ¿Qué sentido tiene hablar de un tratamiento más «ambicioso» con alguien cuya esperanza máxima de vida, en el mejor de los casos, podía llegar a ser una cuestión de meses? ¿Querría alguien —querría yo— invertir su tiempo y energía en un proyecto tan evanescente?

Carlos aceptó de inmediato reunirse conmigo. Con su típica manera cínica, me dijo que su póliza de seguros pagaría el noventa por ciento de mis honorarios, y que no iba a rechazar una ganga así. Además, él era una persona que quería probar todo una vez, y nunca había hablado con un psiquiatra. Dejé nuestro contrato de tratamiento abierto, aparte de decirle que tener a alguien con quien compartir sentimientos y pensamientos dolorosos siempre ayudaba. Le sugerí que tuviéramos seis sesiones y luego evaluáramos si valía la pena proseguir con el tratamiento.

Para mi gran sorpresa, Carlos hizo un uso excelente de la terapia, y después de seis sesiones quedamos en continuar con un tratamiento prolongado. Llegaba a todas las reuniones con una lista de cuestiones que quería discutir: sueños, problemas laborales (era un exitoso analista financiero y había seguido trabajando durante su enfermedad). A veces hablaba de su malestar físico y su odio por la quimioterapia, pero la mayor parte del tiempo divagaba sobre las mujeres y el sexo. Cada sesión describía todos sus encuentros con mujeres de esa semana (muchas veces no eran más que una mirada en el supermercado) y se obsesionaba con lo que podría haber hecho en cada caso concreto para consumar la relación. Estaba tan preocupado por las mujeres que parecía olvidar que tenía un cáncer que estaba infiltrándose por todos los resquicios de su cuerpo. Lo más probable era que ese fuera el propósito de su preocupación: lograr olvidarse de cómo la enfermedad lo invadía.

Pero su fijación con las mujeres era muy anterior a su cáncer. Siempre había merodeado a las mujeres y las consideraba en términos altamente sexualizados y degradantes. Por eso el comportamiento de Carlos en el grupo, relatado por Sarah, por más ofensivo que fuera, no me sorprendió. Yo sabía que era perfectamente capaz de portarse de una forma tan grosera, y peor aún.

Pero ¿cómo manejar la situación con él en la hora siguiente? Sobre todo, yo deseaba proteger y mantener nuestra relación. Estábamos progresando, y en ese momento yo era su principal conexión humana. Pero también era importante que él continuara asistiendo a su grupo de terapia. Lo había puesto en el grupo hacía seis semanas para proporcionarle una comunidad que lo ayudase a paliar su soledad y, también, al identificarse con los demás, pudiera alterar su objetable comportamiento y establecer relaciones en su vida social. Durante las cinco primeras semanas había hecho un uso excelente del grupo, pero, a menos que cambiara radicalmente de conducta, se alejaría de ellos de manera irreversible (yo estaba seguro), si es que no lo había hecho ya.

Nuestra siguiente sesión comenzó plácidamente. Carlos ni siquiera mencionó el grupo. Quería, en cambio, hablar de Ruth, una atractiva mujer que acababa de conocer en una reunión social de la iglesia. (Era miembro de una media docena de iglesias porque creía que constituían oportunidades ideales para ligar.) Habló brevemente con Ruth, que se excusó porque debía volver a su casa. Carlos se despidió de ella, pero luego se convenció de que había perdido una excelente oportunidad al no ofrecerse a acompañarla hasta el coche; de hecho, se convenció de que existía una buena probabilidad, quizá de un diez o quince por ciento, de acabar casándose con ella. Sus remordimientos por no haber actuado con celeridad duraron toda la semana. Se insultaba y se mortificaba, pellizcándose y golpeándose la cabeza contra la pared.

Yo no insistí en sus sentimientos acerca de Ruth (aunque patentemente eran tan irracionales que decidí retomarlos en otra ocasión) porque pensé que era urgente que habláramos del grupo. Le dije que había mantenido una charla con Sarah sobre la reunión.

—¿Ibas a hablarme del grupo hoy? —le pregunté.

—No en especial. No es importante. De todos modos, voy a dejar de asistir. Voy muy avanzado para eso.

—¿Qué quieres decir?

—Todos son deshonestos y hacen su propio jueguecito allí. Yo soy la única persona con coraje suficiente para decir la verdad. Los hombres son todos unos perdedores, o de lo contrario no estarían allí. Son unos idiotas sin cojones; se quedan sentados gimiendo y no dicen nada.

—Dime lo que pasó en la reunión desde tu perspectiva.

—Sarah habló de su violación. ¿No se lo dijo?

Asentí.

—Y Martha también. La tal Martha. Por Dios, ¡qué mujer! Es una enferma, está desquiciada. Sobrevive a base de tranquilizantes. ¿Qué demonios hago yo en un grupo con gente como ella? Pero escúcheme. Lo importante es que hablaron de su violación, las dos, y todos se quedaron callados con la boca abierta. Por lo menos yo reaccioné. Les hice preguntas.

—Sarah me dio a entender que algunas de tus preguntas no eran de gran utilidad.

—Alguien tenía que hacer que siguieran hablando. Además, yo siempre he sentido curiosidad por las violaciones. ¿Usted no? ¿No pasa eso con todos los hombres? ¿Cómo se hace, cómo es la experiencia de la víctima?

—Ah, vamos, Carlos, si eso te interesaba, podrías haberlo leído en un libro. Esas eran personas reales, no fuentes de información. Pasaba otra cosa allí.

—A lo mejor. Lo reconozco. Cuando empecé en ese grupo, sus instrucciones eran que debía ser sincero para expresar mis sentimientos en el grupo. Créame, se lo juro, en la última reunión yo fui el único sincero. Me excité, lo admito. Es fantástico pensar en Sarah mientras otro se la folla. Me encantaría participar y ponerle las manos en las tetas. No le perdono a usted que me impidiera salir con ella.

Cuando se unió al grupo, hacía seis semanas, no hacía más que hablar de la atracción que sentía por Sarah —o más bien por sus pechos— y estaba convencido de que ella estaría dispuesta a salir con él. Para ayudar a que se integrara en el grupo, durante las primeras semanas lo aconsejé sobre cuál sería el comportamiento social apropiado. Lo convencí, con dificultad, de que acercarse a Sarah con propósitos sexuales sería inútil e indecoroso a la vez.

—Además, no es ningún secreto que los hombres nos excitamos con las violaciones. Vi que los otros hombres del grupo me sonreían. ¡Fíjese en el negocio de la pornografía! ¿No ha visto los libros y vídeos sobre violaciones y *bondage*? ¡Hágalo! Vaya y visite las tiendas porno en el Tenderloin, será bueno para su educación. Imprimen todo eso para alguien. Hay un buen mercado. Le diré la verdad: si la violación fuera legal, yo lo haría... de vez en cuando.

Carlos dejó de hablar y sonrió, satisfecho consigo mismo. ¿O sería una sonrisa lasciva, como invitándome a que me pusiera a su lado en la hermandad de los violadores?

Permanecí en silencio unos minutos tratando de identificar mis opciones. Era fácil convenir con Sarah: parecía un depravado. Sin embargo, yo estaba convencido de que en gran parte era una fanfarronada y que existía una manera de acceder a algo mejor, algo superior en su persona. Me interesaron sus últimas palabras, y se las agradecí: «De vez en cuando». Esas palabras, añadidas como una idea tardía, parecían sugerir algún rastro de vergüenza o cohibición.

—Carlos, tú te enorgulleces de tu sinceridad en el grupo, pero ¿fuiste en realidad sincero? Es verdad, fuiste más abierto que los demás hombres del grupo. Expresaste algunos de tus verdaderos sentimientos sexuales. Y estás en lo cierto con respecto a lo generalizado de estos sentimientos: el negocio del porno debe de estar ofreciendo algo que apela a los impulsos que tienen todos los hombres. Pero ¿eres verdaderamente sincero? ¿Qué hay de los otros sentimientos dentro de ti que no has expresado? Déjame imaginar algunos. Cuando dijiste que las violaciones de Sarah y Martha no tenían tanta importancia, ¿es posible que estuvieras pensando en tu cáncer y en lo que tienes que afrontar todo el tiempo? Es mucho más duro enfrentarse a algo que pone en peligro tu vida ahora que a algo que sucedió hace un año o dos. A lo mejor quieres recibir afecto del grupo, pero ¿cómo vas a conseguirlo si actúas de esa manera? Todavía no has dicho nada acerca de tu cáncer.

Yo había estado animando a Carlos a que revelara al grupo que tenía cáncer, pero él lo demoraba: decía que temía que le tuvieran lástima y no quería sabotear sus oportunidades sexuales con las mujeres que participaban.

Carlos me sonrió.

—Buen intento, Doc. Tiene sentido. Usted es inteligente. Pero le voy a ser sincero: nunca pensé en el cáncer. Desde que suspendí la quimioterapia hace dos meses, pasan días enteros en los que no pienso en el cáncer. Eso es fantástico, ¿no? ¿Poder vivir una vida normal por un rato?

¡Buena pregunta!, pensé. Pero ¿era conveniente olvidar? No estaba tan seguro. En todos esos meses que llevaba viendo a Carlos, descubrí que podía trazar un diagrama sorprendentemente exacto del curso del cáncer basándome en las cosas en las que él pensaba. Cada vez que empeoraba y

él se enfrentaba a la muerte, volvía a disponer las prioridades de su vida y se tornaba más pensativo, más compasivo,
más sensato. Por otro lado, cuando se producía una remi-
sión, se sentía guiado por su polla —según él mismo decía— y se volvía más vulgar y superficial.

Una vez vi una viñeta humorística en un periódico en
la que un hombrecito regordete decía: «De repente, cuando uno tiene cuarenta o cincuenta años, un día todo se
aclara... ¡Y luego vuelve a oscurecerse!». Ese chiste era especial para Carlos, excepto que él no tenía un solo episodio
de claridad, sino varios y repetidos, y siempre volvía a oscurecerse. Muchas veces yo pensaba que, si lograba una manera de conseguir que fuera permanentemente consciente
de su muerte y de la claridad que produce, entonces yo
podría ayudarlo a efectuar cambios fundamentales en la
forma en que se relacionaba con la vida y con los demás.

Era evidente, por la manera jactanciosa en que hablaba
hoy y por cómo había procedido en el grupo hacía dos
días, que su cáncer estaba dormido otra vez y que la muerte, con la sensatez que traía aparejada, no estaba entre sus
principales pensamientos.

Intenté otra táctica.

—Carlos, antes de que empezaras en el grupo traté de
explicarte los principios básicos de la terapia de grupo. ¿Recuerdas que te dije que todo lo que sucede en el grupo
puede usarse para ayudarnos en la terapia?

Asintió.

—¿Y que uno de los principios más importantes es que el
grupo es un mundo en miniatura, que el ambiente que crea-
mos allí refleja la manera en que hemos elegido vivir? ¿Recuerdas que dije que cada uno de nosotros establece dentro
del grupo el mismo tipo de mundo social que tenemos en la
vida real?

Volvió a asentir. Estaba escuchando.

—Y fíjate en lo que te ha sucedido en el grupo. Empezaste con un grupo de personas con quienes podrías haber establecido una relación de intimidad. Y cuando empezaste, los dos estuvimos de acuerdo en que necesitabas trabajar tu forma de entablar relaciones. Fue por eso por lo que empezaste con el grupo, ¿recuerdas? Pero ahora, solo seis semanas después, todos los miembros y por lo menos una de las terapeutas asistentes se han enfadado contigo. Y todo por tu culpa. Has hecho dentro del grupo lo que haces fuera de él. Quiero que me respondas con sinceridad: ¿estás satisfecho? ¿Es esto lo que quieres de tu relación con los demás?

—Doc, entiendo perfectamente lo que me está diciendo, pero hay un error en su argumento. A mí esa gente del grupo no me importa lo más mínimo. No son gente de verdad. Yo nunca me voy a vincular con perdedores como esos. Su opinión no significa nada para mí. No quiero entablar ningún tipo de intimidad con ellos.

Yo ya lo había visto cerrarse de esta manera en otras ocasiones. Sospechaba que dentro de una semana o dos sería más razonable, y en circunstancias normales yo habría tenido más paciencia. Pero, a menos que algo cambiara pronto, él dejaría el grupo o, para la semana siguiente, habría roto irremediablemente su relación con los otros miembros. Como yo tenía grandes dudas de que, después de ese encantador incidente, pudiera llegar a convencer a que otro de los terapeutas del grupo lo aceptara, insistí.

—Entiendo tus airados y juiciosos sentimientos, y sé que son sinceros. Pero, Carlos, trata de ponerlos entre paréntesis durante un momento y prueba a ponerte en contacto con algo distinto. Tanto Sarah como Martha han sufrido mucho. ¿Qué más sentiste por ellas? No hablo de sentimientos predominantes, sino algo más que puedas haber sentido.

—Sé lo que está buscando. Hace lo que puede por mí. Yo quiero ayudarle, pero estaría inventando cosas. Quiere ponerme sentimientos en la boca. Aquí, en esta oficina, este es el único lugar en que puedo decir la verdad, y la verdad es que, más que cualquier otra cosa, ¡lo que quiero hacer con esas dos zorras del grupo es tirármelas! Hablaba en serio cuando dije que, si la violación fuera legal, yo violaría. ¡Y ni siquiera sabría por dónde empezar!

Probablemente se estuviera refiriendo a Sarah, pero no se lo pregunté. Lo último que yo quería era entrar en ese tipo de discusión con él. Quizá entre nosotros dos había una competencia edípica que dificultaba la comunicación. Él nunca perdía la oportunidad de describirme con términos gráficos lo que le gustaría hacerle a Sarah, como si considerara que yo era un rival para él. Sé que creía que la razón por la que al principio lo había disuadido de que la invitara a salir era porque yo quería reservármela para mí. Pero este tipo de interpretación sería totalmente inútil ahora: él estaba demasiado cerrado y a la defensiva. Si yo quería llegar a él, debía usar algo más acuciante. El único otro enfoque que se me ocurrió involucraba el estallido emotivo que le había visto en nuestra primera sesión; la táctica parecía tan artificiosa y simplista que no pude imaginar el sorprendente resultado que produciría.

—Muy bien, Carlos, consideremos esta sociedad ideal en que piensas y que estás propugnando, esta sociedad de violación legalizada. Piensa, por unos minutos, en tu hija. ¿Cómo sería para ella vivir en esa comunidad, estar disponible para cualquier acto de violación legal, ser solo un pedazo de carne para quien esté caliente y pueda abusar por la fuerza de niñas de diecisiete años?

De repente, Carlos dejó de sonreír. Hizo una mueca.

—Eso no me gustaría para ella —dijo simplemente.

—Pero, entonces, ¿dónde encajaría ella en este mundo

que estás construyendo? ¿Viviría encerrada en un convento? Debes crear un lugar donde ella pueda vivir. Eso es lo que hacen los padres, construyen un mundo para sus hijos. Nunca te lo he preguntado antes: ¿qué quieres, en realidad, para ella?

—Quiero que tenga una relación afectuosa con un hombre y una familia llena de amor.

—Pero ¿cómo puede suceder eso si su padre aboga por un mundo en el que la violación es legal? Si quieres vivir en un mundo de amor, entonces debes ayudar a construir ese mundo, y debes empezar con tu propia conducta. No puedes situarte al margen de tu propia ley: esa es la base de todo sistema ético.

El tono de la sesión había cambiado. No más vulgaridades ni rivalidades: ahora hablábamos con total seriedad. Yo me sentía más como un maestro de filosofía o religión que como un terapeuta, pero sabía que este era el camino correcto. Y estas eran cosas que yo debía haber dicho antes. Él siempre bromeaba sobre su propia inconsistencia. Recuerdo que una vez describió con fruición una conversación durante una comida con sus hijos (ellos lo visitaban dos o tres veces al año) en que él informó a su hija de que quería conocer y aprobar a cualquier muchacho con el que saliera. «Y en cuanto a ti», le dijo a su hijo, «¡tú folla todo lo que puedas!».

No había duda ahora de que yo tenía toda su atención. Decidí aumentar mi poder por triangulación, y enfoqué la misma cuestión desde otra dirección:

—Y, Carlos, se me ocurre otra cosa en este momento. ¿Recuerdas tu sueño del Honda verde de hace dos semanas? Volvamos a repasarlo.

A él le gustaba trabajar sobre sus sueños. Se alegró de ocuparse de este ahora y, de ese modo, abandonar la dolorosa discusión sobre su hija.

Carlos soñó que iba a una agencia a alquilar un coche, pero los únicos disponibles eran Honda Civic, que eran los que menos le gustaban. De los varios colores que había, eligió uno rojo. Pero cuando fue al concesionario, el único que quedaba era el verde, ¡justo el color que no le gustaba! Lo más importante de un sueño es su emoción, y este sueño, a pesar de su contenido en apariencia inocente, estaba cargado de terror: lo despertó y lo llenó de angustia durante horas.

Dos semanas antes no logramos ir muy lejos con ese sueño. Carlos, según recuerdo, se fue por la tangente y empezó a especular sobre la identidad de la empleada de la agencia de alquiler de coches. Pero hoy yo veía el sueño bajo una luz diferente. Hacía muchos años él había empezado a creer en la reencarnación, y esa creencia le brindaba un consuelo espiritual ante sus temores sobre la muerte. La metáfora que usó en una de nuestras primeras sesiones era que morir no es más que cambiar el cuerpo por otro, como se cambia uno de coche. Ahora le recordé esa metáfora.

—Supongamos, Carlos, que el sueño es más que un sueño sobre automóviles. Es obvio que alquilar un coche no es una actividad que atemorice. No es algo que pueda convertirse en una pesadilla que te mantenga despierto toda la noche. Yo creo que el sueño tiene que ver con la muerte y la vida futura, y que recurre a tu comparación simbólica de la muerte y la resurrección con un cambio de coche. Si lo vemos de esa manera, podemos entender mejor el gran temor que produjo el sueño. ¿Cómo interpretas el hecho de que el único automóvil disponible fuera un Honda Civic verde?

—Aborrezco el verde y el Honda Civic. Mi próximo auto será un Maserati.

—Pero si en el sueño el auto es un símbolo del cuerpo,

¿por qué vas a tener, en tu próxima vida, el cuerpo, o la vida, que más aborreces?

—Uno obtiene lo que se merece. —Carlos no tenía más opción que decir eso—. Todo depende de lo que uno haya hecho o la manera en que ha vivido su vida presente. Puedes moverte hacia arriba o hacia abajo.

Ahora se dio cuenta de hacia donde llevaba la conversación, y empezó a sudar. La densa maleza de insensibilidad y cinismo que lo rodeaba siempre incomodaba y disuadía a los demás. Pero ahora era su turno de incomodarse. Yo había invadido sus dos templos sagrados: su amor por sus hijos y su creencia en la reencarnación.

—Vamos, Carlos, esto es importante. Aplícatelo a ti mismo y a tu vida.

Dijo, masticando las palabras con lentitud:

—El sueño está diciendo que mi vida no es la mejor.

—Estoy de acuerdo. Creo que eso es lo que te dice el sueño. Di algo más acerca de la mejor forma de vivir.

Yo iba a darle un sermón acerca de lo que constituye una buena vida en cualquier sistema religioso —amor, generosidad, solicitud, pensamientos nobles, búsqueda de la bondad, caridad—, pero no era necesario. Carlos me hizo saber que yo había dado en el blanco: dijo que estaba mareado y que esto era demasiado para un día. Necesitaba tiempo para pensar en ello durante la semana. Viendo que todavía nos quedaban quince minutos, decidí trabajar sobre otro frente.

Volví a la primera cuestión que él había planteado en esta sesión: su creencia de que había perdido la oportunidad de su vida con Ruth, la mujer que había conocido en la reunión de la iglesia, y sus remordimientos por no haberla acompañado hasta el coche. La función que cumplía esa idea irracional era patente. Mientras él siguiera creyendo que estaba provocadoramente cerca de ser deseado y amado por una mujer atractiva, fortalecería su idea de que no era diferente de los demás, que no tenía nada grave, que no estaba desfigurado ni mortalmente enfermo. En el pasado yo no me había ocupado de esta negación. En general, es mejor no socavar una defensa a menos que origine más problemas que soluciones y que uno tenga algo mejor que ofrecer a cambio. La reencarnación es un ejemplo: aunque personalmente yo considero que es una forma de negación de la muerte, le resultaba muy útil a Carlos (como a gran parte de la población mundial). De hecho, en lugar de socavarla, siempre la apoyo, y en esta sesión la reforcé instando a que Carlos atendiera a todas sus implicaciones.

Pero había llegado el momento de desafiar algunos de los aspectos menos útiles de ese sistema de negación.

—Carlos, ¿crees realmente que si hubieras acompañado a Ruth al coche habrías tenido una probabilidad del diez al quince por ciento de terminar casándote con ella?

—Una cosa hubiera llevado a la otra. Había algo entre nosotros. Lo sentí. ¡Yo sé lo que sé!

—Pero tú dices eso todas las semanas: la mujer del supermercado, la recepcionista en el dentista, la vendedora de entradas en el cine... También lo sentiste con Sarah. Mira, ¿cuántas veces tú, o cualquier hombre, ha acompañado a una mujer a su coche y *no* se ha casado con ella?

—Muy bien, muy bien. Quizá esté más cerca de un uno o uno y medio por ciento de probabilidades, pero la probabilidad siempre existe. Si no hubiera sido tan cretino... ¡Ni siquiera se me ocurrió acompañarla al coche!

—¡Las cosas que eliges para atormentarte! Carlos, seré muy franco. Lo que estás diciendo no tiene ningún sentido. Todo lo que me has dicho sobre Ruth es que tiene veintitrés años y dos hijos pequeños, y que acaba de divorciarse. Seamos realistas: solo hablaste con ella cinco minutos.

Como dices tú, este es el lugar para ser sincero. ¿Qué le dirás sobre tu salud?

—Cuando la conozca mejor le diré la verdad: que tengo cáncer, que está bajo control ahora, que los médicos pueden tratarlo.

—¿Y...?

—Que los médicos no están seguros de lo que puede pasar, que todos los días se descubren nuevos tratamientos, que puede volver en el futuro.

—¿Qué te han dicho los médicos exactamente? ¿Que podías tener recidivas?

—Tiene razón. Tendré recidivas en el futuro, a menos que se encuentre una cura.

—Carlos, no quiero ser cruel, sino objetivo. Ponte en el lugar de Ruth: veintitrés años, dos hijos pequeños, lo ha pasado mal. Probablemente esté buscando un apoyo para ella y sus hijos. Solo debe de tener un conocimiento muy general sobre el cáncer, y miedo. ¿Representas tú la clase de seguridad y apoyo que ella estará buscando? ¿Estará dispuesta a aceptar la incertidumbre que rodea tu enfermedad? ¿Se arriesgaría a ponerse en una situación en la que podría verse obligada a ser tu enfermera? ¿Qué posibilidad real existe de que ella te llegue a conocer de la manera en que tú quieres, a involucrarse contigo?

—Probablemente ni una en un millón —dijo Carlos con voz lenta y cansada.

Yo había sido cruel; sin embargo, la opción de no ser cruel, simplemente de complacerlo, de admitir tácitamente que era incapaz de ver la realidad, era más cruel aún. Su fantasía sobre Ruth le permitía sentir que todavía podía ser acariciado y amado por otra persona. Yo esperaba que entendiera que mi manera de implicarlo en la realidad, en lugar de hacer la vista gorda, era mi manera de acariciarlo y de decirle que me importaba.

Toda su bravuconería había desaparecido.

—¿Dónde me deja eso, entonces? —preguntó en voz baja.

—Si lo que buscas es intimidad, es hora de que te olvides de todo este asunto de buscar una esposa. Durante meses te he oído hablar de eso. Creo que es hora de enfrentarse a la realidad. Acabas de terminar un duro tratamiento de quimioterapia; hace cuatro semanas no podías comer ni dejar la cama ni parar de vomitar. Has perdido mucho peso; ahora estás recobrando tus fuerzas. Deja de esperar que encontrarás una esposa ya. Es demasiado exigirte. Ponte un objetivo realista: puedes hacerlo tan bien como yo. Concéntrate en mantener una buena conversación. Trata de profundizar la amistad con las personas que ya conoces.

Vi que una sonrisa empezaba a esbozarse en los labios de Carlos. Vio venir mi siguiente pregunta:

—¿Y qué mejor lugar para empezar que en el grupo?

Carlos nunca volvió a ser la misma persona después de esa sesión. Nuestro siguiente encuentro fue el día posterior a la reunión del grupo. Lo primero que dijo fue que yo no creería lo bien que había estado en el grupo. Se jactó de ser ahora el miembro más colaborador y sensible del grupo. Sabiamente, había decidido salir de apuros confesando al grupo su cáncer. Sostenía —y, semanas después, Sarah lo corroboró— que su conducta había cambiado de manera tan radical que ahora los miembros recurrían a él en busca de apoyo.

Elogió nuestra sesión anterior.

—La última sesión fue la mejor de todas. Ojalá pudiéramos tener sesiones tan buenas siempre. No recuerdo exactamente de qué hablamos, pero me ayudó a hacer un cambio total.

Uno de sus comentarios me llamó la atención.

—No sé por qué, pero tengo una relación diferente

con los hombres del grupo. Son mayores que yo, pero, es curioso, tengo la sensación de que los trato como si fueran mis hijos.

El hecho de que se hubiera olvidado del contenido de nuestra última sesión me preocupó poco. Mucho mejor era haberse olvidado de qué hablamos que la posibilidad opuesta (más generalizada entre los pacientes): recordar con exactitud de qué se habló pero no experimentar ningún cambio.

La mejoría de Carlos aumentó exponencialmente. Dos semanas después empezó nuestra sesión anunciando que durante esa semana había aprendido dos cosas importantes. Estaba tan orgulloso de ello que las bautizó. Me dijo (consultando sus notas) que la primera era: «Todo el mundo tiene un corazón». La segunda era: «Yo no soy mis zapatos».

Primero me explicó «Todo el mundo tiene un corazón».

—Durante la reunión del grupo la semana pasada, las tres mujeres estaban compartiendo sus sentimientos, lo difícil que era ser soltera, la soledad, el dolor por sus padres muertos, las pesadillas. No sé por qué, pero de pronto las vi de una manera distinta. ¡Eran como yo! Tenían los mismos problemas vitales que yo. Antes siempre me había imaginado a las mujeres sentadas en el Olimpo con una fila de hombres delante de ellas, clasificándolos: este para mi dormitorio, este no. Pero en ese momento tuve una visión de su corazón desnudo. La pared del pecho desapareció, simplemente se derritió, dejando al descubierto una cavidad cuadrada, azul rojiza, con las costillas como paredes y, en el centro, un brillante corazón color hígado, latiendo. Toda la semana he estado viendo latir el corazón de los demás, y me he dicho a mí mismo: «Todo el mundo tiene un corazón, todo el mundo tiene un corazón». He visto el corazón de todos: el de un jorobado deforme que trabaja en la recepción, el de una anciana que limpia suelos y hasta el de los hombres con los que trabajo.

El comentario de Carlos me causó tanta alegría que se me llenaron los ojos de lágrimas. Creo que las vio, pero, para evitar mi turbación, no dijo nada y siguió con su siguiente descubrimiento: «Yo no soy mis zapatos».

Me recordó que en la última sesión habíamos discutido la ansiedad que le causaba una presentación que debía hacer en su trabajo. Siempre le costó mucho hablar en público; era exageradamente sensible a cualquier crítica, y, según contaba, muchas veces se ponía en evidencia contraatacando salvajemente a quien cuestionara algo de lo que él decía.

Yo lo había ayudado a comprender que había perdido la noción de sus límites personales. Es natural, le dije, reaccionar negativamente a un ataque contra el centro de uno; a fin de cuentas, en esa situación está en juego nuestra propia supervivencia. Pero le indiqué que él había extendido sus límites personales para abarcar el mundo y, en consecuencia, reaccionaba ante una crítica menor de cualquier aspecto de su trabajo como si fuera un ataque mortal contra lo más vulnerable de su ser, una amenaza a su misma vida.

Insté a Carlos a que diferenciara entre su centro vital y otros atributos o actividades periféricos. Debía «desidentificarse» con las partes no esenciales: ellas podían representar lo que le gustaba, lo que hacía o valoraba, pero no eran *él*, el centro mismo de su ser.

Carlos se había mostrado intrigado por esta interpretación. No solo explicaba su actitud defensiva en el trabajo, sino que él podía extender este modelo de «desidentificación» a su cuerpo. En otras palabras, aunque su cuerpo pudiera peligrar, su esencia vital, él mismo, estaba intacto.

Esta interpretación apaciguó gran parte de su ansiedad,

y su presentación de la semana pasada había sido excepcionalmente lúcida y él no había adoptado una actitud a la defensiva. Nunca le había salido tan bien. Durante su presentación oía en su mente la repetición de un mantra: «Yo no soy mi trabajo». Cuando terminó y se sentó al lado de su jefe, el mantra proseguía: «Yo no soy mi trabajo. Ni mi conversación. Ni mi ropa. Nada de esto». Cruzó las piernas y miró sus gastados zapatos. «Tampoco soy mis zapatos», se dijo, esperando atraer la atención de su jefe para poder decirle: «¡Yo no soy mis zapatos!».

Los dos descubrimientos de Carlos —los primeros de muchos— fueron un obsequio para mí y para mis estudiantes. Estas dos percepciones, cada una generada por una forma diferente de terapia, ilustraban, en esencia, la diferencia entre lo que uno puede aprender en la terapia de grupo, con su foco en la comunión compartida, y la terapia individual, con su foco en la comunión interior. Aún utilizo muchas de las gráficas intuiciones de Carlos en mis enseñanzas.

En los pocos meses de vida que le quedaban, Carlos siguió optando por entregarse. Organizó un grupo de autoayuda para el cáncer (no sin algún chiste acerca de que se trataba de «la última parada» de la línea) y también dirigió un grupo sobre habilidades interpersonales en una de sus iglesias. Sarah, que ahora era una de sus grandes promotoras, fue invitada como conferenciante y fue testigo del competente y responsable liderazgo de Carlos.

Pero sobre todo se entregó a sus hijos, que notaron su cambio y fueron a vivir junto a él mientras asistían a una universidad cercana. Fue un padre maravillosamente generoso. Yo siempre he pensado que la manera en que uno afronta la muerte está determinada en gran parte por el modelo de sus padres. El último obsequio que puede hacer un padre a sus hijos es enseñarlos, mediante el ejemplo, a afrontar la muerte con serenidad, y Carlos les dio una lección de gracia extraordinaria. Su muerte no fue oscura, embozada, conspiratoria. Hasta el último día, él y sus hijos fueron sinceros y abiertos acerca de su enfermedad, y se reían juntos de la manera en que Carlos resoplaba, se ponía bizco y juntaba los labios al referirse a su «linfoooma».

Pero no dio a nadie un mejor regalo que a mí poco antes de morir, un regalo que responde de forma definitiva a la pregunta de si es racional o apropiado aspirar a una terapia «ambiciosa» para los enfermos terminales. Cuando lo visité en el hospital estaba tan débil que apenas podía moverse, pero levantó la cabeza, me apretó la mano y susurró:

—Gracias. Gracias por salvarme la vida.

3

MUJER OBESA

Los mejores jugadores de tenis del mundo se entrenan cinco horas al día para corregir sus puntos débiles. Los maestros zen aspiran a un estado mental de quietud en cualquier circunstancia; la bailarina, al equilibrio absoluto, y el sacerdote no hace más que examinar su conciencia. Todas las profesiones tienen en su interior un reino de posibilidades en el que los especialistas pueden buscar la perfección. Para el psicoterapeuta, ese reino, ese curso de inagotable autoperfeccionamiento del que nunca nadie se gradúa, recibe en la jerga profesional el nombre de *contratransferencia*. Mientras que la *transferencia* se refiere a sentimientos que el paciente erróneamente atribuye («transfiere») al terapeuta pero que en realidad se originan a partir de relaciones anteriores, la *contratransferencia* es lo opuesto: sentimientos igualmente irracionales que el terapeuta tiene hacia su paciente. A veces la contratransferencia es muy intensa y hace que la terapia profunda sea imposible: imagínese a un judío tratando a un nazi, o a una mujer que ha sido violada a un violador. No obstante, en una forma más leve, la contratransferencia se insinúa siempre en la psicoterapia.

El día que entró Betty en mi consulta, el instante mismo en que vi navegar su impresionante acorazado de ciento veinte kilos y un metro cincuenta y cinco de altura hacia mi elegante silla, supe que me aguardaba una gran prueba de contratransferencia.

Nunca me han gustado las mujeres gordas. Las encuentro repelentes: ese absurdo contoneo lateral, la ausencia de contorno corporal —pechos, curvas, nalgas, hombros, mentón, pómulos; todo lo que a mí me gusta ver en una mujer, oscurecido por una avalancha de carne—. Y aborrezco su ropa, esos vestidos informes, anchos o, lo que es peor, los tiesos vaqueros elefantiásicos con los muslos como barriles. ¿Cómo se atreven a imponer ese cuerpo sobre el resto de nosotros?

¿Los orígenes de estos detestables sentimientos? Nunca se me ha ocurrido indagar en ello. Calan tan hondo que nunca los he considerado un prejuicio. Pero si se me exigiera una explicación, supongo que podría señalar a la familia de mujeres obesas y controladoras, incluyendo —como personaje principal— a mi madre, que habitaron en mi vida temprana. La obesidad, endémica en nuestra familia, era parte de lo que yo debía dejar atrás cuando, impulsivo, ambicioso, el primer estadounidense en mi familia, decidí sacudir para siempre de mis pies el polvo del *shtetl* ruso.

Puedo enumerar otras conjeturas. Siempre he admirado el cuerpo de la mujer, quizá más que otros hombres. No, no solo admirado: lo he elevado, idealizado, exaltado a un nivel y en una medida que excede toda razón. ¿Siento un resentimiento hacia la mujer obesa por profanar mi deseo, por abotagar y mancillar cada rasgo que aprecio? ¿Por aniquilar mi dulce ilusión y revelar su base de carne, carne alborotada?

Me crie en Washington, una ciudad segregada racialmente, como hijo único de la única familia blanca que había en un barrio negro. En la calle, los negros me atacaban por ser blanco, y en la escuela los blancos me atacaban por ser judío. Pero siempre estaba la gordura, los chicos obesos, los culos grandes, que eran el blanco de los chistes, los últimos elegidos para el equipo de gimnasia, incapaces de acabar el circuito de la pista de atletismo. Yo también necesitaba alguien a quien odiar. Quizá fue allí donde empezó.

Por supuesto, no estoy solo con mi prejuicio. Por todas partes la cultura lo refuerza. ¿Quién tiene una palabra amable para la mujer gorda? Sin embargo, mi desdén sobrepasa todas las normas culturales. Al comienzo de mi carrera trabajé en una prisión de máxima seguridad donde el crimen menos horrendo cometido por cualquiera de mis pacientes era el simple asesinato de una sola persona. Sin embargo, no me costó demasiado esfuerzo aceptar a esos pacientes, a los que traté de entender y brindarles apoyo.

Y, sin embargo, cuando veo comer a una mujer obesa, bajo dos peldaños en la escalera de la comprensión humana. Tengo incluso ganas de apartarla de la comida, hundirle la cara en el helado. «¡Deja de atiborrarte! ¿No has comido lo suficiente, por Dios?» ¡Me gustaría atarle las mandíbulas con un alambre!

La pobre Betty —gracias a Dios, gracias a Dios— no sabía nada de todo esto mientras se dirigía a mi asiento con inocencia, hacía descender su cuerpo lentamente, sin que sus pies llegaran a apoyarse del todo sobre el suelo, se arreglaba los pliegues de la falda y me miraba expectante.

¿Por qué —me pregunté— no le llegan los pies al suelo? No es tan baja de estatura. Estaba alta en la silla, como si estuviera sentada sobre su propio regazo. ¿Podría ser que sus muslos y nalgas estuvieran tan inflados que los pies tuvieran que llegarle más abajo para poder alcanzar el suelo? Rápidamente aparté de mi mente ese enigma: después de todo, esa persona venía a solicitar mi ayuda. Un momento después, me sorprendí pensando en una figura de dibujos animados, la gordita que, en *Mary Poppins*, canta «Supercalifragilisticoespialidoso». Betty me recordaba a ella. Haciendo un esfuerzo, logré barrer también esa imagen. Y así siguió: la hora entera con ella fue un ejercicio de borrar de mi mente un pensamiento despectivo tras otro para poder ofrecerle toda mi atención. Imaginé a Mickey Mouse como aprendiz de hechicero en *Fantasía*, hasta que tuve que volver a borrar esta idea que me distraía para atender a Betty.

Como de costumbre, empecé a orientarme con preguntas generales. Betty me informó de que tenía veintisiete años, era soltera, trabajaba en relaciones públicas en una cadena de tiendas minoristas con sede en Nueva York, y había sido trasladada recientemente a California por dieciocho meses para colaborar en la apertura de una nueva franquicia.

Era hija única, y había crecido en una pequeña y humilde granja en Texas, donde su madre vivía sola desde la muerte de su padre hacía quince años. Betty fue una buena estudiante, asistió a la universidad estatal, empezó a trabajar en unos grandes almacenes en Texas y después de dos años fue trasladada a la oficina central, en Nueva York. Siempre con sobrepeso, se volvió notablemente obesa al terminar la adolescencia. Aparte de dos o tres breves periodos en que bajó veinte o veinticinco kilos mediante dietas intensivas, siempre osciló entre cien y ciento veinticinco kilos desde los veintiún años.

Me puse manos a la obra y le hice la pregunta inicial de costumbre:

—¿Cuál es el problema?

—Todo —respondió Betty.

Nada iba bien en su vida. En realidad, dijo, no tenía vida. Trabajaba sesenta horas a la semana, no tenía amigos ni vida social, ni hacía actividades de ningún tipo en California. Su vida, si así podía llamarla, estaba en Nueva York, pero pedir un traslado ahora sería fatal para su carrera, que ya estaba en peligro por su impopularidad entre sus compañeros de trabajo. Durante tres meses había hecho un curso intensivo de formación en la empresa, junto con otros ocho empleados. Betty estaba preocupada porque no era ascendida ni progresaba como sus otros ocho compañeros. Vivía en un apartamento amueblado en las afueras y no hacía más que trabajar y comer y tachar los días con la esperanza de que los dieciocho meses pasaran pronto.

Un psiquiatra de Nueva York, el doctor Farber, a quien vio durante aproximadamente cuatro meses, le recetó antidepresivos. Aunque continuaba tomándolos, no la ayudaban: estaba muy deprimida, lloraba todas las noches y deseaba estar muerta, dormía mal y se despertaba siempre a las cuatro o cinco de la madrugada. Caminaba por la casa, abatida, y los domingos, su día libre, no se vestía y pasaba el día comiendo dulces frente al televisor. La semana anterior había llamado por teléfono al doctor Farber, quien le dio mi nombre y le sugirió que me llamara para una consulta.

—Cuénteme con qué más está luchando en su vida —le dije.

—No puedo controlar mi forma de comer —respondió Betty, riéndose entre dientes—. Se podría decir que eso me sucede desde siempre, pero ahora estoy totalmente descontrolada. He aumentado unos diez kilos en los últimos tres meses, y ya no me entra la ropa.

Eso me sorprendió. Su ropa parecía informe, infinitamente expandible, de modo que no veía cómo no le podía entrar.

—¿Otras razones por las que haya decidido venir justo ahora?

—Vi a una doctora la semana pasada por unos dolores

de cabeza, y me dijo que mi presión sanguínea estaba peligrosamente alta y que debo empezar a perder peso. Parecía preocupada. No sé hasta qué punto he de tomármela en serio: todos en California están obsesionados con la salud. Ella va con vaqueros y zapatillas de correr por la consulta.

Dijo todo esto con un jovial tono chismoso, como si estuviéramos charlando de otra cosa o como si ella y yo fuéramos colegiales intercambiando historias una tarde lluviosa de domingo. Trató de que me riera con ella. Me contó chistes. Tenía talento para imitar acentos e imitó a la doctora del condado de Marin, a sus clientes chinos y a su jefe del Medio Oeste. Debió de haberse reído por lo menos veinte veces durante la sesión; al parecer, el hecho de que yo me negara a reír con ella de ninguna manera afectó a su buen humor.

Siempre me tomo muy en serio iniciar un contrato de tratamiento con un paciente. Una vez que lo acepto, me comprometo a permanecer a su lado en todo momento, a invertir todo el tiempo y toda la energía que sean necesarios para que mejore y, sobre todo, a entablar con el paciente una relación íntima y genuina.

¿Sería posible para mí entablar una relación así con Betty? Para ser sincero, me repelía. Supuso un esfuerzo para mí localizar su cara, de tantos pliegues y grasa que tenía. Sus tontos comentarios también me resultaban desagradables. Hacia el final de nuestra primera hora, me sentía irritado y aburrido. ¿Podría llegar a intimar con ella? No se me ocurría una persona con quien quisiera menos relacionarme. Pero ese era mi problema, no el de Betty. Después de veinticinco años ejerciendo la profesión, ya era hora de que yo cambiara. Betty representaba el mayor desafío de contratransferencia y, por esa razón, acepté en el acto ser su terapeuta.

Indudablemente, nadie puede criticar a un terapeuta

por querer mejorar su técnica. Pero ¿qué hay de los derechos del paciente?, me pregunté, incómodo. ¿No hay diferencia entre un terapeuta deseoso de limpiar las inconvenientes marcas de contratransferencia y un maestro zen o un bailarín que buscan perfeccionarse en su disciplina? Una cosa es mejorar la técnica de jugar al tenis y otra, muy distinta, perfeccionar la habilidad profesional a expensas de una persona frágil y problematizada.

Todos estos pensamientos cruzaron mi mente, pero los descarté. Era verdad que Betty me ofrecía una oportunidad de mejorar mis habilidades personales como terapeuta. También era verdad que mis futuros pacientes se beneficiarían con mi crecimiento profesional. Además, todos los profesionales que nos dedicamos a la atención personal siempre han practicado con pacientes vivos. No hay otra alternativa. ¿Cómo podría la educación médica, por poner un ejemplo, sobrevivir sin las prácticas clínicas de los estudiantes? Además, siempre he considerado que los terapeutas neófitos responsables que saben transmitir su curiosidad y entusiasmo con frecuencia establecen relaciones terapéuticas excelentes y pueden ser tan efectivos como un profesional experimentado.

Es la relación la que cura, la relación la que cura, repito siempre a mis estudiantes: es mi rosario profesional. Y también les digo otras cosas sobre la manera de relacionarse con un paciente: respeto positivo e incondicional, aceptación sin prejuicios, compromiso auténtico, comprensión empática. ¿Cómo iba yo a poder curar a Betty a través de nuestra relación? ¿Hasta qué punto podría yo ser auténtico, empático o receptivo? ¿Y honesto? ¿Cómo respondería cuando me preguntara cuáles eran mis sentimientos hacia ella? Mi esperanza era llegar a cambiar a medida que Betty y yo progresáramos en nuestra terapia. Por el momento, me parecía que las relaciones sociales de Betty eran tan primitivas y superficiales que no se necesitaría ninguna interacción profunda terapeuta-paciente.

Secretamente, yo esperaba que su apariencia fuera de alguna manera relegada a un segundo plano por sus características interpersonales —es decir, por la vivacidad o agilidad mental que he encontrado en algunas obesas—, pero, caramba, ese tampoco era el caso. Cuanto mejor la conocía, más tediosa y superficial la encontraba.

Durante las primeras sesiones, Betty describió con todo lujo de detalles los problemas que tenía en su trabajo con clientes, compañeros y jefes. Muchas veces, a pesar de mis protestas internas, describía alguna conversación banal desempeñando diferentes roles, algo que siempre he odiado. Describía, también con profusión de detalles, todos los hombres atractivos en el trabajo y sus patéticas maquinaciones para poder intercambiar unas pocas frases con ellos. Resistía todos mis esfuerzos por ahondar bajo la superficie.

Nuestra primera y anodina charla no solo se prolongaba indefinidamente, sino que yo tenía la impresión de que, aunque superáramos esta etapa, nos quedaríamos pegados a la superficie de las cosas, de que siempre que Betty y yo nos viéramos estaríamos condenados a hablar de kilos, dietas, quejas insignificantes sobre el trabajo y motivos por los que no se apuntaba a una clase de aeróbic. Dios mío, ¿en qué me había metido?

Todas mis notas de esas primeras sesiones contienen frases como: «Otra sesión tediosa», «Hoy he consultado el reloj cada tres minutos», «La paciente más pesada que he tenido», «Hoy casi me quedo dormido: tenía que enderezarme para permanecer despierto», «Hoy casi me caigo de la silla».

Mientras consideraba cambiar a una silla más dura e incómoda, se me ocurrió de repente que cuando yo hacía terapia con Rollo May, él siempre ocupaba una silla de madera de respaldo duro. Decía que tenía dolores de espalda, pero después intimé con él durante muchos años y nunca le oí mencionar problemas de espalda. ¿No sería que me encontraba a mí...?

Betty mencionó que no le gustaba el doctor Farber porque muchas veces se quedaba dormido durante las sesiones. ¡Ahora yo sabía por qué! Cuando hablé por teléfono con el doctor Farber, no mencionó sus cabezaditas, por supuesto, pero sí me contó que Betty no había llegado a aprender cómo se trabaja en terapia. No era difícil entender por qué había optado por la medicación: los psiquiatras recurrimos a ella cuando no logramos nada en terapia.

¿Por dónde comenzar? ¿Cómo comenzar? Luché buscando un punto de apoyo. No tenía sentido empezar por corregir el peso. Betty aclaró de inmediato que esperaba que la terapia la ayudara a llegar a un punto en el que seriamente se comprometiera a perder peso, pero estaba muy lejos de eso ahora.

—Cuando estoy tan deprimida como ahora, comer es lo único que me ayuda.

Pero cuando me ocupé de su depresión, ella sostuvo, persuasivamente, que la depresión era una reacción apropiada a su situación vital. ¿Quién no se sentiría deprimido en un pequeño apartamento amueblado en un impersonal suburbio de California durante dieciocho meses, separado de su vida verdadera, su hogar, sus actividades sociales, sus amigos?

De modo que intenté abordar directamente su situación vital, pero pude avanzar poco. Ella tenía un sinnúmero de explicaciones desalentadoras. No hacía amigos con facilidad, indicó: eso les pasa a todas las mujeres obesas. (Punto sobre el cual yo no necesitaba explicación.) La gente de California tenía sus propios grupitos cerrados y no recibían a los desconocidos con los brazos abiertos. Sus únicos contactos sociales se producían en el trabajo, donde la mayoría de sus compañeros recelaban de su función de supervisora. Además, al igual que todos los californianos, eran aficionados a las actividades físicas, como el surf y el paracaidismo. ¿Podía imaginarla a ella haciendo eso? Deseché una fantasía en que la veía hundirse despacio en una tabla de surf y admití que había algo de verdad en lo que decía: esos no parecían deportes apropiados para ella.

¿Qué otras opciones quedaban?, me preguntó. El mundo de los solteros es imposible para las personas gordas. Para demostrarlo, describió una cita desconsoladora que tuvo el mes anterior: su única cita en años. Respondió un aviso clasificado en la sección de contactos de un diario local de San Francisco. Aunque la mayoría de los anuncios publicados por hombres especificaban que buscaban una mujer «delgada», había uno que no. Betty llamó y se citó para cenar con un hombre llamado George, que le pidió que se pusiera una rosa en el pelo. Quedaron en reunirse en el bar de un restaurante local.

Betty dijo que el hombre cambió de expresión cuando la vio, pero, y eso lo honra, admitió ser efectivamente George y luego se comportó como un caballero durante toda la velada. Aunque Betty no volvió a saber de él, con frecuencia pensaba en él. En ocasiones anteriores, la habían dejado plantada hombres que la habían visto de lejos y se habían marchado sin siquiera dirigirle la palabra.

Desesperado, busqué todo tipo de formas de ayudar a Betty. Quizá (en un esfuerzo por esconder mis propios sentimientos negativos) exageré un poco y cometí el error —propio de un principiante— de sugerir otras opciones. ¿Había pensado en el Sierra Club? No, no tenía resistencia para las caminatas. ¿Comedores Compulsivos Anónimos, que podían brindarle una red social? No, aborrecía los grupos. Otras sugerencias corrieron la misma suerte. Debía de haber alguna otra manera.

El primer paso en el cambio terapéutico es la asunción de responsabilidades. Si uno no se siente de ninguna manera responsable de una situación, ¿cómo cambiarla? Eso era precisamente lo que pasaba con Betty: ella externalizaba por completo su problema. No era culpa de ella: era el traslado, o la estéril cultura californiana, o la ausencia de actos culturales, o el interés de tanta gente por el deporte, o la terrible actitud de la sociedad hacia los obesos. A pesar de mis mejores esfuerzos, Betty negaba toda contribución personal a su infeliz situación vital.

Ah, sí, ella aceptaba, a un nivel puramente mental, que si dejaba de comer y perdía peso el mundo la trataría de manera diferente. Pero eso estaba demasiado lejos de su alcance, era a un plazo demasiado largo, y dejar de comer escapaba a su control. Además, aducía otros argumentos que la absolvían de toda responsabilidad: su componente genético (había obesidad en ambas ramas de su familia) y las nuevas investigaciones que demostraban que había anomalías fisiológicas en los obesos, que iban desde un bajo metabolismo basal a un peso predeterminado y relativamente poco influenciable. No, eso no funcionaría. En última instancia, yo tendría que ayudarla a que asumiera su responsabilidad por el aspecto que tenía, pero en este momento no veía ninguna posibilidad de lograrlo. Debía empezar con algo más inmediato. Y conocía una manera.

La herramienta práctica más útil de un psicoterapeuta consiste en poner el foco en el «proceso». Piénsese en *proceso* como opuesto a *contenido*. En una conversación, el contenido consiste en las palabras enunciadas, en las cuestiones que se discuten; el proceso, en cambio, es la *forma* en que se expresa el contenido, y, en especial, lo que este modo de expresión revela acerca de la relación entre los participantes.

Lo que yo debía hacer era apartarme del contenido —por ejemplo, dejar de sugerir soluciones simplistas para el problema de Betty— y centrarme en el proceso, en la manera en que nos relacionábamos. Y había una característica notable en nuestra relación: el tedio. Y allí es precisamente donde la contratransferencia complica las cosas: yo debía abordar hasta qué punto la responsabilidad de las tediosas sesiones era mía, si era verdad que cualquier gorda me aburriría.

De modo que estaba procediendo con cautela, con demasiada cautela. Tenía demasiado miedo de hacer visible mi aversión. Jamás hubiera tardado tanto con un paciente que me agradara. Me obligué a acelerar las cosas. Si iba a poder ayudar a Betty, debía aclarar mis sentimientos, confiar en ellos y actuar en consecuencia.

La verdad era que se trataba de una mujer muy aburrida, y yo necesitaba enfrentarme a eso de alguna manera aceptable. Ella podía negar su responsabilidad en todo lo demás —su actual falta de amigos, el duro panorama para los solteros, los horrores de los suburbios—, pero no debía permitirle que negara la responsabilidad que le correspondía por aburrirme.

No me atrevía a pronunciar la palabra *aburrido*, demasiado vaga e hiriente. Necesitaba ser preciso y constructivo. Me pregunté exactamente qué tenía Betty de aburrida, e identifiqué dos características obvias: primero, nunca revelaba nada íntimo sobre sí misma; segundo, esa risita tonta, su jovialidad forzada, su renuncia a permanecer seria.

Sería difícil hacerle tomar conciencia de estas características sin herirla. Me decidí por una estrategia general: mi postura básica sería que yo deseaba acercarme a ella, pero que ciertos rasgos de su comportamiento se interponían. Pensé que no podía ofenderse por mis críticas si las enmarcaba en ese contexto, y supuse que estaría encantada con el hecho de que yo quisiera conocerla mejor. Decidí empezar con su incapacidad para abrirse con sinceridad y, hacia el final de una sesión particularmente soporífera, me tiré al agua.

—Betty, le explicaré después por qué le pido esto, pero me gustaría intentar algo nuevo hoy. ¿Quiere puntuarse a usted misma de uno a diez con respecto a cuánto ha revelado sobre usted misma durante esta hora juntos? Considere que diez es el punto máximo de revelación que puede imaginar, y uno el tipo de revelación que haría, digamos, con desconocidos en la cola de un cine.

Un error. Betty pasó varios minutos explicando por qué no iría sola al cine. Imaginaba que la gente se compadecería de ella por no tener amigos. Sentía el miedo que tendrían a que se sentara a su lado y los aplastara. Veía la curiosidad con que la observarían ocupar su asiento para ver si entraría en una sola butaca. Cuando siguió con sus divagaciones —extendiendo la discusión a los asientos de los aviones y a cómo palidecía la gente cuando ella se acercaba para ocupar un lugar al lado—, la interrumpí, repetí mi petición y definí la puntuación de «uno» como una conversación casual en su trabajo.

Betty respondió puntuándose con un diez. Me quedé estupefacto (esperaba un dos o un tres), y se lo dije. Ella defendió su puntuación sobre la base de que me había dicho cosas que no habíamos compartido antes: por ejemplo, que en una ocasión había robado una revista de un quiosco y que tenía miedo de ir sola a un restaurante o a un cine.

La misma situación volvió a repetirse varias veces. Betty insistía en que se arriesgaba con sus confesiones, pero yo le decía que, por más que se hubiera puntuado con un diez, yo no me daba cuenta.

—Yo no siento que usted haya corrido ningún riesgo al contarme esas cosas.

—Jamás he hablado de esto con nadie. Ni siquiera con el doctor Farber.

—¿Cómo se siente al contarme esto?

—Me siento bien.

—¿Puede usar otra palabra aparte de «bien»? ¡Debe de producir temor o quizá una sensación de liberación decir estas cosas por primera vez!

—Me siento bien. Sé que usted lo escucha profesionalmente. Está bien. Me siento bien. No sé lo que quiere usted.

—¿Cómo puede estar tan segura de que estoy escuchando profesionalmente? ¿No tiene dudas?

¡Cuidado, cuidado! Yo no podía ofrecer más sinceridad que la que estaba dispuesto a dar. Ella de ninguna manera podría hacer frente a mi revelación de sentimientos negativos. Betty negó toda duda, y en este punto me contó que el doctor Farber se quedaba dormido cuando ella le estaba hablando, y que yo parecía mucho más interesado que él.

¿Qué quería yo de ella? Desde su punto de vista estaba revelando mucho. ¿Qué había en lo que me decía que me dejaba impasible? Me di cuenta entonces de que siempre me revelaba algo que había ocurrido en algún otro lugar y momento. No podía, o no quería, revelar nada sobre ella en el presente inmediato que ambos estábamos compartiendo. De ahí sus evasivas respuestas de que se sentía «bien» cada vez que yo le preguntaba por sus sentimientos aquí y ahora.

Ese fue el primer descubrimiento importante que hice acerca de Betty: estaba desesperadamente sola, y soportaba su soledad gracias al mito sustentador de que su vida íntima estaba en otra parte. Sus amigos, su círculo de relaciones, no estaba aquí, sino en otro lugar, en Nueva York, en Texas, en el pasado. De hecho, todo lo importante estaba en otra parte. Fue en ese momento cuando empecé a sospechar que allí tampoco existía un «aquí».

Otra cosa: si ella estaba revelándome más de sí misma de lo que nunca antes había hecho, entonces, ¿cuál sería la naturaleza de sus relaciones íntimas? Betty respondió que tenía fama de ser una persona accesible y comunicativa. Ella y yo, dijo, hacíamos lo mismo: ella era la terapeuta de todo el mundo. Añadió que tenía un montón de amigos, pero que nadie la conocía de verdad. Que sabía escuchar a los demás y era divertida. No es que le gustase, pero el estereotipo de gorda jovial le venía como anillo al dedo.

Esto me llevó, naturalmente, a la otra razón por la que yo la encontraba tan aburrida: actuaba de mala fe conmigo, en nuestras conversaciones cara a cara nunca era genuina, sino simulación y falsa alegría.

—Estoy realmente interesado en eso que me ha dicho sobre que es jovial, o simula serlo. Me parece que usted está decidida, absolutamente comprometida, a mostrarse jovial conmigo.

—Hmmm, interesante teoría, doctor Watson.

—Lo viene haciendo desde nuestro primer encuentro. Me habla de una vida que está llena de desesperación, pero lo hace como diciendo «lo estamos pasando bien».

—Así soy yo.

—Cuando adopta esa jovialidad, pierdo de vista el dolor que padece.

—Es mejor que revolcarse en él.

—Pero usted viene aquí en busca de ayuda. ¿Por qué encuentra necesario entretenerme?

Betty se ruborizó. Parecía perpleja ante mi confrontación y se batió en retirada, hundiéndose en su cuerpo. Secándose la frente con un pañuelito diminuto, ganó tiempo.

—Betty, seré persistente hoy. ¿Qué pasaría si usted dejara de entretenerme?

—No veo nada malo en que nos divirtamos un poco. ¿Por qué tomarlo todo tan..., tan...? No sé... Usted es siempre tan serio. Además, esta soy yo, así es como soy. No estoy segura de lo que dice. ¿Qué es eso de que trato de divertirle?

—Betty, esto es importante, lo más importante que nos haya pasado hasta ahora, pero usted tiene razón. Primero, debe saber exactamente qué quiero decir. ¿Le parecería bien que, de ahora en adelante, en nuestras próximas sesiones, la interrumpa y le indique cuándo me está entreteniendo, en el momento mismo en que ocurra?

Betty aceptó. No podía negarse. Ahora tenía a mi disposición un recurso enormemente liberador. Tenía permiso para interrumpirla al instante (recordándole, claro, nuestro acuerdo) cada vez que se riera tontamente, adoptara un acento idiota o intentara divertirme o tomarse las cosas a la ligera.

En tres o cuatro sesiones su comportamiento «divertido» desapareció y, por primera vez, empezó a hablar de su vida con la seriedad que se merecía. Dedujo que debía ser entretenida para que los demás se interesaran en ella. Comenté que, en mi consulta, ocurría justo lo contrario: cuanto más trataba de entretenerme, más distante y desinteresado me sentía yo.

Pero Betty dijo que no sabía cómo ser de otra manera: yo le estaba pidiendo que se deshiciera de su repertorio social completo. ¿Revelarse? Si tuviera que revelarse, ¿qué mostraría? No tenía nada en su interior. Estaba vacía. (La palabra *vacío* surgiría con mayor frecuencia a medida que avanzaba la terapia. El «vacío» psicológico es un concepto común en el tratamiento de las personas con trastornos de la conducta alimentaria.)

La apoyé todo lo posible en este punto. Ahora, le señalé, ahora sí se estaba arriesgando. Tenía una puntuación de ocho o nueve puntos. ¿Notaba la diferencia? Lo entendió de inmediato. Dijo que se sentía asustada, como si saltara de un avión sin paracaídas.

Ahora yo me aburría menos. Miraba el reloj con menos frecuencia y, aunque de vez en cuando consultaba la hora durante la sesión con Betty, no era como antes, para contar los minutos que todavía tendría que soportar, sino para ver si nos quedaba suficiente tiempo para ocuparnos de algo nuevo.

Tampoco resultaba necesario barrer de mi mente pensamientos despectivos con respecto a su aspecto. Ya no notaba su cuerpo: ahora la miraba a los ojos. De hecho, noté con sorpresa el despertar de la empatía dentro de mí. Cuando Betty me contó que había ido a un bar del oeste y que dos patanes se le pusieron detrás y empezaron a mugir como vacas, me sentí indignado y se lo dije.

Mis nuevos sentimientos hacia Betty me hicieron recordar con vergüenza mi reacción inicial. Me encogí al pensar en todas las otras mujeres obesas a quienes había visto de una manera intolerante o deshumanizada.

Todos estos cambios significaban que estábamos haciendo progresos: nos ocupábamos con éxito de la soledad de Betty y de cuánto necesitaba intimidad. Yo esperaba mostrarle que otra persona podía conocerla plenamente y tenerle afecto.

Ahora Betty se sentía comprometida con la terapia. Entre sesión y sesión pensaba sobre nuestras discusiones, tenía largas conversaciones imaginarias conmigo durante la semana, esperaba con ansiedad la siguiente reunión y se sentía enojada y decepcionada cuando los viajes de trabajo hacían que perdiera una sesión.

Sin embargo, al mismo tiempo se sentía cada vez más

angustiada y confesaba más tristeza y ansiedad. Yo aproveché para entender este cambio. Tan pronto como un paciente empieza a desarrollar síntomas referidos a la relación con el terapeuta, eso significa que la terapia ha comenzado realmente y que la investigación de estos síntomas abrirá el camino a nuevas cuestiones.

Su ansiedad tenía que ver con su temor de convertirse en una adicta de la terapia o depender demasiado de ella. Nuestras sesiones eran ahora lo más importante en su vida. No sabía qué le pasaría si no tuviera su «dosis» semanal. A mí me parecía que aún se resistía a la intimidad cuando se refería a su «dosis» y no a mí, y poco a poco fui haciéndoselo ver.

—Betty, ¿qué peligro hay en dejar que yo le importe a usted?

—No estoy segura. Me asusta, como si lo necesitara demasiado. No estoy segura de que usted estará cuando lo necesite. Tendré que irme de California en un año, recuerde.

—Un año es mucho tiempo. ¿Así que usted me evita ahora porque no me tendrá siempre?

—Sé que no tiene sentido. Pero lo mismo me pasa con California. Me gusta Nueva York y no quiero que me guste California. Tengo miedo de que, si hago amigos y empieza a gustarme, luego no quiera irme. Lo otro es que empiezo a pensar: ¿por qué preocuparse?, estaré aquí poco tiempo. ¿Para qué hacer amistades efímeras?

—Lo que sucede con esa actitud es que termina en una vida solitaria. Quizá esa sea la razón por la que se siente vacía por dentro. De una manera u otra, toda relación termina. No existe una garantía de por vida. Es como negarse a disfrutar una puesta de sol porque no le gusta que el sol se vaya.

—Suena disparatado cuando usted lo explica, pero así es conmigo. Cuando conozco a una persona que me gusta, de inmediato empiezo a imaginar cómo será tener que decirle adiós.

Yo sabía que esta era una cuestión importante y que volveríamos a ella. Otto Rank describió esta postura ante la vida con una frase maravillosa: «Rechazar el préstamo de la vida con el fin de evitar la deuda de la muerte».

Betty entró entonces en una depresión de corta duración con una curiosa y paradójica vuelta de tuerca. Se sentía animada por la intimidad y sinceridad de nuestra interacción, pero, en lugar de permitirse disfrutar de ese sentimiento, se entristecía al pensar que hasta ese momento su vida había estado desprovista de intimidad.

Eso hizo que me acordara de otro paciente que había tratado el año anterior, una doctora de cuarenta y cuatro años excesivamente responsable y concienzuda. Una noche, en medio de una disputa conyugal, bebió demasiado, algo que no hacía con frecuencia, perdió el control, tiró platos contra la pared y le arrojó una torta de merengue a su marido a la cara, aunque no dio en el blanco. Cuando la vi dos días después, se sentía culpable y deprimida. En un esfuerzo por consolarla, traté de sugerir que perder el control no siempre es una catástrofe. Ella me interrumpió y me dijo que yo lo había entendido mal: no se sentía culpable, sino que estaba arrepentida de haber esperado hasta los cuarenta y cuatro años para sentirse liberada y dejar aflorar sus verdaderas emociones.

A pesar de sus ciento veinticinco kilos, Betty y yo casi nunca hablábamos de lo mucho que comía ni de su peso. Muchas veces se había referido a sus épicas batallas (invariablemente improductivas) con su madre y sus amigos, que trataban de controlar lo que comía. Yo estaba decidido a evitar ese rol; en cambio, depositaba mi fe en la idea de que, si la ayudaba a apartar los obstáculos en su camino, ella sola tomaría la iniciativa de cuidar de su cuerpo.

Hasta entonces, abordando su soledad, ya había apartado obstáculos importantes: la depresión de Betty estaba desapareciendo. Su vida social era más activa y ya no consideraba el hecho de comer su única fuente de satisfacción. Sin embargo, no fue hasta que tuvo una revelación extraordinaria acerca de los peligros de bajar de peso cuando pudo tomar la decisión de empezar su dieta. Sucedió así.

Cuando habían pasado ya varios meses desde el comienzo de la terapia, decidí que su progreso se aceleraría si trabajaba con un grupo de terapia a la par que con la terapia individual. Para empezar, yo estaba seguro de que sería aconsejable establecer una comunidad de apoyo que la ayudase en los días difíciles del régimen para adelgazar. Además, un grupo de terapia le daría la oportunidad de explorar las cuestiones interpersonales que habíamos abierto en nuestra terapia: el ocultamiento, la necesidad de divertir, el sentimiento de que ella no tenía nada que ofrecer. Aunque Betty estaba muy asustada y al principio se resistió a mi sugerencia, aceptó resueltamente e ingresó en un grupo dirigido por dos residentes de Psiquiatría.

Una de las primeras reuniones del grupo fue una sesión muy inusual en la que Carlos, que también estaba en terapia individual conmigo, informó al grupo de que padecía un cáncer incurable. El padre de Betty había muerto de cáncer cuando ella tenía doce años, y desde entonces ella había vivido aterrorizada por esa enfermedad. En la universidad había empezado a estudiar Medicina, pero la abandonó por miedo a entrar en contacto con enfermos de cáncer.

Durante las semanas siguientes, el contacto con Carlos generó tanta ansiedad en Betty que tuve que verla durante varias sesiones de emergencia y me resultó difícil convencerla para que continuara con el grupo. Desarrolló síntomas físicos inquietantes, como migrañas (su padre murió de cáncer cerebral), dolores de espalda y problemas respiratorios, mientras la atormentaba la obsesión de que ella también pudiera tener cáncer. Como tenía cierta fobia a los médicos (se sentía avergonzada de su cuerpo, por lo que raras veces se sometía a revisiones y nunca le habían realizado una exploración pélvica), no resultó fácil tranquilizarla al respecto.

Mientras asistía a la alarmante pérdida de peso de Carlos, recordó cómo, en el lapso de doce meses, ella había visto a su padre convertirse de un hombre obeso en un esqueleto con grandes pliegues de piel floja. Aunque reconocía que era un pensamiento irracional, Betty se daba cuenta de que desde la muerte de su padre ella creía que la pérdida de peso la haría más susceptible al cáncer.

También se preocupaba por la pérdida de pelo. Cuando se unió al grupo, Carlos (que había perdido el pelo a causa de la quimioterapia) llevaba peluquín, pero el día que informó al grupo de su cáncer fue a la reunión calvo. Betty se sintió horrorizada, y volvió a tener visiones de la calvicie de su padre, a quien le habían afeitado la cabeza para operarlo del tumor. Recordó lo asustada que estaba cuando, durante enérgicas dietas anteriores, a ella también se le había caído el pelo.

Estos sentimientos perturbadores complicaron los problemas de peso de Betty. La comida no solo representaba su única forma de gratificación, no solo era una manera de apaciguar su sensación de vacío, la delgadez no solo evocaba el dolor de la muerte de su padre, sino que, inconscientemente, ella sentía que perder peso le ocasionaría la muerte.

Poco a poco su aguda ansiedad fue reduciéndose. Nunca antes había hablado abiertamente sobre todo esto. Quizá la catarsis ayudara; quizá le fue útil reconocer la naturaleza mágica de su razonamiento; quizá parte de sus horribles temores remitieran después de hablar de ellos a la luz del día de una manera calmada y racional.

Durante este tiempo, Carlos fue de gran ayuda. Hasta el final mismo, los padres de Betty negaron la gravedad de la enfermedad del padre. Una negación de este tipo siempre es un desastre para los supervivientes; Betty no estaba preparada para la muerte de su padre ni tuvo la oportunidad de decirle adiós. Pero Carlos adoptaba un enfoque muy diferente ante su destino: era valiente, racional y abierto, y hablaba de las emociones que le provocaban la enfermedad y la cercanía de su muerte. Además, fue especialmente amable con Betty, quizá porque sabía que era paciente mía, quizá porque ella llegó cuando él había optado por ser generoso («todo el mundo tiene un corazón»), quizá simplemente porque siempre le gustaron las gordas (cosa que, lamento decir, siempre consideré una forma de perversión).

Betty debió de haber sentido que los obstáculos a su pérdida de peso habían sido suficientemente erosionados, porque evidenció claramente que estaba a punto de embarcarse en una campaña importante. Me sorprendí por el alcance y la complejidad de sus preparativos.

Primero, se inscribió en un programa sobre desórdenes alimentarios en la clínica donde yo trabajaba y completó su exigente protocolo, que incluía una compleja revisión médica (seguía evitando el examen pélvico) y un sinfín de test psicológicos. Luego vació de comida su apartamento: latas, paquetes, botellas. Hizo un plan con actividades sociales alternativas: indicó que, si se suspenden los almuerzos y las cenas, el calendario social se reduce enormemente. Para mi sorpresa, se apuntó a un grupo de bailes folklóricos (esta dama es valiente, pensé) y a una liga semanal de bolos. Me explicó que su padre le había enseñado a jugar cuando era pequeña. Se compró una bicicleta estática de segunda mano y la colocó frente a su televisor. Luego se despidió de sus viejas compañías: patatas fritas, bollos de chocolate y, lo más duro de todo, sus rosquillas de miel.

Hubo también considerables preparativos internos, que Betty tuvo dificultad en describir; solo dijo que estaba haciendo «acopio de valor» hasta el momento adecuado para empezar su dieta. Yo estaba impaciente y me entretenía con la imagen mental de un enorme luchador de sumo japonés paseándose, haciendo posturas y gruñendo antes de lanzarse al ataque.

¡De pronto empezó! Era un régimen Optifast, sin alimentos sólidos; pedaleaba en su bicicleta cuarenta minutos cada mañana, caminaba cinco kilómetros al día, jugaba a los bolos y bailaba danzas folklóricas una vez a la semana. Su envoltura de grasa empezó a desintegrarse y su corpulencia se redujo. Desaparecieron grandes pedazos de carne que antes le colgaban. Perdía uno, dos, a veces dos kilos y medio por semana.

Cada sesión empezaba entonces con un informe sobre sus progresos: cinco kilos menos, luego diez, doce, quince. Ahora pesaba ciento veinte, luego ciento quince, ciento diez. Parecía sorprendentemente rápido y fácil. Yo estaba encantado y la felicitaba cada semana por sus esfuerzos. Pero durante esas primeras semanas también tomé conciencia de una voz nada caritativa dentro de mí que decía: «Dios mío, si pierde peso tan rápido, ¿cuánto comería?».

Pasaban las semanas, la campaña continuaba. Después de tres meses, estaba en ciento cinco. Luego bajó a cien. ¡Veinticinco kilos menos! Luego, noventa y cinco. La oposición se endureció. A veces llegaba a la consulta llorando: había pasado una semana sin comer y no había perdido nada de peso. Cada kilo luchaba por permanecer, pero Betty seguía con su régimen.

Fueron meses espantosos. Betty lo odiaba todo. Su vida era un tormento: la asquerosa dieta líquida, la bicicleta estática, las punzadas de hambre, los diabólicos avisos publicitarios de McDonald's en la televisión, y los aromas, los ubicuos aromas: a palomitas de maíz en el cine, a pizza en la bolera, a cruasanes en el centro comercial, a cangrejo en el muelle de los pescadores. ¿No había un lugar en el mundo que estuviera libre de olores?

Todos los días eran un mal día. Nada en la vida le proporcionaba placer. Compañeros suyos que también estaban haciendo dieta y que pertenecían al grupo de trastornos de la conducta alimentaria de la clínica abandonaron, pero Betty persistía. Mi respeto por ella creció.

A mí también me gusta comer. Muchas veces durante todo el día espero con ansia un plato especial, y cuando me asalta un antojo, nada puede impedir que me detenga en un restaurante o una heladería. Pero a medida que el calvario de Betty se prolongaba, yo empezaba a sentirme culpable, como si actuara de mala fe con ella. Cada vez que me sentaba a comer pizza, tallarines al pesto, enchiladas con salsa verde o tarta de chocolate con helado —o cualquier otro manjar que sabía que a Betty le gustaba—, pensaba en ella. Me estremecía cuando la veía preparándose mentalmente para comer su dieta líquida. A veces me detenía unos segundos en su honor.

Sucedió que, durante ese periodo, sobrepasé el peso máximo que me permitía e inicié un régimen de tres semanas. Como mis regímenes consisten principalmente en eliminar los helados y las patatas fritas, no podía decirle a Betty que me estaba uniendo a ella en una dieta de solidaridad. No obstante, durante esas tres semanas sentí con mayor agudeza sus privaciones. Ahora me conmovía cuando ella me contaba que lloraba al irse a dormir. Simpatizaba con ella cuando describía a su hambriento ser interior, que aullaba medio desfallecido: «¡Aliméntame! ¡Aliméntame!».

Noventa kilos. Ochenta y cinco. ¡Había bajado cuarenta kilos! El estado de ánimo de Betty tenía grandes fluctuaciones, y eso me preocupaba cada vez más. Tenía periodos breves de orgullo y euforia (especialmente cuando salía a comprar ropa nueva), pero en general padecía un abatimiento tan profundo que todo lo que podía hacer era arrastrarse a su trabajo cada mañana.

A veces se ponía irritable y ventilaba viejos agravios conmigo. ¿La había enviado a terapia de grupo para librarme de ella o, al menos, para compartir la carga y sacármela en parte de encima? ¿Por qué no le había preguntado más sobre sus hábitos alimentarios? Después de todo, comer era su vida. Quien la amase debería amar su forma de comer. (Cuidado, cuidado, se está acercando.) ¿Por qué estuve de acuerdo con ella cuando enumeró las razones —su edad, la falta de energía, la pereza, la falta de medios económicos, no haber cursado antes estudios preparatorios— por las cuales le pareció que no debía hacer la carrera de Medicina? Me dijo entonces que mi recomendación de que estudiara Enfermería fue una forma de menospreciarla, y me acusó de sugerirle que, como no era lo bastante inteligente para ejercer la medicina, mejor que fuera enfermera.

Otras veces se mostraba petulante y parecía que retrocedíamos. Una vez, por ejemplo, cuando le pregunté por qué no participaba en la terapia de grupo, no hizo más que mirarme con furia y quedarse callada. Cuando la obligué a decirme exactamente lo que estaba pensando, me contestó imitando el sonsonete de una niña:

—¡Si no me da una galletita, no obedeceré!

Durante uno de sus periodos de depresión, tuvo un sueño vívido.

Estaba en un lugar como La Meca adonde va la gente a suicidarse legalmente. Yo estaba con una amiga íntima, pero no recuerdo quién. Ella iba a suicidarse arrojándose a un túnel profundo. Le prometí que recogería su cuerpo, pero más tarde me di cuenta de que tendría que arrastrarme por ese terrible túnel con toda clase de cuerpos muertos en descomposición y me pareció que no podría hacerlo.

Al asociar este sueño, Betty dijo que justo ese día estuvo pensando que, al perder cuarenta kilos, ella se había desprendido de todo un cuerpo, pues una de sus compañeras de la oficina solo pesaba cuarenta kilos. En ese momento se imaginó que autorizaba una autopsia y organizaba después un funeral para el «cuerpo» del que se había desprendido. Este pensamiento macabro, sospechaba Betty, había tenido su eco en la imagen del sueño en el que debía buscar el cadáver de su amiga en el túnel.

Las imágenes y la profundidad del sueño me hicieron ver el camino que ya había recorrido Betty. Costaba trabajo recordar la mujer superficial de hacía unos pocos meses, con su sonrisilla un poco tonta. Ahora Betty tenía mi total atención cada minuto de la sesión. ¿Quién podría haber imaginado que de esa mujer, cuya vacua cháchara había aburrido tanto al otro psiquiatra y a mí, hubiera surgido esta persona tan razonable, espontánea y sensible?

Ochenta y dos kilos y medio. Estaba emergiendo algo distinto. Un día, en la consulta, miré a Betty y me di cuenta, por primera vez, de que tenía regazo. Volví a mirar. ¿Habría estado siempre allí? Quizá. Ahora yo le estaba prestando mayor atención. No parecía posible: el contorno de su cuerpo, desde la mandíbula a los pies, siempre había sido globular. Un par de semanas después vi una señal inconfundible: tenía dos pechos. Una semana después, noté la línea del mentón, luego una barbilla, un codo. Estaba todo allí: sepultada todo ese tiempo había estado una persona, una mujer atractiva.

Otros, sobre todo hombres, habían notado el cambio, y ahora la tocaban y rozaban durante las conversaciones. Uno de sus compañeros de oficina la acompañó un día hasta el coche. Su peluquero le dio, gratis, un masaje capilar. Estaba segura de que su jefe le miraba los senos.

Un día Betty me anunció que estaba en setenta y nueve kilos y medio, y agregó que era «terreno virgen»: no pesaba eso desde la secundaria. Aunque mi reacción fue un chiste penoso —¿le preocupaba entrar en un territorio no virgen?—, aun así sirvió para iniciar una importante discusión sobre el sexo. Aunque había fantaseado mucho y su vida sexual era muy activa en su imaginación, en realidad nunca había tenido contacto físico con un hombre: ni un abrazo, ni un beso, ni siquiera una caricia lasciva. Siempre había deseado una experiencia sexual y le indignaba que la actitud de la sociedad hacia los obesos la sentenciara a la frustración en ese sentido. Solo entonces, cuando se iba acercando a un peso en que las invitaciones sexuales podían llegar a materializarse, y mientras sus sueños se poblaban de amenazantes figuras masculinas (un médico con una mascarilla que le aplicaba una aguja hipodérmica en el abdomen, un hombre malicioso que se quitaba la costra de una gran herida abdominal), reconoció que el sexo le daba mucho miedo.

Estas discusiones liberaron un torrente de dolorosos recuerdos de toda una vida de rechazos masculinos. Nunca había recibido una invitación para salir, nunca había ido a un baile del colegio ni a una fiesta. Desempeñaba muy bien el papel de confidente y había ayudado a más de una amiga a planificar su boda. Todas estaban casadas ahora, y ella ya no podía ocultarse más a sí misma que había sido forzada a desempeñar siempre el papel de la observadora a quien nadie había elegido. Pronto pasamos del sexo a las aguas más profundas de la identidad sexual básica. Betty había oído que su padre en realidad quería un hijo varón y que había quedado decepcionado al nacer ella. Una noche tuvo dos sueños sobre un hermano mellizo perdido. En uno de los sueños, ella y él usaban placas de identificación y se las intercambiaban. En el otro sueño terminaba con él: su hermano mellizo entraba en un ascensor atestado de gente en el que ella no cabía (por su tamaño). Luego el ascensor se caía, matando a todos los ocupantes, y ella se quedaba buscando los restos de su hermano. Otra noche, en un tercer sueño, su padre le regalaba una yegua llamada «Es una dama». Betty siempre había querido que su padre le regalara un caballo, y en el sueño no solo se cumplía su deseo infantil, sino que su padre oficialmente la bautizaba como una dama.

Nuestras discusiones sobre la práctica sexual y su identidad sexual le generaron tanta ansiedad y una sensación tan agónica de vacío que, en varias ocasiones, se dio un atracón de galletitas y dónuts. En aquel momento Betty tenía permitido comer cosas sólidas —una comida de dieta por día—, pero le costaba más seguir este régimen que el de solo líquidos.

Tenía por delante un desafío que marcaba todo un hito simbólico: bajar de los cincuenta kilos. Este objetivo específico, que nunca lograría, tenía fuertes connotaciones sexuales. Para empezar, unos meses antes Carlos le dijo en broma que la iba a llevar a pasar un fin de semana en Hawái cuando pesara menos de cincuenta kilos. Además, como parte de su preparación mental anterior al comienzo de la dieta, Betty se había prometido que, cuando pesara menos de cincuenta kilos, iba a ponerse de nuevo en contacto con George, el hombre que había respondido a su mensaje y la había llevado a cenar, para sorpren derlo con su nuevo cuerpo y recompensar su comportamiento caballeresco con sus favores sexuales.

En un esfuerzo por reducir su ansiedad, le recomendé moderación y le sugerí que abordara el sexo con pasos menos drásticos; por ejemplo, que pasara algún tiempo hablando con hombres y que estudiara temas como la anatomía y la mecánica sexuales y la masturbación. Le recomendé material de lectura y la animé a que visitara una ginecóloga y que explorara estas cuestiones con sus amigas y su grupo de terapia.

Durante este periodo de rápida pérdida de peso se iba desarrollando otro fenómeno extraordinario. Betty empezó a experimentar vívidos recuerdos emocionales y pasaba mucho tiempo de su hora de terapia discutiendo, llorosa, momentos pasados, como el día que se fue de Texas para vivir en Nueva York, o cuando terminó la secundaria, o su enfado con su madre, que era tan tímida y temerosa que evitó asistir a la ceremonia de su graduación.

Al principio parecía que esos recuerdos, así como los cambios de estado de ánimo que los acompañaban, eran ocurrencias caóticas y casuales, pero después de varias semanas Betty se dio cuenta de que formaban un esquema coherente: a medida que perdía peso, volvía a revivir los hechos traumáticos más importantes o sin resolver de su vida, ocurridos cuando tenía un peso determinado. La pérdida de peso, desde sus ciento veinticinco kilos, hizo de algún modo que regresara en el tiempo y se detuviera en los momentos de mayor carga emocional de su vida: la partida de Texas para Nueva York (105 kilos), su graduación en la universidad (95 kilos), su decisión de abandonar la carrera de Medicina —y renunciar al sueño de descubrir una cura para el cáncer que mató a su padre— (90 kilos), su soledad en la graduación en secundaria —la envidia que sentía por sus compañeras y sus padres—, su fracaso en conseguir que algún chico la acompañara al baile de graduación (85 kilos), el final del primer ciclo de la secundaria y lo mucho que echaba de menos a su padre entonces (77 kilos y medio). ¡Qué prueba maravillosa del reino del inconsciente! El cuerpo de Betty había recordado lo que su mente había olvidado hacía mucho tiempo.

Su padre estaba muy presente en estas reminiscencias traumáticas. Cuanto más de cerca las examinábamos, más evidente era el hecho de que todo llevaba hacia él, a su muerte, y a los setenta y cinco kilos que pesaba Betty entonces. Cuanto más se aproximaba a ese peso, más deprimida estaba y más se llenaba su mente de sentimientos y recuerdos de su padre.

Pronto pasamos sesiones enteras hablando de su padre. Había llegado el momento de desenterrarlo todo. Yo me sumergía en sus reminiscencias y la alentaba a que expresara todo lo que recordaba acerca de la enfermedad de su padre, su muerte, su aspecto la última vez que lo vio en el hospital, los detalles del entierro, la ropa que ella se puso, el sermón del sacerdote, las personas que asistieron.

Betty y yo habíamos hablado antes de su padre, pero nunca con tanta intensidad ni tantos detalles. Betty sentía su pérdida como nunca; durante dos semanas no hizo más que llorar. Durante este tiempo nos veíamos tres veces por semana, y yo trataba de ayudarla a entender el origen de sus lágrimas. En parte lloraba por haberlo perdido, pero en gran parte porque consideraba que la vida de su padre fue una tragedia: nunca terminó la educación que quería (o que ella quería para él) y murió justo antes de jubilarse, de modo que no pudo disfrutar de los años de descanso que tanto anhelaba. Sin embargo, como señalé, la descripción que ella hacía de las actividades de su padre —su numerosa familia, su amplio círculo social, las reuniones diarias con sus amigos, su amor por el país, su juventud en la marina, sus tardes de pesca— mostraba que tuvo una vida plena, inmerso en una comunidad de gente que lo conocía y lo amaba.

Cuando la insté a que comparara su vida con la de él, se dio cuenta de que su dolor no era por él, sino por ella misma: su vida era trágica y se sentía insatisfecha. ¿Cuánto de ese dolor, entonces, se debía a sus propias esperanzas frustradas? Esta pregunta le resultaba particularmente dolorosa. Betty había visitado a una ginecóloga, quien le dijo que tenía un trastorno endocrino que le impediría tener hijos.

Yo me sentía cruel durante estas semanas debido al dolor que le causaba la terapia a Betty. Cada sesión era un suplicio y Betty se iba de la consulta terriblemente acongojada. Empezó a tener ataques de pánico y muchos sueños que la perturbaban; decía que cada noche moría por lo menos tres veces. No recordaba los sueños, excepto dos recurrentes que había comenzado a tener en su adolescencia, poco después de la muerte de su padre. En uno de los sueños, estaba en un armario pequeño, paralizada: construían una pared de ladrillos y la estaban encerrando. En el otro, yacía en una cama de hospital con una vela ardiendo a sus pies: la vela representaba su alma. Sabía que cuando la llama se apagara ella moriría, y se sentía impotente mientras observaba cómo se extinguía poco a poco.

Hablar sobre la muerte de su padre evidentemente evocaba el temor a su propia muerte. Le pedí que se explayara acerca de sus primeras experiencias y sus tempranas concepciones de la muerte. Como vivía en una granja, la muerte no le era ajena. Veía a su madre matar gallinas y oía el chillido de los cerdos cuando eran sacrificados. Betty se sintió trastornada por la muerte de su abuelo cuando tenía nueve años. Aunque Betty no lo recordaba, su madre le dijo entonces que solo las personas ancianas morían, en un intento por tranquilizarla. Pero luego Betty estuvo atormentando a sus padres durante semanas repitiendo que no quería envejecer y preguntándoles cuántos años tenían. Sin embargo, no fue sino hasta la muerte de su padre cuando Betty comprendió la verdad acerca de la inevitabilidad de su propia muerte. Recordaba el momento preciso.

—Fue un par de días después del entierro. Yo todavía no iba al colegio. La maestra dijo que solo debía volver cuando estuviera lista. Podría haber regresado antes, pero no parecía bien hacerlo tan pronto. Me preocupaba que la gente pudiera pensar que no estaba lo suficientemente triste. Yo caminaba detrás de la casa. Hacía frío fuera. Podía ver mi aliento, y costaba caminar porque la tierra estaba reseca y los surcos del arado congelados. Estaba pensando en mi padre bajo la tierra y lo frío que estaría, y de pronto oí una voz desde arriba que me decía: «¡Tú eres la siguiente!».

Betty se detuvo y me miró.

—¿Cree que estoy loca?

—No. Ya te lo he dicho antes: no tienes el talento necesario. —Sonrió.

—Nunca le he contado esto a nadie. En realidad, lo había olvidado hasta esta semana.

—Me hace sentir bien que hayas decidido confiar en mí y contármelo. Parece importante. Cuéntame más.

—Era como si mi padre ya no estuviera para protegerme. En cierto sentido, él se interponía entre la tumba y yo. Sin él, yo era la siguiente. —Betty se encorvó y tuvo un escalofrío—. ¿Puede creer que todavía me da miedo pensar en esto?

—¿Y tu madre? ¿Qué papel ocupaba ella en todo esto?

—Como le he dicho antes: ella estaba muy muy lejos, como en el trasfondo. Ella cocinaba y me daba de comer, y lo hacía muy bien, pero era una mujer débil. Yo era la que la protegía. ¿Puede creer que exista una mujer en Texas que no sepa conducir? Yo empecé a hacerlo a los doce años, cuando mi padre enfermó, porque ella tenía miedo de coger el coche.

—¿De modo que no había nadie que te protegiera?

—Fue entonces cuando empecé a tener pesadillas. Ese sueño sobre la vela... debo de haberlo tenido veinte veces.

—Ese sueño me hace pensar en lo que dijiste antes acerca de tu temor de perder peso y de mantenerte gorda para evitar morir de cáncer como tu padre. Si la vela sigue gorda, tú vives.

—A lo mejor, pero suena rebuscado.

Otro buen ejemplo, pensé, de lo desaconsejable que es que el terapeuta plantee una interpretación apresurada, por más buena que sea. Los pacientes, como cualquier otra persona, aprovechan más las verdades que ellos mismos descubren.

—Y ese mismo año —prosiguió diciendo Betty—, se me pasó por la cabeza que iba a morir antes de los treinta años. ¿Sabe?, me parece que aún lo creo.

Estas discusiones socavaban su negación de la muerte. Betty empezó a sentirse insegura. Estaba en guardia contra cualquier posibilidad de hacerse daño cuando iba en coche, en bicicleta o cruzaba la calle. Le preocupaba lo caprichosa que era la muerte.

—Podría llegar en cualquier instante —decía—, cuando menos se la espera. —Durante años su padre había ahorrado dinero y planeado un viaje para toda la familia a Europa, pero se le formó el tumor poco antes de la fecha de partida. Ella, yo, cualquiera, podía caer fulminado en cualquier momento—. ¿Cómo se puede hacer frente a eso?

Como ahora estaba comprometido a estar plenamente «presente» con Betty, trataba de no dejar de contestar ninguna de sus preguntas. Le hablé acerca de mis propias dificultades para aceptar la muerte. Le dije que, si bien el hecho de la muerte no puede ser alterado, la actitud de uno hacia ella sí.

Tanto por mi experiencia personal como profesional, he terminado por creer que el miedo a la muerte es mayor en los que sienten que no han vivido su vida con plenitud. Una buena fórmula es: cuanto mayor es el sentido de una vida no vivida o de potencial no realizado, mayor el miedo a la muerte.

Le dije a Betty que tenía la impresión de que, cuando se involucrara más en la vida, más iría perdiendo su miedo a la muerte. Gran parte, aunque no todo. (Todos sentimos ansiedad por la muerte. Es el precio que se paga por el conocimiento de uno mismo.)

Otras veces Betty se enojaba porque yo la forzaba a pensar en asuntos morbosos.

—¿Por qué pensar en la muerte? ¡No podemos hacer nada al respecto!

Yo intentaba ayudarla a entender que, aunque el hecho de la muerte nos destruya, la idea de la muerte puede salvarnos. En otras palabras, nuestra conciencia de la muerte puede mostrarnos la vida desde una perspectiva diferente e incitarnos a ordenar nuestras prioridades de manera distinta. Carlos había aprendido esa lección: eso quiso decir al final, cuando dijo que había salvado su vida.

Me parecía que una lección importante que Betty podía extraer de su miedo a la muerte es que la vida debe ser vivida ahora: no puede ser pospuesta indefinidamente. No resultaba difícil señalarle las maneras en que eludía la vida: su reticencia al compromiso (porque le espantaba la separación); su apetito descontrolado y su obesidad, que la habían privado de tantos aspectos de la vida; su forma de evitar el momento presente, refugiándose en el pasado o proyectando para el futuro. Tampoco resultaba difícil argumentar que estaba dentro de sus posibilidades cambiar todo eso. En realidad, ya había empezado a hacerlo: ¡solo bastaba ver la forma en que me involucraba a mí a diario!

La alenté a que se sumergiera en su dolor; quería que explorara y expresara todas sus facetas. Una y otra vez le formulaba la misma pregunta:

—¿Por qué, por quién te lamentas?

—Creo que me lamento por el amor. Mi padre es el único hombre que me tuvo entre sus brazos. El único hombre, la única persona, que me dijo que me amaba. No estoy segura de que eso vuelva a sucederme.

Yo sabía que estábamos entrando en una zona en la que antes jamás me habría aventurado. Costaba recordar que hacía menos de un año me resultaba difícil mirarla incluso. Hoy sentía una gran ternura por ella. Me esforcé por encontrar una forma de responderle, pero aun así le di menos que lo que hubiera querido.

—Betty, ser amado no es cuestión de casualidad o del destino. Tú puedes influir para que suceda, más de lo que crees. Estás mucho más disponible para el amor ahora que hace unos meses. Yo lo veo, siento la diferencia. Estás mejor, es fácil aproximarse a ti ahora.

Betty era más abierta con sus sentimientos positivos hacia mí y compartía largas ensoñaciones en que ella era médica o psicóloga y trabajábamos juntos, codo con codo, en un proyecto de investigación. El deseo que sintió entonces de que yo fuera su padre nos condujo a un aspecto final del dolor que siempre le había causado un gran tormento. Junto al amor por su padre, experimentaba también sentimientos negativos: se sentía avergonzada de él, de su aspecto (era extremadamente gordo), de su falta de ambición y de educación, de su ignorancia de los modales sociales. Al decir eso, Betty se puso a llorar. Le costaba mucho hablar de eso, dijo, porque se avergonzaba de avergonzarse de su propio padre.

Mientras yo buscaba una respuesta, recordé algo que me había dicho mi primera analista, Olive Smith, hacía más de treinta años. (Lo recuerdo bien, creo, porque fue la única cosa remotamente personal —y la más provechosa— que me dijo en las seiscientas horas que pasé con ella.) Yo me sentía muy mal por haber expresado sentimientos monstruosos hacia mi madre, y Olive Smith se inclinó sobre el diván y me dijo dulcemente: «Esa parece ser la manera en que estamos hechos». Atesoré esas palabras, y ahora, treinta años después, transmití el regalo y se las dije a Betty. Las décadas no habían erosionado nada de su poder reconfortante: ella inhaló hondo, se tranquilizó y se recostó sobre la silla. Yo añadí que sabía personalmente lo difícil que es para personas muy instruidas relacionarse con padres con poca formación.

El traslado de Betty a California estaba llegando a su fin. Ella no quería interrumpir la terapia y solicitó a la empresa que ampliaran su estancia. Cuando eso falló, pensó en buscar otro empleo en California, pero finalmente decidió regresar a Nueva York.

¡Qué momento para interrumpir la terapia, cuando estábamos en mitad de cuestiones fundamentales y con Betty pesando setenta y cinco kilos! Al principio pensé que el momento no podía ser peor. Sin embargo, reflexionando más detenidamente, me di cuenta de que Betty quizá se había sumergido tan hondo en la terapia gracias a nuestro tiempo limitado, no a pesar de él. Existe una larga tradición en psicoterapia, que se remonta a Carl Rogers y, antes que él, a Otto Rank, que establece que una fecha de finalización establecida de antemano muchas veces incrementa la efectividad de la terapia. De no haber sabido Betty que su tiempo de terapia era limitado, podría, por ejemplo, haber tardado más en lograr la determinación interior necesaria para empezar a perder peso.

Además, no estaba de ninguna manera claro que podría haber llegado mucho más lejos. En nuestros últimos meses, Betty parecía interesada más en resolver cuestiones que ya habíamos abierto que en descubrir otras nuevas. Cuando le recomendé que continuara la terapia en Nueva York y me ofrecí a darle el nombre de un terapeuta que me pareció el más idóneo, ella no se comprometió, diciendo que no sabía si proseguiría: quizá ya había hecho suficiente.

Había otros indicios también de que quizá Betty no podría seguir adelante. Aunque no comía en exceso, ya no hacía régimen. Convinimos en concentrarnos en mantener el nuevo peso de ochenta kilos y para ello Betty se compró todo un guardarropa nuevo.

Un sueño iluminó esta coyuntura en la terapia:

> Soñé que los pintores iban a pintar las molduras del exterior de mi casa. Pronto estaban en toda la casa. Había un hombre en cada ventana con una pistola pulverizadora. Me vestí rápido y traté de detenerlos. Estaban pintando todo el exterior de la casa. Había volutas de humo saliendo de todas partes, desde debajo de las tablas del suelo. Vi a un pintor con una media en la cara que estaba pulverizando dentro. Le dije que solo quería que retocaran las molduras. Él me dijo que tenía órdenes de pintarla toda, por fuera y por dentro. «¿Qué es ese humo?», le pregunté. Dijo que eran bacterias y añadió que sus hombres estaban en la cocina cultivando bacterias letales. Yo estaba tan asustada que no hacía más que repetir: «Solo quería que pintaran las molduras».

Al comienzo de la terapia, Betty solo quería que se ocuparan de las molduras, que son un adorno exterior, pero se había visto inexorablemente arrastrada al trabajo de reconstrucción del interior de su casa. Además, el pintor-terapeuta había llevado la muerte a su casa (la muerte de su padre, su propia muerte). Ahora ella estaba diciendo que había ido lo bastante lejos: era hora de parar.

A medida que nos aproximábamos a nuestra última sesión, yo sentía mayor alivio y regocijo, como si me estuviera librando de algo. Uno de los axiomas de la psicoterapia es que los sentimientos importantes que uno tiene hacia otra persona siempre terminan siendo comunicados por un canal u otro, verbalmente o no. Durante muchísimo tiempo he enseñado a mis estudiantes que, si en una relación hay algo grande de lo que no se habla, ya sea el paciente o el terapeuta, entonces no se hablará tampoco de ninguna otra cosa importante.

Sin embargo, yo había iniciado la terapia con intensos sentimientos negativos hacia Betty, sentimientos que nunca había discutido con ella y que ella no había reconocido. Sin duda habíamos hecho progresos. ¿Había yo demostrado que el axioma es falso? ¿No existen «absolutos» en psicoterapia?

Nuestras tres últimas horas fueron dedicadas a trabajar la angustia de Betty ante nuestra separación inminente. Lo que ella temía al comienzo mismo del tratamiento había sucedido: se había permitido a sí misma abrigar hondos sentimientos hacia mí, y ahora iba a perderme. ¿Qué sentido tenía haber confiado en mí?

No me desalentó constatar que estos viejos sentimientos reaparecían. Primero, cuando se acerca el fin de la terapia, los pacientes suelen tener una regresión temporal. (He ahí un absoluto.) Segundo, nada se resuelve de una vez por todas en la terapia. En cambio, terapeuta y paciente inevitablemente vuelven una y otra vez a ajustar y reforzar lo aprendido. De hecho, por esta misma razón, muchas veces a la psicoterapia se la denomina *cicloterapia*.

Traté de abordar la desesperación de Betty y su sensación de que, una vez que me dejara, todo nuestro trabajo se iría al traste recordándole que su crecimiento no estaba en mí ni en ningún objeto externo, sino que era parte de ella, una parte que se llevaría consigo. Por ejemplo, si ella pudo confiar en mí y mostrarse tal como era más de lo que nunca había hecho con nadie, entonces contenía dentro de sí esa experiencia, así como la capacidad para volverlo a hacer. Para convencerla, en nuestra última sesión intenté usarme a mí mismo como ejemplo.

—Lo mismo sucede conmigo, Betty. Echaré de menos nuestras reuniones. Pero yo he cambiado como resultado de conocerte...

Ella había estado llorando y miraba hacia abajo, pero al oír mis palabras dejó de llorar y me miró expectante.

—Y aunque no volvamos a reunirnos, yo retengo ese cambio.

—¿Qué cambio?

—Bien, como te dije, yo no había tenido mucha experiencia profesional con..., digamos..., con el problema de la obesidad... —Noté que Betty volvía a bajar la mirada, decepcionada, y en silencio me reprendí por ser tan impersonal—. Bien, lo que quiero decir es que antes no había trabajado con pacientes con sobrepeso, y ahora tengo una nueva apreciación del problema de... —Vi por su expresión que su decepción aumentaba—. Lo que quiero decir es que mi actitud hacia la obesidad ha cambiado mucho. Cuando empezamos, personalmente yo no me sentía cómodo con la gente obesa...

Con un tono algo arrogante, poco habitual en ella, Betty me interrumpió.

—¡Ja, ja, ja! No se sentía cómodo... Eso es un eufemismo. ¿Sabe que en los seis primeros meses casi no me miró? ¿Y que en un año y medio nunca, ni una sola vez, me ha tocado? ¡Ni siquiera para darme la mano!

El corazón se me fue a los pies. ¡Por Dios, tiene razón! ¡Nunca la había tocado! Simplemente, no me había dado cuenta. Y supongo que tampoco la miraba mucho. No esperaba que ella lo notara.

Tartamudeé.

—A ver, los psiquiatras por lo general no tocan a sus...

—Permítame que le interrumpa antes de que me diga más mentiras y la nariz se le ponga más larga que la de Pinocho. Le daré una pista. Recuerde que estoy en el mismo grupo que Carlos y que en el grupo hablamos muchas veces de usted.

¡Ay! Ahora sí que estaba acorralado. Esto era algo que no había previsto. Carlos, con su cáncer incurable, estaba tan aislado y se sentía tan excluido que para mostrarle mi apoyo yo había decidido tocarlo, algo que iba en contra de mi costumbre. Le daba la mano antes y después de nuestra sesión y por lo general le ponía una mano sobre el hombro cuando se iba. Una vez, cuando nos enteramos de que el cáncer se le había extendido al cerebro, lo tomé entre mis brazos mientras lloraba.

Ahora no sabía qué decir. No podía explicarle a Betty que Carlos era un caso especial, que él lo necesitaba. Dios sabía que ella también. Sentí que me ruborizaba. No tenía más opción que reconocerlo.

—¡Me estás señalando uno de mis puntos ciegos! Es verdad..., o, más bien, era verdad que tu cuerpo me provocaba una sensación de rechazo cuando empezamos a reunirnos.

—Lo sé, lo sé. No fue tan sutil.

—Dime, Betty, si sabías esto, si notabas que yo no te miraba o que me sentía incómodo contigo, ¿por qué te quedaste? ¿Por qué no recurriste a algún otro? El mundo está lleno de psiquiatras.

(¡Nada como una pregunta para salir de un apuro!)

—Pues se me ocurren por lo menos dos razones. Primero, recuerde que estoy acostumbrada. Tampoco es que esperase otra cosa, todo el mundo me trata así. La gente aborrece mi aspecto. Nadie me toca nunca. Por eso me sorprendí, ¿recuerda?, cuando el peluquero me dio un masaje capilar. Y aunque usted no me miraba, por lo menos parecía interesado en lo que yo decía... No, no es así: usted estaba interesado en lo que yo podría decir si dejaba de mostrarme tan jovial. De hecho, eso fue muy útil. Además, usted no se quedaba dormido. Eso ya era un avance respecto al doctor Farber.

—Dijiste que había dos razones.

—La segunda razón es que yo podía entender cómo se sentía usted. Usted y yo somos muy parecidos, en un sentido, al menos. ¿Recuerda que me empujaba a que fuera a Comedores Compulsivos Anónimos? ¿A que conociera a otras personas obesas, hiciera amigos, saliera con alguien?

—Sí, lo recuerdo. Me dijiste que odiabas los grupos.

—Pues no le mentía. Odio los grupos. Pero esa no era toda la verdad. La verdadera razón es que no soporto a la gente gorda. Me remueven el estómago. No quiero que me vean con ellos. Por eso, ¿cómo puedo reprocharle que se sienta igual que yo?

Los dos estábamos sentados en el borde de la silla cuando el reloj indicó que la hora tocaba a su fin. Nuestro intercambio de palabras me había dejado sin aliento, y no quería terminar. No quería dejar de ver a Betty. Quería seguir hablando con ella, seguir nuestra relación.

Nos pusimos de pie y le ofrecí la mano, las dos manos.

—¡Ah, no! ¡Quiero un abrazo! Es la única manera en que podría redimirse.

Cuando nos abrazamos, me sorprendí al ver que mis brazos podían envolverla por completo.

4

«MURIÓ EL QUE NO DEBÍA MORIR»

Hace algunos años, mientras preparaba una propuesta de investigación sobre el duelo, puse un breve artículo en el diario local que terminaba con el siguiente mensaje:

En la primera etapa de planificación de su investigación, el doctor Yalom desea entrevistar a personas que no hayan podido superar su duelo. Los voluntarios que estén dispuestos a ser entrevistados deberán llamar al 555-6352.

De las treinta y cinco personas que llamaron para pedir una entrevista, Penny fue la primera. Le dijo a mi secretaria que tenía treinta y ocho años y que estaba divorciada, que había perdido a su hija hacía cuatro años y que era urgente que la viera de inmediato. Aunque trabajaba sesenta horas semanales como taxista, insistió en que acudiría para una entrevista a cualquier hora del día o de la noche.

Veinticuatro horas después estaba sentada frente a mí. Una mujer tosca, fuerte: curtida, maltratada por la vida, orgullosa pero temblorosa. Se veía que había sufrido. Me recordaba a Marjorie Main, la recia actriz de cine de la década de 1930, muerta hacía tiempo.

El hecho de que Penny estuviera atravesando una crisis

—o eso era lo que decía— presentaba un dilema para mí. Yo no podía tratarla: no tenía horas disponibles para otro paciente. Cada minuto de mi tiempo lo invertía en completar una propuesta de investigación, y la fecha de entrega de la solicitud de subvención se acercaba a pasos agigantados. Esa era la prioridad de mi vida entonces; por eso había puesto el aviso pidiendo voluntarios. Además, como mi año sabático empezaba tres meses más tarde, no había tiempo suficiente para un curso decente de psicoterapia.

Para evitar cualquier malentendido, decidí que lo mejor sería aclarar de inmediato la cuestión de la terapia, antes de que me implicara demasiado con Penny, antes también de que le preguntara por qué, cuatro años después de la muerte de su hija, necesitaba ayuda inmediata.

De modo que empecé agradeciéndole que se ofreciera como voluntaria para hablar conmigo durante una o dos horas sobre su duelo. La informé de que era importante que supiera, antes de que aceptara, que se trataba de entrevistas para una investigación, no de sesiones de terapia. Agregué incluso que, aunque existía la posibilidad de que hablar la ayudase, también podía llegar a perturbarla. No obstante, si yo considerara que necesitaba terapia, con mucho gusto la ayudaría a seleccionar a un terapeuta.

Hice una pausa y miré a Penny. Yo estaba completamente satisfecho con mis palabras: me había cubierto y hablado con claridad suficiente para evitar cualquier malentendido.

Penny asintió. Se puso de pie. Por un instante me alarmé porque pensé que se iría. Pero simplemente se alisó la larga falda vaquera, volvió a sentarse y preguntó si podía fumar. Cuando le pasé un cenicero, encendió un cigarrillo, y con una voz fuerte y profunda, empezó.

—Necesito hablar, sí, pero no puedo pagar una terapia. No tengo dinero. He consultado a dos terapeutas baratos,

uno de ellos todavía un estudiante, en la clínica del condado. Pero me tenían miedo. Nadie quiere hablar de la muerte de una niña. Cuando yo tenía dieciocho años, fui a ver a
una consejera en una clínica para alcohólicos que era una
exalcohólica. Era buena y me hizo las preguntas correctas.
Quizá necesite un psiquiatra al que se le ha muerto un
hijo. Quizá necesite un experto. Tengo un gran respeto por
la Universidad de Stanford. Por eso salté en cuanto leí la
nota en el periódico. Siempre pensé que mi hija iría a Stanford. De haber vivido.

Me miraba de frente al hablar. Me gustan las mujeres
fuertes, y el estilo de esta me atrajo. Me di cuenta de que yo
había empezado a hablar de una manera más dura.

—La ayudaré a hablar. Y puedo hacer preguntas difíciles. Pero no voy a estar presente para recoger los pedazos.

—Ya le oí. Usted me ayudará a empezar. Yo me cuidaré
sola. Me crie sola, a los diez años ya nadie me cuidaba.

—Muy bien, empiece explicándome entonces por qué
debía verme de inmediato. Mi secretaria me dijo que sonaba desesperada. ¿Qué pasó?

—Hace unos días, iba a casa después del trabajo (termino como a la una de la madrugada) y se me quedó la mente en blanco. ¡Cuando volví en mí iba conduciendo en sentido contrario y gritaba como un animal herido! Si hubiera
habido tráfico a esas horas por la calle, no estaría aquí en
este momento.

Así fue como empezamos. Me quedé desconcertado
por la imagen de esta mujer gritando como un animal herido, y me tomé unos momentos para sacármela de la mente. Luego empecé a hacerle preguntas. La hija de Penny,
Chrissie, contrajo una forma rara de leucemia a los nueve
años y murió cuatro después, el día anterior a su decimo-
tercer cumpleaños. Durante esos cuatro años Chrissie intentó seguir yendo a la escuela, pero tuvo que guardar

cama la mitad del tiempo y ser hospitalizada cada tres o cuatro meses.

El cáncer y su tratamiento eran extremadamente dolorosos. Durante los cuatro años de su enfermedad, muchos ciclos de quimioterapia le prolongaron la vida, pero la dejaron también completamente calva y sin fuerzas. Chrissie fue sometida a docenas de dolorosas extracciones de médula ósea y a tantas transfusiones que al final ya no tenía ni una vena disponible. Durante el último año de vida sus médicos le colocaron un catéter intravenoso permanente que permitía un fácil acceso a su corriente sanguínea.

Su muerte, dijo Penny, fue horrible. No podía imaginarme lo horrible que fue. En este momento se echó a llorar. Fiel a mi promesa de formularle preguntas difíciles, la insté a que me contara lo horrible que había sido la muerte de Chrissie.

Penny quería que yo simplemente empezara el proceso de terapia y, por pura casualidad, mi primera pregunta desató un torrente de sentimiento. (Más tarde descubriría que podía encontrar un dolor profundo en Penny sin importar dónde indagara.) Chrissie finalmente murió de neumonía: le fallaron el corazón y los pulmones. No podía respirar y, al final, se ahogó en sus propios fluidos.

Lo peor, dijo Penny entre sollozos, era que no podía acordarse de la muerte de su hija: había borrado de su mente las últimas horas de Chrissie. Todo lo que recordaba era irse a la cama a dormir esa noche junto a su hija —durante la hospitalización de Chrissie, Penny dormía en un catre a su lado— y, mucho después, estar sentada junto a la cabecera de la cama de Chrissie abrazando a su hija muerta.

Penny empezó a hablar de culpa. Estaba obsesionada con la manera en que se había comportado durante la muerte de Chrissie. No podía perdonarse a sí misma. Su voz se hizo más fuerte, su tono más acusatorio. Sonaba como un fiscal tratando de convencerme de su falta.

—¿Puede creer —dijo— que no puedo recordar cuándo ni cómo me enteré de que Chrissie había muerto?

Estaba segura, y pronto me convenció de que lo que decía era correcto, de que la culpa por su comportamiento vergonzoso era la razón por la cual no podía dejar que Chrissie se fuera, la razón por la que su dolor se había congelado desde hacía cuatro años.

Yo estaba decidido a continuar con mis planes para la investigación: aprender todo lo que fuera posible sobre el duelo crónico y diseñar un protocolo estructurado de entrevistas. No obstante, posiblemente debido a que había tanta terapia por hacer, me encontré olvidando la investigación y, poco a poco, dando a la investigación un sesgo terapéutico. Como la culpa parecía ser el problema primario, me dediqué, durante el resto de la entrevista de dos horas, a descubrir todo lo posible sobre la culpa de Penny.

—¿Culpable de qué? —le pregunté—. ¿Cuáles son las acusaciones?

La principal acusación contra sí misma era no haber estado realmente presente junto a Chrissie. Según dijo, había ido levantando en torno a sí una gran cantidad de fantasías. Nunca se había permitido creer que Chrissie fuera a morir realmente. Aunque el médico le había dicho que Chrissie vivía un tiempo prestado, que nadie con esa enfermedad se recuperaba, e incluso cuando también le dijo, a bocajarro, cuando ella entró en el hospital por última vez, que ya no viviría mucho más, Penny se negaba a creer que Chrissie no sanaría. Se puso furiosa cuando el médico se refirió a la neumonía final como una bendición en la que no se debía interferir.

En realidad, no aceptaba ahora que Chrissie estuviera muerta, ni siquiera cuatro años después. Una semana antes se «despertó» para encontrarse en una tienda haciendo cola frente a la caja para pagar un regalo para Chrissie, un animalito de felpa. Y en un momento de mi entrevista con ella, dijo que Chrissie «tendrá» diecisiete años el mes próximo, en vez de «tendría».

—¿Es un crimen? —le pregunté—. ¿Es un crimen seguir teniendo esperanzas? ¿Qué madre quiere creer que su hijo tiene que morir?

Penny respondió que ella no había actuado por amor a Chrissie, sino que se había puesto primero a ella misma. ¿Cómo? Nunca la había ayudado a hablar de sus propios temores y sentimientos. ¿Cómo podía Chrissie hablar de morir con una madre que seguía fingiendo que eso no estaba ocurriendo? En consecuencia, Chrissie se vio forzada a estar sola con sus pensamientos. ¿Qué importancia tenía que ella durmiera junto a su hija? En realidad, no estaba allí por su hija. Lo peor que le puede pasar a uno es tener que morir solo, y así había dejado que muriera su hija.

Luego Penny me contó que creía firmemente en la reencarnación, una creencia que comenzó cuando era adolescente y llevaba una existencia desgraciada y pobre y tan atormentada por la idea de que había sido estafada por la vida que solo encontraba consuelo pensando que tendría otra oportunidad. Penny sabía que la próxima vez ella sería más afortunada, quizá rica. También sabía que Chrissie había pasado a una vida con más salud y felicidad.

Y, sin embargo, no la había ayudado a morir. En realidad, Penny estaba convencida de que ella tenía la culpa de que Chrissie muriera tan joven. Se había quedado más tiempo por su madre, prolongando su dolor, retardando su liberación. Aunque Penny no se acordaba de las últimas horas de la vida de Chrissie, estaba segura de que no dijo lo que debería haber dicho: «¡Vete! ¡Vete! Es hora de que te vayas. No tienes que quedarte aquí por mí».

Uno de mis hijos era adolescente entonces, y mientras ella hablaba me puse a pensar en él. ¿Habría hecho yo eso, le habría soltado la mano, ayudándolo a morir? ¿Le habría dicho que era hora de marcharse? Su rostro feliz apareció en el ojo de mi mente y me vi envuelto por una oleada de angustia inexpresable.

«¡No!», me dije, sacudiéndome para liberarme de esa idea. Inundarse de emoción era para los otros, los terapeutas que no pudieron ayudarla. Vi que, para trabajar con Penny, tendría que atarme al mástil de la razón.

—Lo que me dice es que se siente culpable por dos causas principales. Primero, porque cree que no ayudó a Chrissie a hablar de la muerte, y segundo porque no le permitió que se fuera antes.

Penny asintió, calmada por mi tono analítico, y dejó de sollozar.

Nada proporciona un mayor sentido de falsa seguridad en terapia que un resumen preciso, sobre todo si contiene una lista. Mis propias palabras me animaron: de pronto el problema parecía más claro, más familiar, mucho más manejable. Aunque yo nunca había trabajado antes con una persona que hubiera perdido a un hijo, debería poder ayudarla porque gran parte de la pena se reducía a culpa. La culpa y yo éramos viejos conocidos, tanto personal como profesionalmente.

Antes Penny me había dicho que estaba en comunión frecuente con Chrissie: la visitaba a diario en el cementerio y pasaba una hora arreglando su tumba y hablando con ella. Le dedicaba a su hija tanta energía y atención que su matrimonio empezó a deteriorarse, hasta que por fin su marido se marchó definitivamente hacía dos años. Penny dijo que casi no notó su partida.

Como homenaje a Chrissie, Penny mantuvo su cuarto tal y como estaba cuando ella vivía, con toda su ropa y sus

pertenencias en el mismo lugar. Hasta su última tarea escolar, que no pudo concluir, estaba sobre su escritorio. Solo
cambió una cosa: llevó la cama de su hija a su dormitorio y
dormía en ella todas las noches. Más adelante, después de
entrevistar a otros padres que habían perdido a sus hijos,
descubrí lo común que era este comportamiento. Pero entonces, candorosamente, me pareció algo antinatural, enfer-
mizo, que habría que corregir.

—¿De modo que usted aborda su culpa aferrándose a
Chrissie y no vive su vida?

—No puedo olvidarla, eso es todo. No es algo que se
pueda encender y apagar como un interruptor, ¿sabe?

—Dejarla ir no es lo mismo que olvidarla, y nadie le
pide que apague nada. —Ahora yo estaba convencido de
que era importante replicarle a Penny de inmediato: si yo
adoptaba una actitud firme, ella se volvía más dúctil.

—Olvidar a Chrissie es como decir que nunca la quise.
Es como decir que el amor que sentí por mi propia hija fue
algo temporal, algo que se esfuma. Yo no voy a olvidarla.

—No la olvide. Eso es diferente a apagar nada. —Ella
había ignorado mi distinción entre olvidar a Chrissie y dejarla ir, pero lo pasé por alto—. Antes de dejar ir a Chrissie,
necesita querer hacerlo, tener la voluntad de hacerlo. Tratemos de entender esto juntos. Por el momento, haga como
que se aferra a Chrissie porque es eso lo que quiere. ¿Qué
efecto tiene para usted?

—No sé de qué está hablando.

—Sí que lo sabe. Solo sígame la corriente. ¿Qué consi-
gue aferrándose a Chrissie?

—La abandoné cuando se estaba muriendo, cuando
me necesitaba. De ninguna manera volveré a abandonarla.

Aunque Penny no lo entendía aún, estaba atrapada en
una contradicción irreconciliable entre su determinación
de quedarse con Chrissie y sus creencias sobre la reencar-

nación. El dolor por Penny estaba inmovilizado, estancado. Quizá si afrontaba esta contradicción se pondría a llorar de nuevo.

—Penny, usted habla con Chrissie todos los días. ¿Dónde está Chrissie? ¿Dónde existe?

Penny abrió bien los ojos. Nadie le había hecho antes
estas preguntas tan directas.

—El día que murió yo llevé a casa su espíritu. Podía
sentirlo en el coche conmigo. Al principio a veces me rodeaba, otras veces estaba en casa, en su habitación. Luego,
más tarde, yo siempre contactaba con ella en el cementerio. Por lo general ella sabía qué pasaba en mi vida, pero
quería saber cosas también sobre sus amigas y sus hermanos. Yo estoy en contacto con sus amigas para poder decírselo.

Penny hizo una pausa.

—¿Y ahora?

—Ahora se está desvaneciendo. Lo que es bueno. Eso
quiere decir que ha renacido en otra vida.

—¿Se acuerda ella de esta vida?

—No. Está en otra vida. No creo en eso de recordar las
vidas pasadas, es pura mierda.

—De modo que debe ser libre para seguir con su próxima vida, y, sin embargo, hay una parte de usted que no la
deja ir.

Penny no dijo nada. Me miraba fijamente.

—Penny, usted es una jueza muy severa. Se ha llevado
a juicio por el crimen de no dejar morir a Chrissie y se ha
sentenciado a odiarse a usted misma. Yo, personalmente,
creo que se juzga con extrema severidad. Le diré que, si un
hijo mío se estuviera muriendo, yo haría lo mismo que
hizo usted. Por eso la sentencia es demasiado dura. Parece que su culpa y su dolor ya han deshecho su matrimonio.
¡Y qué condena más larga! Eso es lo que realmente no pue-

do entender. Ya han pasado cuatro años. ¿Cuánto más piensa seguir castigándose? ¿Otro año? ¿Cuatro más? ¿Diez? ¿O es que ha sido condenada a cadena perpetua?

Ordené mis pensamientos, tratando de decidir cómo ayudarla a ver lo que estaba haciéndose a sí misma. Estaba sentada totalmente inmóvil, con un cigarrillo humeando en el cenicero sobre la falda, sus ojos grises clavados en mí. Casi no parecía respirar.

—He estado aquí sentado tratando de encontrar un sentido en todo esto —proseguí diciendo— y se me acaba de ocurrir una idea. Usted no se está castigando por algo que hizo una vez, hace cuatro años, cuando Chrissie se estaba muriendo. Usted se está castigando por algo que está haciendo ahora, algo que sigue haciendo en este mismo momento. Se está aferrando a ella, tratando de mantenerla en esta vida, cuando sabe que su lugar está en otra parte. Dejarla ir no significaría que la abandona o la deja de amar, sino exactamente lo opuesto, que la ama, que la ama tanto que le permite ir a otra vida.

Penny seguía mirándome fijamente. No dijo nada, pero parecía tocada por lo que le había dicho. Mis palabras *parecían* poderosas, y me di cuenta de que lo mejor sería permanecer en silencio con ella. Pero decidí decir algo más. Quizá para rematar mi tarea.

—Vuelva a aquel momento, Penny, al momento en que debería haber dejado ir a Chrissie, a aquel momento que ha borrado de su memoria. ¿Dónde está ahora ese momento?

—¿Qué quiere decir? No lo entiendo.

—¿Dónde está? ¿Dónde existe?

Penny parecía ansiosa y un tanto irritable, debía de sentirse sin duda apremiada e intrigada.

—No sé adónde quiere llegar. Es algo pasado. Se ha ido.

—¿Existe algún recuerdo? ¿En Chrissie? ¿Usted dice que ella ha olvidado todo recuerdo de esta vida?

—Todo se ha ido. Ella no recuerda, yo no recuerdo. ¿Entonces...?

—Entonces usted continúa torturándose por un momento que no existe en ninguna parte, un «momento fantasma». Si usted supiera que alguien más está haciendo eso, pensaría que es un poco tonto.

Echando una mirada retrospectiva a este intercambio de palabras, me doy cuenta de que mi argumento es sofista. Pero en ese momento lo que yo decía sonaba urgente y profundo. Penny, que con su sabiduría de la calle siempre tenía una respuesta para todo, volvió a permanecer callada, como en shock.

Nuestras dos horas estaban a punto de concluir. Aunque Penny no me lo pidió, era obvio que debíamos volver a reunirnos. Habían sucedido demasiadas cosas: no ofrecerle una segunda sesión habría sido profesionalmente irresponsable de mi parte. Ella no pareció sorprenderse por mi ofrecimiento y de inmediato aceptó volver la semana siguiente a la misma hora. *Congelado*: la metáfora que muchos usan para referirse al duelo crónico es acertada. El cuerpo está rígido; la cara tensa. Pensamientos fríos y reiterados obstruyen el cerebro. Penny estaba congelada. ¿Podría nuestra confrontación agrietar el hielo? Yo me sentía optimista, creía que sí. Aunque no podía adivinar qué la liberaría, anticipaba que se produciría una considerable agitación durante la semana y aguardaba la siguiente visita con mucha curiosidad.

Penny empezó aquella sesión dejándose caer sobre la silla.

—¡Dios! —exclamó—. ¡Cuánto me alegro de verle! He tenido una semana increíble.

Con forzado buen humor procedió a contarme la buena noticia de que esa semana pasada se había sentido menos culpable y menos involucrada con Chrissie. La mala noticia era la violenta discusión que había tenido con Jim, su hijo mayor, que le había provocado alternativamente llantos y accesos de ira toda la semana.

Penny tenía dos hijos vivos, Brent y Jim. Ninguno de los dos había terminado la secundaria e iban camino de meterse en serias dificultades. Brent, de dieciséis años, estaba detenido en una institución para delincuentes juveniles por robo; Jim, de diecinueve, consumía drogas. El actual cataclismo empezó al día siguiente de nuestra última sesión, cuando Penny se enteró de que Jim no había pagado las tres últimas cuotas de la parcela del cementerio.

¿La parcela del cementerio? Pensé que había oído mal y le pedí que lo repitiera. Sí, «la parcela del cementerio» había dicho. Hacía unos cinco años, cuando Chrissie vivía aún pero estaba muy enferma, Penny había comprado a plazos una costosa parcela en el cementerio lo suficientemente grande, me explicó, como para mantener junta a toda la familia. Después de presionarlos bastante, tanto Jeff, su marido, como sus dos hijos accedieron a compartir los gastos, que distribuyeron en cuotas mensuales durante siete años.

Sin embargo, a pesar de sus promesas, toda la carga financiera recaía sobre sus hombros. Jeff se había ido hacía dos años y no quería saber nada de ella, ni viva ni muerta. Su hijo menor, ahora en la cárcel, era obviamente incapaz de contribuir (antes le pasaba una pequeña suma de lo que ganaba en su trabajo a tiempo parcial, al que iba después de la escuela). Y ahora se enteraba de que Jim le había estado mintiendo y tampoco contribuía con su parte.

Yo estaba a punto de hacer un comentario sobre la disparatada pretensión de que los dos adolescentes —que evidentemente tenían ya bastantes problemas en esa etapa de convertirse en adultos— contribuyeran económicamente para pagar la parcela del cementerio cuando Penny prosiguió con el desolador relato de lo ocurrido esa semana.

La noche después de su discusión con Jim fueron a su casa dos hombres, que claramente eran traficantes de drogas, preguntando por él. Cuando Penny les dijo que no estaba, uno de ellos le ordenó que le dijera a Jim que pagara el dinero que debía o que se fuera olvidando de volver a su casa, pues ya no habría casa a la que volver.

No había nada más importante para ella que su casa, me dijo Penny. Después de que muriera su padre, cuando ella tenía ocho años, su madre se vio obligada a mudarse de apartamento veinte veces, arrastrándola a ella y sus hermanas. A veces se quedaban solo dos o tres meses, hasta que las desahuciaban por no pagar el alquiler. Entonces juró que algún día tendría una casa propia para ella y su familia, y había trabajado duro para cumplir su promesa. Los pagos mensuales de la hipoteca eran altos, y desde que Jeff se había ido ella tenía que sobrellevar sola toda la carga. Aunque trabajaba muchas horas al día, el dinero apenas le alcanzaba para cubrir las deudas.

Así que esos dos hombres se habían equivocado al hacer esa amenaza. Cuando se fueron, se quedó aturdida unos instantes; luego maldijo a Jim por usar el dinero para comprar drogas en vez de pagar las cuotas del cementerio y, finalmente, perdió la cabeza y corrió tras ellos. Subió a su vieja camioneta, avistó su coche y los siguió a gran velocidad, tratando de sacarlos de la carretera. Embistió contra uno de los lados de su BMW un par de veces, pero lograron escapar acelerando más de ciento sesenta kilómetros por hora.

A continuación, puso una denuncia en la policía por la amenaza (aunque sin mencionar la persecución en la carretera, por supuesto), y desde hacía una semana su casa estaba con vigilancia policial. Jim llegó tarde esa noche y, después de enterarse de lo que había pasado, hizo una maleta a toda prisa y abandonó la ciudad. No sabía nada de él desde entonces. Aunque Penny no se arrepentía de lo que había hecho —por el contrario, parecía disfrutar mientras me contaba la historia—, había tenido consecuencias. Esa misma noche se sentía muy agitada, durmió mal y tuvo un sueño:

> *Estaba recorriendo las habitaciones de una vieja institución, buscando algo. Finalmente abría una puerta y veía a dos niños sobre una plataforma, como si estuvieran de exposición. Se parecían a mis dos hijos, pero tenían el pelo largo y usaban vestidos de mujer. Todo estaba mal: los vestidos, sucios y puestos del revés, y los zapatos cambiados, el izquierdo en el pie derecho, y viceversa.*

Había tantas pistas en ese sueño que no sabía por dónde empezar. Me sentía abrumado. Primero, pensé en el deseo desesperado de Penny de mantenerlos a todos juntos, de crear la familia estable que nunca tuvo de niña, y cómo todo eso se manifestaba en su feroz resolución de ser dueña de una casa y de una parcela en el cementerio. Y ahora se evidenciaba que el centro no podría resistir. Sus planes y su familia estaban destrozados: su hija estaba muerta, su marido se había ido, uno de sus hijos estaba en prisión y el otro se ocultaba.

Todo lo que yo podía hacer era compartir mis pensamientos y compadecerme de Penny. Quería aprovechar ese sueño para ahorrar tiempo, sobre todo la parte final con los dos chicos. Los primeros sueños que los pacientes traen a la terapia, sobre todo si son ricos en detalles, resultan muy esclarecedores. Le pedí entonces que describiera sus sentimientos durante el sueño. Penny dijo que se despertó llorando, pero no podía identificar la parte triste del sueño.

—¿Qué hay de los dos niños?

Dijo que había algo patético, quizá algo triste, en la manera en que estaban vestidos, con los zapatos cambiados, la ropa sucia y puesta del revés, con lo de dentro para fuera. ¿Y los vestidos? ¿El pelo largo y los vestidos? Penny no veía el sentido de eso, excepto que quizá fue un error tener hijos varones. ¿No habría sido mejor si hubieran sido chicas? Chrissie había sido una chica de ensueño, guapa, buena estudiante, con talento musical. Chrissie, pensé, era la esperanza de Penny para el futuro: era ella quien habría rescatado a la familia de su destino de pobreza y crimen.

—Sí —prosiguió Penny con una nota de tristeza en la voz—, el sueño es correcto con respecto a mis hijos: mal vestidos, mal calzados. Todo está mal en ellos, y siempre ha sido así. No han causado más que problemas. Tuve tres hijos: una, un ángel, y los otros dos ¡mírelos, uno en la cárcel, el otro drogadicto! Tuve tres hijos, y murió el que no debía morir.

Penny se quedó sin aliento y se llevó una mano a la boca.

—Lo he pensado antes, pero nunca lo he dicho en voz alta.

—¿Cómo suena?

Bajó la cabeza. Las lágrimas le corrían por la cara y caían sobre su falda.

—Inhumano.

—No, al contrario. Yo solo oigo los sentimientos humanos. Quizá no suenen bien, pero esa es la manera en que estamos hechos. Dada su situación y la de sus hijos, ¿qué madre no sentiría que murió el que no debía haber muerto? ¡Yo habría sentido lo mismo!

La verdad es que no sabía qué más ofrecerle aparte de esas palabras, pero ella no dio ninguna indicación de haberme oído, por lo que repetí:

—Si yo estuviera en su situación, me habría sentido igual.

Ella mantuvo la cabeza gacha, pero asintió de manera casi imperceptible.

A medida que la tercera hora llegaba a su fin, ya no valía la pena fingir que Penny no hacía terapia conmigo. De modo que lo reconocí abiertamente sugiriéndole que nos viéramos seis veces más y tratáramos de hacer todo lo que pudiéramos. Enfaticé que no me sería posible, debido a mis demás compromisos y planes de viaje, verla más allá de seis semanas. Penny aceptó mi ofrecimiento, pero me dijo que el dinero era un grave problema para ella. ¿Podía aceptar que me pagara en cuotas durante varios meses? Le aseguré que no habría honorarios: como nos habíamos empezado a reunir como parte de un proyecto de investigación, le dije que yo no podía cambiar de repente nuestro arreglo y empezar a cobrarle.

En realidad, yo no tenía ningún problema en ver a Penny sin cobrarle: quería aprender más acerca del duelo, y ella estaba demostrando ser una gran maestra. En esa misma hora me había dado un concepto que me serviría en mi trabajo futuro con personas como ella: *si se quiere aprender a convivir con los muertos, primero hay que aprender a convivir con los vivos*. Penny tenía mucho que aprender con respecto a sus relaciones con los vivos, sobre todo con sus hijos, y quizá con su marido, y supuse que a ello destinaríamos las seis horas que nos quedaban.

«Murió el que no debía haber muerto. Murió el que no debía haber muerto.» Nuestras dos horas siguientes consistirían en numerosas variaciones sobre este difícil tema, «penetraríamos» en él. Penny manifestaba una gran ira hacia sus hijos no solo por la manera en que vivían, sino *porque* vivían. Desde hacía ocho años (desde que supo que Chrissie tenía un cáncer terminal) se estaba diciendo que debía abandonar sus esperanzas con respecto a sus dos hijos, que Brent, a los dieciséis años, era irrecuperable, y rezaba para que el cuerpo de Jim le fuera dado a Chrissie (¿para qué lo necesitaba él?, se mataría de todos modos con las drogas o pillaría el sida). ¿Por qué debía tener él un cuerpo sano, mientras que el de Chrissie era consumido por el cáncer? Solo cuando se atreviera a enfrentarse a todas estas cosas, podría detenerse a reflexionar sobre lo que me había dicho.

Yo solo podía escuchar y de vez en cuando tranquilizarla asegurándole que eran sentimientos humanos, que era lógico que pensara así. Finalmente llegó el momento de ayudarla a que volviese hacia sus hijos. Le hice preguntas, al principio sencillas y luego cada vez más provocadoras.

¿Sus hijos habían sido difíciles? ¿Desde que nacieron? ¿Qué había sucedido en sus vidas que pudiera impulsarlos a tomar las decisiones que estaban tomando? ¿Qué sintieron ellos mientras Chrissie se moría? ¿Estaban asustados? ¿Alguien les habló de la muerte en esas circunstancias? ¿Cómo se sintieron al comprar una parcela en el cementerio? ¿Al saber que iban a ser enterrados cerca de Chrissie? ¿Cómo se sintieron cuando su padre los abandonó?

A Penny no le gustaban mis preguntas. Al principio la sobresaltaban, luego la irritaban. Después empezó a darse cuenta de que nunca había considerado lo que sucedía en la familia desde la perspectiva de sus hijos. Ella nunca había tenido una relación positiva con ningún hombre, y era posible que sus hijos hubieran pagado por ello. Hablamos de los hombres en su vida: un padre que la abandonó a los ocho años, que se desvaneció de su memoria, pero al que su madre injuriaba permanentemente y a quien no volvería a ver; los amantes de su madre, una sucesión de desagradables personajes nocturnos que se esfumaban en cuanto amanecía; un primer marido que la dejó un mes después de la boda, cuando ella tenía diecisiete años; y un segundo marido insensible y alcohólico que la abandonó en medio de su dolor.

Sin ninguna duda ella había descuidado a sus dos hijos varones esos últimos ocho años. Mientras Chrissie estuvo enferma, Penny pasó absolutamente todo el tiempo con ella. Después de su muerte, permaneció alejada de sus hijos; la rabia que sentía contra ellos, en gran parte por seguir viviendo cuando Chrissie estaba muerta, creó un abismo entre madre e hijos. Ellos se hicieron duros y distantes, pero en una ocasión, antes de encerrarse, le dijeron que querían más de ella: por lo menos, la hora que ella pasaba, día tras día, cuidando la tumba de Chrissie.

¿El impacto de la muerte en sus hijos? Tenían ocho y once años cuando Chrissie contrajo su enfermedad fatal. Penny nunca consideró que pudieran haber estado asustados por lo que le pasaba a su hermana, que pudieran sufrir por ello o que pudieran empezar a tomar conciencia de la muerte y a temerla.

Y luego estaba la cuestión del dormitorio de sus hijos. La casa de Penny era pequeña, de tres dormitorios. Ellos siempre compartieron un cuarto, mientras que Chrissie tenía su propio dormitorio. Sin duda este arreglo no les debió de parecer del todo justo mientras Chrissie vivía, pero ¿cómo iban a sentirse cuando Penny se negó a que usaran la habitación de su hermana después de su muerte? ¿Y cómo se sentirían al tener que ver cada día en la nevera el testamento de Chrissie, sujeto por un imán con forma de fresa?

¡Y cómo habrían tomado su decisión de mantener viva la memoria de Chrissie, celebrando, por ejemplo, su cumpleaños año tras año! ¿Qué hacía ella para los cumpleaños de los varones? Penny se ruborizó.

—Lo normal —musitó ásperamente, ruborizándose. Me di cuenta de que estaba dando en el blanco.

Quizá el matrimonio de Penny con Jeff estuviera destinado al fracaso, pero no había casi dudas de que el dolor aceleró la disolución final. Penny y Jeff sufrían de distinta manera. Penny se sumergió en los recuerdos; Jeff optó por suprimir su pena y distraerse. Si eran incompatibles en otro sentido no parecía importante en este momento: eran incompatibles en su duelo. Cada uno optó por encararlo a su manera, que interfería en la del otro. ¿Cómo podía Jeff olvidar si Penny empapelaba las paredes con las fotos de Chrissie, dormía en su cama y había convertido su habitación en un santuario en su memoria? ¿Cómo podía Penny sobreponerse a su dolor cuando Jeff ni siquiera quería hablar de Chrissie?; ¿cuando (y esta fue la causa de una terrible pelea) seis meses después de su muerte él se negó a asistir a la graduación de los amigos de Chrissie?

Durante la quinta hora, nuestro trabajo sobre el aprendizaje para convivir mejor con los vivos fue interrumpido por Penny, que formuló un tipo distinto de pregunta. Cuanto más pensaba en su familia, en su hija muerta y en sus dos varones, más se preguntaba: ¿para qué vivo? ¿Qué sentido tiene? Durante toda su vida adulta se había regido por un principio: dar a sus hijos una vida mejor que la que tuvo ella. Pero ¿qué había logrado en los últimos veinte años? ¿Había desperdiciado su vida? ¿Y tenía ahora algún sentido seguir haciéndolo? ¿Matarse para pagar los plazos de la hipoteca? ¿Ese era el futuro?

Estas preguntas me obligaron a cambiar de enfoque. Dejamos la relación de Penny con sus hijos y empezamos a considerar otra característica importante del duelo de los padres que pierden un hijo: la pérdida del sentido de la vida. Perder a un padre o a un amigo de toda la vida muchas veces es como perder el pasado: la persona que murió bien puede ser el único testigo de momentos valiosos del pasado. Pero perder a un hijo es como perder el futuro: lo que se pierde es nada menos que la proyección de la vida, la razón por la que se vive, los planes futuros, la forma en que se espera trascender la muerte; de hecho, los hijos son como el proyecto de inmortalidad de los padres. De esta forma, en el lenguaje profesional, la pérdida de los padres es una «pérdida de objeto» (una figura que ha desempeñado un papel instrumental en la constitución de nuestro mundo), mientras que la pérdida de un hijo es una «pérdida de proyecto», del principio organizador central de nuestra vida, que no solo proporciona el *por qué*, sino también el *cómo* de la vida. No es extraño que la pérdida de un hijo sea la más difícil de soportar, que muchos padres mantengan su duelo cinco años después o incluso que nunca se recuperen del todo.

No habíamos progresado mucho en nuestra exploración del propósito en la vida (aunque no puede esperarse un gran progreso: la falta de propósito es un problema de la vida en general y no de una vida en particular) cuando Penny volvió a cambiar de rumbo. Para entonces yo ya estaba acostumbrado a que introdujera una nueva preocupación casi a cada hora. No se trataba de que fuera inconstante, como pensé al principio, e incapaz de centrarse en un solo problema. No, con gran coraje estaba desplegando todas las facetas de su dolor. ¿Cuántas más me revelaría a mí?

Empezó una sesión —la séptima, creo— relatando dos acontecimientos: un sueño vívido y otra pérdida de conciencia.

Esta última consistió en «despertarse» en una tienda (la misma de la vez anterior, cuando se encontró con un juguete de felpa en la mano); estaba llorando y tenía en las manos un diploma de graduación de secundaria en blanco.

Aunque el sueño no era una pesadilla, estaba cargado de frustración y ansiedad:

> *Había una boda. Chrissie se casaba con un muchacho del vecindario, un mal partido. Yo me tenía que cambiar de ropa. Estaba en una casa en forma de herradura, con un montón de cuartos pequeños, tratando de encontrar uno apropiado donde cambiarme. Iba de cuarto en cuarto sin poder hallar el adecuado.*

Y, momentos después, añadió un fragmento:

> *Yo estaba en un tren grande. Empezábamos a marchar más rápido y luego subíamos hasta un gran arco en el cielo. Era hermoso, con muchas estrellas. En alguna parte había una palabra, como si fuera un subtítulo:* evolución. *Yo sentía algo fuerte evocado por esta palabra.*

A cierto nivel, el sueño se relacionaba con Chrissie. Hablamos un rato acerca de la mala elección que hacía en el sueño para casarse. Tal vez su prometido fuera la muerte: estaba claro que no era la clase de partido que Penny hubiera preferido para su hija.

¿Y la evolución? Penny me había dicho que ya no sentía ninguna conexión con Chrissie durante sus visitas al cementerio (ahora reducidas a dos o tres por semana). Quizá la evolución, sugerí, significaba que Chrissie en realidad se había ido a otra vida.

Quizá, pero Penny tenía una explicación mejor para la tristeza tanto en su pérdida de conciencia como en los sueños. Cuando volvió en sí en la tienda, tuvo la fuerte sensación de que el formulario de diploma no era para Chrissie (que habría terminado la secundaria por esa época), sino para ella misma. Penny no terminó sus estudios, y Chrissie lo iba a hacer por ambas: también iría a Stanford por las dos.

El sueño de la boda y la búsqueda de un cuarto donde cambiarse se refería a sus malas elecciones en sus dos matrimonios y a su actual intento por dar un giro a su vida. La manera en que asociaba el edificio del sueño corroboraba esta interpretación: el edificio del sueño tenía un gran parecido con la clínica donde estaba mi consulta.

Y *evolución* también se refería a ella, no a Chrissie. Penny estaba lista para un cambio. Estaba decidida a evolucionar y a triunfar en el mundo. Hacía años que, entre cliente y cliente, escuchaba en el taxi cintas para ampliar su vocabulario, o grandes libros, o lecciones sobre arte. Sentía que tenía talento, pero que no había podido desarrollarlo porque desde los trece años se había visto obligada a trabajar. Si pudiera dejar el trabajo, hacer algo por sí misma, terminar la secundaria, ir a la universidad y ponerse a estudiar en serio, su situación podría mejorar (de ahí el tren que, en el sueño, se elevaba hacia las estrellas).

El énfasis de Penny empezaba a cambiar. En lugar de hablar de Chrissie y su tragedia, pasó las dos horas siguientes describiendo la tragedia de su propia vida. Cuando nos acercábamos a nuestra novena y última hora, sacrifiqué el resto de mi credibilidad y le ofrecí a Penny tres horas adicionales, lo que me llevaría justo hasta el comienzo de mi año sabático. Se me hacía difícil dar por concluida la terapia por muchas razones. La enormidad misma de su sufrimiento me obligaba a quedarme a su lado. Me preocupaba su condición clínica y me sentía responsable de ella: semana tras semana, a medida que iba emergiendo nuevo material, se deprimía más y más. Yo estaba impresionado por el uso que hacía de la terapia: nunca había tenido un paciente que trabajara de forma tan productiva. Y, por último, para ser sincero, me apasionaba el drama que se iba desarrollando y que semana a semana me brindaba un nuevo, excitante y totalmente inesperado episodio.

Durante su infancia en Atlanta, Georgia, su familia había pasado grandes penurias económicas y Penny recordaba aquella etapa como sombría. A su madre, una mujer amargada y suspicaz, le había costado mucho alimentar y vestir a Penny y sus dos hermanas. Su padre se ganaba la vida honestamente como repartidor en unos grandes almacenes, pero, según el relato de su madre, era un hombre duro y lúgubre que murió a causa de su alcoholismo cuando Penny tenía ocho años. Entonces todo cambió. Se acabó el dinero. Su madre comenzó a trabajar doce horas al día como lavandera y pasaba la mayoría de las noches bebiendo en el bar de la localidad. Allí también fue conociendo a distintos hombres. Fue entonces cuando empezaron sus días de niña sola a quien nadie cuidaba.

La familia nunca más tuvo un hogar estable. Se mudaban de un piso a otro, y muchas veces tuvieron que enfrentarse a desahucios por no pagar el alquiler. Penny empezó a trabajar a los trece años, abandonó la escuela a los quince, era alcohólica a los dieciséis, se casó y se divorció antes de cumplir los dieciocho, volvió a casarse y viajó a la Costa Oeste a los diecinueve, donde tuvo tres hijos, compró una casa, enterró a su hija, se divorció y empezó a comprar a plazos una parcela en un cementerio. Particularmente me impresionaban dos cosas en la vida de Penny. Una era su idea de que había sido estafada, que las cartas estaban en su contra ya a los ocho años. Su mayor deseo era que, en su próxima vida, tanto ella como Chrissie fueran «asquerosamente ricas».

Otro tema era el de la «huida», no solo la huida física desde Atlanta, de su familia, del círculo de la pobreza y el alcoholismo, sino también ese impulso por escapar de su destino de convertirse en una «pobre vieja loca» como su madre. Hacía poco que se había enterado de que en los últimos años su madre había sido hospitalizada en varias ocasiones en centros psiquiátricos.

Escapar del destino —del destino de la clase social y de su destino personal de «una pobre vieja loca»— era un tema importante en la vida de Penny. Vino a verme para escapar de la locura. Ella misma podía ocuparse de huir de la pobreza. De hecho, era su decisión de escapar a su destino lo que motivaba su adicción al trabajo, que hacía que trabajara largas y agotadoras horas.

Era irónico, también, que solo desistiera de su esfuerzo por escapar del destino de la pobreza y el fracaso ante un destino mayor y más profundo: el definido por el carácter finito de la vida misma. Más que la mayoría de nosotros, Penny no se había enfrentado a la inevitabilidad de la muerte. Era una persona básicamente activa —recordé cómo persiguió por la carretera a los traficantes de drogas— y una de las cosas más difíciles a las que tuvo que hacer frente con la muerte de Chrissie fue su propia impotencia.

A pesar del hecho de que yo ya estaba acostumbrado a que Penny hiciera nuevas revelaciones importantes, no estaba preparado para la bomba que dejó caer en nuestra undécima sesión, la penúltima. Estábamos hablando del final de la terapia, y ella me dijo lo acostumbrada que estaba a reunirse conmigo, cuánto le costaría decir adiós la semana siguiente, y que perderme se convertiría en otra de sus múltiples pérdidas, cuando me preguntó, de forma casual:

—¿Le dije alguna vez que tuve mellizos a los dieciséis años?

Me dieron ganas de gritarle: «¿Cómo? ¿Mellizos? ¿A los dieciséis años? ¿Qué quiere decir con eso de si alguna vez me lo contó? ¡Sabe perfectamente bien que no me dijo nada!». Sin embargo, como solo me quedaban el resto de esa hora y la próxima, tuve que ignorar la manera en que hizo su revelación y ocuparme de la noticia misma.

—No, nunca lo mencionó. Deme detalles.

—Pues me quedé embarazada a los quince años. Por eso dejé la escuela. No se lo dije a nadie hasta que fue demasiado tarde y no había nada que se pudiera hacer, así que tuve el bebé. Solo que resultaron ser dos mellizas.

Penny hizo una pausa para quejarse de dolor de garganta. Obviamente le costaba hablar de esto mucho más de lo que fingía.

Le pregunté qué pasó con ellas.

—La agencia de servicios sociales dijo que yo no estaba capacitada para ser madre, y tenían razón, supongo..., pero yo me negué a darlas y traté de cuidarlas. Después de seis meses, me las quitaron. Las visité un par de veces, hasta que finalmente las adoptaron. Nunca volví a saber más de ellas. Nunca lo intenté. Me fui de Atlanta sin mirar atrás.

—¿Piensa mucho en ellas?

—No hasta ahora. Me acordé de ellas un par de veces justo después de morir Chrissie, pero este último par de semanas me he puesto a pensar en ellas. Pienso dónde estarán, cómo les irá, si serán ricas. Ese es el único favor que le pedí a la agencia de adopciones. Dijeron que harían lo posible. Ahora todo el tiempo leo historias en el periódico sobre madres pobres que venden sus hijos a familias adineradas. Pero ¿qué sabía yo entonces?

Pasamos el resto del tiempo y parte de la sesión final explorando las ramificaciones de esta nueva información. De una manera curiosa, esta revelación nos ayudó a hacer frente al final de la terapia, porque nos llevó justo donde comenzamos, de vuelta a aquel misterioso primer sueño en el que sus dos hijitos, vestidos como niñas, estaban expuestos en una institución. La muerte de Chrissie y la honda decepción de Penny con sus dos hijos varones debieron de haber aumentado su arrepentimiento por haber renunciado a sus hijas, además de hacerle sentir que no solo murió la hija equivocada, sino que también dio en adopción a las hijas equivocadas.

Le pregunté si se sentía culpable por haber dado en adopción a sus hijas. Penny respondió desapasionadamente que hizo lo que más les convenía a ella y a las niñas. Si a los dieciséis años hubiera conservado a sus dos hijas, se habría visto condenada a la misma vida que tuvo su madre. Y habría sido un desastre para las niñas: como madre soltera no podría haberles dado nada, y fue aquí donde supe por qué Penny no me habló antes de las mellizas. Estaba avergonzada, avergonzada de decirme que no sabía la identidad del padre. Fue muy promiscua de adolescente; de hecho, era la «putilla pobre del insti» (su propio término), y el padre pudo haber sido uno entre diez posibles muchachos. Nadie, ni siquiera su marido, sabía nada de su pasado, nada de las mellizas ni sobre su reputación en el instituto; eso también era algo de lo que trataba de huir.

—Usted es el único que lo sabe —dijo hacia el final de la hora.

—¿Cómo se siente al respecto?

—No sé. Confundida. Pensé mucho en si se lo diría o no. He mantenido conversaciones con usted toda la semana...

—¿Cómo de confundida?

—Asustada. Por momentos me siento bien, luego mal al respecto.

No le resultaba fácil discutir matices de sentimientos, por lo que se estaba irritando. Se dio cuenta y se calmó.

—Tenía miedo de que usted me juzgara, supongo. Quiero llegar a la última sesión y que usted siga teniendo respeto por mí.

—¿Cree que no?

—¿Cómo voy a saberlo? Todo lo que usted hace es preguntas.

Tenía razón. Estábamos llegando al final de la undécima hora; no era el momento de que yo escondiera nada.

—Penny, no debe preocuparse por mí. Cuanto más sé de usted, más me gusta. No tengo más que admiración por todo lo que ha superado y todo lo que ha hecho en la vida.

Penny se echó a llorar. Señaló su reloj para recordarme que se nos había terminado la hora y salió corriendo de la consulta tapándose la cara con un pañuelo de papel.

Una semana después, en nuestra última sesión, me enteré de que las lágrimas habían seguido derramándose durante la semana entera. Camino a su casa se detuvo en el cementerio, se sentó junto a la tumba de Chrissie y, como de costumbre, lloró por su hija. Pero ese día las lágrimas no cesaban. Se acostó, abrazó la tumba de Chrissie y se echó a llorar más fuerte, ahora no solo por Chrissie, sino, por fin, por todas las otras pérdidas.

Lloró por sus hijos, por los años irrecuperables, por las ruinas de todos esos años. Lloró por las dos hijas perdidas que nunca conoció. Lloró por su padre, fuera quien fuera y fuera como fuera. Lloró por su marido, por los años jóvenes, esperanzados, que compartieron, y que ya no volverían. Lloró hasta por su pobre madre vieja y sus hermanas, que había borrado de su vida hacía veinte años. Pero sobre todo lloró por sí misma, por la vida que soñó y que nunca vivió.

Pronto se terminó la hora. Nos pusimos de pie, caminamos hasta la puerta, nos dimos la mano y nos separamos. La miré bajar la escalera. Ella se dio cuenta de que la miraba, se dio la vuelta y me dijo:

—No se preocupe por mí. Estaré bien. Recuerde... Yo me crie sola.

EPÍLOGO

Vi a Penny una vez más, un año después, al regresar de mi año sabático. Para mi gran alivio, estaba mucho mejor. Aunque me había asegurado que estaría bien, yo seguía preocupado por ella. Nunca tuve un paciente tan dispuesto a revelar un material tan doloroso en tan poco tiempo. Nadie que sollozara más ruidosamente. (Mi secretaria, que tiene su oficina al lado de la consulta, solía tomarse un descanso prolongado durante la hora de terapia de Penny.)

En nuestra primera sesión Penny me había dicho: «Usted me ayudará a empezar. Yo me cuidaré sola». Y, en efecto, esto era lo que había sucedido. Durante el año posterior a nuestra terapia, Penny no consultó al terapeuta que le sugerí, sino que siguió progresando sola.

En nuestra sesión de seguimiento se hizo evidente que su pena, antes tan estancada, era más fluida. Penny aún era una mujer obsesionada, pero sus demonios ahora habitaban en el presente y no en el pasado. Sufría no porque hubiera olvidado los hechos en torno a la muerte de Chrissie, sino por cómo había descuidado a sus dos hijos.

De hecho, su comportamiento con sus hijos era la evidencia más tangible de su cambio. Sus dos hijos habían vuelto a casa, y, aunque el conflicto madre-hijo persistía, había cambiado de naturaleza. Ya no discutían por las cuotas de la parcela del cementerio y las fiestas de cumpleaños para Chrissie, sino porque Brent se llevaba la furgoneta o Jim no era capaz de conservar ningún empleo.

Además, Penny había seguido alejándose de Chrissie. Sus visitas al cementerio eran más breves y menos frecuentes; había regalado la mayoría de la ropa y los juguetes de Chrissie, y ahora su cuarto había pasado a Brent; quitó el testamento de Chrissie de la nevera, dejó de llamar a sus amigos y de imaginar las experiencias que habría tenido de seguir viviendo, como el baile de graduación o su ingreso en la universidad.

Penny era una superviviente. Creo que lo supe desde el comienzo. Recordaba nuestra primera reunión y lo decidido que estaba yo a no dejarme engatusar y terminar ofreciéndole terapia. Sin embargo, Penny había obtenido lo que se proponía: sesiones de terapia gratis de un profesor de Stanford. ¿Cómo había pasado? ¿Se dieron las cosas, sin más? ¿O fui hábilmente manipulado?

Tal vez había sido yo el manipulador. Pero no importaba. Yo también me había beneficiado. Quería aprender sobre el duelo, y en solo doce sesiones Penny me había conducido, paso a paso, al corazón mismo del dolor.

Primero, nos ocupamos de la culpa, una condición mental de la que muy pocos escapan. Penny se sentía culpable por su amnesia, por no haber hablado más de la muerte con su hija. Otros se sienten culpables por no haber hecho bastante, por no buscar ayuda médica antes o por no haber cuidado más al enfermo. Una paciente mía, una esposa muy responsable que casi nunca se apartó de su marido mientras estuvo hospitalizado, se atormentó durante años porque él murió cuando ella salió unos minutos a comprar el periódico.

Me parece que el sentimiento de que «se debería haber hecho más» refleja un deseo subyacente de controlar lo incontrolable. Si uno es culpable de no haber hecho lo que debería hacer, se deduce entonces que hay algo que *podía* haberse hecho, un pensamiento reconfortante que nos distrae de nuestra patética impotencia ante la muerte. Envueltos en una elaborada ilusión de poder y progreso ilimitados, hacemos nuestra la creencia —al menos hasta la crisis de la mediana edad— de que la existencia es una eterna espiral ascendente de logros que solo depende de la voluntad.

Esta reconfortante ilusión puede hacerse añicos ante una urgente, irreversible experiencia, que los filósofos a veces denominan «experiencia límite». De todas las experiencias posibles de este tipo, no hay ninguna que nos confronte más con la finitud y la contingencia (y ninguna mejor para efectuar un drástico cambio personal inmediato) que la inminencia de nuestra propia muerte, como sucede en la historia de Carlos («Si la violación fuera legal...»).

Otra experiencia límite apremiante es la muerte de una persona significativa —un cónyuge o amigo querido—, que destroza la ilusión de nuestra propia invulnerabilidad. Para la mayoría, la pérdida más difícil de soportar es la muerte de un hijo. En ese caso la vida parece atacar en todos los frentes: los padres se sienten culpables y asustados por su incapacidad para actuar; se enfadan por su impotencia y por la aparente insensibilidad de los médicos; pueden llegar a clamar contra la injusticia de Dios o del universo (y terminan por entender que lo que parecía una injusticia es, en realidad, indiferencia cósmica). Por analogía, los padres que han sufrido la muerte de un hijo se enfrentan a su propia muerte: no han sido capaces de proteger a un niño indefenso y comprenden entonces la amarga verdad de que ellos, a su vez, tampoco se sentirán protegidos. «Por eso —como escribió John Donne—, nunca preguntes por quién doblan las campanas: doblan por ti.»

El temor de Penny ante su propia muerte, si bien no emergió en nuestra terapia de forma explícita, sí se manifestó indirectamente. Por ejemplo, le preocupaba especialmente «el paso del tiempo»: le quedaba poco tiempo para terminar sus estudios, para ir de vacaciones, para poder dejar algún legado de cierta consideración. Y demasiado poco tiempo para que ella y yo termináramos nuestro trabajo juntos. Además, al principio de la terapia ella mostró cierta evidencia de ansiedad por la muerte en sus sueños. En dos sueños se enfrentó a la muerte por ahogamiento: en uno, se aferraba a unas tablas de madera insig-

nificantes mientras el nivel del agua subía inexorablemente hasta su boca; en el otro, se agarraba a los restos
flotantes de su casa y pedía ayuda a un médico vestido de
blanco que, en lugar de rescatarla del agua, le pisaba los
dedos de las manos.

Al trabajar con estos sueños, no abordé su preocupación por la muerte. Doce horas de terapia es demasiado
poco para identificar la ansiedad causada por la muerte,
expresarla y trabajar con efectividad sobre ella. En cambio,
usé el material onírico para explorar temas que ya habían
aflorado en la terapia. Este uso pragmático de los sueños es
cosa corriente en el trabajo terapéutico. Los sueños, como
los síntomas, no tienen una explicación única: están sobre-
determinados y contienen muchos niveles de significación. Nadie agota nunca el análisis de un sueño; en cambio, la mayoría de los terapeutas los enfocan examinando
únicamente aquellos temas del sueño que pueden acelerar
el trabajo inmediato de la terapia.

De ahí que me centrara en los temas de la pérdida de su
casa y del derrumbe de los cimientos de su vida. También
usé esos sueños para trabajar sobre nuestra propia relación.
Sumergirse en aguas profundas suele simbolizar, de hecho,
ahondar en nuestro inconsciente. Y, por supuesto, yo era el
médico vestido de blanco que rehusaba ayudarla y que, en
cambio, le pisaba los dedos de las manos. En la discusión
que surgió después, Penny por primera vez exploró su deseo de que yo la apoyara y la guiara y su resentimiento ante
mis esfuerzos por considerarla un tema de investigación y
no una paciente.

Enfoqué su culpa y su tenaz forma de aferrarse a la memoria de su hija desde una perspectiva racional: le hice ver
la incongruencia entre su creencia en la reencarnación y su
comportamiento. Si bien apelar a la razón no suele ser
muy eficaz, Penny era básicamente una persona bien inte-

grada y rica en recursos que se mostraba receptiva a la retó-
rica persuasiva.

En la siguiente etapa de la terapia exploramos la idea
de que «uno debe aprender a convivir con los vivos antes
de aprender a convivir con los muertos». Ya he olvidado si
esas palabras las pronunció Penny, un colega o yo mismo,
pero estoy seguro de que fue ella quien me hizo tomar
conciencia de la importancia de este concepto.

En muchos sentidos, sus hijos eran las verdaderas víctimas de esta tragedia, como sucede por lo general con los
hermanos de un hijo muerto. A veces, como en la familia
de Penny, los hermanos que sobreviven sufren porque
gran parte de la energía del progenitor está ligada al muerto, que es recordado todo el tiempo e idealizado. Algunos
hijos que sobreviven van acumulando resentimiento hacia
el hermano fallecido por la energía que consume de los
padres y el mucho tiempo que le dedican; muchas veces el
resentimiento coexiste junto a su propio dolor y su propia
comprensión del dilema de los padres. Tal combinación es
la fórmula perfecta para la culpa en el hermano que ha
sobrevivido, que se ve a sí mismo como inservible y malo.

Otro escenario posible, que por suerte no se dio con
Penny, es que los padres tengan inmediatamente otro hijo
que haga como de sustituto. Muchas veces las circunstancias favorecen esta opción, que más que resolver problemas puede contribuir a crearlos. Para empezar, esto puede
perjudicar las relaciones con los otros hijos. Además, el
hijo que se utiliza como reemplazo también sufre, sobre
todo si el duelo de los padres sigue sin resolverse. Ya bastante difícil es crecer soportando las esperanzas de los padres de que uno cumplirá los objetivos vitales que ellos no
lograron, pero la carga adicional de encarnar el espíritu de
un hermano muerto puede complicar el delicado proceso
de formación de la identidad.

Otra situación bastante común es que los padres sobre-
protejan a los hijos que sobreviven. En la sesión de seguimiento me enteré de que Penny era presa de esta dinámica:
tenía miedo cuando su hijo conducía el coche, no quería
prestarle la furgoneta y se negaba terminantemente a que
ninguno de los dos se comprara una moto. Además, insistía en que se sometieran a exámenes médicos innecesariamente frecuentes para detectar signos de cáncer.

Cuando hablamos de sus hijos, sentí que debía proceder con cautela y conformarme con ayudarla a comprender
las consecuencias de la muerte de Chrissie desde la perspectiva de ellos. No quería que la culpa de Penny, aflorada
hacía poco, «descubriera» su negligencia hacia sus hijos y
se vinculara con este nuevo objeto. Meses después ella desarrolló un sentimiento de culpa por su relación con sus
hijos, pero para entonces ya estaba más capacitada para to-
lerarlo y aliviarlo con un cambio de comportamiento.

El destino del matrimonio de Penny es, desgraciada-
mente, muy común en familias que han perdido a un hijo.
Las investigaciones han demostrado que, al contrario de la
creencia de que la muerte de un hijo puede reforzar la unión
de la familia, en muchos padres provoca un aumento de los
conflictos. La secuencia de hechos en el matrimonio de Penny es prototípica: marido y mujer sufren de maneras distintas, a veces diametralmente opuestas; marido y mujer son
incapaces de entenderse y apoyarse mutuamente; y el dolor de uno de los cónyuges interfiere activamente en el
dolor del otro, causando fricción, alienación y una eventual
separación.

La terapia tiene mucho que ofrecer a los padres que
sufren la pérdida de un hijo. El tratamiento de la pareja
puede esclarecer las causas de las tensiones y ayudar a que
cada uno de ellos reconozca y respete la forma que adopta
el dolor en el otro. La terapia individual puede ayudar a

alterar el duelo disfuncional. Aunque no me gusta genera-
lizar, en este caso los estereotipos hombre-mujer suelen
cumplirse. Muchas mujeres, como Penny, necesitan superar la expresión repetitiva de su pérdida y reanudar su compromiso con los vivos mediante proyectos y todas las cosas
que puedan dar significado a su vida. En general, a los
hombres hay que enseñarlos a sentir y compartir su tristeza, en lugar de suprimirla y evitarla.

En la siguiente etapa de su terapia, Penny permitió que
sus dos sueños —el del tren y la evolución, y el de la boda
y la búsqueda de una habitación donde cambiarse— la
guiaran hasta el excepcionalmente importante descubrimiento de que su sufrimiento por Chrissie estaba mezcla-
do con el dolor por sí misma y por sus propios deseos y
potencialidades no realizados.

El final de nuestra relación llevó a que Penny descubriera un último estrato del dolor. Le espantaba la idea de
que la terapia terminara por varias razones: naturalmente,
echaría de menos mi guía profesional, y también me extra-
ñaría personalmente a mí. Después de todo, nunca antes
había estado dispuesta a confiar en un hombre y aceptar su
ayuda. Pero más que eso, el acto mismo de finalizar algo
evocaba intensos recuerdos de todas las otras pérdidas dolorosas que había soportado y respecto a las cuales nunca
se había permitido sentir y sufrir.

El hecho de que gran parte del cambio terapéutico de
Penny fuera autogenerado y autodirigido encierra una lección importante para los terapeutas, un pensamiento reconfortante que un maestro compartió muy pronto conmigo durante el proceso de mi aprendizaje: «Recuerda, tú
no puedes hacer todo el trabajo. Confórmate con ayudar al
paciente a que se dé cuenta de lo que se debe hacer y luego
confía en su propio deseo de crecer y cambiar».

5

«NUNCA PENSÉ QUE ME PASARÍA A MÍ»

Saludé a Elva en la sala de espera, y juntos recorrimos la corta distancia hasta mi consulta. Algo había pasado. Hoy estaba diferente; su paso era trabajoso, descorazonado, como alicaído. Durante las últimas semanas su manera de caminar había sido vigorosa, pero hoy volvía a ser la mujer desamparada y fatigada que había conocido ocho meses antes. Recuerdo sus primeras palabras entonces: «Creo que necesito ayuda. La vida no merece ser vivida. Hace ya un año que murió mi marido, pero las cosas no mejoran. A lo mejor es que aprendo muy lentamente».

Pero no había demostrado ser lenta aprendiendo. De hecho, la terapia había progresado notablemente bien..., quizá hasta con demasiada facilidad. ¿Qué podía haber provocado este retroceso?

Elva se sentó y suspiró.

—Nunca pensé que me pasaría a mí.

Había sido víctima de un robo. Por su descripción, parecía el típico robo de cartera. El ladrón, sin duda, la vio en un restaurante de Monterrey junto al mar y vio cómo pagaba en efectivo la cuenta de tres amigas, todas ellas viudas de cierta edad. Debió de seguirla hasta el aparcamiento, con sus pasos amortiguados por el rugido de las olas, se aproximó a ella con un gesto rápido y, sin detenerse, le arrebató el bolso y saltó a su coche.

A pesar de sus piernas hinchadas, Elva volvió rápidamente al restaurante para pedir ayuda, pero ya era demasiado tarde, por supuesto. Unas pocas horas después, la policía encontró su bolso vacío colgando de un arbusto junto a un camino.

Trescientos dólares significaban mucho para ella, y por unos pocos días Elva estuvo preocupada por el dinero que había perdido. Esa preocupación se fue evaporando poco a poco y en su lugar quedó un residuo amargo, expresado por su frase: «Nunca pensé que me pasaría a mí». Junto con su bolso y sus trescientos dólares se le arrebató una ilusión, la de ser especial como persona. Siempre había vivido en un círculo privilegiado, lejos de las cosas desagradables, de los engorrosos inconvenientes que padecen otras personas comunes, esas masas pululantes que salen en la prensa sensacionalista y los telediarios y a quienes siempre roban o mutilan.

El robo lo cambió todo. Había desaparecido la comodidad, la dulzura de su vida: había desaparecido la seguridad. Su hogar siempre le había dado la bienvenida con sus almohadones, jardines, edredones y mullidas alfombras. Pero ahora veía cerraduras, alarmas antirrobo y teléfonos. Siempre había paseado a su perro por la mañana, a las seis. La quietud matinal ahora le parecía amenazadora. Ella y su perro se detenían para ver si había algún peligro.

Nada de esto nos debería sorprender. Elva se había traumatizado y ahora padecía un estrés postraumático de lo más común. Después de un accidente o una agresión de este tipo, la mayoría de la gente se siente insegura, se sobresalta fácilmente y desarrolla una tendencia a exagerar la vigilancia. El paso del tiempo erosiona la memoria del incidente, y poco a poco las víctimas regresan a su anterior estado de confianza.

Sin embargo, para Elva había sido más que un simple robo. Su visión del mundo se había trastocado. Antes solía decir: «Mientras una persona tenga ojos, orejas y una boca, yo puedo cultivar su amistad». Ahora ya no. Había perdido su fe en la benevolencia, en su invulnerabilidad personal. Se sentía desnuda, desprotegida, una más. El verdadero impacto de ese robo fue quebrantar la ilusión y confirmar, de un modo violento, la muerte de su marido.

Por supuesto, ella sabía que Albert había fallecido y que hacía un año y medio que estaba bajo tierra. Había seguido todos los pasos rituales que terminaron por hacer de ella una viuda: el diagnóstico de cáncer, la terrible, lacerante, desgarradora quimioterapia, el último viaje juntos a Carmel, el último paseo por el Camino Real, la cama de hospital en la casa, el funeral, el papeleo, las cada vez menos frecuentes invitaciones a cenar, los clubes de viudos y viudas, las largas noches solitarias. Toda la funesta catástrofe.

Sin embargo, a pesar de todo eso, Elva retuvo la sensación de que la existencia de Albert continuaba, y por ello se sentía segura y especial. Había seguido viviendo «como si», como si el mundo fuera un lugar seguro, como si Albert estuviera allí, en su taller junto al garaje.

Les advierto que no estoy hablando de autoengaño. Racionalmente, Elva sabía que Albert ya no estaba, pero aun así seguía con su rutinaria vida cotidiana tras un velo de ilusión que amortiguaba su dolor y atenuaba la luz deslumbrante de la verdad. Hacía cuarenta años, Elva había hecho un contrato con la vida cuyos términos explícitos fueron erosionándose con el tiempo, pero cuya esencia era clara: Albert cuidaría de Elva para siempre. Sobre esta premisa inconsciente, Elva había erigido todo su mundo, un

mundo que se caracterizaba por la seguridad y un benévolo paternalismo.

Albert era un hombre hábil, lo que se dice un manitas.
Había trabajado como techador y mecánico de automóviles y sabía arreglar cualquier cosa. Si se sentía atraído por la
foto de un mueble o un artefacto en un periódico o revista,
procedía a hacer una réplica en su taller. Como soy totalmente inútil en un taller, escuchaba los relatos de Elva con
fascinación. Vivir cuarenta y un años con un hombre tan
habilidoso da una inmensa tranquilidad. No era difícil entender por qué Elva se aferraba a la idea de que Albert aún
seguía presente, que estaba en el taller cuidándola y arreglando cosas. ¿Cómo renunciar a esa creencia? ¿Por qué iba
a hacerlo? El recuerdo, reforzado por cuarenta y un años de
experiencia, había formado un capullo alrededor de Elva
que la protegía de la realidad. Es decir, hasta que le roba-
ron el bolso.

En la primera sesión con Elva, hacía ocho meses, encontré poco en ella que me moviera a apreciarla. Era una
mujer regordeta, nada atractiva, parte gnomo, parte duen-
de, parte sapo, y de mal genio. Me inquietaba su plasticidad facial: guiñaba los ojos, hacía muecas; los ojos se le
saltaban juntos o separados. Su frente parecía una tabla de
lavar por las arrugas. La lengua, siempre visible, cambiaba
radicalmente de tamaño a medida que salía y entraba de
la boca o trazaba un círculo alrededor de sus húmedos
labios palpitantes, que parecían tener la consistencia del
caucho. Recuerdo que me divertía, casi me reía imaginan-
do que la presentaba a pacientes que habían tomado tranquilizantes durante mucho tiempo y habían contraído
discinesia tardía (una alteración de la musculatura facial
inducida por los fármacos). A los pocos segundos los pacientes se sentirían ofendidos al pensar que Elva se estaba
burlando de ellos.

Sin embargo, lo que más me fastidiaba de Elva era su carácter irritable. Se solía poner furiosa y, en nuestras primeras sesiones, tenía algo malicioso que decir de todos a quienes conocía, exceptuando, por supuesto, a Albert. Aborrecía a los amigos que ya no la invitaban. Aborrecía a los que no conseguían que se sintiera mejor. La incluyeran o la excluyeran, para ella era igual: los odiaba a todos. Odiaba a los médicos que le dijeron que Albert no tenía salvación. Odiaba aún más a los que le ofrecieron falsas esperanzas.

Esas primeras horas fueron duras para mí. Durante mi juventud pasé demasiadas horas detestando en secreto la afilada y aviesa lengua de mi madre. Recuerdo los juegos imaginativos que ideaba de niño tratando de inventar la existencia de alguien a quien ella no hubiera odiado: ¿una tía bondadosa? ¿Un abuelo que le contaba cuentos? ¿Un compañero mayor que la defendía? Pero nunca pude encontrar a nadie. Excepto, por supuesto, a mi padre, que en realidad era una parte de ella, su portavoz, su *animus*, su propia creación, que (de acuerdo con la primera ley de la robótica de Asimov) no podía volverse contra su creadora, a pesar de mis plegarias de que lo hiciera: aunque sea por una sola vez, papá, por favor, haz que se calle.

Todo lo que yo podía hacer con Elva era aguantar, escucharla hasta el final, soportar la hora de alguna manera y usar mi ingenio para encontrar algo que le sirviera de ayuda, por lo general algún comentario insípido acerca de lo difícil que debía de resultarle cargar con tanta ira. A veces, casi traviesamente, le preguntaba por otros miembros de su círculo familiar. Seguramente debía de haber alguien que le mereciera respeto. Pero no se salvaba nadie. ¿Su hijo? Ella decía que el ascensor de su hijo «no llegaba hasta el piso más alto». Estaba «ausente» aunque estuviera allí. ¿Y su nuera? En la terminología de Elva, una PAG, una Princesa Americana Gentil. Cuando su hijo volvía a casa, la llamaba por el teléfono del coche para decirle que quería la cena en cuanto llegase. No había problemas. Ella lo hacía. Nueve minutos, según Elva, era todo el tiempo que necesitaba la PAG para preparar la cena, para meter en el microondas una bandejita de un plato *gourmet* de los que anuncian por televisión.

Todos tenían un mote. Su nieta era La Bella Durmiente (susurraba las palabras y las acompañaba con un cabeceo mientras cerraba los ojos) y tenía dos cuartos de baño, no uno. Su ama de llaves, a quien había contratado para aliviar su soledad, era Looney Tunes, una mujer tan tonta que trataba de esconder el hecho de que fumaba exhalando el humo por el inodoro. Su pretenciosa compañera de *bridge* era Dame May Whitty (y Dame May Whitty era una luz comparada con el resto, todos esos zombis con alzhéimer y borrachos perdidos que, según Elva, constituían la población de jugadores de *bridge* de San Francisco).

Pero de alguna manera, a pesar de su rencor, de la antipatía que me causaba y de la evocación del recuerdo de mi madre, logramos superar esas sesiones. Yo escondía mi fastidio, trataba de acercarme a ella, resolvía mi contratransferencia separando a mi madre de Elva, y despacio, muy despacio, empecé a apreciarla.

Creo que el giro se produjo un día cuando ella se desplomó sobre la silla con un «¡Ay! ¡Qué cansada estoy!». En respuesta a mis cejas levantadas, explicó que acababa de hacer dieciocho hoyos de golf con su sobrino de veintiún años. (Elva tenía sesenta, un metro y medio de estatura, y, pesaba por lo menos, ochenta kilos.)

—¿Cómo le fue? —le pregunté animosamente, para cumplir con mi parte de la conversación.

Elva se inclinó hacia delante, llevándose la mano a la

boca como para que no la oyera otra persona en la habitación, desnudó una cantidad considerable de dientes y dijo:

—¡Hice que se cagara encima!

Eso me pareció sorprendentemente cómico y me eché a reír, y me seguí riendo hasta que se me llenaron los ojos de lágrimas. A Elva le gustó mi risa. Luego me dijo que fue el primer acto espontáneo de Herr Doctor Profesor (¡mi mote!), y se rio conmigo. Después de eso nos empezamos a llevar de maravilla. Empecé a apreciar a Elva: su prodigioso sentido del humor, su inteligencia, sus chistes. Había tenido una vida rica y llena de acontecimientos. Nos parecíamos en muchos sentidos. Como yo, ella había dado el gran salto generacional. Mis padres llegaron a Estados Unidos con veintitantos años como inmigrantes rusos indigentes. Los padres de Elva eran inmigrantes irlandeses, y ella había anulado la brecha entre los barrios humildes del sur de Boston y los torneos de *bridge* en los elegantes clubes de San Francisco.

Al comienzo de la terapia, una hora con Elva suponía para mí un duro trabajo. Yo arrastraba los pies cuando iba hasta la sala de espera para invitarla a pasar. Pero después de un par de meses todo eso cambió. Yo esperaba con ganas el tiempo que estaríamos juntos. Nunca pasaba una sesión sin que nos riéramos. Mi secretaria decía que se daba cuenta por mi sonrisa de que ese día había visto a Elva.

Nos reunimos semanalmente durante varios meses, y la terapia iba bien, como sucede por lo general cuando terapeuta y paciente disfrutan mutuamente. Hablábamos de su viudez, de su cambiado rol social, de su temor de estar sola, de su tristeza porque nadie la tocaba físicamente. Pero, sobre todo, hablábamos de su rabia, de cómo ella misma había ahuyentado a su familia y a sus amigos. Poco a poco se fue apaciguando y volviéndose más indulgente.

Sus anécdotas sobre Looney Tunes, La Bella Durmiente, Dame May Whitty y la brigada de *bridge* con alzhéimer denotaban menos amargura. Se producían reconciliaciones. A medida que su irritación iba desapareciendo, amigos y miembros de la familia iban reapareciendo en su vida. Sus progresos eran tan notables que, justo antes del episodio del robo de su bolso, yo estaba considerando sacar un día el tema de dar por concluida la terapia.

Pero cuando pasó lo del robo, sintió como si todo volviera a empezar. Sobre todo, el robo puso de relieve el hecho de que era alguien común y corriente. El «Nunca pensé que me pasaría a mí» reflejaba su pérdida de fe, su doloroso descubrimiento de que no se trataba de una persona especial. Por supuesto, seguía siendo especial en el sentido de que poseía cualidades y talentos especiales, la historia de una vida única, el hecho de que nadie que hubiera vivido fuera exactamente igual a ella. Este es el lado racional. Pero todos (algunos más que otros) también tenemos un sentido irracional de lo especial que somos. Es uno de nuestros principales métodos de negar la muerte, y la parte de nuestra mente cuya tarea es apaciguar el terror a la muerte genera la creencia irracional de que somos invulnerables; de que las cosas desagradables, como la vejez y la muerte, pueden ser el destino de los demás, pero no el nuestro; de que de algún modo existimos más allá de la ley, más allá del destino humano y biológico.

Aunque Elva reaccionó ante el robo de un modo que parecía irracional (por ejemplo, proclamando que no era apta para vivir en la Tierra, pues tenía miedo de salir de su casa), estaba claro que sufría de verdad. Esa percepción que la había acompañado hasta ese momento —de ser especial, de contar con una protección mágica, de ser una excepción—, todas esas manifestaciones de autoengaño que tan útiles habían sido dejaron de resultar convincentes. Ahora miraba sin el velo de la ilusión, y veía el mundo ante ella como un lugar vacío y terrible.

La herida de su dolor estaba plenamente expuesta. Este es el momento —pensé— para abrirla, limpiarla y permitir que sanara por completo.

—Sé a qué se refiere cuando dice que nunca pensó que eso pudiera pasarle a usted —le dije—. A mí también me cuesta aceptar que todas estas aflicciones, como la vejez, la pérdida de un ser querido o la muerte, van a pasarme a mí.

Ella asintió, arrugando la frente como sorprendida de que yo hiciera un comentario personal sobre mí mismo.

—Usted siente que, si Albert viviera, esto nunca le habría pasado. —Ignoré su petulante comentario de que si Albert viviera ella jamás habría invitado a comer a «esas tres gallinas viejas»—. De modo que el robo le hace ver con toda claridad que él realmente ya no está.

Se le llenaron los ojos de lágrimas, pero yo vi que tenía el derecho, el mandato, de proseguir.

—Usted ya lo sabía, claro. Pero una parte de usted no. Ahora se da cuenta de verdad de que Albert ha muerto. No está en el jardín. No está en su taller. No está en ninguna parte..., excepto en sus recuerdos.

Elva se puso a llorar con ganas mientras su cuerpo regordete se sacudía entre sollozos durante varios minutos. Nunca lo había hecho antes conmigo. Permanecí callado, pensando: «¿Qué hago ahora?». Pero, por suerte, mi instinto me condujo a lo que demostró ser una buena estrategia. Mis ojos se fijaron en su bolso, el mismo bolso que le habían robado.

—La mala suerte es una cosa —dije—, pero ¿no está invitando a que la atraquen con un bolso tan grande como ese? —Elva, que nunca se quedaba callada, llamó mi atención entonces sobre mis propios bolsillos, llenos de cosas, y sobre el desorden en mi mesa. Dijo que su bolso era «de tamaño mediano».

—Un poco más grande —respondí— y necesitaría un carrito para equipaje para poder trasladarlo.

—Además —dijo, haciendo caso omiso de mi comentario—, necesito todo lo que hay en él.

—¡Debe estar bromeando! Muéstreme qué guarda ahí.

Sin pensárselo dos veces, Elva puso el bolso sobre la mesa, abrió sus mandíbulas y empezó a vaciarlo. Lo primero que sacó fueron tres bolsitas vacías, de las que se usan en los restaurantes para envolver los restos de una comida que el comensal no ha completado. ·

—¿Necesita dos más por si hay una emergencia? —le pregunté. Elva se rio y siguió vaciando el bolso. Juntos inspeccionamos y discutimos cada objeto. Elva reconoció que tres paquetes de pañuelos de papel y doce bolígrafos (más tres lápices) eran realmente superfluos, pero se mantuvo firme con respecto a dos frascos de colonia y tres cepillos para el pelo. Con un imperioso gesto desestimó mi impugnación a su linterna grande, sus voluminosos blocs de notas y los montones de fotos que llevaba.

Discutimos por todo. El paquete de cincuenta monedas de diez. Tres bolsas de caramelos (bajos en calorías, por supuesto). Se rio cuando le pregunté si creía que cuantos más comiera, más adelgazaría. Una bolsita de plástico con pieles de naranja («Usted nunca sabe, Elva, cuándo serán de utilidad»). Un montón de agujas de tejer («Seis agujas en busca de un jersey», pensé). Una bolsa de levadura de cerveza. La mitad de una novela de Stephen King en edición de bolsillo (Elva tiraba las páginas a medida que las iba leyendo: «No vale la pena guardarlas», comentó). Una pequeña grapadora («¡Elva, esto es un disparate!»). Tres pares de gafas de sol. Y, hundidos en los rincones más profundos, monedas de todos los valores, clips, cortaúñas, pedazos de papel de lija y una sustancia que sospechosamente parecía una bola de pelusa.

Cuando el gran bolso por fin entregó todo su contenido, Elva y yo contemplamos, azorados, los objetos desplegados sobre la mesa. Lamentábamos que el bolso estuviera vacío y que hubiéramos agotado el proceso. Ella se volvió y sonrió, y nos miramos con ternura. Fue un momento de extraordinaria intimidad. De una manera muy diferente a la del resto de mis pacientes, me lo había mostrado todo. Y yo había aceptado todo y había pedido más, siguiéndola hasta los últimos resquicios, admirado de que el bolso de una mujer mayor pudiera servir como vehículo de soledad e intimidad a la vez: la soledad absoluta que es inherente a la existencia y la intimidad que disipa el miedo —ya que no el hecho mismo— de la soledad.

Fue una hora transformadora. Nuestro momento de intimidad —llámalo «amor», llámalo «hacer el amor»— tuvo algo de redención. En esa hora, Elva pasó de una posición de abandono a una de confianza. Volvió a la vida, convencida una vez más de su capacidad para intimar.

Creo que fue la mejor hora de terapia que he dado nunca.

6

«NO VAYAS MANSAMENTE»

Yo no sabía cómo responder. Nunca antes había tenido un paciente que me pidiera que fuera el custodio de sus cartas de amor. Dave me dio sus razones de manera directa. Es un hecho que los hombres de sesenta y nueve años pueden morir repentinamente. Si eso llegase a sucederle, su mujer descubriría las cartas y sufriría al leerlas. No había nadie más a quien pudiera pedírselo; no se había atrevido a contar su secreto a ningún amigo.

¿Y su amante, Soraya? Había muerto hacía treinta años. Al dar a luz. No a su hijo, se apresuró a aclarar Dave. ¡Solo Dios sabía dónde podrían estar las cartas que él le envió!

—¿Qué quiere que haga con ellas?

—Nada. No haga absolutamente nada. Solo guárdelas.

—¿Cuándo fue la última vez que las leyó?

—No las he leído por lo menos en veinte años.

—Parecen una patata caliente —me arriesgué a decir—. ¿Para qué guardarlas?

Dave me miró incrédulo. Me pareció que lo recorría un escalofrío de duda. ¿Sería yo realmente tan estúpido? ¿Habría cometido una equivocación al pensar que yo poseía la sensibilidad necesaria para ayudarlo? Después de unos pocos segundos, respondió:

—Nunca destruiría esas cartas.

Estas palabras parecían cortantes, y eran el primer signo de tensión en nuestra relación después de seis meses. Mi comentario había sido un error imperdonable, y retrocedí, adaptando una línea de preguntas más conciliatoria y directa.

—Dave, hábleme más de esas cartas y de lo que representan para usted.

Dave empezó a hablar de Soraya, y a los pocos minutos la tensión había desaparecido y él volvió a su desenvoltura y seguridad. La había conocido cuando era gerente de una sucursal de una compañía estadounidense en Beirut. Era la mujer más bella que jamás había conquistado. *Conquistado* fue la palabra que usó. Dave siempre me sorprendía con observaciones como esta, en parte ingeniosas, en parte cínicas. ¿Cómo podía recurrir a ese verbo? ¿Acaso era aún menos consciente de sí mismo de lo que yo creía? ¿Sería posible que fuera mucho más allá y se burlara de sí mismo —y también de mí— con sutil ironía?

Había amado a Soraya, o, al menos, fue la única de sus amantes (entre una multitud) a la que llegó a decirle: «Te quiero». Él y Soraya tuvieron una relación deliciosamente clandestina durante cuatro años. (No deliciosa y clandestina, sino *deliciosamente clandestina*, pues el secretismo —y diremos más sobre esto en un momento— era el eje de la personalidad de Dave, alrededor del cual giraba todo lo demás. El secretismo lo excitaba, y muchas veces él lo cortejaba con gran coste personal. Muchas relaciones, sobre todo con sus dos exesposas y su esposa actual, se habían complicado y echado a perder por sus dificultades para ser franco y abierto casi en cualquier circunstancia.)

Después de cuatro años, la compañía en la que trabajaba Dave lo trasladó a otra parte del mundo, y durante los seis años siguientes, hasta la muerte de ella, Dave y Soraya se vieron solo cuatro veces, aunque se escribían casi a diario. Él había guardado las cartas de Soraya (cientos de ellas) bien escondidas. A veces las ponía en un archivo en categorías caprichosas (en la carpeta de la C, por «culpable», o de la D, por «depresión», es decir, para ser leídas solo cuando se sintiera deprimido).

Durante tres años, las conservó en la caja de seguridad de un banco. No le dije nada, pero me pregunté qué relación habría entre su mujer y la llave de esa caja de seguridad. Conociendo su propensión al secretismo, imaginé lo que sucedería: le dejaría ver la llave a su mujer como por accidente, luego inventaría una historia para despertar su curiosidad; después, cuando ella se pusiera ansiosa e inquisitiva, procedería a despreciarla por fisgonear y por acorralarlo con sus sospechas infundadas. Dave actuaba de esa manera con frecuencia.

—Ahora me estoy poniendo cada vez más nervioso por las cartas de Soraya, y me pregunto si usted querrá guardármelas. Solo eso.

Ambos miramos el abultado maletín lleno de palabras de amor de Soraya, la querida Soraya, muerta hacía tanto tiempo, cuyo cerebro se había desvanecido, cuyas desparramadas moléculas de ADN habrían vuelto ya al seno de la Tierra y que, durante treinta años, no había pensado en Dave ni en ninguna otra cosa.

Me pregunté si Dave sería capaz de tomar distancia y observarse a sí mismo, y ver lo patético e idólatra que era: un hombre viejo, avanzando hacia la muerte, marchando con el único consuelo de un montón de cartas como estandarte que proclamaba que una vez, treinta años atrás, había amado y sido amado. ¿Debía yo ayudarlo a ver esa imagen? ¿Podía ayudarlo a asumir la postura de testigo de sí mismo sin que sintiera que, de algún modo, yo estaba devaluándolo tanto a él como a las cartas?

En mi opinión, la «buena» terapia (que equiparo a la

terapia profunda, penetrante, y no a la terapia eficiente ni
—me duele decir esto— a la terapia beneficiosa) llevada a
cabo con un «buen» paciente es, en el fondo, una empresa
cuyo objetivo es la búsqueda de la verdad. Cuando era un
principiante, mi propósito era ahondar en el pasado, ras-
trear todas las coordinadas de una vida y, de esta forma,
localizar y explicar la vida actual de la persona, su patología, motivación y acciones presentes.

Yo solía tener tanta seguridad... ¡Qué arrogancia! Y
ahora ¿qué clase de verdad rondaba? Creo que el objetivo
de mi caza es la ilusión. Lucho contra la magia. Creo que,
aunque la ilusión puede alegrar y consolar, en última instancia e invariablemente debilita y constriñe el espíritu.

Pero existen el momento oportuno y el discernimien-
to. Nunca elimines nada si no tienes algo mejor que ofrecer en su lugar. Cuidado con dejar a la intemperie a alguien que no puede soportar el frío de la realidad. Y no te
agotes luchando contra la magia religiosa: no eres un rival
capaz de vencerla. La sed de religión es demasiado fuerte,
sus raíces demasiado profundas, su refuerzo cultural demasiado poderoso. No obstante, no carezco de fe; mi ave-
maría es el conjuro socrático: «Una vida no examinada no
vale la pena de ser vivida». Pero no era esa la fe de Dave. De
modo que contuve mi curiosidad. Dave no se preguntaba
acerca del significado último de su manojo de cartas y ahora, frágil y hermético, no sería receptivo a mi indagación.
Tampoco ayudaría de nada, ni ahora ni quizá tampoco
después.

Además, mis preguntas sonaban a huecas. Yo veía demasiado de mí mismo en Dave, y mi hipocresía tiene límites. Yo también tenía mi montón de cartas de un amor
perdido hacía mucho. Yo también las había escondido con
ingenio (en mi sistema, bajo C, por *Casa desolada*, mi novela predilecta de Dickens, que leía cuando mi vida era

una desolación). Yo tampoco releía las cartas. Cada vez que volvía a ellas, me provocaban dolor, no consuelo. Nadie las tocaba desde hacía quince años, pero yo tampoco podía destruirlas.

De ser yo mi propio paciente (o mi propio terapeuta) diría: «Imagina que las cartas ya no están, que han sido destruidas o se han perdido. ¿Qué sentirías? Ahonda en ese sentimiento, explóralo». Pero no lo podía hacer. Muchas veces pensaba en destruirlas, pero eso me causaba un dolor inexpresable. Yo sabía de dónde provenía mi gran interés por Dave, mi oleada de curiosidad y de fascinación: le estaba pidiendo a Dave que hiciera las cosas por mí. Por los dos.

Desde el comienzo yo me había sentido atraído hacia Dave. En nuestra primera sesión, hacía seis meses, después de una serie de bromas, le pregunté:

—¿Qué le aflige?

—¡Ya no se me levanta! —me respondió.

Me quedé estupefacto. Recuerdo que lo miré —alto, delgado, cuerpo atlético, pelo negro abundante, ojos vivaces de diablillo, joven para sus sesenta y nueve años— y pensé: «*Chapeau!* ¡Hay que quitarse el sombrero! Mi padre tuvo una trombosis a los cuarenta y ocho años. Ojalá que a los sesenta y nueve años yo tenga tanta vitalidad como para preocuparme porque "no se me levanta"».

Tanto Dave como yo éramos proclives a sexualizar gran parte de nuestras circunstancias. Yo sabía contenerme mejor que él, y hacía mucho que había aprendido a no permitir que eso dominara mi vida. Tampoco poseía la pasión por el secretismo de Dave, y tengo muchos amigos, incluso mi esposa, con quienes lo comparto todo.

Volvamos a las cartas. ¿Qué debería hacer yo? ¿Guardar las cartas de Dave? Pues ¿por qué no? Después de todo, ¿no era una buena señal que él estuviera dispuesto a confiar en mí? Nunca había confiado mucho en nadie, y, por cierto, menos en un hombre. Aunque la impotencia había sido la razón explícita que lo impulsó a verme, yo tenía la impresión de que la verdadera tarea de la terapia era mejorar la manera en que se relacionaba con los demás. Una relación de confianza y fe en los otros es un requisito previo de cualquier terapia y, en el caso de Dave, podía ser fundamental para cambiar su necesidad patológica de ocultación. Guardar sus cartas forjaría un vínculo de confianza entre nosotros.

Quizá las cartas me dieran incluso una ventaja adicional. Nunca sentí que Dave estuviera cómodo con la terapia. Habíamos trabajado bien con su impotencia. Mi táctica fue concentrarme en los conflictos matrimoniales y sugerir que la impotencia era previsible en una relación con tanta ira y sospechas mutuas. Dave, que se había casado hacía poco (por cuarta vez), describía su matrimonio actual de la misma manera que describía los anteriores: sentía que estaba en una prisión y que su mujer era una carcelera que escuchaba sus conversaciones telefónicas y leía su correspondencia y sus papeles personales. Lo ayudé a darse cuenta de que, si estaba en una prisión, él mismo la había construido. Era lógico que su mujer tratara de obtener información acerca de él. Era lógico que sintiera curiosidad por sus actos y su correspondencia. Pero era él quien despertaba su curiosidad al negarse a compartir hasta inocentes migajas de información sobre su vida.

Dave respondió bien a este enfoque e hizo impresionantes intentos por compartir con su mujer más de su vida y de su experiencia interior. Su nuevo proceder rompió el círculo vicioso, su esposa fue suavizándose, la propia ira de Dave disminuyó y su comportamiento sexual mejoró.

Ahora en el tratamiento estaba considerando las motivaciones inconscientes. ¿Qué ganancia obtenía Dave de su creencia de que era prisionero de una mujer? ¿Qué alimentaba su pasión por el secretismo? ¿Qué le impedía entablar relaciones íntimas no sexuales con una mujer o un hombre? ¿Qué le había pasado a su anhelo de intimidad? ¿Era posible, a los sesenta y nueve años, excavar, reanimar y activar ese anhelo?

Pero este parecía ser más un proyecto mío que de Dave. Yo sospechaba que, en parte, él aceptaba examinar sus motivaciones inconscientes solo para complacerme. Le gustaba hablar conmigo, pero creo que el motivo principal era que así tenía la oportunidad de rememorar, de revivir los días felices de los triunfos sexuales. Mi conexión con él parecía vacilante. Yo sentía que, si ahondaba demasiado, si me aproximaba demasiado a su ansiedad, él desaparecería, no vendría para su sesión siguiente, y yo no volvería a verlo.

Si guardaba sus cartas, podían servir como cabo de amarre; entonces él ya no podría irse flotando y desaparecer. Al menos tendría que enfrentarse a mí y verme para pedirme las cartas.

Además, yo sentía que las debía aceptar. Dave era hipersensible. ¿Cómo podía yo rechazar sus cartas sin que él sintiera que era a él a quien rechazaba? También era muy exigente, así que un error podía dar al traste con la confianza que ya había depositado en mí; rara vez daba a nadie una segunda oportunidad.

Sin embargo, me sentía incómodo con la petición de Dave. Empecé a pensar en alguna buena razón para no aceptar sus cartas. Estaría haciendo un pacto con su sombra, una alianza con algo patológico. Su petición tenía algo de conspiración. Estaríamos portándonos como dos chicos malos. ¿Podía yo construir una relación terapéutica sólida sobre cimientos tan insustanciales?

Mi idea de que guardar sus cartas haría más difícil que suspendiera la terapia me pareció una tontería. La descarté por no ser más que uno de mis tontos y disparatados ardides que siempre me salen al revés. Ninguna artimaña haría que Dave se relacionara con las personas de una manera directa o auténtica. Lo que yo debía hacer era encauzar una conducta franca y sincera.

Además, si él quería terminar la terapia, sin duda encontraría la manera de recuperar sus cartas. Recuerdo a una paciente a la que había visto hacía veinte años cuya terapia estaba plagada de duplicidades y engaños. Tenía una personalidad múltiple cuyas dos integrantes (a las que llamaré Rubor y Descaro) libraban una guerra de mentiras mutuas. La persona a la que yo trataba era Rubor, una mujercita constreñida, mojigata, mientras que Descaro, a quien raras veces veía, se refería a sí misma como un «supermercado sexual» y tenía citas con el rey de la pornografía de California. Rubor se «despertaba» muchas veces y se sorprendía al ver que Descaro le había vaciado la cuenta bancaria y se había comprado vestidos escandalosos, ropa interior roja de encaje y billetes de avión para escapadas a Tijuana y Las Vegas. Un día Rubor se alarmó al encontrar sobre su tocador un billete para dar una vuelta alrededor del mundo, y pensó que podía evitar el viaje si guardaba todo el vestuario sexy de Descaro en mi consulta. Un tanto divertido y dispuesto a probar cualquier cosa, acepté y guardé la ropa debajo de mi escritorio. Una semana después, cuando llegué a la consulta encontré que habían forzado la puerta, me habían saqueado el despacho y la ropa ya no estaba. Tampoco volví a ver a Rubor (ni a Descaro).

¿Y si Dave fallecía? Por excelente que fuera su salud, tenía sesenta y nueve años. Hay personas que mueren a esa edad. ¿Qué haría yo con las cartas, entonces? Por otra parte, ¿dónde diablos las guardaría? Esas cartas pesaban, cuando menos, cinco kilos. Por un momento pensé en guardarlas junto a las mías. Si eran descubiertas, podrían proporcionarme alguna excusa.

Pero el problema principal con respecto a las cartas tenía que ver con la terapia de grupo. Varias semanas antes le había sugerido a Dave que se uniera a un grupo de terapia, y en las últimas tres sesiones lo habíamos discutido en detalle. Su propensión al secretismo, su sexualización de todas las interacciones con las mujeres, su temor y desconfianza hacia los hombres, todo esto —me parecía— era ideal para ser tratado en terapia de grupo. A regañadientes, Dave acabó aceptando, y nuestra sesión de ese día iba a ser la última individual.

La petición de que le guardara las cartas debía ser vista en este contexto. Primero, era del todo posible que el cambio inminente al grupo fuera el factor que motivara su petición. Sin duda, lamentaba perder su relación exclusiva conmigo y se resentía ante la idea de compartirme con el resto de los miembros del grupo. Pedirme que le guardara las cartas, por lo tanto, podía ser una forma de perpetuar nuestra relación especial y privada.

Para no herir la exquisita sensibilidad de Dave, traté con mucha mucha delicadeza de expresar esta idea. Tuve cuidado de no rebajar el valor de las cartas sugiriendo que las estaba usando como un medio para conseguir otro fin. También tuve cuidado de evitar sonar como si estuviera escudriñando en la relación que habíamos establecido; este era el momento de alimentar su crecimiento interior.

Dave era una persona que necesitaba mucho tiempo de terapia simplemente para aprender a utilizarla, así que se burló de mi interpretación en vez de considerar si había algo de verdad en ella. Insistía en que me había pedido que le guardara las cartas por una sola razón: su mujer estaba haciendo una limpieza a fondo de la casa y ya estaba llegando a su estudio, donde estaban escondidas las cartas.

No me tragué esa explicación, pero el momento exigía paciencia, no confrontación. Lo dejé pasar. Más me preo-

cupaba el pensar que guardarle las cartas podría llegar a
sabotear su trabajo en el grupo de terapia. Yo sabía que
para Dave el grupo era una empresa que podía dar grandes
beneficios, pero también de alto riesgo, y yo quería facili-
tarle las cosas.

Respecto a los beneficios, yo creía que el grupo podía
ofrecerle a Dave una comunidad segura en la que podría
identificar sus problemas interpersonales y probar con una
nueva forma de comportamiento. Por ejemplo, podría revelar más de sí mismo, aproximarse a otros hombres, relacionarse con las mujeres como seres humanos y no como
objetos sexuales. Inconscientemente, Dave creía que cualquiera de estos actos podía llegar a ser catastrófico: el grupo era el lugar ideal para desbaratar estas suposiciones.

Entre los muchos riesgos, había una situación particular que yo temía. Imaginaba que Dave no solo se negaría a
compartir una información importante (o trivial) sobre sí
mismo, sino que lo haría de una manera esquiva o provo-
cativa. Los demás integrantes del grupo lo animarían a que
prosiguiera, pero Dave reaccionaría compartiendo menos.
El grupo entonces se enojaría y lo acusaría de estar jugan-
do con ellos. Dave se sentiría herido y atrapado. Sus sospechas y temores se verían confirmados, y él se iría del grupo
más aislado y abatido que cuando empezó. Me parecía que
si guardaba sus cartas estaría siendo cómplice —de una forma contraterapéutica— de su inclinación hacia los secretos. Incluso antes de ingresar en el grupo, él ya habría entrado en una confabulación conmigo que excluiría a los
demás miembros.

Sopesando todas estas consideraciones, opté por responder al fin:

—Entiendo por qué las cartas son importantes para usted, Dave, y me siento bien por ser la persona a quien usted
se las confía. Sin embargo, en mi experiencia la terapia de

grupo funciona mejor cuando todos, incluso el director del grupo, son lo más abiertos posible. Yo realmente quiero que el grupo le sea de utilidad a usted, y creo que es mejor que procedamos de esta manera: con mucho gusto guardaré sus cartas en un lugar cerrado y seguro todo el tiempo que lo desee, siempre que acepte contarle al grupo nuestro acuerdo.

Dave pareció sobresaltarse. No había previsto algo así. ¿Se atrevería? Meditó durante un par de minutos.

—No lo sé. Tendré que pensarlo. Ya le avisaré.

Salió de mi oficina, llevándose el maletín con las cartas sin hogar.

Dave nunca volvió a hablarme de las cartas, al menos no de una manera que yo pudiera haber previsto. Sin embargo, se unió al grupo y asistió fielmente a las primeras reuniones. En realidad, me sorprendía su entusiasmo; en la cuarta sesión, nos dijo que el grupo era lo más importante de lo que le sucedía en la semana, y que no hacía más que contar los días hasta la siguiente reunión. Pero la causa de su entusiasmo, ¡ay!, no era la atracción del autodescubrimiento, sino el cuarteto de atractivas jóvenes que integraban el grupo. Solo enfocaba su atención en ellas y —nos enteramos después— trató de quedar con dos de ellas fuera del grupo.

Tal y como yo había imaginado, Dave se mantenía bien oculto en el grupo, y además su comportamiento se veía reforzado por otro miembro esquivo, una bella y orgullosa mujer que, como él, parecía tener muchos años menos. En una reunión, el grupo les pidió a ella y a Dave que dijeran su edad. Ambos se negaron con la excusa de que no querían que los encasillaran. Hace mucho (cuando a los genitales se los denominaba «partes íntimas»), los grupos de terapia rehusaban hablar de sexo. En las dos últimas décadas, sin embargo, los grupos hablan de sexo con cierta naturalidad y ahora el tema tabú es el dinero. En miles de reuniones de grupo, cuyos integrantes supuestamente hablan de todo, jamás he oído que nadie revele sus ingresos.

Pero en el grupo de Dave el secreto vergonzante era la edad. Dave bromeaba al respecto, pero se negaba terminantemente a decir cuántos años tenía: no quería poner en peligro sus probabilidades de liarse con una de las mujeres del grupo. En una reunión, cuando una de las mujeres lo presionó para que revelara su edad, Dave ofreció un trato: él le contaría su secreto si ella le pasaba su número de teléfono.

Me empezó a preocupar la resistencia del grupo. Dave no solo no estaba trabajando con seriedad, sino que sus burlas y flirteos habían alterado todo el discurso del grupo de terapia, llevándolo a un nivel superficial.

En una reunión, sin embargo, el tono se volvió profundamente serio. Una mujer anunció que su novio acababa de enterarse de que tenía cáncer. Ella estaba convencida de que él moriría pronto, aunque los médicos sostenían que el pronóstico no era desesperado a pesar de su debilitada condición física y su edad avanzada (tenía sesenta y tres años).

Sufrí por Dave: el hombre de «edad avanzada» era seis años menor que él. No obstante, ni siquiera parpadeó; de hecho, empezó a hablar de una forma mucho más sincera.

—Quizá eso sea algo de lo que yo debería hablar en este grupo. Tengo verdadero pánico a esto de las enfermedades y la muerte. Me niego a ver un médico. Un médico *verdadero* —agregó, haciendo un gesto travieso en mi dirección—. Mi último examen médico fue hace quince años.

—Yo te veo en buena forma, Dave, sea cual sea tu edad —dijo otro miembro del grupo.

—Gracias. Me esfuerzo. Entre la natación, el tenis y las caminatas, hago un mínimo de dos horas de ejercicio por día. Theresa, lo siento por ti y tu novio, pero no sé cómo ayudarte. Yo pienso mucho en la vejez y la muerte, pero mis pensamientos son demasiado morbosos para expresarlos aquí. Para ser sincero, ni siquiera me gusta visitar a los enfermos u oír hablar de enfermedades. El Doc —volvió a indicarme con un gesto— siempre dice que mantengo las cosas en un nivel superficial. ¡Quizá sea por eso!

—¿Qué es por eso? —pregunté.

—Bien, si decido ponerme serio, empezaré a hablar de lo mucho que detesto envejecer y de cuánto le temo a la muerte. Algún día les contaré mis pesadillas. Quizá.

—Usted no es el único que tiene esos temores, Dave. A lo mejor sería de ayuda averiguar si todos los compartimos.

—No, cada uno está solo en eso. Eso es lo más terrible de la muerte: hay que irse solo, cada uno en su barca.

—Aun así, aunque uno esté solo en su barca —dijo otro de los miembros—, siempre es un consuelo ver las luces de los otros botes moviéndose cerca.

Cuando terminamos esta reunión yo me sentía muy esperanzado. Se había producido una ruptura. Dave había hablado de algo importante, estaba conmovido, se había convertido en alguien real, y los otros miembros habían reaccionado de igual manera.

En la siguiente reunión, Dave contó un poderoso sueño que había tenido la noche anterior. El sueño fue registrado literalmente por un estudiante que asistía como oyente:

La muerte está a mi alrededor en todas partes. Puedo oler la muerte. Tengo un paquete con un sobre en el interior, y el sobre contiene algo que es inmune a la muerte, a la descomposición o al deterioro. Yo lo mantengo en secreto. Voy a buscarlo y a tocarlo, y de repente veo que el sobre está vacío. Eso me angustia, y entonces me doy cuenta de que el sobre ya había sido abierto. Más tarde

encuentro en la calle lo que supongo que estaba en el sobre, y es
un zapato viejo y sucio al que se le está desprendiendo la suela.

El sueño me impactó. Había pensado muchas veces en sus cartas de amor, preguntándome si alguna vez se me presentaría la oportunidad de explorar su significado con Dave.

Por más que me encanta hacer terapia de grupo, el formato tiene un inconveniente importante para mí: muchas veces no permite la exploración de cuestiones existenciales profundas. En un grupo con frecuencia diviso un hermoso sendero que me llevaría hacia el interior de una persona, pero debo conformarme con la tarea práctica (y útil) de limpiar las malezas interpersonales. Sin embargo, no podía privarme de usar ese sueño: era la *via regia* hacia el corazón del monte. Raras veces he oído un sueño que de manera tan transparente presentara la respuesta a un misterio inconsciente.

Ni Dave ni el grupo sabían cómo interpretarlo. Trataron de hacerlo, un poco a trompicones, durante algunos minutos, y luego yo les di un rumbo: le pregunté de forma casual a Dave si asociaba la imagen del sueño con algún sobre que mantuviera en secreto.

Yo sabía que me estaba arriesgando. Sería un error, probablemente un error fatal, forzar a Dave a que hiciera una revelación inoportuna. Igualmente sería equivocado que yo mismo revelara información que él me había confiado en nuestra terapia individual, antes de entrar en el grupo. Sabía que mi pregunta estaba dentro de los márgenes de seguridad: yo permanecía concretamente en el material del sueño, y Dave podría fácilmente sortear cualquier asociación relevante.

Él prosiguió resueltamente, aunque no sin su acostumbrada esquivez. Dijo que quizá el sueño se refiriera a algunas cartas que él guardaba en secreto, cartas de «una cierta relación». Los otros miembros, a quienes se les había despertado la curiosidad, le hicieron preguntas hasta que Dave contó algunas cosas sobre su antigua relación con Soraya y el problema de encontrar un lugar adecuado para depositar las cartas. No dijo que habían pasado treinta años. Tampoco mencionó sus negociaciones conmigo ni mi ofrecimiento de guardar las cartas si él accedía a compartir la información con el grupo.

El grupo se centró en la cuestión del secreto, que no era lo que en ese momento más me fascinaba, si bien se trataba de una cuestión terapéutica importante. Los miembros se preguntaban acerca del deseo de ocultamiento de Dave; algunos podían comprender su deseo de mantener las cartas en secreto para que no se enterara su esposa, pero ninguno compartía su tendencia general al secretismo. Por ejemplo, ¿por qué se negaba Dave a decirle a su mujer que hacía terapia? Nadie creyó su débil excusa de que, si ella se enterase, se sentiría amenazada porque pensaría que él hacía terapia para quejarse de ella, y que entonces le haría la vida imposible torturándolo cada semana para que le contase lo que hubiera dicho en el grupo.

Si de verdad le preocupaba la tranquilidad de su esposa, observaron, debía de ser mucho más irritante para ella no saber adónde iba todas las semanas. Le daba excusas tontas para salir y asistir al grupo (estaba jubilado y no tenía asuntos que atender fuera de su casa). Y luego, las maquinaciones que haría para esconder el importe que pagaba por el tratamiento cada fin de mes... ¡Parece una novela de capa y espada! ¿Y para qué? Los miembros también se quejaron de su afán por el secretismo dentro del mismo grupo. Se sentían rechazados por el hecho de que él no confiara en ellos. ¿Por qué hablaba de «cartas de una cierta relación»?

Se enfrentaron a él directamente.

—Vamos, Dave, ¿cuánto te costaría ser sincero y hablar de «cartas de amor»?

Los miembros del grupo, benditos sean, estaban haciendo justo lo que debían hacer. Eligieron la parte del sueño —el tema del secreto— que resultaba más importante para la manera en que Dave se relacionaba con ellos, y lo vapulearon a base de bien. Aunque Dave parecía un poco ansioso, se sentía involucrado: hoy no jugaba.

Pero yo me sentía voraz. Ese sueño contenía oro puro, y yo quería extraerlo.

—¿Alguien tiene alguna corazonada acerca del resto del sueño? —pregunté—. Por ejemplo, acerca del olor de la muerte y el hecho de que el sobre contiene algo que es inmune a la muerte, a la descomposición o al deterioro...

El grupo se quedó callado durante unos momentos, y luego Dave se volvió hacia mí.

—¿Qué piensa usted, Doc? Realmente me interesaría saberlo.

Me sentí atrapado. No podía contestar sin revelar parte del material que Dave había compartido conmigo en nuestra sesión individual. Por ejemplo, él no había dicho al grupo que hacía treinta años que había muerto Soraya, que él tenía sesenta y nueve años y se sentía cerca de la muerte, que me había pedido que custodiara sus cartas. Sin embargo, si yo revelaba todo esto, Dave se sentiría traicionado y probablemente dejaría la terapia. ¿Estaba yo cayendo en una trampa? La única salida posible era ser totalmente sincero.

—Dave —dije—, es muy difícil para mí contestar tu pregunta. No puedo decirte lo que pienso sobre el sueño sin revelar información que compartiste conmigo antes de entrar en el grupo. Sé que te importa mucho tu intimidad y no quiero traicionar tu confianza. ¿Qué hago, entonces?

Me recosté en la silla, satisfecho conmigo mismo. ¡Excelente técnica! Exactamente lo que les digo a mis estudiantes: si están en un dilema o tienen dos fuertes sentimientos encontrados, lo mejor que pueden hacer es compartir el dilema o ambos sentimientos con el paciente.

—¡Dispare! —respondió Dave—. Venga, adelante, al fin y al cabo yo le pago por su opinión. No tengo nada que ocultar. Soy como un libro abierto. No he mencionado nuestra conversación sobre las cartas porque no quería ponerle en un compromiso. La petición que le hice y su contraoferta eran absurdas.

Ahora que tenía el permiso de Dave, procedí a proporcionar a los miembros del grupo —intrigados por nuestro intercambio de palabras— el trasfondo pertinente: la gran importancia de las cartas para Dave, la muerte de Soraya hacía treinta años, el dilema de Dave acerca de dónde guardar las cartas, su petición de que yo las conservara en mi consulta y, finalmente, mi oferta, que él no había aceptado hasta el momento, de guardárselas solo si él accedía a informar al grupo sobre el trato. Tuve cuidado de respetar la intimidad de Dave no revelando su edad ni ningún material superfluo.

Luego me ocupé del sueño. Yo pensaba que el sueño respondía la pregunta de por qué las cartas estaban tan cargadas de significado para Dave. Y, por supuesto, para mí. Pero no hablé de mis cartas: mi coraje tiene un límite. Por supuesto, tengo mis racionalizaciones. Los pacientes están aquí por su terapia, no por la mía. El tiempo es valioso en un grupo —ocho pacientes y solo noventa minutos— y no parece lo más aconsejable que los pacientes escuchen los problemas del terapeuta. Los pacientes necesitan tener fe en que los terapeutas saben afrontar y resolver sus propios problemas.

También esto es una racionalización, obviamente. La

verdadera causa era mi falta de valentía. Me he equivocado sistemáticamente al revelar muy poco, en lugar de demasiado. Así, cada vez que he compartido mucha información sobre mí mismo, los pacientes siempre se han beneficiado de algún modo al saber que yo, como ellos, debo luchar con los problemas que supone ser simplemente humano.

El sueño, continué, era un sueño sobre la muerte. Empezaba con la muerte alrededor de Dave, que podía olerla. Y la imagen central era el sobre, un sobre que contenía algo capaz de resistir a la muerte y al deterioro. ¿Podía algo ser más claro? Las cartas de amor eran un amuleto, un instrumento de negación de la muerte. Protegían contra el envejecimiento y mantenían la pasión de Dave congelada en el tiempo. Ser amado de verdad, ser recordado, fusionarse con otra persona para siempre son formas de no perecer y de estar protegido contra la soledad en el corazón de la existencia.

A medida que el sueño continuaba, Dave veía que el sobre había sido abierto y estaba vacío. ¿Por qué abierto y vacío? Quizá él sentía que las cartas perderían su poder si las compartía con otros. Había algo patente y privadamente irracional en la capacidad que las cartas tenían de proteger contra el envejecimiento y la muerte, una magia oscura que se evapora cuando se la examina bajo la fría luz de la razón.

—¿Y qué hay del zapato viejo y sucio con la suela desprendiéndose? —preguntó alguien.

Yo no lo sabía, pero antes de poder decirlo habló otro de los miembros.

—Simboliza la muerte. El zapato está perdiendo su alma.

¡Por supuesto! Era hermoso. ¿Por qué no se me había ocurrido? Yo había captado la primera parte: sabía que el zapato viejo representaba a Dave. En un par de ocasiones (por ejemplo, cuando le pidió el número de teléfono a una mujer que era cuarenta años más joven que él), el grupo estuvo a punto, creo, de llamarlo «viejo sucio». Yo me alegré de que al final nadie hubiera ido tan lejos. Pero, en la discusión, ahora Dave se endilgó el término a sí mismo.

—¡Por Dios! Un viejo sucio cuya alma está a punto de desprenderse. ¡Ese soy yo, sin duda!

Se rio ante su propia creación. Amaba las palabras (hablaba varios idiomas) y parecía maravillado ante la transposición simbólica entre *suela* y *alma*.*

A pesar de la jovialidad de Dave, era evidente que estaba manejando un material muy doloroso. Uno de los miembros le pidió que hablara más sobre cómo era eso de sentirse un viejo sucio. Otro le preguntó sobre sus sensaciones después de revelar la existencia de las cartas al grupo. ¿Cambiaría eso su actitud hacia ellos? Otro le recordó que todo el mundo se enfrenta a la perspectiva del envejecimiento y el declive, y lo animó a que hablara más sobre sus sentimientos al respecto.

Pero Dave se había cerrado en banda. Había hecho ya todo el trabajo que haría ese día.

—Ya he cumplido por hoy —dijo—. Necesito algún tiempo para digerir todo esto. He consumido el setenta y cinco por ciento del tiempo de esta sesión, y sé que hay otros que necesitan un poco de tiempo hoy.

Sin muchas ganas, dejamos a Dave y nos ocupamos de otras cuestiones del grupo. No sabíamos entonces que se trataba de un adiós permanente. Dave nunca volvió al grupo. (Resultó que tampoco estaba dispuesto a reanudar la terapia individual conmigo ni con otro terapeuta.)

---

* En inglés, las palabras *sole* («suela») y *soul* («alma») son homófonas. *(N. del t.)*

Todos —y yo más que nadie— nos formulamos muchas preguntas. ¿Qué habíamos hecho para ahuyentar a Dave? ¿Habríamos dejado al descubierto demasiadas cosas? ¿Era demasiado pronto para convertir a un viejo tonto en un viejo sabio? ¿Lo había traicionado yo? ¿Había caído en una trampa? ¿Hubiera sido mejor no hablar de las cartas y desaprovechar el sueño? (La interpretación del sueño fue un éxito, pero el paciente murió.)

Quizá podríamos haber impedido su alejamiento, aunque lo dudo. Para entonces yo estaba seguro de que el sigilo de Dave, sus evasiones y negaciones, habrían conducido al mismo resultado. Desde el comienzo yo sospechaba que acabaría dejando al grupo. (El hecho de ser mejor profeta que terapeuta, sin embargo, no me sirvió de consuelo.)

Más que nada, me sentía triste. Triste por Dave, por su soledad, por aferrarse a la ilusión, por su falta de valor, por no atreverse a enfrentarse a los duros y desnudos hechos de la vida. Y después me puse a meditar sobre mis propias cartas.

¿Qué pasaría si (sonreí ante este «si») muriera y encontraran mis cartas? Quizá debería dárselas a Mort, a Jay o a Pete para que me las guardaran. ¿Por qué sigo preocupándome por esas cartas? ¿Por qué no me libero de ellas y las quemo? ¿Por qué no ahora? ¡En este mismo momento! Pero me duele solo de pensarlo; siento una puñalada a través del esternón. Pero ¿por qué? ¿Por qué tanto dolor por unas cartas viejas y amarillentas? Voy a tener que afrontar esto... algún día.

7

DOS SONRISAS

Algunos pacientes son fáciles. Aparecen en mi consulta dispuestos a cambiar y la terapia va sola. A veces requieren tan poco esfuerzo que me invento el trabajo, haciendo una pregunta u ofreciendo una interpretación solo para que el paciente perciba, y yo también, que soy un personaje necesario en esta transacción.

Marie no era de las pacientes fáciles. Cada sesión con ella exigía un gran esfuerzo. La primera vez que vino a verme, hace tres años, su marido llevaba muerto cuatro años, pero ella permanecía congelada por la pena. Su expresión facial estaba congelada, lo mismo que su imaginación, su cuerpo, su sexualidad: todo el fluir de su vida. Durante largo tiempo fue un ser sin vida en la terapia, y yo debía hacer el trabajo de dos personas. Incluso entonces, mucho después de superar su depresión, seguía habiendo algo rígido en nuestro trabajo y una frialdad y distancia en nuestra relación que yo no había sido capaz de alterar.

Aquel día iba a tomarme una especie de vacaciones. Marie iba a ser entrevistada por un consultor y yo disfrutaría del lujo de compartir una hora con ella a la vez que estaba «fuera de servicio». Durante semanas la había animado a que se citase con un hipnoterapeuta. Aunque ella se resistía a cualquier experiencia nueva y la hipnosis le causaba un temor especial, aceptó finalmente la sugerencia con la condición de que yo estuviera presente durante toda la sesión. No me importó; de hecho, me gustaba la idea de acomodarme en mi asiento y dejar que el consultor —Mike C., amigo y colega— hiciera el trabajo.

Además, permanecer como observador me daría una oportunidad única para reevaluar a Marie. Después de tres años, era posible que mi visión de ella se hubiera vuelto estrecha y poco flexible. Quizá había cambiado de forma significativa y yo no me había dado cuenta. Quizá otros la evaluarían de una manera diferente a como yo lo hacía. Era el momento de tratar de verla con nuevos ojos.

Marie era de ascendencia española y había emigrado de Ciudad de México hacía dieciocho años. Su marido, a quien conoció mientras ella estudiaba en la Universidad de México, era cirujano y había fallecido en un accidente de coche cuando una noche se dirigía al hospital a toda velocidad respondiendo a una llamada de emergencia. Excepcionalmente hermosa, Marie era alta, escultural, con una nariz pronunciadamente cincelada y un largo y negro pelo que recogía en la nuca. ¿Su edad? Podría suponerse veinticinco años; quizá, sin maquillaje, treinta. Era imposible creer que tuviera cuarenta.

Marie tenía una presencia imponente, y la mayoría de la gente se sentía cohibida por su belleza y arrogancia. Yo, por el contrario, me sentía atraído por ella. Me conmovía, deseaba consolarla; me imaginaba abrazándola y sintiendo que su cuerpo se descongelaba entre mis brazos. Muchas veces pensaba en la fuerza de mi atracción. Marie me recordaba a una hermosa tía que se peinaba igual y que desempeñó un papel importante en mis fantasías sexuales de adolescente. Quizá fuera eso. O quizá simplemente me sentía halagado por ser el único confidente y protector de esta soberbia mujer.

Escondía bien su depresión. Nadie hubiera adivinado que esa mujer sentía que su vida estaba acabada; que estaba desesperadamente sola; que lloraba todas las noches; que en los siete años que habían pasado desde que murió su marido nunca había tenido una relación, ni siquiera una conversación personal, con un hombre. Durante los primeros cuatro años de duelo, Marie se volvió totalmente inaccesible para los hombres. En los dos últimos años, a medida que se sentía menos deprimida, había llegado a la conclusión de que lo único que podía salvarla era una nueva relación romántica, pero era tan orgullosa e intimidaba tanto a los hombres que estos la consideraban inaccesible. Durante muchos meses yo había intentado rebatir su creencia de que la vida de una mujer, su verdadera vida, solo puede vivirse si es amada por un hombre. Yo había intentado ensanchar sus horizontes, desarrollar nuevos intereses, hacer que valorara su relación con otras mujeres. Pero la suya era una creencia fuertemente arraigada. Con el tiempo llegué a la conclusión de que era inexpugnable, y dediqué mi atención a ayudarla a que aprendiera a relacionarse con otros hombres y a vincularse a ellos.

Pero nuestro trabajo se había interrumpido hacía cuatro semanas cuando Marie cayó de un tranvía en San Francisco y se fracturó la mandíbula, lo que le provocó grandes lesiones faciales y dentales, y hondas laceraciones en el rostro y el cuello. Después de una semana ingresada en el hospital, empezó a tratarse con un cirujano dentista para que le reparara los dientes. Marie tenía un umbral bajo de dolor, sobre todo de dolor dental, y las frecuentes visitas al cirujano la espantaban. Además, se había dañado un nervio facial y padecía un severo e implacable dolor en un costado de la cara. La medicación no había servido de nada y fue para aliviar el dolor que le sugerí la hipnosis.

En circunstancias normales Marie podía ser una paciente difícil, pero después de su accidente se tornó aún más reticente y cáustica.

—La hipnosis funciona con la gente estúpida o con poca fuerza de voluntad. ¿Por eso me la sugiere a mí?

—Marie, ¿cómo puedo convencerla de que la hipnosis no tiene nada que ver con la fuerza de voluntad o la inteligencia? La capacidad de ser hipnotizado es solo un rasgo con el que nacen algunas personas. ¿Cuál es el riesgo? Usted me dice que el dolor es insoportable, y hay buenas posibilidades de que una consulta de una hora le brinde algo de alivio.

—A usted puede parecerle absurdo, pero no quiero que me tomen el pelo. He visto a los hipnotizadores que salen por televisión, y sus víctimas parecen idiotas. Creen que están nadando, cuando en realidad están en el plató, o que están remando en un barco cuando están sentados en una silla. Una mujer sacó la lengua y después no se la podía meter de nuevo en la boca.

—Si yo pensara que eso me pudiera suceder, también estaría tan preocupado como usted. Pero hay una diferencia abismal entre la hipnosis de la televisión y la hipnosis médica. Le he dicho exactamente qué puede esperar. Lo principal es que nadie va a controlarla. En cambio, va a aprender a adoptar un estado mental en el que podrá controlar su dolor. Parece que todavía le cuesta trabajo confiar en mí o en otros médicos.

—Si los médicos fueran dignos de confianza, habrían pensado en llamar al neurocirujano a tiempo y mi marido aún viviría.

—Hay tantas cosas involucradas aquí: su dolor, su preocupación por la hipnosis y la concepción falsa que tiene de ella, su temor a parecer tonta, su enojo y desconfianza hacia los médicos, incluyéndome a mí... No sé de qué ocuparme primero. ¿Siente lo mismo usted? ¿Por dónde cree que debemos empezar hoy?

—Usted es el médico, no yo.

Y así había proseguido la terapia. Marie era una persona frágil, irritable, y, a pesar de su supuesta gratitud hacia mí, muchas veces se mostraba sarcástica o provocadora. Nunca se centraba en una sola cuestión, sino que enseguida pasaba a otros motivos de queja. Algunas veces se daba cuenta y se disculpaba por su arrogancia y su ánimo quisquilloso, pero invariablemente, unos minutos después, volvía a mostrarse irritable y llena de autocompasión. Yo sabía que lo más importante que podía hacer por ella, sobre todo en estos momentos de crisis, era mantener nuestro vínculo y no permitirle que me alejara de ella. Hasta ahora yo había perseverado, pero mi paciencia tenía un límite, y me sentí aliviado de poder compartir la carga con Mike.

También quería el apoyo de un colega, y ese era el motivo oculto de mi consulta. Quería que alguien más fuera testigo de lo que tenía que soportar con Marie, alguien que me dijera: «¡Qué difícil que es! Has hecho un excelente trabajo». Esa necesidad mía no beneficiaba a Marie en ningún sentido. Yo no quería que Mike tuviera una sesión fácil, sin problemas, sino que luchara como yo luchaba. Sí, lo reconozco, una parte de mí ansiaba que Marie le hiciera pasar un momento difícil a Mike. ¡Vamos, Marie, pórtate como sabes!

Sin embargo —y esto me dejó estupefacto—, la sesión transcurrió sin complicaciones. Marie resultó apta para la hipnosis, y Mike la indujo hábilmente y le enseñó cómo entrar en trance. Luego se ocupó de su dolor usando una técnica anestésica. Le sugirió que se imaginara que estaba en el sillón del dentista y que le estaban poniendo una inyección de novocaína.

—Piense que cada vez siente menos su mandíbula y su mejilla. Ahora ya no siente la mejilla. Tóquesela con la mano y vea lo entumecida que está. Piense que su mano tiene el poder de entumecer. No la siente cuando toca su mejilla, y puede transferir el entumecimiento a cualquier parte de su cuerpo.

A partir de ahí, a Marie le resultó fácil transferir el entumecimiento a todas las zonas dolorosas de su cara y cuello. Fue fantástico. Se podía ver el alivio en su rostro.

Luego Mike habló del dolor con ella. Primero, describió la función del dolor: servía como advertencia para informarla de hasta qué punto podía mover la mandíbula y lo fuerte que era capaz de morder. Este dolor era necesario, funcional, a diferencia del dolor que se originaba en los nervios irritados y que no tenía ningún propósito útil.

Mike le sugirió que lo primero que debía hacer era aprender más acerca de su dolor: diferenciar entre el dolor funcional y el innecesario. La mejor manera de hacerlo era comenzar haciendo las preguntas correctas y discutir a fondo su dolor con el cirujano maxilofacial. Él era quien más sabía acerca de lo que sucedía en su cara y en su boca.

Las palabras de Mike eran maravillosamente lúcidas y sabía expresarlas con la mezcla perfecta de profesionalidad y paternalismo. Marie y él se miraron y sostuvieron la mirada por un momento. Luego ella sonrió, asintiendo. Él comprendió que ella había recibido y registrado el mensaje.

Claramente satisfecho con la respuesta de Marie, Mike pasó a ocuparse de su tarea final. Ella fumaba mucho y uno de los motivos por los que accedió a la consulta fue ver si él podía ayudarla a dejar el tabaco. Mike, que era un experto en la materia, comenzó con una presentación impecable y a la que siempre recurría. Enfatizó tres puntos principales: que ella quería vivir, que para vivir necesitaba su cuerpo y que los cigarrillos eran un veneno para su cuerpo.

—Piense en su perro —dijo Mike para ilustrar su argumentación— o, si no tiene perro, imagine a un perro a quien ama mucho. Imagine ahora latas de alimento para perros con una etiqueta que dice «veneno». Usted no le daría alimento envenenado a su perro, ¿no?

Una vez más, Marie y Mike se miraron y, una vez más, Marie sonrió y asintió. Aunque Mike sabía que su paciente había captado el concepto, decidió insistir.

—Entonces, ¿por qué no tratar su cuerpo como trataría a su perro?

En el tiempo restante, reforzó sus instrucciones sobre la autohipnosis y la enseñó a reaccionar ante el deseo de fumar con autohipnosis y una mayor conciencia (*hiperpercepción*, lo llamó él) del hecho de que ella necesitaba su cuerpo para vivir y de que lo estaba envenenando.

Fue una excelente sesión de consulta. Mike hizo un trabajo soberbio: estableció una buena relación con Marie y logró con efectividad todos los objetivos de la consulta. Marie salió de la visita obviamente satisfecha con él y con el trabajo que ambos habían hecho.

Después me puse a meditar sobre la hora que los tres habíamos compartido. Aunque la consulta también me satisfizo profesionalmente, no logré el apoyo ni el reconocimiento personal que esperaba. Por supuesto, Mike no tenía ni idea de lo que yo realmente esperaba de él. Yo tampoco podía confesar a un colega mucho más joven que yo mis inmaduras necesidades. Además, él no podría haber sospechado lo difícil que era Marie como paciente ni el trabajo hercúleo que yo había hecho con ella. Con él, quizá por pura perversidad, ella había sido la paciente modelo.

Por supuesto, mantuve todos estos sentimientos ocultos tanto para Mike como para Marie. Luego empecé a hacerme preguntas sobre ellos dos, sus deseos insatisfechos, sus pensamientos y opiniones sobre la consulta. Supóngase que, dentro de un año, Mike, Marie y yo escribimos lo que recordamos del tiempo que pasamos juntos. ¿Hasta qué punto estaríamos de acuerdo? Sospecho que ninguno sería capaz de reconocer la versión del otro como ajustada a la realidad. Pero ¿por qué dentro de un año? ¿Y si lo hiciéramos dentro de una semana? ¿O en este mismo momento? ¿Podríamos recuperar y registrar la historia real y definitiva de esa hora?

No es una cuestión trivial. A partir de los datos que los pacientes eligen para referirse a hechos que han sucedido hace mucho, los terapeutas creen que pueden reconstruir una vida, que pueden descubrir los acontecimientos cruciales de los primeros años de crecimiento, la verdadera naturaleza de la relación con cada uno de los progenitores, la relación entre ellos, entre los hermanos, el sistema familiar, la experiencia interior que acompañó las dudas y golpes de los primeros años, la textura de las amistades de la infancia y la adolescencia.

Sí, ¿pueden los terapeutas, los historiadores o los biógrafos reconstruir una vida con algún grado de exactitud cuando la realidad de una sola hora no puede ser captada? Hace años llevé a cabo un experimento en el que una paciente y yo escribimos, cada uno, nuestra propia visión de las horas de terapia. Después, cuando las comparábamos, a veces resultaba difícil creer que estábamos describiendo lo mismo. Hasta nuestra opinión de lo que era importante variaba. ¿Mis elegantes interpretaciones? ¡Ella ni siquiera las oía! En cambio, recordaba y atesoraba los comentarios casuales, personales, de apoyo que yo había hecho.*

En momentos así, uno anhela tener un árbitro de la

---

* Estas visiones distintas fueron publicadas luego en *Every Day Gets a Little Closer: A Twice Told Therapy*, Basic Books, Nueva York, 1974. (*Terapia a dos voces*, Emecé Editores, Buenos Aires, 2007.)

realidad o una nítida instantánea oficial de la hora transcurrida. Es desconsolador darse cuenta de que la realidad es ilusión, o como mucho una democratización de la percepción basada en el consenso de los participantes.

Si tuviera que escribir mi resumen de esa hora, lo estructuraría en torno a dos momentos particularmente «reales»: las dos veces que Mike y Marie se miraron y ella sonrió, asintiendo. La primera sonrisa se produjo después de la recomendación de Mike de que Marie discutiera a fondo su dolor con el cirujano maxilofacial; la segunda, cuando reforzó la idea de que ella no le daría comida envenenada a su perro.

Luego mantuve una larga conversación con Mike sobre esa hora. Profesionalmente, él la consideraba una consulta exitosa. Marie había demostrado ser apta para la hipnosis, y él había conseguido los dos objetivos propuestos. Además, había sido una buena experiencia personal después de una mala semana en que había hospitalizado a dos pacientes y tuvo un encontronazo con el jefe de departamento. Le resultaba gratificante que yo lo hubiera visto desempeñarse de una manera tan competente y eficiente. Era más joven que yo y siempre había respetado mi trabajo. El que yo tuviera una buena opinión significaba mucho para él. Era irónico que él hubiera obtenido de mí lo que yo esperaba obtener de él.

Le pregunté por las dos sonrisas. Las recordaba bien y estaba convencido de que significaban impacto y conexión. Las sonrisas, que aparecieron en los momentos de mayor intensidad en su presentación, significaban que Marie había comprendido y se había visto concernida por el mensaje.

Sin embargo, como resultado de mi larga relación con Marie, yo interpretaba esas sonrisas de manera muy diferente. Considérese la primera, cuando Mike le sugirió que obtuviera más información de su cirujano maxilofacial, el doctor Z. ¡Qué historia había detrás de la relación de Marie con él!

Se habían conocido veinte años antes, cuando iban juntos a la universidad en Ciudad de México. En ese tiempo él había intentado cortejarla con mucha energía, pero sin éxito. Ella había perdido contacto con él hasta el accidente de su marido. El doctor Z., que también había venido a Estados Unidos, trabajaba en el hospital adonde llevaron al marido de Marie después del accidente, y fue una fuente importante de información médica y de apoyo para Marie durante las dos semanas en que su marido estuvo internado en un coma terminal, con una lesión fatal en la cabeza.

Casi inmediatamente después de la muerte de su marido, el doctor Z., a pesar de estar casado y con cinco hijos, reanudó el cortejo y empezó a hacerle proposiciones sexuales a Marie. Ella las rechazó con rabia, pero eso no lo desanimó. Por teléfono, en la iglesia y hasta en los juzgados (ella había demandado al hospital por negligencia en la atención a su marido), él le guiñaba un ojo o le sonreía con lascivia. Marie consideraba odioso su comportamiento, y poco a poco se fue volviendo más contundente con sus rechazos. El doctor Z. solo desistió cuando Marie le dijo que le daba asco, que era el último hombre en el mundo con quien se acostaría y que si seguía acosándola se lo diría a su esposa, una mujer temible.

Cuando Marie cayó del tranvía, se dio un golpe en la cabeza y estuvo inconsciente durante una hora. Cuando se despertó, con un dolor espantoso, se sintió desesperadamente sola: no tenía amigos íntimos, y sus dos hijas estaban en Europa de vacaciones. Cuando la enfermera de la sala de emergencias le preguntó el nombre de su médico, ella le dio el del doctor Z. Por consenso general, era el cirujano maxilofacial de más talento y experiencia de la zona, y

Marie sabía que se jugaba demasiado como para que la viera un cirujano desconocido.

El doctor Z. se contuvo durante los procedimientos quirúrgicos iniciales (al parecer hizo un trabajo excelente), pero dio rienda suelta a sus impulsos durante el posoperatorio. Se mostraba sarcástico, autoritario e incluso creo que sádico. Se había autoconvencido de que la reacción de Marie era exagerada, razón por la cual se negó a prescribirle una medicación adecuada para aliviar el dolor o sedarla. La asustó haciendo observaciones que no venían a cuento sobre complicaciones peligrosas o deformidades faciales residuales, e incluso la amenazó con dejar de tratarla si seguía quejándose. Cuando hablé con él sobre la necesidad de analgésicos, se mostró beligerante y me recordó que él sabía mucho más que yo acerca del dolor quirúrgico. Sugirió que quizá yo estaba cansado de tratar a mis pacientes a través de la conversación y si deseaba cambiar de especialidad con él. Me vi obligado a prescribirle a Marie una sedación *sub rosa*.

Marie se quejaba amargamente de su dolor y del doctor Z. Estaba convencida de que él la trataría mejor si aceptaba sus proposiciones sexuales, aunque estuviera con la boca y la cara palpitando de dolor. Las sesiones en la consulta del doctor Z. eran humillantes: cada vez que su ayudante abandonaba la sala, él hacía comentarios insinuantes y se las ingeniaba para rozarle los senos con las manos.

Como no hallaba manera de ayudar a Marie en esta situación, la insté a que cambiara de médico. Por lo menos, debía pedir una consulta con otro cirujano maxilofacial, y le proporcioné los nombres de profesionales excelentes. Ella aborrecía al doctor Z. y también lo que estaba pasando, pero todas mis sugerencias eran recibidas con un «pero» o un «sí, pero». Ella era de ese tipo de personas, las «sí, pero», que en nuestra profesión son denominadas

«quejicas que rechazan ayuda», y de considerable habilidad. Su «pero» en este caso se refería al hecho de que el
doctor Z. había comenzado el trabajo y que él —y solo
él— realmente sabía lo que le ocurría en la boca. Le ate-
rrorizaba la perspectiva de quedar con una deformidad
facial o bucal permanente. (Siempre preocupada por su
aspecto físico, ahora que había enviudado lo estaba más.)
Nada —ni la ira, el orgullo o el ofensivo roce de sus senos— era más importante que su recuperación funcional
y estética.

Había una importante consideración que debe añadir-
se aquí, y es que Marie había iniciado una demanda contra
la ciudad. Mientras ella bajaba del tranvía, este dio un
bandazo, provocándole la caída; como resultado de esta,
además, Marie había perdido su empleo y su situación financiera era precaria. Esperaba recibir una compensación
económica sustancial y temía enemistarse con el doctor
Z., cuyo testimonio sobre la importancia de los daños y su
sufrimiento sería esencial para ganar el juicio.

Así que Marie y el doctor Z. estaban sumidos en un
complejo baile cuyos pasos incluían un cirujano despe-
chado, una demanda por un millón de dólares, una mandíbula fracturada, varios dientes perdidos y senos toque-
teados. Fue en este extraordinario embrollo donde Mike
—del que, por supuesto, nada sabía— había dejado caer
su inocente y racional sugerencia de que Marie obtuviera
la colaboración de su médico para su dolor. Y fue entonces cuando Marie sonrió.

La segunda vez que lo hizo fue en respuesta a la pregunta de Mike, igualmente ingenua, de si le daría alimentos envenenados a su perro.

También detrás de esa sonrisa había una historia. Hacía
nueve años, Marie y Charles, su marido, tuvieron un perro, un desgarbado perro salchicha llamado Elmer. Aun-

que en realidad Charles era el dueño de Elmer y Marie odiaba los perros, con el tiempo le cogió afecto a Elmer, que durante años durmió en su cama.

Elmer envejeció, enfermó de artrosis y se volvió caprichoso, y después de la muerte de Charles exigía la atención de Marie de tal forma que quizá le estuviera haciendo un favor, ya que imponerse una tarea suele beneficiar a quienes han perdido a un ser querido y proporciona distracción en las primeras etapas del duelo. (En nuestra cultura, esa ocupación suele venir dada por los preparativos del funeral y el papeleo de los seguros médicos y legales.) Después de más o menos un año de psicoterapia, la depresión de Marie se alivió y volcó toda su energía en tratar de reconstruir su vida. Estaba convencida de que solo lograría la felicidad con una nueva pareja. Todo el resto era un preludio: otros tipos de amistad, todas las demás experiencias eran simplemente maneras de hacer tiempo hasta que su vida comenzara de nuevo con un hombre.

Pero Elmer se alzaba como una gran barrera entre Marie y su nueva vida. Estaba decidida a encontrar un hombre, pero Elmer al parecer consideraba que él era hombre suficiente para la casa. Ladraba y mordisqueaba a los extraños, sobre todo a los hombres. Se volvió perversamente incontinente: se negaba a orinar fuera de casa y esperaba a volver; entonces empapaba la alfombra de la sala. Ni los entrenamientos ni los castigos resultaban eficaces. Si Marie lo dejaba fuera, aullaba de tal manera que los vecinos, incluso a varias puertas de distancia, llamaban por teléfono para rogar o exigir que hiciera algo. Si Marie lo castigaba de alguna manera, Elmer se desquitaba orinando en las alfombras de otras habitaciones.

El olor de Elmer impregnaba la casa. Golpeaba a los visitantes en cuanto se abría la puerta de la calle y no había ventilación, champú, desodorante o perfume capaz de quitarlo. Marie no se atrevía a invitar a nadie; devolvía las atenciones invitando a comer en un restaurante. Poco a poco empezó a desesperarse.

Yo no soy un gran amante de los perros, pero este parecía peor que otros. Conocí a Elmer una vez que Marie lo trajo a la consulta: una criatura malcriada que gruñó y se lamió los genitales durante toda la hora. Quizá fue en ese momento cuando decidí que Elmer debía desaparecer. Me negué a que le arruinara la vida a Marie. O a mí.

Pero había obstáculos enormes. No se trataba de que Marie no pudiera ser resolutiva: hacía algún tiempo, una inquilina —que, según Marie, comía pescado podrido— también había llenado la casa de mal olor. Marie actuó entonces con celeridad. Siguió mi consejo de tener una confrontación directa y, cuando la inquilina se negó a alterar sus hábitos alimentarios, Marie le pidió que se mudara.

Pero con Elmer la situación era bien distinta. Había sido el perro de Charles, y un poco de su marido aún vivía con él. Marie y yo discutimos las opciones una y otra vez. El extenso y costoso tratamiento del veterinario para la incontinencia servía de poco. Las visitas de un psicólogo de mascotas y un entrenador tampoco surtieron efecto. Lenta y tristemente, Marie se dio cuenta (con mi ayuda, por supuesto) de que ella y Elmer debían separarse. Llamó a todas sus amistades para ver si alguien quería adoptar a Elmer, pero nadie era tan tonto como para quedarse con ese perro. Puso anuncios en los periódicos, pero ni siquiera la promesa de costear los gastos en alimentación sirvió de nada.

Quedaba, amenazante, la inevitable decisión. Sus hijas, sus amigas, su veterinario, todos la instaban a que sacrificara a Elmer. Y, por supuesto, entre bambalinas, yo la guiaba sutilmente a que tomara esa decisión. Por fin, Marie estuvo de acuerdo, y una mañana gris llevó a Elmer a su última visita al veterinario.

Entonces se produjo un problema en otro frente. El padre de Marie, que vivía en México, estaba tan delicado de salud que ella barajaba la idea de invitarlo a que fuera a vivir con ella. A mí me parecía una solución desaconsejable, pues Marie temía a su padre y nunca se llevó bien con él, razón por la cual mantenían poco contacto desde hacía años. De hecho, el deseo de huir de su tiranía había sido un factor importante en su decisión de emigrar a Estados Unidos dieciocho años atrás. Invitarlo a que fuera a vivir con ella respondía más a la culpa que a la preocupación o el amor. Se lo dije a Marie, y también cuestioné la conveniencia de arrancar de su contexto cultural a un hombre de ochenta años que no hablaba inglés. Finalmente, ella estuvo de acuerdo y lo organizó para que su padre fuera cuidado en una residencia en México.

¿Lo que Marie opinaba de la psiquiatría? Muchas veces bromeaba con sus amigos: «Ve a ver a un psiquiatra. Son maravillosos. Primero te dicen que desalojes a tu inquilina. Luego, que metas a tu padre en una residencia. Y, finalmente, ¡que mates a tu perro!».

Y sonrió cuando Mike se inclinó y le preguntó dulcemente si le daría veneno a su perro.

Por eso, desde mi perspectiva, las dos sonrisas de Marie no implicaban momentos de acuerdo con Mike, sino que eran sonrisas irónicas, sonrisas que decían: «Si tú supieras...». Cuando Mike le pidió que tuviera una conversación con el cirujano maxilofacial, supuse que habría pensado: «¡Hablar con el doctor Z.! ¡Menuda ocurrencia! ¡Claro que hablaré con él! Cuando me haya recuperado y haya acabado el juicio, hablaré con su mujer y con todo el mundo. ¡Haré sonar el silbato contra ese hijo de puta de tal manera que nunca dejarán de zumbarle los oídos!».

Y, por supuesto, la sonrisa ante el alimento para perros envenenado era igualmente irónica. Debió de pensar: «Ay, yo no le daría comida envenenada a menos que envejeciera y empezara a molestarme. ¡Entonces ya vería lo rápido que me ocuparía de él!».

Cuando lo discutimos en nuestra siguiente sesión, le pregunté sobre las dos sonrisas. Ella lo recordaba muy bien.

—Cuando el doctor C. me aconsejó que tuviera una larga conversación con el doctor Z. sobre mi dolor, de repente sentí mucha vergüenza. Empecé a preguntarme si usted le habría dicho algo acerca de mí y del doctor Z. Me gustó mucho el doctor C. Es atractivo, la clase de hombre que me gustaría tener en mi vida.

—¿Y la sonrisa, Marie?

—Bien, obviamente, estaba turbada. ¿Pensaría el doctor C. que soy una cualquiera? Si me pongo a pensar en ello (cosa que no hago), supongo que se reduce a un intercambio de mercancía: yo le sigo la corriente al doctor Z. y dejo que ponga sus asquerosas manos donde quiera a cambio de su ayuda en mi juicio.

—¿De manera que la sonrisa decía...?

—Mi sonrisa decía... ¿Por qué está tan interesado en mi sonrisa?

—Siga.

—Supongo que mi sonrisa decía: «Por favor, doctor C., hable de otra cosa. No me haga más preguntas sobre el doctor Z. Espero que no se entere de lo que pasa entre nosotros».

¿La segunda sonrisa? La segunda sonrisa no era, como yo pensaba, una señal irónica acerca del cuidado de su perro, sino algo completamente distinto.

—Me sentí rara cuando el doctor C. se puso a hablar del perro y el veneno. Yo sabía que usted no le había comentado nada de Elmer porque, si no, no habría elegido un perro como ejemplo.

—¿Y...?

—Bien, esto es difícil de decir. Pero, aunque no lo demuestro..., porque no soy buena dando las gracias, valoro lo que usted ha hecho por mí durante estos últimos meses. No podría haber salido adelante sin usted. Ya le he contado mi chiste sobre el psiquiatra: primero, la inquilina, después mi padre, luego el perro... A mis amigos les encanta.

—¿Entonces?

—Entonces, creo que usted ha ido más lejos que cualquier médico. Ya le dije que me costaría hablar de esto. Yo creía que los psiquiatras no daban consejos directos. ¡Quizá usted permitió que sus sentimientos personales hacia los perros y los padres lo guiaran!

—¿Y la sonrisa decía...?

—¡Por Dios, cómo insiste! La sonrisa decía: «Sí, sí, doctor C. Ya lo entiendo. Ahora, rápido, cambiemos de tema. No me haga más preguntas sobre mi perro. No quiero que el doctor Yalom se sienta mal».

Su respuesta produjo en mí sentimientos encontrados. ¿Estaba ella en lo cierto? ¿Fueron mis sentimientos personales los que afloraron? Cuanto más pensaba en ello, más convencido estaba de que no encajaba. Yo siempre le tuve mucho afecto a mi padre y hubiera aprovechado la oportunidad para invitarlo a venir a vivir conmigo. ¿Y los perros? Es verdad que Elmer no me caía simpático, pero reconozco mi falta de interés en los perros, razón por la cual tuve especial cuidado en este caso. Todas las personas que estaban al tanto de la situación le habían aconsejado que sacrificara a Elmer. Sí, yo estaba seguro de haber actuado pensando en lo que era conveniente para ella, por eso me incomodaba aceptar la defensa de mi profesionalidad por parte de Marie. Parecía parte de una conspiración, como si yo admitiera que tenía algo que esconder. También era consciente, sin embargo, de que ella había manifestado su gratitud hacia mí, y eso me hacía sentir bien.

Nuestra discusión sobre las sonrisas dejó al descubierto un material riquísimo para la terapia, de modo que dejé de lado mis especulaciones acerca de las distintas visiones de la realidad y ayudé a Marie a que explorara su autodesprecio por haber permitido al doctor Z. que se tomara ciertas libertades. Ella también examinó sus sentimientos hacia mí con mayor sinceridad que antes: su temor a la dependencia, su gratitud, su enfado.

La hipnosis la ayudó a tolerar el dolor hasta que, a los tres meses, su fractura de mandíbula se hubo soldado, el trabajo odontológico llegó a su fin y las neuralgias faciales cesaron. Su depresión mejoró y su ira fue apaciguándose. Sin embargo, a pesar de todo esto, la evolución de Marie no llegó hasta donde yo hubiera deseado. Se mantuvo orgullosa, inmune a las opiniones de los demás y a nuevas ideas. Seguimos reuniéndonos, pero cada vez teníamos menos de que hablar. Por fin, varios meses después, decidimos que nuestro trabajo había concluido. Durante los cuatro años siguientes, Marie vino a verme de vez en cuando por alguna crisis sin importancia y, después de eso, nuestros caminos dejaron de cruzarse.

El juicio duró tres años y ella tuvo que conformarse con una suma mucho menor a la esperada. Para entonces, su rabia contra el doctor Z. había disminuido y olvidó su resolución de arremeter contra él. Al final se casó con un hombre mayor, muy bueno. No sé si volvió a ser feliz. Eso sí, nunca más se fumó un cigarrillo.

EPÍLOGO

La hora de consulta de Marie es un testimonio sobre los límites de lo que se puede llegar a saber. Aunque ella, Mike y yo compartimos una hora, cada uno tuvo una experiencia distinta e impredecible. La hora fue un tríptico: cada panel reflejaba la perspectiva, los matices, las preocupaciones de su creador. Quizá si yo le hubiera dado a Mike más información sobre Marie, su panel se habría asemejado más al mío. Sin embargo, de mis cien horas con Marie, ¿qué debería haber compartido? ¿Mi irritación? ¿Mi impaciencia? ¿Mi autocompasión por estar atascado con Marie? ¿Mi placer ante su progreso? ¿Mi excitación sexual? ¿Mi curiosidad intelectual? ¿Mi deseo de cambiar su visión, de enseñarla a mirar hacia dentro, a soñar, a tener fantasías, a extender sus horizontes?

Sin embargo, aunque yo hubiera pasado horas con Mike y compartido toda esta información, no habría logrado transmitirle de forma adecuada mi experiencia con Marie. Mis impresiones sobre ella, mi placer, mi impaciencia no son precisamente iguales a otras que haya conocido. Busco las palabras, las metáforas y las analogías, pero no funcionan; a lo sumo son débiles aproximaciones de las ricas imágenes que alguna vez recorrieron mi mente.

Una serie de prismas distorsionantes bloquean el conocimiento del otro. Antes de la invención del estetoscopio, el médico escuchaba los sonidos de la vida con el oído pegado a la caja torácica del paciente. Imagínese a dos mentes apretadas entre sí y, como paramecios que intercambian micronúcleos, transfiriendo directamente imágenes mentales: eso sería una unión incomparable.

Quizá dentro de algún milenio llegue a producirse tal unión, antídoto definitivo para ese máximo azote que es la soledad. Pero ahora mismo existen barreras formidables para el acoplamiento de las mentes.

Primero, está la barrera entre imagen y lenguaje. La mente piensa en imágenes, pero para comunicarse con otra mente debe transformar la imagen en pensamiento y luego el pensamiento en lenguaje. Esa ruta —de imagen a pensamiento y de aquí a lenguaje— es traicionera. Ocurren accidentes: la rica textura aterciopelada de la imagen, su plasticidad y flexibilidad extraordinarias, sus tonos privados, nostálgicos y emotivos, todo esto se pierde cuando la imagen es transformada torpemente en lenguaje.

Los grandes artistas intentan comunicar las imágenes de forma directa mediante la sugerencia, la metáfora y toda suerte de proezas lingüísticas cuyo propósito es evocar una imagen similar en el lector. No obstante, al final se hacen cargo de lo insuficientes que son sus herramientas para la tarea. De ahí el lamento de Flaubert en *Madame Bovary*:

> Por cuanto la verdad es que la plenitud del alma puede desbordarse en una total insipidez del lenguaje, ya que ninguno de nosotros puede expresar la medida exacta de sus necesidades, pensamientos o pesares; y el lenguaje humano es como un caldero agrietado sobre el que tamborileamos ritmos burdos para que bailen los osos, mientras anhelamos hacer música capaz de derretir los astros.

Otra razón por la cual nunca podremos llegar a conocer totalmente a otra persona es porque somos selectivos acerca de lo que decidimos revelar. Marie buscó la ayuda de Mike para objetivos impersonales —controlar el dolor y dejar de fumar—, y por ello optó por revelarle muy poco de sí misma. En consecuencia, él no podía interpretar el significado de sus sonrisas. Yo sabía más sobre Marie y sus sonrisas, pero también interpreté mal su significado: lo que yo sabía de ella era solo un pequeño fragmento de lo que ella quería —y podía— decirme sobre sí misma.

Una vez trabajé en un grupo con un paciente que, durante dos años de terapia, rara vez me habló de forma directa. Un día Jay nos sorprendió a mí y a los otros miembros del grupo al anunciar («confesar», según él) que todo lo que había dicho en el grupo —su reacción a lo que decían los demás, sus autorrevelaciones, todas sus palabras airadas o afectuosas— lo había dicho pensando en cómo lo recibiría yo. Jay recapituló en el grupo las experiencias de su vida con su familia, donde anhelaba el amor de su padre, aunque nunca pudo pedirlo. En el grupo había participado en muchos dramas, pero el horizonte siempre era lo que podría obtener de mí. Aunque simulaba hablarles a otros miembros, ellos eran una pantalla a través de la cual se dirigía a mí buscando mi aprobación y mi apoyo.

En aquel instante de confesión, toda la estructura de Jay que había llegado a construirme explotó. Pensaba que lo había llegado a conocer bien una semana, un mes, seis meses antes. Pero nunca había conocido al verdadero Jay, al Jay secreto, y después de su confesión tuve que reconstruir la imagen que tenía de él y asignar nuevos significados a experiencias pasadas. Pero este nuevo Jay, esta criatura suplantada, ¿cuánto tiempo se quedaría? ¿Cuánto pasaría antes de que se acumularan nuevos secretos? ¿Cuánto tiempo antes de que revelara un nuevo estrato? Yo sabía que, proyectadas hacia al futuro, habría una cantidad infinita de Jays. Nunca alcanzaría al «verdadero».

Una tercera barrera contra el conocimiento cabal del otro reside no en el que comparte, sino en el que quiere conocer, que debe revertir la secuencia del que comparte y traducir el lenguaje de nuevo en imagen, en un guion que la mente pueda leer. Es altamente improbable que la imagen del receptor coincida con la imagen mental original del transmisor.

El error de traducción se combina con el error del sesgo. Distorsionamos a los demás al adaptarlos a nuestras ideas y modelos personales, proceso que Proust describe a la maravilla:

Cargamos el contorno físico de la criatura que vemos con todas las ideas que ya nos hemos formado sobre ella, y en el cuadro completo que componemos en la mente esas ideas ocupan, por cierto, el lugar de preferencia. A la postre terminan llenando con tal perfección la curva de las mejillas, siguiendo con tanta exactitud la línea de la nariz y combinándose con tanta armonía con el sonido de su voz que no parecen ser más que un sobre transparente, de manera tal que cada vez que vemos su rostro u oímos su voz son nuestras propias ideas de la persona las que reconocemos y las que escuchamos.

«Cada vez que vemos su rostro... son nuestras propias ideas de la persona las que reconocemos»; estas palabras son una clave para entender muchas relaciones malogradas. Dan, uno de mis pacientes, asistió a un retiro de meditación donde participó en un procedimiento denominado *treposa*, en el que dos personas se toman de la mano durante varios minutos, se miran con fijeza, meditan profundamente una sobre la otra y luego repiten el proceso con un nuevo compañero. Después de muchas interacciones de este tipo, Dan podía discriminar claramente entre sus compañeros de meditación: con algunos sentía escasa conexión, mientras que con otros sentía un fuerte vínculo, tan poderoso y apremiante que estaba convencido de haber establecido un lazo espiritual con un alma gemela.

Cada vez que Dan hablaba de estas experiencias, yo debía reprimir mi racionalidad y escepticismo: «¡Lazo espiritual! ¡Qué va! Lo que tenemos aquí, Dan, es una relación autista. Tú no conocías a la otra persona. En el sentido proustiano, cargabas a tu compañero de los atributos que tanto deseas. Te enamorabas de tu propia creación».

Nunca manifesté estos sentimientos de forma explícita, por supuesto. No creo que a Dan le hubiera gustado trabajar con alguien tan escéptico. Sin embargo, estoy seguro de que reflejé mis opiniones de manera indirecta: mediante una mirada intrigada, lo oportuno —o inoportuno— de mis comentarios o preguntas, mi fascinación por ciertos temas y mi indiferencia por otros.

Dan captó estas insinuaciones y, en su propia defensa, citó a Nietzsche, que en alguna parte dijo que cuando conoces a alguien por primera vez lo sabes todo acerca de esa persona; en encuentros posteriores, te ciegas a tu propia sabiduría. Nietzsche significa mucho para mí, y esa cita me dio que pensar. Quizá en una primera reunión tengamos la guardia baja; quizá aún no hayamos decidido qué máscara asumir. Quizá la primera impresión sea en verdad más exacta que una segunda o tercera. No obstante, eso está muy lejos de una comunión espiritual con el otro. Además, aunque Nietzsche fue un visionario en muchos campos, no era un guía para las relaciones entre las personas: ¿hubo alguna vez un hombre más solitario, más aislado?

¿Tendría razón Dan? Por medio de un canal místico, ¿habría descubierto algo vital y real sobre otra persona? ¿O simplemente había vertido sus ideas y deseos propios en otro perfil humano que encontró atractivo porque despertaba asociaciones acogedoras, amorosas, sustentadoras?

No podríamos poner a prueba la situación de *treposa* porque esos retiros de meditación por lo general siguen las reglas del «noble silencio»: no se permite hablar. Sin embargo, Dan había conocido a alguna mujer en otros contextos y, después de mirarse mutuamente, él experimentó una fusión espiritual con ella. Con raras excepciones, la unión espiritual se reveló un espejismo. Las mujeres solían sentirse desconcertadas o asustadas por la suposición de Dan de que había algún vínculo profundo entre ellos. Con frecuencia Dan tardaba mucho tiempo en darse cuenta. A veces yo me sentía cruel al confrontarlo con mi visión de la realidad.

—Dan, esta intimidad intensa que sientes hacia Diane... Quizá ella hizo alguna alusión a la posibilidad de una relación en algún momento del futuro, pero fíjate en los hechos. No devuelve tus llamadas, ha estado viviendo con un hombre y ahora que esa relación no funciona está haciendo planes para mudarse con otro. Escucha lo que ella te está diciendo.

En ocasiones, la mujer a la que Dan miraba a los ojos experimentaba el mismo vínculo espiritual profundo, y eso conducía al amor, pero a un amor que invariablemente pasaba pronto. A veces, se desvanecía poco a poco con dolor; otras, se trocaba en violentas acusaciones de celos. Muchas veces Dan, su amante o ambos terminaban deprimidos. Cualquiera que fuese la ruta que tomara el amor, el resultado final era idéntico; ninguno de los dos obtenía lo que esperaba del otro.

Estoy convencido de que, en estos primeros encuentros en que ambos estaban embobados, tanto Dan como la mujer se equivocaban con respecto a lo que uno veía en el otro. En realidad, se trataba del reflejo creado por su propia mirada herida y suplicante, que confundían por deseo y plenitud. No eran más que polluelos con las alas rotas que intentaban volar aferrándose a otro pajarillo con las alas también rotas. La persona que se siente vacía nunca cura sus heridas fusionándose con otra persona incompleta. Por el contrario, dos pájaros de alas rotas vuelan juntos torpemente. No hay paciencia suficiente que los ayude a volar y, finalmente, cada pájaro deberá ser apartado del otro, y habrá que entablillarlos por separado.

La imposibilidad de conocer al otro no solo es inherente a los problemas aquí descritos —las estructuras profundas de imagen y lenguaje, la decisión intencional y no intencio-

nal al ocultamiento que tiene la persona, los puntos ciegos
del observador—, sino también a la riqueza y complejidad
de cada ser humano. Si bien existen vastos programas de
investigación que buscan descifrar la actividad eléctrica y
bioquímica del cerebro, el flujo de experiencia de cada uno
es tan complejo que siempre superará nuestros progresos
tecnológicos.

En *El loro de Flaubert*, Julian Barnes ilustra de una bella
y caprichosa manera la inagotable complejidad de las personas. El autor se propone descubrir al verdadero Flaubert,
al hombre de carne y hueso que se esconde detrás de la
imagen pública. Frustrado por los tradicionales métodos
directos de la biografía, Barnes intenta atrapar a Flaubert
con la guardia baja y captar su esencia a través de vías indi-
rectas: discutiendo, por ejemplo, su interés por los trenes,
los animales con los que sentía afinidad o el número de
métodos (y colores) diferentes que usa para describir los
ojos de Emma Bovary.

Barnes, por supuesto, nunca capta la quintaesencia de
Flaubert hombre, y en última instancia se fija una tarea
más modesta. En las visitas que hace a los dos museos sobre
Flaubert —uno en la casa de la infancia del escritor y otro
en su residencia como adulto—, Barnes ve en ambos un
loro disecado que según cada uno de los museos es el modelo que Flaubert usó para Lulú, el loro que figura de manera prominente en «Un corazón sencillo». Esta situación
despierta los reflejos investigativos de Barnes: ¡por Dios!, si
no le es posible localizar a Flaubert, al menos determinará
cuál es el verdadero loro y cuál el impostor. La apariencia
física de los loros no ayuda: se parecen mucho entre sí;
además, ambos se ajustan a la descripción que Flaubert
realiza por escrito. Luego, en uno de los museos, el anciano guardián brinda una prueba de que su loro es el auténtico. El aro donde está posado el animal disecado tiene una

etiqueta que reza «Museo de Rouen». El guardián le muestra a Barnes la fotocopia de un recibo que indica que hace cien años Flaubert alquiló (y luego devolvió) el loro del museo municipal. Regocijado por estar al borde de la solución, el autor corre al otro museo, pero allí descubre que el loro rival tiene la misma etiqueta en su aro. Más adelante habla con el miembro más antiguo de la Société des Amis de Flaubert, quien le relata la verdadera historia de los loros. Cuando se estaban construyendo los dos museos (mucho después de la muerte de Flaubert), cada uno de los conservadores fue, por separado, al museo municipal con una copia del recibo en mano y solicitó que se le entregara el loro de Flaubert para su institución. A los dos se los condujo a una gran habitación llena de animales disecados que contenía por lo menos cincuenta loros virtualmente idénticos. «Elija usted», se le dijo a cada conservador.

La imposibilidad de descubrir al loro auténtico puso fin a la creencia de Barnes de que era posible atrapar al «verdadero» Flaubert o al «verdadero» nadie. Sin embargo, muchas personas nunca descubren el despropósito de esta empresa y siguen creyendo que, con la información suficiente, serán capaces de definir y explicar a una persona. Siempre ha habido controversias entre los psiquiatras y psicólogos acerca de la validez de un diagnóstico de personalidad. Algunos creen en los méritos de esta vía y dedican su carrera a una precisión nosológica incluso mayor. Otros, entre quienes me incluyo, se maravillan de que alguien pueda tomarse en serio el diagnóstico, e incluso que pueda considerarse algo más que un simple conjunto de síntomas y rasgos de comportamiento. No obstante, recibimos cada vez más presión (de hospitales, compañías de seguros, agencias estatales) para que etiquetemos a una persona con una frase de diagnóstico y una categoría numérica.

Incluso el sistema de nomenclatura psiquiátrica más

liberal hace daño a una persona. Si tenemos relación con alguien con la creencia de que podemos categorizarlo, no identificaremos las partes, las partes vitales que trascienden la categoría. La relación positiva siempre asume que el otro nunca podrá ser conocido totalmente. Si me viera obligado a asignar una etiqueta de diagnóstico a Marie, seguiría la fórmula prescrita en el manual de diagnóstico y estadística psiquiátricos en uso actualmente y llegaría a un preciso diagnóstico oficial de seis partes. Sin embargo, yo sé que tendría poco que ver con la Marie de carne y hueso, la Marie que siempre me sorprendió y nunca pude comprender del todo, la Marie de las dos sonrisas.

8

TRES CARTAS SIN ABRIR

—La primera carta llegó un lunes. El día empezó como cualquier otro. Pasé la mañana trabajando en un artículo, y alrededor del mediodía fui hasta el final del sendero del jardín para recoger la correspondencia; por lo general la leo mientras almuerzo. Por alguna razón, no estoy seguro de por qué, tuve la premonición de que no sería un día común y corriente. Fui hasta el buzón y... y...

Saul no pudo seguir. Se le quebró la voz. Bajó la cabeza y trató de tranquilizarse. Nunca lo había visto así. Tenía la cara abotargada por la desesperación, lo que lo hacía parecer mayor que sus sesenta y tres años; sus abultados ojos avergonzados estaban enrojecidos; la piel manchada del rostro brillaba por la transpiración.

Después de algunos minutos intentó continuar.

—Vi en el buzón que había llegado... Yo... yo no puedo seguir, no sé qué hacer...

En los tres o cuatro minutos que hacía que estaba en mi consulta se había puesto en un estado de profunda agitación. Empezó a respirar rápido, con jadeos cortos, entrecortados. Puso la cabeza entre las rodillas y contuvo el aliento, pero sin resultado. Luego se levantó de la silla y se paseó por la consulta, inspirando aire en grandes bocanadas. Con tanta hiperventilación se iba a desmayar. Deseé tener una de esas bolsas de papel marrón para que respirara dentro, pero, a falta de ese viejo remedio casero (tan bueno como cualquier otro para contrarrestar la hiperventilación), traté de calmarlo.

—Saul, no le va a pasar nada. Usted ha venido a verme en busca de ayuda, y eso es lo que sé hacer por formación. Solucionaremos esto entre los dos. He aquí lo que quiero que haga. Empiece acostándose en el diván y concéntrese en su respiración. Primero respire hondo y rápido; poco a poco iremos reduciendo el ritmo. Quiero que se centre en una sola cosa y nada más. ¿Me oye? Note que el aire que entra por su nariz siempre es más fresco que el aire que sale. Piense en ello. Pronto se dará cuenta de que, a medida que respira más despacio, el aire que exhala será más tibio aún.

Mi sugerencia resultó más efectiva de lo que había imaginado. A los pocos minutos Saul estaba relajado, su respiración era tranquila y su mirada de pánico había desaparecido.

—Ahora que se ve mejor, Saul, volvamos al trabajo. Recuerde, necesito información. No le he visto en tres años. Exactamente, ¿qué le ha pasado? Cuéntemelo todo. Quiero oír todos los detalles.

Los detalles son maravillosos. Son informativos, son sedantes, y penetran en la ansiedad del aislamiento: el paciente siente que, una vez que tiene los detalles, puede acceder a su vida. Saul optó por no darme el trasfondo, pero prosiguió con su descripción de los acontecimientos recientes, continuando su historia por donde la había dejado.

—Recogí la correspondencia y volví a casa, echando un vistazo a la pila acostumbrada de basura: publicidad, colectas de beneficencia... Entonces lo vi. Un sobre formal más grande de lo acostumbrado, de color marrón, del Instituto de Investigaciones de Estocolmo. ¡Por fin llegaba! Hacía semanas que temía recibir una carta así, y ahora que por fin la tenía no era capaz de abrirla.

Hizo una pausa.

—¿Qué pasó luego? No omita nada.

—Creo que me desplomé sobre una silla de la cocina y me quedé ahí. Luego doblé la carta y me la metí en el bolsillo trasero de los pantalones. Empecé a prepararme el almuerzo.

Otra pausa.

—Continúe. No omita nada.

—Hice dos huevos duros y me preparé una ensalada. Es curioso, pero los sándwiches de huevo duro siempre me han tranquilizado. Los como solo cuando estoy preocupado: nada de lechuga, ni tomate, ni apio o cebolla picados. Solo el huevo partido a trocitos, sal, pimienta y mayonesa en pan blanco y esponjoso.

—¿Funcionó? ¿Los sándwiches lo tranquilizaron?

—Me costó mucho trabajo prepararlos. Primero, me distrajo el sobre; las puntas salientes se me clavaban en el culo. Saqué la carta del bolsillo y me puse a jugar con ella. Ya sabe: la acerqué a la luz, sentí el peso, tratando de adivinar cuántas páginas tenía. No es que fuera a cambiar nada. Yo sabía que el mensaje sería breve... y brutal.

A pesar de mi curiosidad, decidí dejar que Saul contara la historia a su manera y a su propio ritmo.

—Siga.

—Pues me comí los sándwiches. Incluso me los comí como cuando era niño, chupando la mayonesa. Pero eso no me ayudó. Necesitaba algo más fuerte. Esta carta era demasiado devastadora. Por fin la guardé en un cajón de mi escritorio.

—¿Aún sin abrir?

—Sí, sin abrir. Aún sin abrir. ¿Por qué abrirla? Ya sé lo

que hay dentro. Leer las palabras exactas abriría más la herida.

Yo no sabía de qué estaba hablando Saul. Ni siquiera sabía nada sobre su relación con el Instituto de Estocolmo. Para entonces yo ya ardía de curiosidad, pero también sentía un perverso placer conteniéndome. Mis hijos siempre se han burlado de mí porque abro un regalo en cuanto me lo dan. Seguramente mi paciencia ese día era el indicio de que había alcanzado cierto grado de madurez. ¿Para qué tanta prisa? Saul me daría los detalles en su momento.

—La segunda carta llegó ocho días después. El sobre era idéntico al primero. Lo puse, sin abrir, encima del primero, en el mismo cajón. Pero ocultándolos no logré nada. No podía dejar de pensar en ellos, y, sin embargo, no me atrevía a pensar en ellos. ¡Ojalá nunca hubiera ido al Instituto de Estocolmo! —Suspiró.

—Continúe.

—Pasé gran parte de las dos últimas semanas soñando despierto. ¿Está seguro de que quiere oírlo todo?

—Estoy seguro. Cuénteme qué pensaba.

—Pues a veces pensaba en que estaba siendo juzgado. Comparecía ante los miembros del instituto, con sus pelucas y togas. Mi actuación era brillante. Ignoraba los consejos de mi abogado y deslumbraba a todos por la forma en que respondía a las acusaciones. Pronto quedaría claro que no tenía nada que ocultar. Eso desarmaría a los jueces. Romperían filas uno a uno y correrían para ser los primeros en felicitarme y pedirme perdón. Ese es uno de los sueños. Me hizo sentir mejor unos minutos. Los otros no eran tan buenos; eran morbosos.

—Cuéntemelos.

—A veces siento un nudo en la garganta y pienso que tengo un infarto silencioso. Esos son los síntomas: no hay dolor, solo dificultad al respirar y opresión torácica. Trato de sentirme el pulso, pero no lo encuentro. Cuando por fin siento un latido, empiezo a preguntarme si proviene de mi arteria radial o de las arteriolas diminutas de los dedos con que me aprieto la muñeca.

»Me mido un pulso de veintiséis en quince segundos. Veintiséis por cuatro es ciento cuatro por minuto. Luego me pregunto si ciento cuatro es bueno o malo. No sé si un infarto silencioso va acompañado de pulsaciones rápidas o lentas. He oído que el pulso de Björn Borg es de cincuenta.

»Luego imagino que me corto esa arteria, que alivio la presión y dejo salir la sangre. A ciento cuatro pulsaciones por minuto, ¿cuánto tardaría en sumirme en la oscuridad? Luego pienso en acelerar el pulso para que la sangre mane más rápido. ¡Podría hacer ejercicio en la bicicleta estática! En un par de minutos podría llevar mis pulsaciones a ciento veinte.

»Otras veces imagino que lleno un vaso de papel con mi sangre. Alcanzo a oír cada borbotón de sangre que salpica contra la superficie del vaso de papel. Quizá cien borbotones llenen un vaso: eso supondría unos cincuenta segundos. Luego pienso en cómo cortarme las venas. ¿Con el cuchillo de la cocina? ¿O con el pequeño, afilado, de mango negro? ¿Y con una hoja de afeitar? Pero ya no hay hojas de afeitar como las de antes; ahora son de esas que van en la maquinilla. Nunca me había percatado de la desaparición de la hoja de afeitar. Y pienso entonces que esa es la manera en que yo voy a desaparecer: sin llamar la atención. Quizá alguien en algún momento inesperado pensará en mí igual que yo pienso en la extinta cuchilla de afeitar de doble filo.

»Sin embargo, la cuchilla de afeitar no se ha extinguido del todo. Gracias a mis pensamientos, sigue viva. ¿Sabe? De los que eran adultos cuando yo era niño no queda ni uno vivo. De modo que yo, como niño, estoy muerto. Algún día, pronto, quizá en cuarenta años, no quedará nadie que me haya conocido. Entonces es cuando estaré verdaderamente muerto, cuando no exista en la memoria de nadie. Pienso mucho en que alguien muy viejo es la última persona viva que ha conocido a alguna otra persona o a un grupo de personas. Cuando ese anciano muera, todo el grupo morirá también, se desvanecerá de la memoria viviente. Me pregunto cuál será esa persona para mí. ¿La muerte de quién hará que yo muera de verdad?

Los últimos minutos Saul había estado hablando con los ojos cerrados. Los abrió de repente y me miró.

—Usted me pidió esto. ¿Quiere que siga? Es algo morboso.

—Todo, Saul. Quiero saber exactamente por lo que ha pasado.

—Una de las peores cosas es que no tenía a nadie con quien hablar ni a quien recurrir, ningún confidente ni amigo íntimo con el que me atreviera a hablar de estas cosas.

—¿Y yo?

—No sé si usted se acuerda, pero tardé quince años en tomar la decisión de verle la primera vez. No soportaba la vergüenza de venir a verle otra vez. Habíamos resuelto tan bien todo juntos que no podía soportar la idea de volver derrotado.

Yo entendía a qué se refería Saul. Habíamos trabajado juntos de manera muy productiva durante un año y medio. Tres años antes, al terminar la terapia, Saul y yo nos enorgullecíamos de los cambios efectuados. Nuestra última sesión fue una graduación feliz: solo faltaba una banda que acompañara su marcha triunfante de vuelta al mundo.

—De modo que traté de enfrentarme yo solo a la situación. Sabía lo que aquellas cartas significaban: eran mi juicio definitivo, mi apocalipsis personal. Creo que los he evitado

durante sesenta y tres años. Ahora, quizá porque he amino-
rado el paso, por mi edad, mi peso, mi enfisema..., me han
alcanzado. Siempre encontré maneras de retardar el juicio.
¿Las recuerda?

—Algunas —asentí.

—Me disculpo una y otra vez, me quedo en estado de
postración, sugiero que tengo un cáncer avanzado (esto no
ha fallado nunca). Y si nada de esto da resultado, siempre
está el pago en efectivo. Yo creo que cincuenta mil dólares
curarán toda esta catástrofe del Instituto de Estocolmo.

—¿Qué le hizo cambiar de idea? ¿Por qué decidió venir
a verme?

—Fue la tercera carta. Llegó unos diez días después de
la segunda. Puso fin a todo, a todos mis planes, a toda esperanza de escape. Creo que también puso fin a mi orgullo.
A los pocos minutos de recibirla, estaba en el teléfono con
su secretaria.

El resto ya lo sabía. Mi secretaria me habló de su llamada: «A cualquier hora que pueda verme el doctor. Sé lo
atareado que está. Sí, el martes de la próxima semana estaría bien. No es una emergencia».

Cuando mi secretaria me mencionó su segunda llamada unas horas después («No me gusta molestar al doctor,
pero me pregunto si podrá atenderme, aunque sea unos
minutos, un poquito antes»), reconocí la señal de gran desesperación de Saul y le devolví la llamada para concertar
una consulta inmediata.

Entonces procedió a resumir los acontecimientos de su
vida desde que nos vimos por última vez. Poco después de
concluir la terapia, hace unos tres años, Saul, un neurobió-
logo de gran talento, fue premiado con una gran distinción: una residencia de seis meses en el Instituto de Investigaciones de Estocolmo. Los términos de la beca eran
generosos: un estipendio de cincuenta mil dólares, sin con-

diciones de ningún tipo y total libertad para llevar a cabo sus propias investigaciones. En caso de que quisiera dar clases, podía enseñar el número de horas que quisiera, lo mismo que colaborar en otras investigaciones siempre que así lo deseara.

Cuando llegó al Instituto de Estocolmo fue recibido por el doctor K., un renombrado biólogo celular. El doctor K., que hablaba con un impecable acento de Oxford, era una presencia imponente que, sin dejarse amilanar por siete décadas y media de investigaciones en su campo, empleaba cada palmo de su metro noventa y cinco de estatura en la construcción de una de las grandes posturas del mundo. El pobre Saul tenía que estirar todo su cuerpo para alcanzar un metro sesenta y ocho centímetros. Aunque algunos encontraban divertido su anticuado dialecto de Brooklyn, Saul se acobardaba al oír su propia voz. Si bien el doctor K. no había ganado el Premio Nobel (aunque, como se sabía, había estado cerca en dos ocasiones), indudablemente estaba hecho del material del que salen los laureados. Durante treinta años Saul lo había admirado desde lejos y ahora, ante su presencia, apenas se atrevía a mirarlo a los ojos.

Cuando Saul tenía siete años sus padres murieron en un accidente de automóvil, y él fue criado por sus tíos. Desde entonces el motivo principal de su vida había sido la búsqueda incesante de un hogar, afecto y aprobación. El fracaso siempre le infligía heridas terribles, que sanaban con lentitud e intensificaban su sentimiento de insignificancia y soledad; el éxito le provocaba una euforia intensa pero evanescente.

Pero en cuanto Saul llegó al Instituto de Investigaciones de Estocolmo y fue recibido por el doctor K., se sintió extrañamente convencido de que su objetivo estaba al alcance, de que había esperanza de una paz definitiva. Nada más estrechar la poderosa mano del doctor K., Saul tuvo una visión, redentora y beatífica, de ellos dos, el doctor K. y él, trabajando juntos como colaboradores en todo.

A las pocas horas y sin el plan necesario, Saul lanzó la propuesta de que él y el doctor K. colaborasen en una revisión de la literatura mundial sobre la diferenciación de las células de los músculos. Saul propuso que escribieran una síntesis creativa e identificaran las direcciones más prometedoras para la investigación futura. El doctor K. lo escuchó, asintió con cautela y convino en reunirse dos veces por semana con Saul, que sería quien haría la investigación en la biblioteca. Saul se entregó con pasión a un proyecto que había sido concebido demasiado rápido y atesoraba sus horas de consulta con el doctor K. cuando analizaban sus progresos y buscaban pautas significativas en la dispar literatura sobre el tema.

Saul disfrutaba tanto de la relación colaborativa que no se daba cuenta de que la investigación en la biblioteca no era productiva. En consecuencia, se llevó una sorpresa cuando, dos meses después, el doctor K. expresó su decepción por el trabajo y recomendó que lo abandonaran. Saul nunca había dejado un proyecto sin finalizar en su vida, y su primera reacción fue sugerir continuarlo solo. «Yo no puedo impedírselo, por supuesto —le respondió el doctor K.—, pero lo considero desaconsejable. En cualquier caso, yo quiero desvincularme.»

Saul pensó apresuradamente que otro tipo de publicación (ampliando su bibliografía de 261 a 262 entradas) sería menos valiosa que una colaboración prolongada con el notable médico y, después de considerarlo varios días, sugirió otro proyecto. Una vez más, Saul propuso hacer el noventa y cinco por ciento del trabajo. Una vez más, el doctor K. aceptó con reservas. En los meses que le quedaban en el Instituto de Estocolmo, Saul trabajó como un poseso. Había asumido también un buen número de tareas docentes y de consulta, en las que ayudaba a colegas más jóvenes, así que dedicaba gran parte de la noche a preparar sus sesiones con el doctor K.

Al cabo de sus seis meses, el proyecto aún seguía sin terminar, pero Saul le aseguró al doctor K. que lo completaría y lo publicaría en alguna revista de prestigio. Saul estaba pensando en una revista editada por uno de sus exestudiantes, que en repetidas oportunidades le había solicitado artículos. Tres meses después, Saul completó el estudio y, después de conseguir la aprobación del doctor K., lo presentó a la revista. Once meses después, lo informaron de que el editor padecía una enfermedad crónica y habían decidido no seguir con la publicación de la revista, razón por la cual se estaba procediendo a devolver todos los artículos enviados.

Saul, que empezaba a preocuparse, envió el artículo a otra revista. Seis meses después recibió una nota de rechazo —la primera en veinticinco años— que explicaba, en consideración a la reputación de los autores, las razones por las cuales la revista no podía publicar el artículo: en los dieciocho meses anteriores se habían publicado otras tres revisiones de la misma bibliografía; y, además, informes preliminares sobre el avance de las investigaciones aparecidos en los meses recientes no apoyaban las conclusiones de Saul y el doctor K. No obstante, la revista con mucho gusto reconsideraría el artículo si era puesto al día, se alteraba el enfoque básico y se reformulaban las conclusiones y recomendaciones.

Saul no sabía qué hacer. No podía, ni quería, tener que hacer frente a la vergüenza de informar al doctor K. de que ahora, dieciocho meses después, el artículo aún no había sido aceptado para su publicación. Saul estaba seguro de que al doctor K. jamás le habían rechazado un artículo:

hasta ese momento, cuando se había unido a ese charlatán neoyorquino prepotente y de baja estatura. Saul sabía muy bien que las reseñas bibliográficas pasan de moda enseguida, sobre todo en disciplinas que progresan tan rápido como la biología celular. También poseía suficiente experiencia en comisiones editoriales para darse cuenta de que los editores de la revista estaban procediendo con cortesía: el artículo no tenía arreglo a menos que él y el doctor K. dedicaran un tiempo enorme para revisarlo. Además, sería difícil realizar una colaboración por correo internacional; una investigación cara a cara era imprescindible. El doctor K. estaba ocupado en un trabajo mucho más importante, y Saul estaba seguro de que preferiría lavarse las manos y olvidar de una vez el desagradable asunto.

Y este era el atolladero: para tomar una decisión, Saul debía contarle al doctor K. lo que había pasado, y eso era algo que no se atrevía a hacer. Como de costumbre en esta clase de situaciones, Saul no hacía nada.

Para empeorar las cosas, Saul había escrito un artículo importante sobre un tema relacionado que fue aceptado de inmediato para su publicación. En el artículo mencionaba al doctor K. por algunas de las ideas expuestas y citaba el artículo aún inédito. La revista informó a Saul de que su nueva política no autorizaba citar a nadie sin el consentimiento por escrito de la persona (para evitar el uso espurio de nombres de prestigio). Por la misma razón, tampoco podía permitir que se citara un trabajo inédito sin el consentimiento por escrito de los coautores.

Saul estaba atascado. Sin mencionar la suerte corrida por su proyecto de colaboración no podía escribirle al doctor K. y obtener su permiso para mencionarlo en su segundo artículo. Una vez más, Saul no hizo nada.

Varios meses después, su artículo (sin mencionar al doctor K. ni citar su trabajo de colaboración) fue publicado como artículo principal de una destacada revista de neurobiología.

—Y eso —dijo Saul con un gran suspiro— nos trae al presente. Me aterraba la perspectiva de la publicación de ese artículo. Sabía que el doctor K. lo leería. Sabía lo que pensaría y lo que sentiría. Sabía que, ante él y ante los ojos de toda la comunidad del Instituto de Estocolmo, se me vería como un farsante y un ladrón, o algo peor incluso. Esperaba noticias suyas, y recibí su primera carta cuatro meses después de la publicación, justo a tiempo para que el ejemplar de la revista llegara a Suecia y el doctor K. la leyera, la juzgara y pronunciara su sentencia. Justo a tiempo para que su carta me llegara a California.

Saul se detuvo aquí. Sus ojos suplicaban: «No puedo seguir. Sáqueme todo esto. Sáqueme el sufrimiento».

Aunque nunca había visto a Saul tan mal, yo estaba convencido de que podría proporcionarle ayuda rápidamente. Por lo tanto, asumí mi eficiente voz orientada a la tarea de solucionar problemas y le pregunté qué planes había hecho y qué pasos había dado. Vaciló y luego dijo que había decidido devolver el estipendio de cincuenta mil dólares al Instituto de Estocolmo. Él sabía, por nuestro trabajo anterior, que yo no aprobaba su tendencia a comprar la salida de las dificultades con dinero. Saul no me dio tiempo a responder. Siguió hablando a toda velocidad, diciendo que aún no había decidido cuál era el mejor método. Estaba considerando escribir una carta diciendo que devolvía el dinero porque no había utilizado su tiempo en el Instituto de manera productiva. Otra posibilidad era hacer una donación al Instituto de Estocolmo, donación que no parecería estar relacionada con ninguna otra cosa. Una donación así sería una jugada hábil: una póliza de seguros para acallar cualquier posibilidad de censura.

Pude ver lo incómodo que se sentía Saul al revelarme

estos planes. Sabía que yo no los aprobaría. Aborrecía causarle un disgusto a nadie y quería mi aprobación tanto como la del doctor K. Me sentí aliviado al comprobar que estaba dispuesto a compartir tanto conmigo: el único punto positivo en la sesión hasta el momento.

Por unos breves instantes ambos guardamos silencio. Saul estaba exhausto y se recostó sobre su silla. Yo también me hundí en la mía y evalué la situación. Todo esto era una pesadilla cómica, una intrincada historia en la que con cada paso que daba Saul se hundía más a causa de su ineptitud social. Sin embargo, no había nada de cómico en el aspecto de Saul: era lastimoso. Siempre restaba importancia a su dolor y temía «molestarme». Si yo multiplicaba por diez cada señal de angustia, lo tendría: su disposición a pagar cincuenta mil dólares; sus morbosas reflexiones suicidas (y había intentado suicidarse hacía cinco años); su anorexia; su insomnio; su petición de verme enseguida. Antes me había dicho que la presión sanguínea le había subido, y hacía seis años tuvo un severo ataque, casi fatal.

De manera que estaba claro que yo no debía subestimar la gravedad de la situación: Saul estaba *in extremis* y yo debía ofrecerle ayuda inmediatamente. Su reacción exagerada era totalmente irracional. Solo Dios sabía qué dirían esas cartas: era probable que se tratara de algún anuncio sin importancia, de un informe sobre una reunión científica o una nueva revista. Sin embargo, yo estaba seguro de una cosa: esas cartas, a pesar del momento en que llegaron, no eran cartas de censura ni del doctor K. ni del Instituto de Estocolmo. No había duda de que, una vez que las leyera, su aflicción desaparecería.

Antes de proceder, consideré otras opciones. ¿Estaba yo actuando de forma demasiado apresurada? ¿Qué había de mi contratransferencia? Era verdad que me sentía impaciente con Saul. «Todo esto es ridículo —quería decir una parte de mí—. ¡Váyase a su casa y lea esas malditas cartas!» Quizá yo estaba enojado porque mi terapia con él daba señales de deterioro. ¿Mi vanidad herida estaría ocasionando mi impaciencia? Si bien es cierto que ese día consideré que se estaba comportando de una manera bastante tonta, era un hombre que me caía bien. Me gustó desde el día en que lo conocí. Una de las cosas que dijo en nuestra primera reunión hizo que lo apreciara: «Pronto cumpliré cincuenta y nueve años, y algún día me gustaría poder caminar por Union Street y pasar la tarde entera mirando escaparates».

Siempre me he sentido atraído por los pacientes que se debaten con las mismas cuestiones que yo. Conozco muy bien ese deseo por pasar la tarde caminando. ¿Cuántas veces he anhelado el lujo de una tarde libre para caminar por San Francisco? Sin embargo, igual que Saul, sigo trabajando de forma compulsiva e imponiéndome un horario profesional que hace imposible esa tarde libre. Sé que a ambos nos perseguía el mismo hombre con un fusil.

Cuanto más miraba dentro de mí, más seguro estaba de que mis sentimientos positivos hacia Saul seguían intactos. A pesar de su penoso aspecto físico, sentía afecto por él. Me imaginaba protegiéndolo con mis brazos y la idea me resultaba agradable. Estaba convencido de que, aun con mi impaciencia, lo aconsejaría de la manera que más beneficiosa le resultaría.

También me di cuenta de que ser demasiado enérgico tiene sus desventajas. El terapeuta hiperactivo con frecuencia infantiliza al paciente: en términos de Martin Buber, no ayuda al otro a «desenvolverse», sino que se impone sobre él. Aun así, yo estaba convencido de que podría resolver la crisis en un par de sesiones. A la luz de esta creencia, los peligros de la hiperactividad parecían escasos.

Además (como pude apreciar más adelante desde una perspectiva más objetiva de mí mismo), Saul tuvo la mala suerte de consultarme en una etapa de mi carrera profesional en la que me sentía impaciente y resolutivo, e insistía en que los pacientes hicieran frente de inmediato a lo que sentían acerca de todo, incluso la muerte (aunque los matara). Saul me llamó aproximadamente por las mismas fechas en que yo estaba tratando de dinamitar la obsesión amorosa de Thelma (véase «El verdugo del amor»). También era el periodo en que instaba a Marvin a reconocer que su preocupación sexual en realidad era una ansiedad de muerte desviada (véase «En busca del soñador»), y fastidiaba imprudentemente a Dave para que entendiera que su apego a unas viejas cartas de amor era un intento fútil por negar la decadencia física y el envejecimiento («No vayas mansamente»).

Así que, para bien o para mal, decidí centrarme en las cartas y conseguir que las abriera en una sesión, o a lo sumo en dos. Durante aquellos años yo dirigía grupos de terapia integrados por pacientes hospitalizados cuya estancia en el hospital era por lo general breve. Como solo los tenía durante unas pocas sesiones, adquirí experiencia en ayudar a los pacientes a que formularan rápidamente una agenda apropiada y realista de sus objetivos terapéuticos y en centrarnos en cumplirla con eficiencia. Utilicé esas técnicas en mi sesión con Saul.

—Saul, ¿cómo cree que puedo ayudarle hoy? ¿Qué es lo que usted más querría que yo hiciera?

—Sé que estaré bien dentro de algunos días. Ahora no estoy pensando con claridad. Debería haberle escrito al doctor K. inmediatamente. Estoy preparando una carta en que le explico, paso a paso, todos los detalles de lo ocurrido.

—¿Su plan es enviarle esa carta antes de abrir las otras tres? —No soportaba la idea de que Saul arruinara su carrera con un proceder estúpido. Solo podía imaginar la perplejidad reflejada en el rostro del doctor K. al leer la larga carta de Saul defendiéndose contra acusaciones que K. no le había hecho.

—Cuando pienso qué hacer, muchas veces oigo su voz haciéndome preguntas racionales. Después de todo, ¿qué me puede hacer ese hombre? ¿Una persona como el doctor K. sería capaz de escribir una carta a la revista denigrándome? Nunca se rebajaría a hacer tal cosa. Se ensuciaría a sí mismo tanto como a mí. Sí, puedo oír las preguntas que me haría usted. Pero debe recordar que no estoy pensando de manera completamente lógica.

Había un reproche velado pero inconfundible en estas palabras. Saul siempre había sido una persona que buscaba congraciarse con los demás, y gran parte de nuestra terapia anterior se había centrado en el significado y corrección de este rasgo. De modo que me agradó que pudiera adoptar una postura más enérgica hacia mí. Pero también me disgustó que tuviera que recordarme que la gente angustiada no piensa necesariamente de una forma lógica.

—Muy bien, hábleme de su escenario ilógico.

¡Maldición!, pensé, eso no me salió bien. Había cierta condescendencia que yo no sentía. Pero antes de que tuviera tiempo de modificar mi respuesta, Saul ya había empezado a contestarme. Por lo general en la terapia me aseguraría de volver y analizar esta breve secuencia, pero ese día no había tiempo para sutilezas.

—Quizá abandone la ciencia. Hace unos años tuve una fuerte jaqueca y el neurólogo me envió a que me hiciera una radiografía, pues, aunque se trataba de una migraña, dijo que había una pequeña posibilidad de que se tratara de un tumor. Mi reacción entonces fue que mi tía estaba en lo cierto: sí que había algo que no iba bien en mí. Cuando tenía unos ocho años, yo sentía que ella había perdido su confianza en mí y que no le habría importado que me pasara algo malo.

Por nuestro trabajo de hacía tres años, yo sabía que su tía, que lo había criado tras la muerte de sus padres, era una mujer amargada y rencorosa.

—Si era verdad que ella tenía tan pobre opinión de usted, ¿lo hubiera presionado tanto para que se casara con su hija?

—Eso sucedió solo cuando su hija llegó a los treinta años. No había destino peor que una hija solterona, ni siquiera el tenerme como yerno.

¡Despierta! ¿Qué estoy haciendo? Saul estaba compartiendo conmigo su escenario ilógico, justo lo que le pedí, y yo me estaba perdiendo en él como un verdadero idiota. ¡Concéntrate!

—Saul, ¿en qué tiempo está? Ubíquese en el futuro. Dentro de un mes, ¿habrá abierto esas tres cartas?

—Sí, sin ninguna duda.

Bien, pensé, eso era algo. Más de lo que yo esperaba. Volví a la carga.

—¿Abrirá las cartas antes de enviar la suya al doctor K.? Como usted dice, estoy procediendo de una manera racional, pero uno de los dos debe hacerlo. —Saul ni siquiera esbozó una sonrisa. Había desaparecido todo su sentido del humor. Yo debía dejar de hablar con ironía. No podía conectar con él de esa manera—. Sería racional leerlas primero.

—No estoy seguro. No lo sé. Lo que sé es que, durante los seis meses que estuve en el Instituto de Estocolmo, solo descansé tres días. Trabajaba sábados y domingos. En varias ocasiones rechacé invitaciones sociales, algunas incluso del doctor K., porque no quería salir de la biblioteca.

Está aprovechando cualquier cosa para apartarse del tema, pensé. No hace más que arrojarme pequeñeces tentadoras. ¡Concentrémonos!

—¿Qué le parece, abrirá las tres cartas antes de devolver los cincuenta mil dólares?

—No estoy seguro de si hacerlo o no.

Pensé que era muy probable que ya hubiera enviado el dinero, en cuyo caso se vería atrapado en una maraña de mentiras conmigo que harían peligrar nuestro trabajo. Debía averiguar la verdad.

—Saul, debemos empezar en el mismo plano de confianza que tuvimos antes. Dígame, por favor, ¿envió ya ese dinero?

—Todavía no. Pero seré franco con usted: es algo que tiene mucho sentido, y es probable que lo haga. Primero debo vender algunas acciones para reunir todo ese dinero.

—Bien, he aquí lo que pienso. Parece claro que la razón por la que ha venido a verme es para que le ayude a abrir esas cartas. —Estaba siendo un tanto manipulador, porque eso era algo que él no había dicho—. Los dos sabemos que, con el tiempo, sin duda el mes próximo, las abrirá. —Más manipulación: yo quería transformar la confusión de Saul en una toma firme de decisión—. Los dos sabemos también, y me estoy dirigiendo a su parte racional, que sería una imprudencia tomar decisiones irreversibles antes de abrir las cartas. Al parecer, las verdaderas preguntas son ¿cuándo las abrirá? y ¿cómo puedo ayudarle mejor?

—Debería abrirlas. Pero no estoy seguro. No lo sé, la verdad.

—¿Es que quizá quiere traerlas aquí y abrirlas en la consulta?

¿Estaba actuando ahora en beneficio de Saul o me estaba dejando llevar por mi voyerismo, un poco como quien ve por televisión cómo abren la caja fuerte de Al Capone o la del Titanic?

—Podría traerlas y abrirlas aquí con usted para que se

haga cargo de mí si me desmayo. Pero no quiero. Quiero proceder de una manera adulta.

Touché! No había forma de discutir eso. La asertividad de Saul aquel día era impresionante. Yo no había previsto tal tenacidad. Ojalá no hiciera gala de ella para defender su tonta actitud frente a las cartas. Saul estaba explorando la situación de verdad, pero yo insistí, a pesar de que empezaba a cuestionar mi elección de un enfoque directo.

—¿O prefiere que le visite en su casa y le ayude a abrirlas allí? —Sospeché que iba a arrepentirme de esta burda presión, pero no podía detenerme—. ¿O de alguna otra manera? Si pudiéramos planear nuestro tiempo juntos, ¿cuál sería mi mejor manera de ayudarle?

Saul no se amilanó.

—De verdad que no lo sé.

Como ya nos habíamos pasado quince minutos y yo tenía otro paciente esperando, también en crisis, tuve que terminar la sesión, aunque a regañadientes. Me quedé tan preocupado por Saul (y mi elección de estrategia) que quería verlo otra vez al día siguiente. Pero no tenía ninguna hora libre, así que nos citamos para dos días después.

Durante mi reunión con el siguiente paciente, me costó sacarme a Saul de la cabeza. Me sorprendía la resistencia que había demostrado. Una y otra vez me di contra un muro de hormigón. Nada parecido al Saul que había conocido, una persona patológicamente tan complaciente que muchas personas se habían aprovechado de él. Después del divorcio, dos exesposas consiguieron arreglos monetarios generosos que él no trató de discutir. (Saul se sentía tan indefenso frente a las exigencias de los demás que había optado por permanecer soltero estos últimos veinte años.) De una manera rutinaria, los estudiantes le pedían favores extravagantes. Habitualmente él cobraba sus servicios pro-

282 VERDUGO DEL AMOR

fesionales de consultoría por debajo de la tarifa estándar (y siempre le pagaban mal).

En cierto sentido, yo también había explotado este rasgo de Saul (por su propio bien, me decía a mí mismo); para complacerme, él había empezado a cobrar un precio justo por sus servicios y a rechazar muchas peticiones que no le interesaban. El cambio en su comportamiento (aunque concebido a partir de un deseo neurótico de obtener y retener mi afecto) inició una espiral de adaptación y ocasionó muchos otros cambios saludables. Intenté el mismo enfoque con las cartas, esperando que Saul, a petición mía, las abriera de inmediato. Pero, obviamente, erré en mis cálculos. En alguna parte Saul había hallado la fuerza para enfrentarse a mí. Yo me habría alegrado de su nuevo poder... si la causa a la que servía no fuera tan autodestructiva.

Saul no acudió a su siguiente cita. Unos treinta minutos antes de la hora, llamó a mi secretaria para informarme de que había tenido un tirón en la espalda y era incapaz de levantarse. Yo lo llamé enseguida, pero me saltó el contestador. Le dejé el mensaje de que me llamara, pero pasaron varias horas sin noticias. Volví a telefonear y dejé otro mensaje, este irresistible para los pacientes: que me llamara porque tenía algo muy importante que decirle.

Cuando Saul me llamó esa noche, me alarmó el tono sombrío y distante de su voz. Yo sabía que no tenía nada en la espalda (muchas veces eludía una confrontación desagradable fingiendo estar enfermo), y él sabía que yo lo sabía; pero el tono tajante de su voz me dio la señal inconfundible de que yo ya no tenía derecho para comentar nada. ¿Qué hacer? Me sentí inquieto. Me preocupaba la posibilidad de una decisión apresurada por su parte. Me preocupaba el suicidio. No, yo no le permitiría que todo terminara allí. Lo obligaría a verme mediante alguna trampa. Odiaba proceder así, pero no veía ninguna otra manera.

—Saul, creo que no aprecié en su justa medida el dolor que tenía y ejercí demasiada presión para que abriera las cartas. Tengo una idea mejor de lo que debemos hacer. Pero hay algo seguro: este no es momento para que usted falte a la sesión. Hasta que usted se sienta mejor, le propongo visitarle en su casa.

Saul vaciló, por supuesto, y planteó mil objeciones, objeciones predecibles: él no era mi único paciente, yo estaba demasiado atareado, él ya se sentía mejor, no se trataba de una emergencia, pronto podría ir a mi consulta... Pero yo era tan tenaz como él y no me dejé disuadir. Por fin, aceptó recibirme la tarde siguiente a primera hora.

De camino a la casa de Saul al día siguiente me sentía animado. Volvía a desempeñar un rol que casi había olvidado por completo, pues hacía mucho que no visitaba a un paciente en su casa. Pensé en mis días de estudiante de Medicina, en mi ronda de visitas en el sur de Boston, en la cara de pacientes con los que había perdido todo contacto, en los olores de las viviendas pobres de los irlandeses: a col, humedad, cerveza rancia, orinales, carne algo pasada ya. Me acordé de un paciente al que visitaba regularmente, un diabético a quien le habían amputado las dos piernas. Siempre me hacía una pregunta sobre algún asunto que acababa de leer en el periódico esa mañana: «¿Qué verdura tiene el mayor contenido de azúcar? ¡La cebolla! ¿No lo sabía? ¿Qué les enseñan hoy en día en la facultad?».

Estaba pensando si sería verdad lo del contenido de azúcar de las cebollas cuando llegué a la casa de Saul. La puerta de la calle estaba entreabierta, tal y como me había dicho. No le pregunté quién la dejaría entreabierta si él no podía moverse de la cama. Como era mejor que Saul me mintiera lo menos posible, le hice pocas preguntas sobre su espalda o acerca de quién lo cuidaba. Sabía que tenía una hija casada que vivía cerca; en algún momento sugerí como de pasada que suponía que ella lo estaría cuidando.

El dormitorio de Saul era espartano: paredes desnudas de estuco, suelo de madera, ningún toque decorativo, nada de retratos de familia, ninguna traza de sentido estético (o de la presencia de una mujer). Estaba inmóvil, tumbado boca arriba en la cama. No mostró mucho interés en el nuevo plan de tratamiento que le había mencionado por teléfono; de hecho, parecía tan distante que decidí que lo primero que debía hacer era ocuparme de nuestra relación.

—Saul, el martes me sentía, con respecto a las cartas, de la forma que creo debe de sentirse un cirujano con respecto a un absceso peligroso.

En el pasado, Saul había sido muy sensible a las analogías quirúrgicas, con las cuales estaba familiarizado desde la Facultad de Medicina (a la que había asistido antes de decidirse por la investigación). Además, su hijo era cirujano.

—Yo estaba convencido de que había que hacer una incisión y drenar el absceso, y que lo que yo debía hacer era convencerle para que me permitiera hacerlo. Pero quizá me precipité, quizá el absceso aún no estaba maduro. Quizá podamos intentar el equivalente psiquiátrico de calor y antibióticos sistémicos. Por ahora, dejemos la apertura de las cartas fuera de nuestra discusión. Está claro que usted las abrirá cuando esté listo. —Hice una pausa, resistiéndome a la tentación de referirme a un plazo de un mes como si él se hubiera comprometido formalmente. Este no era el momento para manipulaciones. Saul se daría cuenta de mi astucia. En lugar de responderme, Saul permaneció inmóvil, la mirada desviada—. ¿De acuerdo?

Asintió mecánicamente.

—He estado pensando en usted estos últimos dos días —seguí diciendo. ¡Ahora estaba echando mano a mi repertorio de recursos cautivadores! El comentario de que el terapeuta ha estado pensando en su paciente fuera de su hora de consulta nunca deja de galvanizar la atención de este. Sin embargo, no había ni el menor chispazo de interés en los ojos de Saul. Ahora yo volvía a estar preocupado, pero decidí no hacer alusión a su ensimismamiento. En cambio, busqué una manera de conectar con él—. Ambos estamos de acuerdo en que su reacción al doctor K. ha sido excesiva. Me recuerda su sensación de que no pertenece a ninguna parte. Pienso en que su tía solía decirle con frecuencia la suerte que tuvo de que ella decidiera cuidarle, en vez de ponerle en un orfanato.

—¿Le dije alguna vez que ella nunca me adoptó? —De repente, Saul estaba otra vez conmigo. No, en realidad no. Ahora estábamos hablando juntos, pero de forma paralela, no cara a cara—. Cuando sus dos hijas estaban enfermas, llamaba al médico para que las visitara. Cuando yo estaba enfermo, me llevaba al hospital público y gritaba: «¡Este huérfano necesita atención médica!».

Me pregunté si Saul se daría cuenta de que, por fin, a los sesenta y tres años, había conseguido que el médico lo visitara en su casa.

—De modo que usted nunca perteneció a ninguna parte, nunca se sintió verdaderamente «en casa». Me acuerdo de lo que me dijo de su cama en la casa de su tía, ese sofá cama que abría todas las noches en la sala de estar.

—El último en irse a dormir, el primero en levantarse. No podía abrir la cama hasta que todos se iban por la noche, y por la mañana debía levantarme y plegarla antes de que se levantasen los demás.

Tomé mayor conciencia de su dormitorio, tan austero como la habitación de un hotelucho de segunda clase, y pensé en la descripción que había leído de la celda desnuda, de paredes blanqueadas, de Wittgenstein en Cambridge. Era

como si Saul todavía no tuviera dormitorio, un cuarto propio indiscutidamente suyo.

—Me pregunto si el doctor K. y el Instituto de Estocolmo no representan un verdadero refugio. Por fin usted encontró su lugar al que pertenecer, el hogar y quizá el padre
que buscaba.

—Quizá usted tenga razón, doctor.

Pero no importaba que la tuviera o no. Tampoco si
Saul estaba siendo meramente cortés. Estábamos hablando, y eso era lo importante. Me sentía más tranquilo: estábamos costeando tierras conocidas.

—Hace un par de semanas vi un libro en una librería
sobre «el síndrome del impostor» —siguió diciendo Saul—.
Me viene como anillo al dedo. Yo siempre me he visto a mí
mismo representando un papel, siempre me he sentido un
farsante, siempre he temido que me descubrieran.

Esto era algo rutinario. Habíamos trabajado sobre este
material muchas veces, y no me molesté en corregir su au-
torreproche. No tenía sentido. Lo había hecho a menudo
en el pasado y él siempre tenía una respuesta preparada
para todo. («Usted ha tenido una carrera académica exitosa», «En una universidad de segunda y un departamento de
tercera»; «¿Doscientas sesenta y tres publicaciones?», «Hace
cuarenta y dos años que publico: no son más que seis por
año. Además, la mayoría no tienen más de tres páginas.
Muchas veces he escrito el mismo artículo de cinco formas
distintas. Además, el total incluye resúmenes, comentarios
bibliográficos y capítulos...: nada demasiado original.») En
cambio, dije (y pude hacerlo con un tono de autoridad,
pues estaba hablando tanto de mí mismo como de él):

—Eso quería decir usted con que estas cartas le han estado persiguiendo toda la vida. No importa lo que haya
logrado, no importa que haya trabajado como tres hombres a la vez, siempre ha temido un juicio inminente y que-

dar en evidencia. ¿Cómo podría liberarle de ese pensamiento? ¿Cómo ayudarle a ver que se trata de una culpa sin crimen?

—Mi crimen es fingir ser lo que no soy. No he hecho nada importante en mi especialidad. Yo lo sé, el doctor K. lo sabe ahora, y si usted supiera algo de neurobiología también lo sabría. Nadie está en posición de hacer un mejor juicio de mi obra que yo mismo.

«Yo mismo»... Había mucho que discutir ahí: ese uso que estaba haciendo del pronombre en primera persona daba mucho juego. Después me di cuenta de lo crítico que me volvía cada vez que Saul se ponía peleón. Afortunadamente, me guardé todo esto para mí, donde también debería haber guardado mi siguiente comentario:

—Saul, si es tan malo como dice y si, como repite, carece de cualidades y de toda facultad mental analítica, ¿por qué piensa que su juicio sobre usted mismo es impecable y más allá de todo reproche?

No hubo respuesta. En el pasado los ojos de Saul habrían sonreído y se habrían encontrado con los míos, pero hoy no estaba de humor para juegos de palabras.

Terminé la sesión estableciendo un contrato. Acepté ayudarlo de todas las maneras posibles, acompañarlo hasta que saliera de esta crisis, visitarlo en su casa mientras fuera necesario. A cambio, le pedí que se comprometiera a no tomar ninguna decisión irreversible. Explícitamente le arranqué la promesa de no hacerse daño, de no escribirle al doctor K. (sin consultarlo antes conmigo) y de no devolver el dinero de la beca al Instituto de Estocolmo.

El contrato de no suicidio (un contrato escrito u oral por el que el paciente se compromete a llamar al terapeuta cuando se siente autodestructivo de una manera peligrosa, y el terapeuta amenaza con poner punto final a la terapia si el paciente viola el contrato con un intento de suicidio) siempre me ha parecido absurdo («Si usted se mata, no le trataré más»). No obstante, puede resultar notablemente efectivo, y yo me sentí bien por haber suscrito uno con Saul. Las visitas a domicilio también tenían su utilidad: aunque inconvenientes para mí, ponían a Saul en deuda conmigo e incrementaban el poder del contrato.

La siguiente sesión, dos días después, se desarrolló de manera similar. Saul se sentía fuertemente motivado para enviar los cincuenta mil dólares, y yo seguía firme en mi oposición a ese plan y exploré su tendencia a escapar de los problemas a través del dinero.

Me dio una descripción escalofriante de su primer contacto con el dinero. Entre los diez y los diecisiete años vendió periódicos en Brooklyn. Su tío, un hombre vulgar y brusco a quien Saul raras veces mencionaba, le consiguió un espacio cerca de la entrada del metro; lo llevaba allí todas las mañanas a las cinco y media, y tres horas más tarde iba a buscarlo para llevarlo a la escuela. No importaba que Saul llegara invariablemente diez o quince minutos tarde y comenzara su jornada escolar con una reprimenda.

Aunque durante esos siete años Saul le entregó a su tía hasta el último centavo de sus ganancias, nunca sintió que aportara lo suficiente y empezó a ponerse metas inalcanzables respecto a la cantidad que debía obtener cada día. Cuando no llegaba a cumplir sus objetivos se castigaba negándose parte de la cena o toda ella. Con ese fin aprendió a masticar despacio, a poner la comida en un costado de la boca o a colocarla de tal manera en el plato que pareciese que ya casi se la había comido toda. A veces se veía obligado a tragar debido a que su tío o su tía lo miraban (no porque creyera que les interesaba su nutrición), pero había aprendido a vomitar en el baño sin hacer ruido después de las comidas. En última instancia, al igual que en el pasado había intentado comprar su ingreso en la familia, ahora trataba de obtener un lugar seguro a la mesa del doctor K. y del Instituto de Estocolmo.

—Mis hijos no necesitan dinero. Mi hijo gana dos mil dólares por un *bypass* coronario, y muchas veces hace dos por día. Y el marido de mi hija tiene un salario de seis cifras. Yo prefiero darle dinero al Instituto de Estocolmo antes que me lo arrebate más tarde una de mis exesposas. He decidido hacer una donación de cincuenta mil dólares. ¿Por qué no? Puedo darme ese lujo. Recibo más dinero del seguro social y de mi jubilación universitaria del que necesito para vivir. Lo haré de forma anónima. Puedo guardar el giro postal y, si sucede algo, siempre puedo probar que devolví el dinero. Si no resulta necesario, siempre estará bien. Es para una buena causa. La mejor que conozco.

—No se trata de la decisión en sí, sino de cómo y cuándo se hace. Eso es lo importante. Existe una diferencia entre querer hacer algo y tener que hacerlo (para eludir algún peligro). Yo creo que usted está actuando dentro del «tener que hacerlo». Si donar cincuenta mil dólares es una buena idea, seguirá siéndolo dentro de un mes. Créame, Saul, lo mejor es no tomar decisiones irreversibles cuando está bajo una gran tensión y no funciona de manera enteramente racional, como usted mismo me ha señalado. Solo le pido tiempo, Saul. Retrase la donación por ahora hasta que haya pasado la crisis, hasta que haya abierto las cartas.

Una vez más, asintió. Y una vez más empecé a sospechar que ya había enviado los cincuenta mil dólares y no me lo quería decir. No sería raro en él. En el pasado le costaba tanto compartir una información que lo turbaba que establecí un periodo de quince minutos, al final de cada sesión, como «tiempo de los secretos». Entonces le pedía explícitamente que compartiera los secretos que había guardado durante la hora de terapia.

Saul y yo procedimos de esta manera durante varias sesiones. Yo llegaba a su casa temprano por la mañana, entraba sin que nadie me abriera por la puerta misteriosamente entreabierta y conducía la terapia sentado junto a la cama de Saul. Él estaba postrado por un mal que ambos sabíamos que era ficticio, pero el trabajo, aun así, parecía ir bien. Aunque yo me sentía menos comprometido con él que en el pasado, hacía lo que los terapeutas deben hacer, según la tradición: arrojaba luz sobre algunos patrones de conducta y sus significados; ayudaba a Saul a entender por qué las cartas le daban tanto miedo, explicándole que no solo representaban una desgracia profesional, sino que también simbolizaban su búsqueda de aceptación y aprobación de toda una vida. Era una búsqueda tan frenética, y su necesidad tan urgente, que estaba destruyéndose a sí mismo. Por ejemplo, si no hubiera estado tan desesperado por la aprobación del doctor K., habría evitado el problema haciendo lo que hace todo colaborador: mantener informado al coautor sobre las novedades referidas al trabajo en conjunto.

Estudiamos la evolución de estos patrones de conducta. Ciertas escenas (el niño que era siempre «el último en acostarse, el primero en levantarse»; el adolescente que no tragaba la comida si no había vendido suficientes periódicos; la tía que gritaba: «¡Este huérfano necesita atención médica!») eran imágenes condensadas —*épistémès*, las llamaba Foucault— que representaban de forma cristalina las pautas de toda una vida.

Pero Saul no reaccionaba ante la terapia convencionalmente correcta y se hundía cada vez más en la desesperación. No expresaba emoción alguna, su rostro parecía inerte, daba cada vez menos información y había perdido el humor y el sentido de proporción. Su desprecio a sí mismo había adquirido dimensiones gargantuescas. Por ejemplo, durante una hora en que yo estaba recordándole el número de clases que había impartido gratuitamente a los investigadores jóvenes del Instituto de Estocolmo, me dijo que no había hecho más que retrasar sus avances en veinte años. Yo me estaba mirando las uñas mientras él hablaba, y sonreí al levantar la vista, esperando ver una expresión irónica y juguetona en su cara, pero me quedé helado al ver que hablaba en serio.

Cada vez con mayor frecuencia divagaba interminablemente acerca de las ideas que había robado para sus investigaciones, las vidas que había arruinado, los matrimonios que había destruido, los estudiantes a los que había suspendido (o aprobado) injustamente. Todo esto era evidencia de una ominosa grandiosidad que, a su vez, ocultaba una sensación más profunda de su falta de méritos e insignificancia. Durante esta discusión recordé a uno de los primeros pacientes que me asignaron durante mi residencia, un granjero psicótico de cara colorada y pelo pajizo que insistía en que él había desatado la Tercera Guerra Mundial. No pensaba en ese granjero —cuyo nombre había olvidado— desde hacía treinta años. El hecho de que el comportamiento de Saul me lo recordara era una señal portentosa de diagnóstico.

Saul tenía una severa anorexia. Empezó a perder peso rápidamente, su insomnio se agudizó y su mente era presa de fantasías autodestructivas. Estaba cruzando ahora el límite crítico que separa a la persona preocupada, angustiada o que sufre de la psicótica. Las señales inquietantes se multiplicaban rápidamente en nuestra relación. Iba perdiendo sus cualidades humanas. Saul y yo ya no nos relacionábamos ni como amigos ni como aliados. Dejamos de sonreírnos o de tocarnos, física o psicológicamente.

Empecé casi a cosificarlo: Saul ya no era una persona deprimida, sino una «depresión»; específicamente, según el *Manual diagnóstico y estadístico de desórdenes mentales*, una depresión mayor, de un severo tipo melancólico recurrente, con apatía, retraso psicomotor, pérdida de energía y apetito, con trastornos del sueño, pérdida de ideas de referencia, y nociones paranoides y suicidas. Empecé a preguntarme qué medicación suministrarle y dónde hospitalizarlo.

Nunca me ha gustado trabajar con los que cruzan la frontera de la psicosis. Más que nada, otorgo un gran valor a la presencia del terapeuta y su compromiso con el proceso de la terapia, pero noté que la relación entre Saul y yo estaba cargada de ocultamiento, tanto por mi parte como por la de él. Yo era su cómplice en la ficción de su enfermedad. Si de verdad estaba confinado a la cama, ¿quién lo ayudaba? ¿Quién le daba de comer? Pero yo nunca se lo pregunté, porque eso lo hubiera alejado más aún. Parecía mejor actuar sin consultarle e informar a sus hijos sobre su estado. No sabía qué hacer con respecto a los cincuenta mil dólares. Si Saul ya había enviado el dinero al Instituto de Estocolmo, ¿no debía yo aconsejarles que devolvieran la donación? ¿O al menos retenerla temporalmente? ¿Tenía yo derecho a hacer tal cosa? ¿O la responsabilidad? ¿Sería una negligencia ética o profesional no hacerlo?

Seguía pensando con frecuencia en las cartas (aunque el estado de Saul se había agravado tanto que tenía menos confianza en la analogía quirúrgica de poder «drenar el absceso»). Mientras recorría el espacio de la casa de Saul hasta llegar al dormitorio, miraba a mi alrededor para tratar de localizar el escritorio donde estarían escondidas las cartas. ¿No debía sacarme los zapatos y caminar de puntillas —todos los terapeutas tienen algo de detectives— hasta encontrarlas, abrirlas y enfrentar a Saul con el contenido para devolverle la cordura?

Recordé que, a los ocho o nueve años, me salió un ganglio enorme en la muñeca. El bondadoso médico de la familia me sostuvo la mano con suavidad mientras lo examinaba, hasta que, de repente, con un pesado libro que tenía en la otra mano, me dio un golpe en la muñeca que reventó el ganglio. En un cegador instante de dolor el tratamiento había concluido, lo que evitó un complicado procedimiento quirúrgico. ¿Hay algún lugar en la psiquiatría para tal despotismo benévolo? Los resultados fueron excelentes y me curé, pero pasaron muchos años antes de que me atreviera a estrecharle la mano al médico.

Mi viejo maestro, John Whitehorn, me enseñó que uno puede diagnosticar «psicosis» por el carácter de la relación terapéutica: el paciente debe ser considerado «psicótico» si el terapeuta ya no tiene la sensación de que él y el paciente son aliados que trabajan juntos para mejorar la salud mental del paciente. Según ese criterio, Saul era un psicótico. Mi tarea ya no era ayudarlo a abrir esas tres cartas, o imponerme y conseguir que diera un paseo al mediodía, sino mantenerlo fuera del hospital e impedir que se destruyera a sí mismo.

Tal era mi dilema cuando ocurrió lo inesperado. La noche anterior a una de mis visitas recibí un mensaje de Saul: su espalda estaba mejor, podía caminar, por lo que vendría él a mi consulta para la sesión. Unos pocos segundos después de verlo, antes de que él dijera ni una palabra, me di cuenta de que había cambiado profundamente: el viejo Saul estaba otra vez conmigo. Atrás quedaba el hombre desesperado que había perdido su humanidad, su risa, su propia conciencia. Durante semanas había estado encerrado en una psicosis, y yo había tratado inútilmente de agrietar sus ventanas y paredes. Ahora, inesperadamente, había salido y se reencontraba conmigo con despreocupación.

Solo una cosa pudo haber hecho esto: ¡las cartas!

Saul no me mantuvo en vilo mucho tiempo. El día anterior había recibido una llamada telefónica de un colega para pedirle que mirara una solicitud de subvención. Durante la conversación el amigo le preguntó, como de pasada, si había oído la noticia sobre el doctor K. Lleno de aprehensión, Saul le respondió que había estado enfermo y casi sin contacto con nadie durante las últimas semanas. Su colega le dijo que el doctor K. había muerto de repente de una embolia pulmonar, y procedió a describirle las circunstancias en torno a su muerte. Saul apenas podía contenerse para no interrumpirlo y exclamar: «¡No me importa quién estaba con él, cómo murió, si lo enterraron o quién habló en el entierro! ¡No me importa nada de esto! ¡Dime solo cuándo murió!». Finalmente, Saul pudo obtener la fecha exacta de la muerte y, gracias a una aritmética rápida, estableció que el doctor K. debió de morir antes de que pudiera llegarle la revista, por lo que no pudo haber leído el artículo de Saul. ¡No había sido descubierto, entonces! Las cartas perdieron su carácter terrorífico al instante. Fue a buscarlas y las abrió.

La primera carta era de un becario posdoctoral del Instituto de Estocolmo que pedía a Saul que le escribiera una carta en apoyo de su solicitud para un puesto como docente en una universidad de Estados Unidos.

La segunda carta anunciaba simplemente la muerte del doctor K. y la fecha del entierro. Había sido enviada a todos los becarios y profesores del Instituto de Investigaciones de Estocolmo, tanto en el presente como en el pasado.

La tercera carta era una breve nota de la viuda del doctor K. en la que le decía que suponía que se había enterado de la muerte de su marido. El doctor K. siempre había hablado muy bien de Saul, y ella sabía que a él le habría gustado que le enviara esa carta sin terminar que había dejado en su escritorio. Saul me entregó la breve nota del doctor K., escrita a mano:

> *Estimado profesor C.:*
> *Estoy planeando un viaje a Estados Unidos, el primero en doce años. Me gustaría incluir California en mi itinerario, siempre que usted esté y quiera recibirme. Echo mucho de menos nuestras charlas. Como siempre, me siento aislado aquí. El compañerismo profesional es raro en el Instituto de Estocolmo. Ambos sabemos que nuestra empresa de colaboración puede no haber sido nuestro mejor trabajo, pero para mí lo importante fue que me proporcionó la oportunidad de conocerle personalmente después de conocer y respetar su obra durante treinta años.*
> *Otra petición...*

Aquí la carta se interrumpía. Quizá leí demasiado en ella, pero imaginé que el doctor K. esperaba algo de Saul, algo tan crucial para él como la afirmación que Saul esperaba recibir de él. Pero, más allá de esa conjetura, algo sí era seguro: todas las apocalípticas premoniciones de Saul quedaban desmentidas; el tono de la carta era aprobatorio, incluso afectuoso y lleno de respeto.

Saul no dejó de notarlo, y el efecto positivo de la carta fue inmediato y profundo. Su depresión, con sus inquietantes síntomas «biológicos», desapareció a los pocos minutos, y empezaba a considerar que sus ideas y su forma de comportarse de las últimas semanas habían sido extrañas y alienantes. Además, restableció rápidamente nuestra vieja relación: volvía a sentirse afectuoso conmigo, me dio las gracias por permanecer a su lado y expresó su pesar por todos los malos momentos que me había hecho pasar las últimas semanas.

Una vez que mejoró su salud, Saul estaba listo para que

finalizáramos la terapia, pero aceptó venir a verme dos veces más, a la semana siguiente y un mes después. Durante esas sesiones tratamos de entender lo que había pasado y elaboramos una estrategia en caso de tensiones futuras. Exploré todos los aspectos de su comportamiento que me preocuparon: su carácter autodestructivo, su desmedida sensación de que no servía para nada, su insomnio y anorexia. La recuperación parecía notablemente sólida. Después de eso, ya no parecía quedar trabajo por hacer, y nos despedimos.

Más tarde se me ocurrió que, si Saul había juzgado tan mal los sentimientos del doctor K., entonces probablemente también interpretó mal los míos. ¿Se habría dado cuenta de cuánto lo apreciaba, de que yo quería que olvidara su trabajo de vez en cuando y disfrutara de, por ejemplo, una tarde ociosa paseando por Union Street? ¿Se habría dado cuenta de cuánto me hubiera gustado acompañarlo y quizá tomar un capuchino juntos?

Pero, para mi pesar, nunca le dije esas cosas a Saul. No volvimos a vernos; tres años después me enteré de que había fallecido. Al poco tiempo, en una fiesta, conocí a un joven que acababa de volver del Instituto de Estocolmo. Durante una larga conversación sobre el año de su beca allí, mencioné que yo tenía un amigo, Saul, que también había tenido una fructífera estancia allá. Sí, había conocido a Saul. De hecho, curiosamente, su beca fue posible en parte «gracias a la buena relación establecida por Saul entre la universidad y el Instituto de Estocolmo». ¿Sabía yo que, en su testamento, Saul había legado al Instituto cincuenta mil dólares?

9

MONOGAMIA TERAPÉUTICA

—No soy nada. Basura. Una imbécil. Un cero a la izquierda. Me arrastro por los vertederos donde se amontonan los desperdicios, fuera de los campamentos humanos. ¡Por Dios, por qué no me muero de una vez! ¡Y bien muerta! Aplastada en el parking del supermercado y luego que laven mis restos con una manguera. Que no quede nada. Nada. Ni siquiera unas palabras escritas con tiza en el suelo que digan: «Aquí hubo una mancha que un día llevó por nombre Marge White».

¡Otra de las llamadas nocturnas de Marge! ¡Por Dios, cuánto aborrecía esas llamadas! No por la intromisión en mi vida, algo que daba por sentado, pues es parte de la profesión. Un año antes, cuando acepté a Marge como paciente, sabía que habría llamadas. En cuanto la vi, intuí lo que me esperaba. No se necesita mucha experiencia para notar las señales de angustia. La cabeza gacha y los hombros caídos señalaban «depresión»; las gigantescas pupilas y manos y pies inquietos anunciaban «ansiedad». Todo lo demás respecto a ella —múltiples intentos de suicidio, desórdenes alimentarios, abuso sexual temprano por parte de su padre, pensamientos psicóticos episódicos, veintitrés años de terapia— gritaba «trastorno límite de la personalidad», ese concepto que aterroriza el corazón de un psiquiatra de edad mediana que no busca complicaciones precisamente. Me dijo que tenía treinta y cinco años y que era técnica de laboratorio; que había hecho terapia diez años con un psiquiatra que acababa de trasladarse a otra ciudad; que estaba desesperadamente sola y que tarde o temprano —era solo cuestión de tiempo— se mataría.

Fumó furiosamente durante la sesión, con frecuencia dando dos o tres caladas antes de apagar el cigarrillo con rabia y encender otro a los pocos minutos. No pudo permanecer sentada, sino que en tres ocasiones se puso de pie y empezó a pasearse. Durante unos minutos se sentó en el suelo en el rincón más apartado y se enroscó como un personaje de una historieta de Feiffer.

Mi primer impulso fue huir, lejos, y no verla más. Darle una excusa, cualquier excusa: todo mi tiempo estaba ocupado, me iba varios años al extranjero, pensaba dedicarme a la investigación a tiempo completo. Pero pronto oí mi propia voz ofreciéndole una cita.

Quizá me quedé intrigado por su belleza, por su pelo color ébano con un flequillo que enmarcaba un rostro sorprendentemente blanco, de rasgos perfectos. ¿O me sentí un poco obligado por mi responsabilidad docente? Últimamente me había estado preguntando si era compatible seguir enseñando de buena fe a mis estudiantes la práctica de psicoterapia y al mismo tiempo negarme a tratar a pacientes difíciles. Supongo que acepté a Marge como paciente por muchas razones, pero, más que nada, creo que fue por vergüenza, vergüenza de optar por la vida fácil, vergüenza de eludir los pacientes que más me necesitaban.

De modo que yo había previsto llamadas de desesperación como esta. Había previsto una crisis tras otra. Creía que debería hospitalizarla en algún momento. Gracias a Dios que evité las reuniones de madrugada con el personal de guardia, las órdenes de ingreso, el reconocimiento público de mi fracaso, la penosa marcha al hospital todos los días. Horas y horas ocupadas.

No, no era por la intromisión, ni siquiera por lo inconveniente de las llamadas: era por cómo conversábamos. Para empezar, Marge tartamudeaba con cada palabra que pronunciaba. Siempre tartamudeaba cuando se alteraba, tartamudeaba y hacía muecas que le desfiguraban el rostro. Yo podía imaginar su hermosa cara distorsionada por gestos y espasmos. En los momentos tranquilos, estables, Marge y yo hablábamos de los espasmos faciales y llegábamos a la conclusión de que eran un intento por hacerse fea. Una defensa obvia contra la sexualidad: ocurrían cuando se producía una amenaza sexual interior o exterior. De poco servía la interpretación, como arrojar piedrecitas a un rinoceronte: la misma palabra *sexo* bastaba para producir los espasmos.

Su tartamudeo siempre me fastidiaba. Yo sabía que ella sufría, pero aun así debía contenerme para no soltarle: «¡Vamos, Marge! Continúa. ¿Cuál va a ser la siguiente palabra?».

Lo peor de las llamadas era mi ineptitud. Ella me ponía a prueba y yo nunca la satisfacía. De las, aproximadamente, veinte llamadas el último año, ni una sola vez había podido darle la ayuda que necesitaba.

El problema esa noche era que había visto un artículo sobre mi esposa en el *Stanford Daily*. Después de diez años, dejaba su puesto como jefa administrativa del Centro de Stanford para Investigaciones sobre la Mujer, y el periódico de la universidad incluyó un artículo con encendidos elogios. Para empeorar las cosas, esa noche Marge había asistido a la conferencia de una filósofa, una mujer joven muy elocuente y atractiva.

He conocido a pocas personas que se odiaran a sí mismas tanto como Marge. Estos sentimientos no afloraban cuando estaba bien, pero tampoco desaparecían: simplemente quedaban adormilados a la espera del momento oportuno. No había un estímulo más poderoso que el éxito públicamente aclamado de otra mujer de su misma edad: entonces el odio hacia sí misma la abrumaba, y, en esas situaciones, siempre acababa pensando en suicidarse.

Busqué a tientas palabras de consuelo.

—Marge, ¿por qué se hace esto? Dice que nunca ha hecho nada, que no ha logrado nada, que no es digna de vivir, pero los dos sabemos que esto no es más que un estado mental, algo que no tiene nada que ver con la realidad. ¿Recuerda lo bien que se sentía hace dos semanas? Pues nada ha cambiado en el mundo exterior. ¡Es exactamente la misma persona ahora que entonces!

Yo iba bien encaminado. Me di cuenta de que me estaba escuchando, y proseguí.

—Esto de compararse desfavorablemente con los demás siempre es autodestructivo. Deje de hacerlo. No busque compararse con la profesora G., que probablemente es la mejor oradora de toda la universidad. No elija a mi esposa la única vez en la vida que la elogian. Si quiere atormentarse, siempre es posible encontrar a alguien con quien compararse y salir perdiendo. Yo lo conozco muy bien porque he hecho lo mismo.

»¿Por qué no elige a alguien que no tiene lo que tiene usted? Siempre ha compadecido a los demás. Piense en su trabajo de voluntaria con los sintecho. Nunca reconoce la buena obra que hace. Compárese con alguien a quien no le importa el prójimo lo más mínimo. O ¿por qué no se compara con esos desamparados a quienes ayuda? Seguro que ellos se comparan desfavorablemente con usted.

El ruidito del teléfono al colgarse confirmó lo que me temía: acababa de cometer un error colosal. Conocía muy bien a Marge para saber exactamente lo que vendría a continuación: diría que yo acababa de expresar mis verdaderos sentimientos, que yo pensaba que ella era tan poca cosa que solo podía compararse favorablemente con las almas más desventuradas de la tierra.

No dejó pasar la oportunidad y empezó nuestra siguiente sesión de terapia —por suerte al día siguiente— diciendo exactamente eso. Luego, con una voz gélida de cadencia entrecortada, procedió a relatarme «los verdaderos hechos» sobre su persona.

—Tengo treinta y cinco años. He estado mentalmente enferma toda la vida. Veo psiquiatras desde los doce años y no puedo funcionar sin ellos. Tendré que vivir medicada el resto de mi vida. Lo mejor que puedo esperar es que no me internen en un hospital de enfermos mentales. Nadie me ha amado nunca. Jamás tendré hijos. Nunca he tenido una relación prolongada con un hombre ni tengo esperanzas de que eso suceda en el futuro. Carezco de la capacidad de hacer amigos. Nadie me llama para mi cumpleaños. Mi padre, que abusó de mí cuando era niña, ha muerto. Mi madre es una loca amargada y cada día me parezco más a ella. Mi hermano ha pasado la mayor parte de su vida en un psiquiátrico. No tengo ningún talento ni habilidad especial. Siempre tendré un trabajo cutre. Siempre seré pobre y gastaré la mayor parte de mi sueldo en la atención psiquiátrica.

Se detuvo. Pensé que había terminado, pero era difícil decirlo porque hablaba con una quietud extraña, como si no estuviera del todo allí. Su apariencia tenía algo de fantasmal: nada se movía, excepto sus labios; ni sus manos, ni sus ojos, ni siquiera sus mejillas. Tampoco se veía su aliento.

De repente volvió a empezar, como un juguete de cuerda al que todavía le quedaba un último espasmo de energía.

—Usted me dice que tenga paciencia. Me dice que no estoy lista, que no estoy lista para finalizar la terapia, ni para casarme, ni para adoptar un hijo, ni para dejar de fumar. He esperado. He esperado toda la vida. Ahora es demasiado tarde, demasiado tarde para vivir.

Ni siquiera parpadeé durante esta letanía y, por un momento, me sentí avergonzado por permanecer inconmovi-
ble. Pero no era por insensibilidad. Ya lo había oído todo
antes, y recuerdo lo perturbado que me quedé la primera
vez que lo oí: agobiado por el dolor y la empatía. Me sentía
como «un pusilánime psiquiatra judío», según las palabras
de Hemingway.

Lo peor, lo peor de todo, era que yo estaba de acuerdo
con lo que ella decía. Presentaba su historia clínica de una
manera tan convincente y conmovedora que yo quedaba
persuadido plenamente. La verdad es que lo tenía más que
difícil. Era probable que nunca se casara. Era una inadapta-
da. Carecía de capacidad para intimar con nadie. Era probable que necesitara terapia muchos muchos años, quizá
siempre. Yo me sentía tan hondamente sumido en su desesperación y pesimismo que era capaz de comprender la
atracción del suicidio. Difícilmente podía encontrar una
palabra de consuelo.

Me tomó una semana, hasta nuestra sesión siguiente,
darme cuenta de que la letanía era propaganda nacida de la
depresión. Era su depresión la que hablaba, y fui lo bastante tonto para dejarme convencer por ella. No había repara-
do en las distorsiones, en todo lo que no había dicho. Era
una mujer excepcionalmente inteligente, creativa y muy
muy atractiva (cuando no deformaba su rostro). Estaba deseando volver a verla y estar con ella. Respetaba la manera
en que, a pesar de su sufrimiento, siempre se volcaba con
los demás y mantenía su compromiso con la comunidad.

Por eso entonces, al oír otra vez la letanía, pensé en
cómo cambiar su estado mental. En ocasiones similares se
había hundido en una depresión que se alargaba varias semanas. Yo sabía que, si actuaba de inmediato, podría ayudarla a evitar mucho dolor.

—Es su depresión la que habla, Marge, no usted. Recuerde que cada vez que se ha hundido en una depresión ha vuelto a salir. Lo bueno de sus depresiones, lo único bueno, es que siempre terminan.

Caminé hasta mi escritorio, abrí su carpeta y leí en voz alta partes de una carta que me había escrito hacía solo tres semanas, cuando se sentía alborozada ante la vida:

> *Fue un día fantástico. Jane y yo fuimos caminando por la avenida Telegraph. Nos probamos vestidos de la década de 1940 en tiendas de ropa de segunda mano. Encontré unos discos de Kay Starr. Atravesamos el puente Golden Gate a la carrera, almorzamos en un restaurante de la cadena Greens. De modo que hay vida en San Francisco, después de todo. Yo solo le traigo malas noticias y pensé en compartir con usted algunas buenas. Le veré el jueves...*

Sin embargo, aunque por la ventana abierta entraba una tibia brisa primaveral, era invierno en mi consulta. El rostro de Marge seguía congelado. Contemplaba la pared y apenas parecía oírme. Su respuesta fue gélida:

—Usted cree que yo no soy nada. Fíjese en su comentario en que me dice que me compare con los indigentes. Eso es lo que valgo para usted.

—Marge, le pido disculpas por eso. Normalmente no soy de mucha utilidad por teléfono. Fue una torpeza por mi parte. Pero, créame, mis intenciones eran buenas. En cuanto lo dije, supe que era un error.

Eso pareció ayudar. La oí exhalar el aire. Sus hombros tiesos se relajaron, se le aflojó la cara, volvió la cabeza levemente hacia mí.

Yo me acerqué unos centímetros.

—Marge, usted y yo hemos atravesado otras crisis antes, cuando usted se sentía tan mal como ahora. ¿Qué la ayudó en el pasado? Recuerdo las veces en que salió de aquí sintiéndose mejor que cuando entró. ¿Qué contribuyó al cambio? ¿Qué hizo usted? ¿Qué hice yo? Pensemos juntos.

Marge no pudo responder al principio, pero mostró interés por la pregunta. Más signos de deshielo: movió el cuello, impulsó todo su pelo negro hacia un costado y lo peiné con los dedos. Le volví a plantear la cuestión varias veces, y al rato nos habíamos convertido en dos investigadores que trabajaban juntos.

Dijo que para ella era importante que la escucharan, que no tenía a nadie más, excepto a mí, y mi consulta era el único lugar donde podía expresar su dolor. También sabía que ayudaba el que juntos examináramos los incidentes que motivaban sus depresiones.

Pronto nos pusimos a revisar los hechos que la habían perturbado esa semana. Además de las tensiones que me había descrito por teléfono, había habido otras. Por ejemplo, en una reunión de todo el día en el laboratorio de la universidad donde trabajaba, se había sentido marcadamente ignorada por el personal profesional y académico. Empaticé con ella y le dije que había oído a muchas otras personas —incluida mi esposa— quejarse de este tipo de trato. Le confesé que a mi esposa le irritaba la tendencia de Stanford de conceder al personal no docente beneficios limitados y poco respeto.

Marge volvió al tema de su falta de éxito y se refirió a lo talentosa que era su jefa de treinta y dos años.

—¿Por qué debemos ocuparnos de estas comparaciones desfavorables? —le dije—. Es algo perverso, una especie de autocastigo, como apretarse un diente que duele.

Le confesé que yo también me comparaba desfavorablemente con frecuencia, pero no le di detalles específicos. Quizá debería haberlo hecho, pues hubiera equivalido a tratarla de igual a igual.

Usé la metáfora de la autoestima regulada por un termostato. El de ella no funcionaba bien: estaba ubicado demasiado cerca de la superficie de su cuerpo. No mantenía estable su autoestima, sino que fluctuaba de una manera incontrolada en función de los acontecimientos externos. Sucedía algo bueno, y ella se sentía muy bien; una crítica de alguien, y se deprimía durante días. Era como tratar de mantener la casa caliente con el termostato de la caldera demasiado cerca de la ventana.

Para cuando terminó nuestra hora, no tuvo que decirme que se sentía mejor: pude notarlo en su respiración, en su manera de caminar y en su sonrisa al salir de la consulta.

La mejoría duró. Tuvo una semana excelente, y no recibí ninguna otra llamada de crisis nocturna. Cuando la vi una semana después, parecía casi exultante. Yo siempre he creído tan importante descubrir qué hace que uno se sienta mejor como qué le hace sentirse mal, así que le pregunté a qué se debía la diferencia.

—De alguna manera —dijo Marge—, nuestra última hora hizo que las cosas dieran un vuelco. Es casi maravilloso cómo usted, en tan poco tiempo, puede sacarme de un pozo. Estoy muy contenta de que sea mi psiquiatra.

Aunque encantado por su sincero cumplido, me sentí incómodo por dos cosas: el misterioso «de alguna manera» y esa percepción de mi persona como un hacedor de milagros. Mientras Marge pensara así, no mejoraría de verdad, porque el instrumento de ayuda estaba fuera de ella y más allá de su comprensión. Mi tarea como terapeuta (no muy distinta a la de un padre) es hacerme obsoleto: ayudar a que el paciente se convierta en su propio madre o padre. Yo no quería hacerla mejor. Quería ayudarla a que ella misma asumiera la responsabilidad de hacerse mejor, y que el proceso de mejoría fuera lo más claro posible para ella. Por eso me sentí incómodo con el «de alguna manera» y me dispuse a explorarlo.

—Exactamente, ¿qué fue de utilidad para usted la última hora? ¿En qué momento empezó a sentirse mejor? Examinémoslo juntos.

—Pues, para empezar, la manera en que abordó usted su referencia a las personas sin hogar. Yo podía haber usado eso para seguir castigándole. En realidad, es algo que he hecho muchas veces con los psiquiatras. Pero cuando usted me explicó de manera tan natural cuáles fueron sus intenciones y reconoció su torpeza, vi que no podía tener un berrinche.

—Parece que mi comentario me permitió seguir conectado con usted. Desde que la conozco, las veces en que usted se ha sentido más deprimida son las veces en que ha roto su conexión con el resto del mundo y se ha sentido verdaderamente sola. Aquí hay un mensaje importante acerca de que debe mantener su vida llena de gente.

Le pregunté qué otra cosa le había resultado de ayuda esa hora.

—La causa principal de que las cosas dieran un vuelco, y, de hecho, el momento en que se produjo la calma, fue cuando usted me dijo que su esposa y yo teníamos problemas similares en el trabajo. Yo me siento tan carente de sofisticación, tan asustadiza, y veo a su mujer tan sagrada que me parecía imposible que se nos pudiera comparar en algún sentido. Confesarme que ella y yo teníamos los mismos problemas fue una prueba de que usted sentía algún respeto por mí.

Estaba a punto de protestar, de insistir que siempre le había tenido respeto, pero ella me interrumpió.

—Lo sé, lo sé. Usted siempre me ha dicho que siente respeto por mí, y me ha dicho que le caigo simpática, pero eran solo palabras. Nunca le creí, en realidad. Esta vez fue diferente, fue más allá de las palabras.

Me emocionó lo que dijo Marge. Tenía un talento especial para poner el dedo en la llaga: ir «más allá de las palabras» era lo importante aquí. Lo que yo hacía, no lo que decía. Lo que hacía por el paciente. Compartir algo sobre mi esposa era hacer algo por Marge, hacerle un regalo. ¡El acto terapéutico, no la palabra terapéutica!

Me sentía tan estimulado por esta idea que de repente deseé que terminara la sesión para poder pensar sobre eso. Pero, aun así, volví mi atención a Marge. Ella tenía más que decirme.

—También me ayudó mucho cuando me preguntó qué me había sido útil en el pasado. No hacía más que hacer que yo asumiera la responsabilidad, que estuviera a cargo de la sesión. Eso estuvo muy bien. Por lo general, me hundo en la depresión durante semanas, pero en unos pocos minutos usted me hizo pensar en lo que me había pasado.

»De hecho, la mera pregunta acerca de lo que me resultó útil en el pasado estuvo muy bien, porque me aseguró que había una manera de mejorar. Además, me ayudó el que usted no adoptara su rol de brujo, dejando que yo adivinara qué contestar a preguntas cuya respuesta usted ya conoce. Me gustó que usted reconociera que no lo sabía todo y que me invitara a que exploráramos juntos.

¡Música para mis oídos! Durante todo el año con Marge me fijé una sola regla: tratarla de igual a igual. Traté de no cosificarla, de no compadecerme de ella ni de hacer nada que creara un abismo de desigualdad entre nosotros. Seguí esa regla siempre que pude, y me hacía sentir bien que hubiera resultado de utilidad.

El proyecto del «tratamiento» psiquiátrico se halla cargado de inconsistencias. Cuando una persona, el terapeuta, «trata» a otra, el paciente, se sobrentiende desde el principio que la pareja, los dos que forman la alianza terapéutica, no son iguales ni aliados en todo: uno está afligido y desconcertado, mientras que se espera que el otro

use su talento profesional para desenredar y examinar ob-
jetivamente las cuestiones que subyacen en esa aflicción y
ese desconcierto. Además, el paciente le paga dinero a
quien lo trata. La misma palabra *tratar* implica desigualdad.
«Tratar» a alguien como igual implica una desigualdad que
el terapeuta debe superar o esconder comportándose como
si el otro fuera su igual.

Al tratar a Marge como a una igual, entonces, ¿yo no
hacía más que simular ante ella (y ante mí mismo) que
éramos iguales? Quizá sea mejor decir que en la terapia se
trata al paciente como a un adulto. Esto puede parecer una
distinción escolástica innecesaria; sin embargo, algo estaba a punto de suceder en la terapia de Marge que me obligaba a ser claro y preciso acerca de la manera en que quería
relacionarme con ella o, en realidad, con cualquiera de
mis pacientes.

Unas tres semanas más tarde, tres semanas después de
mi descubrimiento de la importancia del acto terapéutico,
ocurrió algo extraordinario. Marge y yo estábamos en la
mitad de una sesión normal y corriente. Ella había tenido
una semana pésima y me estaba dando los detalles. Parecía
aletargada, tenía la falda arrugada y torcida, estaba despei-
nada y con el rostro demacrado por la fatiga y el desánimo.

En medio de su cantinela, de repente cerró los ojos,
nada infrecuente en sí, ya que muchas veces entraba en un
estado autohipnótico durante la sesión. Yo había decidido
de antemano no tragarme el anzuelo —no seguirla hacia el
estado hipnótico— y tratar de sacarla de él.

—Marge —le dije. Estaba a punto de terminar la frase,
induciéndola a volver en sí, cuando oí una voz extraña y
poderosa que emergía de ella.

—Usted no me conoce.

Estaba en lo cierto. Yo no conocía a esa persona que
hablaba. La voz era tan diferente, tan enérgica, tan autori-

taria, que miré a mi alrededor por un instante para ver si había entrado alguien.

—¿Quién es usted? —le pregunté.

—¡Yo! ¡Yo! —Y luego, la transformada Marge saltó y empezó a pasearse por la consulta, escudriñando los libros en los estantes, enderezando los cuadros, inspeccionando los muebles. Era Marge, pero no era Marge. Todo había cambiado excepto la ropa: su porte, su rostro, su seguridad, su manera de caminar.

Esta nueva Marge era vivaz y escandalosa, aunque encantadoramente coqueta. Siguió hablando con una extraña voz de contralto.

—Mientras insista en fingir que es un intelectual judío —dijo—, lo mejor es que decore su consulta con el estilo apropiado. El tapizado de ese sofá sería digno de una institución de beneficencia (si se lo aceptan) y el empapelado se está cayendo (¡gracias a Dios!). ¡Y esas fotos de la costa de California! ¡Líbreme Dios de las fotos caseras de los psiquiatras!

Se mostraba astuta, obstinada, muy sexy. Era un alivio este cambio, que dejaba atrás la voz monótona y el incesante lloriqueo de Marge. Pero yo empezaba a sentirme incómodo; esta chica empezaba a resultarme muy atractiva. Pensé en la leyenda de Lorelei, y aunque sabía que podía resultar peligroso prolongarlo, persistí un poco más.

—¿Por qué ha venido? —le pregunté—. ¿Por qué hoy?

—A celebrar mi victoria. He ganado, ¿sabe?

—¿Ganado qué?

—¡No se haga el tonto conmigo! ¡Yo no soy ella, y lo sabe! No todo lo que dice usted es tan maravilloso. ¿Cree que va a poder ayudar a Marge?

Su rostro era magníficamente móvil, y pronunciaba las palabras con el tono despectivo con el que hablaría el villano de un melodrama victoriano. Siguió hablando de una manera burlona, maligna.

—Usted podría tenerla en terapia treinta años, ¿sabe?, pero yo siempre ganaría. Soy capaz de demoler en un día el trabajo de un año. Si fuera necesario, podría hacer que se tirase frente a un camión.

—Pero ¿por qué? ¿Qué gana usted con todo esto? Si ella pierde, usted pierde.

Quizá me estaba demorando con ella más de lo debido. Estaba mal hablar de Marge con ella. No era justo con Marge. Sin embargo, la atracción de esta mujer era fuerte, casi irresistible. Por un breve instante sentí una oleada de extraña náusea, como si estuviera observando, a través de un desgarrón en la trama de la realidad, algo prohibido, los ingredientes en bruto, las fisuras y las costuras, las células y blástulas embrionarias que no deben ser vistas en la criatura humana terminada. Tenía la atención clavada en ella.

—Marge es una cretina. Usted sabe que es una cretina. ¿Cómo soporta estar con ella? ¡Una cretina! ¡Una cretina!

Y luego, en la representación teatral más sorprendente que he visto, procedió a imitar a Marge. Todos los gestos que yo había presenciado en esos meses, cada mueca de Marge, cada acción, pasaron frente a mí en orden cronológico. Ante mí estaba Marge, tímida, cuando me vio por primera vez. Luego se enroscó en un rincón de la consulta. Y después vi sus grandes ojos llenos de pánico, suplicándome que no la abandonara. Luego la vi en un trance autoinducido, con los ojos cerrados y los párpados temblorosos cubriendo la frenética actividad de un movimiento ocular rápido. O con su cara con espasmos, como Cuasimodo, horriblemente distorsionada. Apenas era capaz de hablar. Luego se agazapó detrás de una silla, como hacía Marge cuando estaba asustada. Y finalmente se quejó melodramática y burlonamente de un terrible dolor punzante en el útero y en el seno. Ridiculizaba el tartamudeo de Marge y remedaba sus comentarios familiares:

—¡Estoy taaan a-g-g-gradecida de que sea mi psiquiatra! ¿Y-y-y-o-o-o le gusto, d-d-d-doctor Yalom? No me deje, desaparezco cuando... cuando usted no está.

La representación era extraordinaria, como observar a una actriz que saluda frente al telón después de actuar toda una noche y durante unos segundos vuelve a representar cada uno de sus papeles. (Por un momento me olvidé que en este teatro la actriz no era sino uno de sus roles. La actriz verdadera, la responsable, permanecía escondida entre bastidores.)

Era la representación de una virtuosa, pero también una representación increíblemente cruel de un «yo» (¿cómo denominarlo?). Le brillaban los ojos mientras seguía denostando a Marge, quien según ella era incurable, un caso perdido, un ser patético.

«Yo» dijo que Marge debería escribir su autobiografía y titularla (lo dijo entre risitas) *Nacida para ser patética.*

Nacida para ser patética. Tuve que sonreír a pesar de mí mismo. Esta Bella Dama sin Compasión era una mujer formidable. Yo me sentía desleal con Marge por encontrar tan atractiva a su rival, por divertirme con su imitación de Marge.

De repente —¡*presto!*— todo terminó. «Yo» cerró los ojos por un par de minutos y cuando volvió a abrirlos había sido reemplazada por una Marge llorosa y aterrorizada. Se puso la cabeza entre las rodillas, inhaló hondo y lentamente recuperó su compostura. Durante un momento sollozó y luego habló acerca de lo que había pasado. (Recordaba muy bien lo que acababa de ocurrir.) Nunca antes se había dividido, aunque sí, una vez hubo una tercera personalidad, llamada Ruth Anne, pero la mujer que acababa de aparecer se había mantenido oculta hasta ese momento.

Me sentía apabullado por lo sucedido. Mi regla básica —tratarla de igual a igual— ya no bastaba. ¿A qué Marge?

¿A la quejosa que tenía delante o a la atractiva y descarada? Me parecía que lo que debía considerar era mi relación con mi paciente, aquello que mediaba entre Marge y yo. A menos que pudiera proteger y permanecer fiel a esa relación, cualquier esperanza de terapia estaba perdida; era necesario modificar mi regla básica de tratarla de igual a igual y reemplazarla por: «Ser fiel a mi paciente». Sobre todo, no debía permitir dejarme seducir por la otra Marge.

Un paciente puede tolerar que el terapeuta sea desleal fuera de su hora. Aunque se sobrentiende que los terapeutas tienen otras relaciones, que hay otro paciente esperando a que termine la hora, existe un acuerdo tácito de no referirse a esto en la terapia. Terapeuta y paciente conspiran para fingir que la relación entre ellos es monógama. Tanto terapeuta como paciente abrigan la esperanza secreta de que el paciente que sale y el que entra no se cruzarán. De hecho, para impedir que eso suceda, muchos terapeutas tienen dos puertas en su consulta, una de entrada y otra de salida.

Sin embargo, el paciente tiene derecho a esperar fidelidad durante su hora. Mi contrato implícito con Marge (como con todos mis pacientes) es que cuando yo estoy con ella, estoy total, plenamente, exclusivamente con ella. Marge agregó otra dimensión al contrato: yo debía estar con su yo más central. Al no relacionarse con este ser integral, su padre, que abusó de ella, había contribuido al desarrollo de un ser falso, fuertemente sexuado. Yo no debía cometer el mismo error.

No era fácil. A decir verdad, yo quería volver a ver a la otra Marge. Aunque no había estado con ella ni una hora, había quedado cautivado. El aburrimiento de las docenas de horas pasadas con Marge hacía que este nuevo fantasma se destacara con deslumbrante claridad. Personajes así no se dan con frecuencia en la vida.

Yo no sabía su nombre y ella no poseía mucha libertad,

pero cada uno tenía una manera de encontrar al otro. En la hora siguiente ella intentó varias veces volver a aparecer. Me daba cuenta de que Marge parpadeaba y luego cerraba los ojos. Bastaba tan solo un minuto para que estuviera otra vez con nosotros. Yo me sentía ansioso, lo que era ridículo. Recuerdos disparatados comenzaron a inundar mi mente: me veía otra vez esperando en un aeropuerto del Caribe, con un trasfondo de palmeras, a que llegara el avión en el que viajaba mi amante.

Esa mujer, esa «Yo», me entendía. Sabía que yo estaba cansado de las quejas y los tartamudeos de Marge, harto de sus pánicos, de que se acurrucara en los rincones y se ocultara bajo los escritorios, harto de su vocecilla infantil. Ella sabía que yo quería una mujer verdadera. Sabía que solo simulaba tratar a Marge de igual a igual. Sabía que no éramos iguales. ¿Cómo podíamos serlo si Marge actuaba de una manera tan disparatada y yo, que toleraba sus disparates, la trataba con condescendencia?

La representación teatral de «Yo», en la que regurgitaba todos los manierismos de la personalidad de Marge, me convenció de que tanto ella como yo (y *solo* ella y yo) entendíamos lo que le pasaba a Marge. Ella era la bella y brillante directora que estaba detrás de esta película. Aunque yo pudiera escribir un artículo clínico sobre Marge y contar a mis colegas el curso de la terapia, nunca podría en verdad transmitir la esencia de mi experiencia con ella. Era inefable. Pero «Yo» lo sabía. Si podía desempeñar todos esos roles, debía de ser la inteligencia oculta que guiaba todo. Nosotros compartíamos algo que estaba más allá del lenguaje.

Pero ¡fidelidad!, ¡fidelidad! Yo le había hecho una promesa a Marge. Si me asociaba con «Yo» el resultado sería catastrófico para ella: se convertiría en un actor secundario, en un personaje reemplazable. Y eso, por supuesto, era lo que «Yo» quería. «Yo» era Lorelei, bella e intrigante, pero también letal, la encarnación de toda la furia y todo el odio que Marge sentía por sí misma.

De modo que permanecí fiel, y cuando sentía que «Yo» se acercaba —por ejemplo, cuando Marge cerraba los ojos y empezaba a entrar en trance— me apresuraba a despertarla.

—¡Marge, vuelva!

Esto sucedió varias veces, y entonces me di cuenta de que aún faltaba la prueba definitiva: «Yo» estaba inexorablemente reuniendo fuerzas y tratando con desesperación de volver a mí. El momento exigía una decisión, y opté por apoyar a Marge. Sacrificaría a su rival, le arrancaría las plumas, la haría pedazos y, poco a poco, alimentaría a Marge con ellos. La técnica de alimentación consistía en repetir una pregunta:

—Marge, ¿qué diría ella si estuviera aquí?

Algunas de las respuestas de Marge eran inesperadas, otras no. Un día, cuando la vi observando con timidez los objetos de mi consulta, le dije:

—Adelante, hable, Marge. Hable por ella.

Marge inspiró hondo y habló con rapidez.

—Si se las da de intelectual judío, ¿por qué no decora la consulta con algo más de estilo?

Marge dijo esto como si fuera un pensamiento original, y era evidente que no recordaba todo lo que había dicho «Yo». No pude evitar sonreír: me agradaba compartir ciertos secretos con «Yo».

—Todas las sugerencias son bienvenidas, Marge.

Para mi sorpresa, algunas fueron buenas.

—Ponga algo que divida el ambiente, quizá un tabique, una planta colgante color fucsia o un biombo, algo que separe su desordenado escritorio del resto de la consulta. Busque un marco tranquilo, marrón oscuro, para ese cuadro de la playa (si es que se empecina en conservarlo) y, sobre todo, tire ese tapiz raído que cuelga en la pared. Es tan recargado que me da dolor de cabeza. Lo uso para hipnotizarme.

—Me gustan sus sugerencias, Marge, excepto lo que ha dicho de mi tapiz. No sea tan dura, se trata de un viejo amigo. Lo compré hace treinta años en Samoa.

—Los viejos amigos quizá se sientan más a gusto en su casa que en la consulta.

La miré. Era tan rápida... ¿Estaba yo realmente hablando con Marge?

Como yo esperaba establecer una confederación o una fusión de las dos partes de Marge, intentaba permanecer con el lado positivo de cada una. Si antagonizaba con «Yo» de cualquier forma, ella se vengaría con Marge. De modo que yo me esforzaba, por ejemplo, por decirle a Marge (y suponía que «Yo» me oía) cuánto me gustaba «Yo» por su atractivo, su vitalidad, su impetuosidad.

No obstante, debía seguir un camino difícil. Si yo era demasiado sincero, Marge vería que prefería a su otro yo. Probablemente «Yo» ya se lo habría dicho, pero no había evidencias de ello. Yo estaba seguro de que «Yo» estaba enamorada de mí. ¡Quizá me amaba lo suficiente para cambiar su comportamiento! Sin duda era consciente de que me repelía su actitud destructiva e insensible.

Se trata de una faceta de la psicoterapia acerca de la cual aprendemos poco durante nuestra formación: ten un idilio con el peor enemigo de tu paciente y luego, cuando estás seguro de que el enemigo te ama, usa ese amor para neutralizar sus ataques contra tu paciente.

Durante los meses siguientes, seguí fielmente a Marge. Algunas veces me hablaba de Ruth Anne, su tercera personalidad, o entraba en trance y hacía una regresión a su infancia, pero yo me negaba a dejarme seducir por nada de esto. Más que nada, yo estaba resuelto a estar «presente» con ella, e inmediatamente la llamaba cuando empezaba a irse de mi presencia entrando en un momento pasado o adoptando otro rol.

Cuando empecé a trabajar como terapeuta, creía ingenuamente que el pasado era algo fijo y posible de conocer, y que si yo era bastante perspicaz sería capaz de descubrir ese primer y fatídico giro en falso que condujo a una vida equivocada. Creía también que podía trabajar sobre la base de este descubrimiento y arreglar las cosas. En aquel tiempo yo habría incrementado el estado hipnótico de Marge, produciendo una regresión para explorar sus traumas tempranos —por ejemplo, el abuso sexual de su padre— e instarla a sentir y descargar todos los sentimientos concomitantes: el temor, la excitación, la rabia, la traición.

Con el paso de los años, he aprendido que la labor del terapeuta no es involucrar al paciente en una excavación arqueológica conjunta. Si alguna vez eso ha ayudado a algún paciente, no ha sido gracias a la búsqueda y el descubrimiento de una senda falsa (una vida nunca va mal a causa de una senda lateral falsa, sino porque la ruta principal lo es). No, el terapeuta ayuda a su paciente no buceando en el pasado, sino estando presente con esa persona, mostrando interés y haciéndose digno de confianza, y creyendo que su actividad conjunta llegará a ser redentora y curativa. El drama de la regresión y de la recapitulación del incesto (o, en realidad, de cualquier proyecto terapéutico catártico o intelectual) es curativo solo porque proporciona a terapeuta y paciente la posibilidad de una actividad compartida mientras la verdadera fuerza terapéutica —la relación— va madurando.

De manera que me dediqué a estar presente y a ser fiel. Seguimos ingiriendo a la otra Marge. Yo le preguntaba qué habría dicho ella en tal o cual situación. «¿Cómo habría caminado, qué vestido se habría puesto? Pruébelo. Finja por un minuto o dos». A medida que pasaban los meses,

Marge iba engordando a expensas de la otra Marge. Su cara estaba más redonda, su cuerpo más lleno. Se veía mejor, se vestía mejor. Se sentaba derecha; usaba medias con dibujos; hacía algún comentario sobre mis zapatos desgastados.

Algunas veces pensaba que nuestro trabajo tenía algo de caníbal. Era como si hubiéramos asignado a la otra Marge a un banco psicológico de órganos. Cuando el sitio de recepción estaba bien preparado, retirábamos alguna parte de la otra Marge para un trasplante. Marge empezó a tratarme como a un igual. Me hacía preguntas, flirteaba un poco.

—Cuando terminemos, ¿cómo seguirá sin mí? Estoy segura de que echará de menos mis llamadas nocturnas.

Por primera vez empezó a hacerme preguntas personales:

—¿Cómo decidió ocuparse de esto? ¿Lo ha lamentado alguna vez? ¿Se aburre de vez en cuando? ¿Conmigo? ¿Y cómo resuelve sus propios problemas?

Marge se había apropiado de las facetas más atrevidas de la otra Marge, tal y como la había animado a hacer, y era importante que yo escuchara bien sus preguntas y las respetara. Contestaba cada una de ellas con toda la honestidad posible. Impulsada por mis respuestas, Marge se fue haciendo más osada, pero al mismo tiempo más dulce en sus charlas conmigo.

¿Y la otra Marge? ¿Qué quedará de ella ahora? ¿Un par de zapatos de tacón tirados por ahí? ¿Alguna mirada seductora que Marge no ha querido imitar? ¿La fantasmal sonrisa del gato de Cheshire? ¿Dónde está la actriz que representó a Marge de manera tan brillante? Estoy seguro de que se ha ido: su representación exigía una gran energía vital, y Marge ya debe de haber absorbido todo ese jugo. Aunque continuamos nuestro trabajo durante muchos meses después de la aparición de la otra Marge, y aunque con el tiempo Marge y yo dejamos de hablar de ella, nunca la he olvidado: surge en mi mente en momentos inesperados.

Antes de comenzar nuestra terapia, informé a Marge de que podríamos vernos durante dieciocho meses como máximo debido a mis planes de año sabático. Concluido este tiempo, Marge había cambiado: sus ataques de pánico se producían raras veces; las llamadas nocturnas eran cosa del pasado; había empezado a tener vida social e incluso había hecho dos amigas íntimas. Siempre había sido una fotógrafa de talento y ahora, por primera vez en años, volvía a disfrutar de esta forma de expresión creativa.

Yo me sentía satisfecho con mi trabajo, pero no me engañaba pensando que la terapia había concluido para ella, ni tampoco me sorprendió que, a medida que se iba acercando nuestra sesión final, los viejos síntomas volvieran a surgir. Tuvo que guardar cama fines de semana enteros; tenía accesos de llanto; el suicidio volvía a tentarla. Después de nuestra última sesión, recibí una triste carta con estas líneas:

> *Siempre imaginé que usted me escribiría algo. Yo quería dejar una impronta en su vida. No quiero ser solo una paciente más. Quería ser especial. Quiero ser algo, cualquier cosa. Siento que no soy nadie. Si dejara una impronta en su vida, quizá podría ser alguien, alguien a quien usted no olvidara. Entonces existiría.*

Marge, entienda por favor que, aunque he escrito una historia sobre usted, no lo he hecho para permitirle existir. Usted existe sin que yo piense o escriba sobre usted, igual que yo sigo existiendo aunque usted no piense en mí.

Sin embargo, esta es una historia sobre la existencia, pero escrita para la otra Marge, la que ya no existe. Yo estaba dispuesto a ser su verdugo, a sacrificarla por usted. Pero no la he olvidado: ella se vengó al dejar su imagen grabada a fuego en mi memoria.

10

EN BUSCA DEL SOÑADOR

—El sexo está en la raíz de todo. ¿No es eso lo que ustedes dicen siempre? Pues en mi caso puede que tengan razón. Fíjese en esto. Le mostraré algunas conexiones interesantes entre mis migrañas y mi vida sexual.

Sacando un grueso rollo de papel de su maletín, Marvin me pidió que sostuviera una punta, y con cuidado desenrolló un gráfico de un metro de largo en el que había registrado con meticulosidad cada migraña y cada experiencia sexual de sus últimos cuatro meses. Un solo vistazo bastaba para apreciar la complejidad del diagrama. Cada migraña, su intensidad, duración y tratamiento estaban en azul. Cada relación sexual, en rojo, estaba reducida a una escala de cinco puntos según el rendimiento de Marvin: las eyaculaciones prematuras estaban codificadas por separado, lo mismo que la impotencia, y se hacía una distinción entre la incapacidad de mantener una erección y la incapacidad de tenerla.

Era demasiada información para poder asimilarla de un solo vistazo.

—Es una obra complicada —le dije—. Debe de haberle llevado días hacerla.

—Me gustó hacerla. Soy bueno para estas cosas. La gente se olvida de que nosotros los contables tenemos una habilidad gráfica que no usamos en nuestro trabajo con los impuestos. Mire, fíjese en el mes de julio: cuatro migrañas, y cada una de ellas precedida por impotencia o por un rendimiento sexual de grado uno o dos.

Observé el dedo de Marvin señalando las indicaciones de migraña e impotencia. Estaba en lo cierto: la correlación era impresionante, pero yo me estaba poniendo nervioso. Me había desbaratado mis tiempos. Acabábamos de comenzar nuestra segunda sesión y había mucho más que yo deseaba saber antes de examinar el gráfico de Marvin. Sin embargo, él insistía tanto que no me quedaba otra opción que contemplar su dedo regordete señalando su rendimiento amoroso del mes de julio.

Hacía seis meses, ya con sesenta y cuatro años, Marvin empezó a tener de repente unas migrañas que lo incapacitaban para todo por primera vez en su vida. Consultó a un neurólogo, que no logró hacer progresos y que me lo remitió a mí. Yo había visto a Marvin por primera vez hacía unos minutos, cuando fui a la sala de espera para hacerlo pasar a la consulta. Estaba sentado pacientemente: un hombre de baja estatura, rechoncho, calvo, con una coronilla reluciente y ojos de búho que nunca parpadeaban y que miraban a través de unas gafas cromadas demasiado grandes.

No tardé en enterarme de que Marvin tenía un interés especial en las gafas. Después de estrecharme la mano me acompañó por el pasillo mientras valoraba mis gafas y me preguntaba de qué marca eran. Creo que caí en desgracia cuando confesé que no tenía ni idea; más lamentable fue que, cuando me quité las gafas para leer la marca en la patilla, descubrí que sin ellas no podía ver. No me llevó mucho tiempo darme cuenta de que, como tenía en casa mis otras gafas, no había forma de proporcionar a Marvin la información trivial que quería, de modo que se las tendí para que él leyera lo escrito en la patilla. Pero, ¡ay!, él tampoco veía de cerca, y tuvo que ponerse las gafas de lectura, con lo que consumimos parte de nuestros primeros minutos.

Y un rato después, antes de poder proceder con la entrevista de la forma acostumbrada, me encontré ante el meticuloso gráfico de trazos azules y rojos de Marvin. No, no tuvimos un buen comienzo. Para agravar el problema, yo acababa de tener una intensa, agotadora sesión con una anciana viuda perturbada por el robo de su bolso. Parte de mi atención seguía con ella, y tuve que hacer un esfuerzo para escuchar a Marvin tal y como se merecía.

Yo había recibido solo una breve nota del neurólogo, por lo que no sabía casi nada de Marvin, y después de completar el ritual de las gafas empecé la hora preguntándole qué le pasaba. Fue entonces cuando me respondió que «nosotros» decimos siempre que el sexo está en la raíz de todo.

Enrollé el gráfico, le dije a Marvin que más tarde me gustaría estudiarlo en detalle e intenté imprimir cierto ritmo a la sesión pidiéndole que me contara toda la historia de su enfermedad desde el comienzo.

Me dijo que, hacía unos seis meses, empezó a sufrir de dolor de cabeza por primera vez en su vida. Los síntomas eran los de la clásica migraña: un aura visual premonitoria (luces parpadeantes) y la distribución unilateral de un dolor insoportable que lo incapacitaba durante horas y que con frecuencia hacía necesario el reposo en un cuarto a oscuras.

—¿Y dice usted que tiene una buena razón para creer que su rendimiento sexual ocasiona la migraña?

—Puede que le parezca extraño para un hombre de mi edad y posición..., pero no es posible discutir los hechos. ¡He ahí la prueba! —Señaló el rollo de papel que ahora descansaba tranquilamente sobre mi escritorio—. Durante los últimos cuatro meses, cada migraña fue precedida por un fracaso sexual dentro de las veinticuatro horas inmediatamente anteriores.

Marvin hablaba de una manera pedante y pausada. Obviamente había ensayado todo esto.

—Durante este último año he tenido cambios violentos de ánimo. Paso rápidamente de sentirme bien a pensar que es el fin del mundo. Ahora bien, no saque conclusiones precipitadas. —Aquí meneó el dedo para dar mayor énfasis a sus palabras—. No estoy diciendo que sea un maniacodepresivo. Los neurólogos me han tratado con litio, pero eso no hizo más que arruinarme los riñones. Entiendo por qué demandan tanto a los médicos. ¿Conoce usted algún cuadro maniacodepresivo que empiece a los sesenta y cuatro años? ¿Cree usted que debí tomar litio?

Sus preguntas me resultaban desagradables. Me distraían y no sabía cómo contestarlas. ¿Habría demandado a su neurólogo? Yo no quería mezclarme con ese tipo de cosas. Demasiadas preocupaciones tenía ya. Adopté una actitud de eficiencia.

—Con mucho gusto volveré a estas cuestiones más tarde, pero hoy podemos aprovechar mejor el tiempo escuchando toda su historia clínica desde el inicio.

—¡Correcto! Mantengámonos en el riel. Como le digo, cambio de estados de ánimo, de sentirme bien a sentirme de repente angustiado y deprimido, y es siempre durante las depresiones que aparecen los dolores de cabeza. El primero apareció hace seis meses.

—¿Y el vínculo entre el sexo y la depresión?

—Iba a eso...

Con cautela, pensé. Se me nota la impaciencia. Está claro que me lo dirá a su manera, no a la mía. ¡Por amor de Dios, deja de presionarlo!

—Bien... Esta es la parte que le costará creer: durante los últimos doce meses mi ánimo ha estado totalmente controlado por el sexo. Si tengo un buen rendimiento sexual con mi esposa, el mundo me parece luminoso. Si no, ¡bingo! Depresiones y dolores de cabeza.

—Hábleme de sus depresiones. ¿Cómo son?

—Como cualquier depresión. Me siento abatido.

—Cuénteme más.

—¿Qué puedo decir? Lo veo todo negro.

—¿En qué piensa cuando está deprimido?

—En nada. Ese es el problema. ¿No son así las depresiones?

—Algunas veces, cuando la gente se deprime, ciertos pensamientos les dan vueltas por la cabeza.

—Yo me atormento.

—¿Cómo?

—Empiezo a pensar que siempre funcionaré mal sexualmente, que mi vida como hombre ha terminado. Una vez que empieza la depresión, tengo migraña durante las veinticuatro horas siguientes. Otros médicos me han dicho que estoy en un círculo vicioso. Veamos, ¿cómo funciona? Cuando estoy deprimido soy impotente, y entonces, como soy impotente, me deprimo más. Sí, así es. Pero saber eso no cambia las cosas, no rompe el círculo vicioso.

—¿Qué lo rompe?

—Uno diría que, después de seis meses, debería saber la respuesta. Soy muy observador. Siempre lo he sido. A los buenos contables nos pagan para eso. Pero no estoy seguro. Un día tengo buen sexo, y todo mejora. ¿Por qué ese día y no otro? No tengo ni idea.

Y así transcurrió la hora. Los comentarios de Marvin eran precisos pero mezquinos, y estaban cargados de clichés, preguntas y opiniones sobre otros médicos. Adoptaba una actitud notablemente clínica. Aunque daba detalles de su vida sexual, no manifestaba señales de turbación o cohibición, ni tampoco ningún sentimiento profundo.

En un momento dado traté de penetrar debajo de esa forzada espontaneidad propia de un «hombre saludable».

—Marvin, no debe de ser fácil para usted hablar de aspectos íntimos de su vida con un extraño. Me dijo que nunca había hablado con un psiquiatra.

—No es una cuestión de intimidades. Tiene más que ver con la psiquiatría. No creo en los psiquiatras.

—¿No cree que existamos? —Una tentativa estúpida de hacer un mal chiste, pero Marvin no notó que hablaba en broma.

—No, no es eso. Es que no tengo fe en ellos. Mi mujer, Phyllis, tampoco. Conocemos dos parejas con problemas matrimoniales que consultaron psiquiatras, y ambas terminaron en juicios de divorcio. No puede culparme por estar en guardia, ¿no?

Cuando acabó la hora, aún no era capaz de hacerle ninguna sugerencia y programé otra hora de consulta. Nos dimos la mano, y cuando se iba de mi oficina me di cuenta de que eso me alegraba. Lamentaba tener que volver a verlo.

Estaba irritado con Marvin. Pero ¿por qué? ¿Era por su superficialidad, porque fastidiaba, meneaba el dedo ante la nariz de uno, usaba un tono condescendiente para referirse a «ustedes» los psiquiatras? ¿Era por sugerir que demandaría a su neurólogo mientras al parecer trataba de involucrarme? ¿Sería porque era tan autoritario? Él fue quien controló la sesión: primero con esa tonta cuestión de las gafas, luego con su determinación de depositar el diagrama en mis manos aunque yo no lo quisiera. Se me ocurrió hacerlo pedacitos (y disfrutar cada momento).

Pero ¿por qué estaba tan irritado? Marvin me había hecho perder el ritmo de la sesión. ¿Y qué? Era sincero: me dijo lo que le pasaba lo mejor que pudo. Lo que no era poca cosa, dado el concepto que tenía sobre la psiquiatría. Después de todo, su diagrama era útil. Yo habría estado satisfecho con él si la idea hubiera sido mía. ¿No sería más un problema mío que de él? ¿Me habría vuelto con la edad tan intransigente? ¿Era yo tan rígido que, si la primera sesión no seguía el curso que yo deseaba, me ponía de mal humor y me irritaba?

De camino a casa esa noche pensé otra vez en él, en los dos Marvins: el hombre y la idea. Era el Marvin de carne y hueso el que me resultaba irritante y no me interesaba. Pero Marvin como *proyecto* me intrigaba. Pensaba en lo extraordinario de su historia: por primera vez en su vida, un hombre estable —aunque prosaico— que ha mantenido relaciones sexuales con la misma mujer durante cuarenta y un años de repente se vuelve exquisitamente sensible con respecto a su rendimiento sexual. Todo su bienestar pronto depende de su funcionamiento sexual. La cuestión es seria: sus migrañas lo incapacitan; es algo inesperado (el sexo nunca antes resultó ser un problema); y es repentino (estalló con fuerza hace exactamente seis meses).

¡Hace seis meses! Obviamente la clave estaba allí, y empecé la segunda sesión explorando los acontecimientos de seis meses atrás. ¿Qué cambios habían ocurrido entonces en su vida?

—Nada especialmente significativo —respondió Marvin.

—Imposible —insistí, y le formulé la misma pregunta de distintas formas. Por fin me enteré de que seis meses antes Marvin había tomado la decisión de retirarse y vender su empresa de contabilidad. La información surgió poco a poco, no porque él no estuviera dispuesto a hablar de su jubilación, sino porque le daba poca importancia al hecho.

Yo lo veía de otra manera. Las señales que marcan las distintas etapas de la vida siempre son significativas, y pocas tienen más importancia que la jubilación. ¿Cómo es posible que una jubilación no provoque sentimientos profundos sobre el paso de la vida y reflexiones sobre el significado de todo un proyecto vital? Para quienes miran hacia su interior, la jubilación es el momento de examinar la vida, de hacer balance; es un momento en que se toma conciencia de la finitud y de la cercanía de la muerte.

No era así para Marvin.

—¿Problemas por jubilarme? Usted debe de estar de broma. Para eso he estado trabajando: para poder jubilarme.

—¿No va a echar de menos nada del trabajo?

—Solo los dolores de cabeza. ¡Y parece que he encontrado la manera de conservarlas! Las migrañas, quiero decir. —Marvin sonrió, obviamente satisfecho consigo mismo por haber dado con un chiste—. En serio, el trabajo me ha cansado y me ha aburrido durante años. ¿Qué cree que echo de menos? ¿Los nuevos formularios de impuestos?

—A veces jubilarse despierta sentimientos importantes, porque se inicia una etapa importante en la vida. Nos recuerda el paso del tiempo. ¿Durante cuántos años estuvo trabajando? ¿Durante cuarenta y cinco años? Y ahora de repente para y pasa a una nueva etapa. Cuando me retire, creo que eso me hará ver con claridad lo que siempre he sabido: que la vida tiene un principio y un fin, que he estado pasando lentamente de un punto a otro y que me iré acercando al final.

—Mi trabajo gira en torno al dinero. De eso se trata. La jubilación significa simplemente que ya he ganado suficiente dinero y que no necesito trabajar más. ¿Qué sentido tiene? Puedo vivir de mis ganancias cómodamente.

—Pero, Marvin, ¿qué significa no volver a trabajar? Usted ha trabajado toda la vida. Ha obtenido el significado de su vida trabajando. Tengo la corazonada de que asusta el dejar de hacerlo.

—¿Quién lo necesita? Algunos de mis socios se matan apilando dinero para poder vivir de los intereses. Me parece un disparate: son ellos los que deberían consultar a un psiquiatra.

Vorbeireden, vorbeireden: hablábamos sin entendernos, una y otra vez invité a Marvin a que mirara en su interior; a que, aunque fuera por un momento, adoptara una perspectiva cósmica, identificara las cuestiones profundas de la existencia: su sentido de finitud, de envejecimiento y decadencia, su temor a la muerte, el fundamento de su propósito en la vida. Pero no me escuchó. Me ignoró, me entendió mal. Parecía pegado a la superficie de las cosas.

Cansado de viajar solo en estas excursiones subterráneas, decidí quedarme cerca de sus intereses. Hablamos sobre el trabajo. Me enteré de que, cuando era muy joven, sus padres y algunos de sus maestros lo consideraban un prodigio en matemáticas. A los ocho años se había presentado a una prueba —sin éxito— para poder participar en un programa de radio de preguntas y respuestas. Pero nunca logró pasar de ser una promesa.

Me pareció oírlo suspirar cuando dijo esto.

—Eso debe de haber sido un golpe para usted —le dije—. ¿Cómo se curó de esa herida?

Sugirió que quizá yo era muy joven para saber cuántos niños no pasaban las pruebas para participar en aquel programa.

—Los sentimientos no siempre siguen las reglas de lo racional. De hecho, por lo general no lo hacen.

—Si me hubiera quedado lamiéndome las heridas todas las veces que me han hecho daño, no habría llegado a ninguna parte.

—Veo que le cuesta hablar de sus heridas.

—Fui uno entre cientos. No fue nada del otro mundo.

—Veo, también, que cada vez que intento acercarme a

usted, usted me hace saber que no necesita nada. Estoy aquí para ayudarle. Responderé a todas sus preguntas.

Estaba claro que una petición directa no serviría de nada. Marvin pasaría mucho tiempo antes de poder compartir su vulnerabilidad. Retrocedí para ocuparme de los hechos y recoger datos. Marvin creció en Nueva York. Era hijo de padres judíos pobres, de primera generación de inmigrantes. Se graduó en Matemáticas en una universidad pequeña y por un tiempo pensó en continuar sus estudios universitarios. Pero estaba impaciente por casarse —salía con Phyllis desde los quince años— y, como carecía de recursos económicos, se puso a trabajar como maestro de secundaria.

Tras seis años enseñando trigonometría, Marvin se sentía atascado. Llegó a la conclusión de que la vida consistía en ganar dinero. Pensar en treinta y cinco años más con el penoso sueldo de profesor de escuela le resultaba insoportable. Estaba seguro de que la decisión de enseñar había sido un grave error y a la edad de treinta años decidió corregirlo. Después de un curso intensivo de contabilidad, se despidió de sus alumnos y colegas y montó una empresa que con el tiempo resultó ser altamente lucrativa. Tras invertir hábilmente en el sector inmobiliario de California, se convirtió en un hombre rico.

—Eso nos trae al presente, Marvin. ¿En qué dirección va su vida a partir de ahora?

—Pues, como he dicho, no tiene sentido acumular más dinero. No tengo hijos —aquí su voz se volvió opaca— ni parientes pobres, ni deseos de contribuir a buenas causas.

—Parece triste cuando dice que no tiene hijos.

—Eso ya es cosa del pasado. Me sentí decepcionado entonces, pero de eso hace muchos años, treinta y cinco. Tengo muchos planes. Quiero viajar. Quiero seguir con mis colecciones de sellos, chapas de campañas políticas, viejos uniformes de béisbol y *Reader's Digest*. Quizá sean sustitutos de los hijos...

Luego exploré la relación de Marvin con su esposa, que, según insistía él, era completamente armoniosa.

—Después de cuarenta y un años siento todavía que mi esposa es una gran mujer. No me gusta estar separado de ella, ni siquiera una noche. En realidad, siento una calidez interior cuando la veo al final del día. Toda mi tensión desaparece. Quizá se podría decir que ella es mi Valium.

Según Marvin, su vida sexual había sido maravillosa hasta hacía seis meses: a pesar de los cuarenta y un años que llevaban juntos, parecía haber conservado el lustre y la pasión. Cuando empezó la impotencia periódica de Marvin, al principio Phyllis se mostró paciente y comprensiva, pero durante los dos últimos meses se había vuelto irritable. Hacía solo un par de semanas se quejó de que estaba cansada de sentirse «estafada», es decir, de excitarse sexualmente para luego quedar insatisfecha.

Marvin otorgaba mucho peso a los sentimientos de Phyllis y le preocupaba mucho pensar que la disgustaba. Después de los episodios de impotencia se quedaba pensando durante varios días, y dependía por entero de ella para recobrar su equilibrio: a veces ella lo reconfortaba al asegurarle que todavía lo encontraba viril, pero por lo general él requería algún consuelo físico. Ella lo enjabonaba en la ducha, lo afeitaba, le daba masajes, se llevaba a la boca su pene flácido y lo mantenía allí hasta que cobraba vida.

Durante la segunda entrevista, lo mismo que en la primera, me sentí impresionado por el hecho de que su propia historia no le causara sorpresa. ¿No se sentía curioso ante el hecho de que su vida hubiera cambiado de manera tan drástica, de que su rumbo, su felicidad, incluso su deseo de vivir, dependiera por completo de si podía mantener una erección?

Era hora de hacerle una recomendación a Marvin sobre el tratamiento. No me parecía que fuera un buen candidato para un tipo profundo de psicoterapia. Había varias razones. Siempre me ha resultado difícil tratar a alguien carente por completo de curiosidad. Aunque es posible contribuir a despertar la curiosidad, un proceso sutil y prolongado sería incompatible con el deseo de Marvin de tener un tratamiento breve y eficaz. Durante las sesiones, también me daba cuenta de que Marvin se resistía a todas mis invitaciones a profundizar en sus sentimientos. No parecía comprender nada; cada uno hablaba un lenguaje distinto; él no tenía ningún interés en el significado interno de los acontecimientos. También se resistía a mis tentativas por implicarlo de una manera personal y directa: por ejemplo, cuando le pregunté sobre sus heridas o le indiqué que rechazaba todos mis intentos de acercarme a él.

Estaba a punto de recomendarle formalmente que iniciara un curso de terapia cognitivo-conductual (un enfoque centrado en cambiar aspectos concretos del comportamiento, sobre todo en la comunicación matrimonial, la actitud y la práctica en el sexo) cuando, casi como una ocurrencia tardía, Marvin mencionó que había tenido ciertos sueños esa semana.

Le había preguntado sobre sus sueños durante la primera entrevista. Como muchos otros pacientes, respondió que, aunque soñaba todas las noches, no recordaba los detalles de ningún sueño. Le sugerí que mantuviera una libreta junto a la cama para registrar los sueños, pero parecía tan poco orientado hacia el interior de su psique que dudaba de que lo hiciera, razón por la que no le pregunté nada en la segunda sesión.

Ahora sacó su libreta y empezó a leer una serie de sueños:

Phyllis estaba consternada porque no se había portado bien conmigo. Salió para irse a casa. Pero cuando la seguí, desapareció. Yo temía encontrarla muerta en un gran castillo que estaba sobre una montaña alta. Después yo estaba tratando de entrar por la ventana en una habitación en la que quizá estuviera su cuerpo. Me encontraba sobre una cornisa angosta, en lo alto. No podía avanzar, pero era demasiado estrecha para poder darme la vuelta y regresar. Tenía miedo de caerme, y luego de saltar y suicidarme.

Phyllis y yo nos estábamos desvistiendo para hacer el amor. Wentworth, un socio mío que pesa ciento veinticinco kilos, estaba en la habitación. Su madre estaba fuera. Tuvimos que vendarle los ojos para poder continuar. Cuando salí, no sabía qué decirle a la madre para explicarle por qué le habíamos vendado los ojos.

Había un campamento de gitanos formándose justo en el vestíbulo frente a mi oficina. Todos los gitanos eran inmundos: manos sucias, ropa sucia, las bolsas que llevaban también sucias. Oí que los hombres susurraban y conspiraban de una manera amenazadora. Me preguntaba cómo las autoridades les permitían acampar allí.

El suelo debajo de mi casa se estaba derritiendo. Yo tenía un taladro gigantesco y sabía que debería horadar sesenta y cinco pies de profundidad para poder salvar la casa. Di con una capa de roca sólida, y las vibraciones me despertaron.

¡Unos sueños increíbles! ¿De dónde provenían? ¿Sería posible que Marvin los hubiera soñado? Levanté la mirada, casi esperando ver a otra persona sentada frente a mí. Pero él seguía allí, esperando pacientemente mi siguiente pregunta con sus inexpresivos ojos tras los brillantes cristales de sus gafas.

Solo nos quedaban unos minutos. Le pregunté a Marvin si asociaba algún aspecto de estos sueños con otra cosa. Él solo se encogió de hombros. Los sueños eran un misterio para él. Yo le había preguntado sobre sus sueños, y él me los había traído. Eso era todo.

A pesar de los sueños, procedí a recomendarle un curso de terapia de pareja, quizá de ocho a doce sesiones. Le sugerí varias opciones: verlos a los dos yo mismo; recomendarles a otro terapeuta, o enviar a Phyllis a una terapeuta por un par de sesiones y que luego los cuatro —Phyllis, Marvin, yo y la terapeuta— nos reuniéramos para sesiones conjuntas.

Marvin escuchó atentamente lo que le decía, pero su expresión facial era tan pétrea que no pude descifrar qué pasaba por su mente. Cuando le pregunté qué le parecía, se puso extrañamente formal y dijo:

—Consideraré sus recomendaciones y le haré saber mi decisión.

¿Estaría decepcionado? ¿Se sentiría rechazado? No podía estar seguro. En aquel momento me parecía haber hecho la recomendación apropiada. La disfunción de Marvin era aguda y, según creía yo, respondería a un breve tratamiento cognitivo-conductual. Además, yo estaba convencido de que él no obtendría grandes beneficios con una terapia individual. Todo parecía estar en contra: él era demasiado resistente; en la jerga profesional, tenía muy poca «propensión psicológica».

No obstante, fue con pesar que perdí la oportunidad de trabajar más profundamente con él: la dinámica de la situación me fascinaba. Estaba seguro de que mi primera impresión era acertada: su jubilación inminente le había producido ansiedad fundamental relacionada con la finitud, el envejecimiento y la muerte, y estaba intentando superar esa ansiedad mediante el sexo, aunque exigiéndose tanto que había terminado por abrumarse.

Yo creía que Marvin estaba completamente equivocado cuando decía que el sexo estaba en la raíz de su problema; muy al contrario, el sexo era solo un medio poco efectivo de tratar de reducir la ansiedad, que surgía de causas más fundamentales. A veces, como nos mostró por primera vez Freud, la ansiedad de inspiración sexual se expresa a través de otros medios tortuosos. Quizá lo opuesto sea verdad también en otras ocasiones: otro tipo de ansiedad se disfraza de angustias sexuales. El sueño acerca del taladro gigantesco no podía ser más claro: el suelo debajo de los pies de Marvin se estaba licuando (una ingeniosa imagen visual de la falta de fundamento), y él trataba de evitarlo horadando, con su pene, sesenta y cinco pies, es decir, sesenta y cinco años.

Los otros sueños evidenciaban un mundo salvaje tras el plácido exterior de Marvin: un mundo desbordante de muerte, asesinato, suicidio, furia contra Phyllis, miedo de fantasmas sucios y amenazadores que brotaban desde dentro. El hombre de los ojos vendados en el cuarto donde él y Phyllis iban a hacer el amor resultaba particularmente intrigante. Cuando se investigan problemas sexuales siempre es importante preguntar si hay más de dos personas presentes en el acto sexual. La presencia de otros —fantasmas de padres, rivales, otros amantes— lo complica todo enormemente.

No, la terapia cognitivo-conductual era la mejor opción. Era mejor mantener cerrada con fuerza la tapa de ese mundo subterráneo. Cuanto más pensaba en ello, más convencido estaba de haber hecho bien reprimiendo mi curiosidad y que había actuado de manera desinteresada y coherente en beneficio del paciente.

Pero la racionalidad y la precisión en psicoterapia raras veces son recompensadas. Unos pocos días después, Marvin llamó para pedir otra cita. Yo esperaba que lo acompañara Phyllis, pero llegó solo, macilento y claramente ansioso. No hubo ceremonias introductorias ese día. Fue directamente al grano.

—Hoy es un mal día. Me siento muy mal. Pero, primero, quiero decirle que le agradezco su recomendación de la semana pasada. Para serle sincero, yo esperaba que me aconsejara verle tres o cuatro veces por semana durante los próximos tres o cuatro años. Me habían advertido que ustedes los psiquiatras hacen eso independientemente del problema. No es que le culpe: después de todo, ustedes tienen un negocio y tienen que ganarse la vida.

»Su consejo sobre terapia de pareja me pareció sensato. Phyllis y yo tenemos algunos problemas de comunicación, más de lo que le conté la semana pasada. En realidad, no se lo dije todo. He tenido algunas dificultades sexuales que han alterado mi estado de ánimo en estos últimos veinte años, pero no fueron tan malas como ahora. Así que decidí seguir su consejo, pero Phyllis no quiere cooperar. Se niega a ver a un psiquiatra, a un terapeuta sexual o de pareja. No quiere ver a nadie. Le pedí que viniera hoy conmigo, pero se negó.

—¿Por qué?

—Ya llegaré a eso, pero hay dos cosas más a las que quiero referirme hoy.

Marvin se detuvo. Al principio pensé que era para recobrar el aliento, pues había estado hablando muy rápidamente. Pero se estaba tranquilizando. Volvió la cabeza, se sonó la nariz, se secó los ojos de forma subrepticia. Luego prosiguió.

—Estoy muy deprimido. Esta semana he sufrido la peor migraña de todas, y tuve que ir a urgencias anoche para que me dieran una inyección.

—Me ha parecido que hoy tiene mala cara.

—Los dolores de cabeza me están matando. Pero para

empeorar las cosas, no duermo. Anoche tuve una pesadilla que me despertó como a las dos de la madrugada, y pasé toda la noche repasándola. Todavía no me la puedo sacar de la cabeza.

—Veamos.

Marvin empezó a leer de su libreta de una forma tan mecánica que lo interrumpí y empleé el viejo recurso de Fritz Perls de pedirle que empezara otra vez y describiera el sueño en presente, como si lo estuviera teniendo ahora. Marvin dejó a un lado su libreta y recitó de memoria:

Los dos hombres son altos, pálidos y muy delgados. En una pradera oscura se deslizan en silencio. Están vestidos completamente de negro. Con sombreros de copa negros, chaquetas con cola, polainas y zapatos negros: parecen sepultureros victorianos o miembros de una liga por la templanza. De repente llegan a un carruaje, negro como el ébano, en el que hay una bebé envuelta en gasa negra. Sin mediar palabra, uno de los hombres empieza a empujar el carruaje. Tras recorrer una corta distancia se detiene, camina hasta la parte delantera y, con su bastón negro, que ahora tiene una punta blanca brillante, se inclina, aparta la gasa y metódicamente inserta la punta del bastón en la vagina de la niñita.

Me sentí paralizado por el sueño. Las crudas imágenes tomaron forma en mi mente de inmediato. Miré sorprendido a Marvin, que parecía impasible ante el poder de su propia creación. No parecía capaz de valorarla, y se me ocurrió que este no era, no podía ser, su sueño. Un sueño así no podía haber surgido de él: él no era más que el vehículo a través de cuyos labios se expresaba. ¿Cómo podría yo conocer al que lo soñó?

Marvin, por cierto, reforzaba aquella idea caprichosa. No tenía ninguna familiaridad con el sueño y se relacionaba con él como si fuera un texto escrito por otro. Aún sentía miedo cuando lo contaba, y sacudía la cabeza como si estuviera tratando de quitarse el mal sabor de boca que le había dejado.

Me centré en la ansiedad.

—¿Por qué cree que el sueño era una pesadilla? ¿Exactamente qué parte le asustó?

—Ahora que lo pienso, lo último es lo horrible: meter la punta del bastón en la vagina del bebé. Aunque no mientras soñaba. Algo más me asustaba entonces: los pasos silenciosos, la negrura, la sensación profunda de presagio. El sueño entero era terrorífico.

—¿Qué sintió en el momento de la inserción de la punta del bastón?

—Creo que esa parte me pareció casi tranquilizadora, como si calmara el sueño o, más bien, tratara de calmarlo. En realidad, no lo hizo. Nada de esto tiene sentido para mí. Nunca he creído en los sueños.

Yo quería demorarme en el sueño, pero tuvimos que volver a necesidades más acuciantes. El hecho de que Phyllis no quisiera hablar conmigo, ni una sola vez, para ayudar a su marido —quien ahora estaba *in extremis*— contradecía el relato de Marvin de su idílico y armonioso matrimonio. Aquí yo debía proceder con delicadeza: obviamente, tanto él como Phyllis temían que los terapeutas se pusieran a fisgonear en los problemas conyugales y, de algún modo, los incrementaran, pero debía estar seguro de que ella se oponía frontalmente a la terapia de pareja. La semana pasada me había preguntado si Marvin no se sentiría rechazado por mí. Quizá esto era un ardid para manipularme y hacer que lo viera en terapia individual. ¿Qué clase de esfuerzo habría hecho Marvin en realidad para convencer a Phyllis de que participara con él en el tratamiento?

Marvin me aseguró que ella era muy obstinada y que no resultaba fácil sacarla de sus rutinas.

—Ya le dije que no cree en la psiquiatría, pero va mucho más allá de eso. No quiere ver a ningún médico; hace quince años que no se ha hecho un examen ginecológico. Todo lo que puedo hacer es empujarla para que vaya al dentista cuando tiene un dolor de muelas.

De repente, cuando le pedí otros ejemplos de lo obstinada que podía ser Phyllis y lo apegada que estaba a sus costumbres, algunas cosas inesperadas empezaron a salir a la luz.

—Pues es mejor que le diga la verdad. No tiene sentido gastar el dinero para venir a contarle mentiras. Phyllis tiene sus problemas. Lo principal es que tiene miedo de salir de casa. Eso tiene un nombre, pero lo he olvidado.

—¿Agorafobia?

—Sí, eso es. Hace años que sufre de eso. Raras veces sale de casa, a menos que —la voz de Marvin se tornó conspiratoria— sea para huir de otro temor.

—¿Qué otro temor?

—¡El temor de que vengan visitas!

Me explicó que no tenían invitados desde hacía años; décadas, en realidad. Si la situación lo exigía —por ejemplo, si llegaban parientes de fuera de la ciudad—, Phyllis se animaba a invitarlos a comer a un restaurante.

—Un restaurante barato, ya que a Phyllis nunca le ha gustado despilfarrar el dinero.

El dinero era otra de las razones, añadió Marvin, por las cuales ella se oponía a la psicoterapia.

Además, Phyllis no permitía que Marvin recibiera invitados en casa. Hacía un par de semanas, por ejemplo, llamaron unos amigos de otra ciudad para preguntar si podían ver la colección de chapas políticas de Marvin. Él dijo que no se molestó en preguntarle a Phyllis: sabía que ella se pondría furiosa. Si él trataba de forzar la situación, pasaría una eternidad antes de que ella lo dejara tocarla. En consecuencia, como muchas otras veces, se pasó casi todo un día empaquetando su colección para poder mostrarla en la oficina.

Esta nueva información dejaba mucho más claro que Marvin y Phyllis necesitaban terapia de pareja con urgencia. Pero se acababa de producir un giro. Los primeros sueños de Marvin estaban tan llenos de iconografía primitiva que la semana anterior yo temí que la terapia individual pudiera interrumpir esta ebullición inconsciente, por lo que pensé que la terapia de pareja sería más segura. Ahora, sin embargo, con esta evidencia de una patología severa en su relación, empecé a preguntarme si también la terapia de pareja no dejaría sueltos los demonios.

Le repetí a Marvin que, considerando todos los aspectos, seguía creyendo que el mejor tratamiento sería la terapia cognitivo-conductual orientada hacia la pareja. Sin embargo, la terapia de pareja hacía necesaria una pareja, y si Phyllis no estaba aún dispuesta a venir a la consulta (como él afirmaba), yo lo vería en terapia individual.

—Pero le advierto, el tratamiento individual probablemente requiera varios meses, quizá un año o más, y no estará desprovisto de problemas. Pueden emerger pensamientos o recuerdos dolorosos que temporalmente lo dejen peor de lo que está ahora.

Marvin dijo que había pensado en eso los últimos días y que deseaba empezar de inmediato. Acordamos vernos dos veces por semana.

Ahora era evidente que tanto él como yo teníamos reparos. Marvin seguía escéptico con respecto a la aventura psicoterapéutica y demostraba poco interés en un viaje interior. Aceptaba la terapia solo porque las migrañas lo doblegaban y no tenía a nadie más a quien recurrir. Por mi parte, yo tenía mis reparos porque era pesimista en cuanto al tratamiento: acordé trabajar con él porque no veía ninguna otra opción terapéutica viable.

Obviamente, podía haberlo derivado a otro profesional. Pero había una razón más: esa voz, la voz de ese ser que había creado esos sueños increíbles. Escondido en algún lugar entre los muros que encerraban a Marvin, había un soñador que enviaba un urgente mensaje existencial. Regresé mentalmente al paisaje del sueño, de vuelta al silencioso mundo oscuro de los hombres enjutos, la pradera negra y esa bebé bajo las gasas negras. Pensé en la punta incandescente del bastón y en el acto sexual que no era sexo, sino un mero intento fútil por disipar el miedo.

Si el disfraz fuera innecesario, si el soñador pudiera hablarme sin engaños, ¿qué diría?

> Soy viejo. Estoy al final de la obra de mi vida. No tengo hijos, y me acerco a la muerte con miedo. Me estoy asfixiando en la oscuridad. Me siento asfixiado por el silencio de la muerte. Creo que conozco un camino. Trato de penetrar en la negrura con mi talismán sexual. Pero no es suficiente.

Pero estas eran mis reflexiones, no las de Marvin. Le pedí que pensara en el sueño y dijera lo primero que se le ocurriera. No surgió nada. Sacudió la cabeza.

—Usted sacude la cabeza casi al instante. Vuelva a intentarlo. Dese una oportunidad. Tome cualquier parte del sueño y deje la mente libre.

Nada en absoluto.

—¿Qué piensa sobre el bastón de punta blanca?

Marvin sonrió con afectación:

—¡Estaba pensando cuándo llegaría a eso! ¿No le he dicho que ustedes consideran que el sexo está en la raíz de todo?

Su acusación parecía particularmente irónica porque, si yo estaba convencido acerca de algo, era que el sexo *no* era la causa de sus dificultades.

—Pero el sueño es suyo, Marvin. Y el bastón. Usted lo creó. ¿Cómo lo interpreta? ¿Y qué piensa de las alusiones a la muerte: sepultureros, silencio, negrura, toda esa atmósfera de temor y presagio?

Ante la alternativa de discutir el sueño desde la perspectiva de la muerte o del sexo, Marvin se apresuró a elegir la segunda.

—Pues quizá le interese algo sexual que pasó ayer por la tarde, unas diez horas antes del sueño. Yo estaba acostado, recobrándome de la migraña. Phyllis se acercó y me hizo un masaje en la cabeza y en el cuello. Luego siguió y me masajeó la espalda, luego las piernas y después el pene. Me desvistió y luego ella se sacó toda la ropa.

Debía de tratarse de un hecho bastante insólito: Marvin me había dicho que era él quien iniciaba el sexo casi todas las veces. Sospeché que Phyllis quería expiar su culpa por negarse a ver a un terapeuta de parejas.

—Al principio yo no reaccionaba.

—¿Cómo?

—Para decirle la verdad, estaba asustado. Me estaba recuperando de la peor de mis migrañas, y tenía miedo de no funcionar y de que volviera a tener otra migraña. Pero Phyllis empezó a chupármela y se me puso erecta. Nunca había visto a Phyllis insistir tanto. Por fin le dije que sí, que eso me ayudaría a aliviar la tensión. —Aquí Marvin hizo una pausa.

—¿Por qué se interrumpe?

—Estoy tratando de recordar las palabras exactas. En cualquier caso, empezamos a hacer el amor. Yo lo estaba haciendo bastante bien, pero cuando estaba muy cerca de correrme Phyllis dijo: «Hay más razones para hacer el amor que aliviar la tensión». Y eso bastó. Se me bajó en un segundo.

—Marvin, ¿le dijo a Phyllis cómo se sentía con respecto a lo inoportuna que había sido ella?

—Nunca ha sido muy oportuna. Pero yo estaba demasiado irritado para hablar. Tenía miedo, también, de lo que yo pudiera llegar a decir. Si suelto algo erróneo, ella puede hacer que mi vida sea un infierno y cerrar para siempre el grifo del sexo.

—¿Qué podría decir usted?

—Tengo miedo de mis impulsos... mis impulsos asesinos y sexuales.

—¿A qué se refiere?

—¿Recuerda, hace años, la historia que salió en los periódicos de aquel hombre que mató a su mujer echándole ácido? ¡Algo horrible! Sin embargo, he pensado muchas veces en ese crimen. Puedo entender cómo la furia hacia una mujer podría llevar a un crimen así.

¡Dios mío! El inconsciente de Marvin estaba más cerca de la superficie de lo que yo creía. Como mi intención no era levantar la tapa para que afloraran los sentimientos primitivos —por lo menos no al comienzo del tratamiento—, cambié de tema, del asesinato al sexo.

—Marvin, usted ha dicho que también le asustan sus impulsos sexuales. ¿Qué significa eso?

—Mi instinto sexual siempre ha sido demasiado potente. He oído que esto sucede con muchos hombres calvos debido a su gran cantidad de hormonas masculinas. ¿Es eso verdad?

Yo no quería alentar una distracción. Me encogí de hombros.

—Continúe.

—Pues he tenido que refrenarme durante toda mi vida, porque Phyllis tiene sus propias ideas acerca de cuántas veces debemos mantener relaciones. Y siempre es lo mismo: dos veces por semana, con algunas excepciones para los cumpleaños y los festivos.

—¿Eso le molesta?

—A veces. Aunque también creo que las restricciones son buenas. Sin ellas podría desbocarme.

Era un comentario curioso.

—¿Qué quiere decir eso? ¿Se refiere a relaciones extramatrimoniales?

Mi pregunta escandalizó a Marvin.

—¡Nunca le he sido infiel a Phyllis! ¡Nunca lo seré!

—¿Qué quiere decir con «desbocarse», entonces?

Marvin parecía confundido. Tuve la sensación de que estaba hablando de cosas que no había discutido nunca con nadie. Eso me estimulaba. Estaba siendo una sesión muy fructífera. Quería que él siguiera, y esperé.

—No sé lo que quiero decir, pero hay veces que me pregunto cómo habría sido estar casado con una mujer con impulsos sexuales como los míos, una mujer que quisiera sexo y disfrutara como yo.

—¿Qué cree? ¿Que su vida habría sido diferente?

—Voy a rebobinar un poco. Yo no debería haber hablado de «disfrutar». Phyllis disfruta del sexo. Es solo que nunca parece desearlo. En cambio, ella..., ¿cómo lo diría...?, me permite hacerlo... si me porto bien. Entonces me siento engañado y me enojo.

Marvin hizo una pausa. Se aflojó el cuello de la camisa, se frotó el cuello y giró la cabeza. Se estaba liberando de la tensión, pero imaginé que estaba mirando a su alrededor, como para asegurarse de que nadie más lo escuchaba.

—Se le ve incómodo. ¿Qué siente?

—Me siento desleal. Como que no debería haber dicho todo eso sobre Phyllis. Como si fuera a enterarse.

—Usted le da mucho poder. Tarde o temprano vamos a tener que hablar de eso.

Marvin siguió con esa actitud de franqueza durante las primeras semanas de terapia. En general, fue mucho mejor de lo que yo esperaba. Cooperaba; dejó de lado su belicoso escepticismo hacia la psiquiatría; hacía sus deberes, venía preparado para las sesiones y —como él decía— estaba decidido a rentabilizar su inversión. Su confianza en la terapia se vio reforzada por un inesperado dividendo temprano: de manera misteriosa, sus migrañas casi desaparecieron en cuanto empezó el tratamiento (aunque sus intensos cambios de humor con respecto al sexo continuaron).

Durante esta primera etapa de la terapia, nos concentramos en dos aspectos: su matrimonio y (en menor grado, debido a su resistencia) las implicaciones de su jubilación. Sin embargo, yo procedía con mucha cautela. Me sentía como un cirujano que prepara el campo operatorio pero evita hacer una incisión profunda. Quería que Marvin explorara estas cuestiones, pero no tan profundamente como para desestabilizar el precario equilibrio matrimonial que él y Phyllis habían establecido (lo que haría que él diera por terminada la terapia). Tampoco quería provocar una mayor ansiedad con respecto a la muerte, pues eso causaría una nueva ola de migrañas.

Al mismo tiempo que me ocupaba de esta suave y un tanto específica terapia con Marvin, establecí un diálogo fascinante con el soñador, ese homúnculo ampliamente iluminado que se alojaba —quizá como prisionero— en Marvin, aunque este ignoraba su existencia o, tal vez, permitía que se comunicara conmigo con un ánimo de benévola indiferencia. Mientras Marvin y yo conversábamos casualmente y recorríamos niveles superficiales, el soñador enviaba una corriente constante de mensajes desde las profundidades.

Quizá mi discurso con el soñador fuera contraproducente. Quizá yo estuviera dispuesto a permitirle a Marvin un ritmo más lento debido a mi encuentro con el soñador. Recuerdo que empezaba cada hora no expectante por ver nuevamente a Marvin, sino por la excitación de mi siguiente comunicación con el soñador.

A veces los sueños, como los primeros que me contó, eran tremendas expresiones de ansiedad ontológica; otras presagiaban cosas que aflorarían en la terapia; algunas veces eran como subtítulos terapéuticos que proporcionaban una diáfana traducción de las cautelosas declaraciones de Marvin.

Después de las primeras sesiones empecé a recibir mensajes esperanzados:

> *El maestro del internado buscaba niños interesados en pintar en una gran tela en blanco. Más adelante yo se lo contaba a un niño regordete —obviamente yo mismo— y él se excitaba de tal manera que se echaba a llorar.*

No había posibilidad de equivocarse con respecto al mensaje:

> Marvin siente que alguien le ofrece una oportunidad —indudablemente tú, su terapeuta— para volver a empezar de nuevo. Qué excitante tener otra oportunidad, pintar su vida otra vez en una tela en blanco.

Siguieron otros sueños también cargados de significación:

> *Yo estoy en una boda y se me acerca una mujer que me dice que es mi hija largamente olvidada. Me quedo sorprendido porque no sabía que tuviera una hija. Es de mediana edad y está vestida*

con espléndidos tonos pardos. Conversamos solo un par de horas. Le pregunto sobre las circunstancias de su vida, pero ella no puede hablar de eso. Me quedo triste al ver que se va, pero hemos quedado en escribirnos.

El mensaje:

Marvin descubre por primera vez a su hija (el aspecto femenino, sensible, apacible de su yo). Se queda fascinado. Las posibilidades son ilimitadas. Piensa en entablar una comunicación permanente. Quizá pueda colonizar las islas recién descubiertas de su ser.

Otro sueño:

Miro por la ventana y oigo agitación entre las plantas. Es un gato que persigue a un ratón. Me compadezco del ratón y salgo. Lo que encuentro son dos gatitos que aún no han abierto los ojos. Corro a contárselo a Phyllis, porque a ella le gustan mucho los gatos.

El mensaje:

Marvin entiende, entiende de verdad, que ha tenido los ojos cerrados y por fin se prepara para abrirlos. Está emocionado por Phyllis, que también está a punto de abrir los ojos. Pero procede con cautela: sospecha que se trata del juego del gato y el ratón.

Pronto recibí más advertencias:

Phyllis y yo estamos comiendo en un restaurante destartalado. El servicio es pésimo. El camarero nunca aparece cuando se le necesita. Phyllis le dice que va sucio y mal vestido. Me sorprende que la comida sea tan buena.

El mensaje:

Él está preparando una acusación contra ti. Phyllis no te quiere en la vida de ellos. Eres una terrible amenaza para ambos. Ten cuidado. No quedes atrapado entre dos fuegos. No importa lo buena que sea tu comida, no eres rival para una mujer.

Y luego un sueño con quejas específicas:

Estoy observando un trasplante de corazón. El cirujano está acostado. Alguien lo acusa de que solo está implicado en el proceso del trasplante y de que no le interesan las circunstancias desagradables de cómo obtuvo el corazón del donante. El cirujano reconoce que eso es verdad. Hay una enfermera en la sala de operaciones que dice que ella no tiene ningún privilegio y que está obligada a presenciar todo el desagradable episodio.

El mensaje:

El trasplante de corazón es la psicoterapia, por supuesto. [Me saco el sombrero ante ti, mi querido amigo soñador. «Trasplante de corazón» es un excelente símbolo visual de la psicoterapia.] Marvin piensa que soy frío y que tengo poco interés personal en su vida, en cómo ha llegado a ser la persona que es hoy.

El soñador me está avisando cómo proceder. Nunca he tenido un supervisor igual. Estaba tan fascinado por el soñador que empecé a perder de vista su motivación. ¿Actuaba como el agente de Marvin para ayudarme a ayudar a Marvin? ¿Tenía la esperanza de que, si Marvin cambiaba, entonces él, el soñador, obtendría su libertad al integrarse con Marvin? ¿O actuaba principalmente para aliviar su propia soledad y preservar la relación que mantenía conmigo?

En cualquier caso, al margen de su motivación, su consejo era sagaz. Tenía razón: ¡yo no estaba verdaderamente comprometido con Marvin! Nos manteníamos en un nivel formal, y nos llamábamos por el nombre de pila con torpeza. Marvin se tomaba muy en serio a sí mismo: prácticamente era el único paciente con quien yo nunca bromeaba. Muchas veces intenté que nos centráramos en nuestra relación, pero aparte de algunas observaciones irónicas en el primer par de sesiones (del tipo de «ustedes piensan que el sexo está en la raíz de todo»), él no hacía ninguna referencia directa a mí. Me trataba con mucho respeto y deferencia, y por lo general respondía a mis preguntas sobre sus sentimientos hacia mí diciendo que evidentemente sabía lo que hacía, ya que él se había librado de sus migrañas.

Pasados seis meses, Marvin me importaba un poco más, aunque aún no sentía un afecto profundo por él. Esto era muy extraño, pues yo adoraba al soñador: adoraba su coraje y su total honestidad. De vez en cuando debía aguijonearme para recordar que el soñador era Marvin, que el soñador constituía un canal abierto al núcleo de Marvin, esa espiral del yo que posee absoluta sabiduría y conocimiento de sí mismo.

El soñador estaba en lo cierto al sugerir que yo no me había sumergido en los detalles desagradables sobre el corazón que iba a ser trasplantado. Yo no había prestado atención a las experiencias y pautas de la infancia y juventud de Marvin. En consecuencia, dediqué las dos sesiones siguientes a un examen detallado de su niñez. Una de las cosas más interesantes de las que me enteré fue que, cuando tenía siete u ocho años, un cataclismo secreto arrolló la familia y provocó que su madre expulsara a su padre para siempre de su dormitorio. Aunque la naturaleza del hecho jamás le fue revelada a Marvin, ahora cree, sobre la base de unos comentarios sueltos que su madre fue dejando caer, que su padre le era infiel o, tal vez, que era un jugador compulsivo.

Después del exilio de su padre, recayó sobre Marvin, el hijo menor, la responsabilidad de convertirse en el compañero constante de su madre; su tarea era escoltarla a todas las funciones sociales. Durante años soportó las burlas de sus amigos, que decían que él salía con su madre como si fuera su pareja.

Obvia decir que la nueva responsabilidad familiar de Marvin no hizo que su padre lo apreciara más, y este pasó a ser una presencia débil en la familia, luego solo una sombra, y pronto se evaporó para siempre. Dos años después, su hermano mayor recibió una tarjeta postal de su padre en la que le decía que estaba vivo y bien, y que estaba seguro de que la familia estaría mejor sin él.

Era evidente que había fundamento para que Marvin tuviera importantes problemas edípicos en sus tratos con las mujeres. La relación con su madre había sido exclusiva, íntima, de duración prolongada, y tuvo consecuencias desastrosas en sus relaciones con los hombres. De hecho, él imaginaba haber contribuido de manera sustancial a la desaparición de su padre. No me sorprendió saber que Marvin temía la competencia de los hombres y que era extraordinariamente tímido con las mujeres. Su primera cita verdadera, con Phyllis, había sido la última: continuó saliendo con Phyllis hasta el día de la boda. Phyllis tenía seis años menos, era igualmente tímida y también carecía de experiencia con el sexo opuesto.

Estas sesiones anamnésicas resultaron razonablemente productivas, según me pareció. Empecé a conocer a los personajes que habitaban en la mente de Marvin, e identifiqué (y compartí) ciertas pautas repetitivas importantes en su vida; por ejemplo, la manera en que él había recreado parte de la relación de sus padres en su propia vida: su mujer, como su madre, ejercía el control dispensando o interrumpiendo los favores sexuales.

A medida que este material se desplegaba, era posible entender los problemas actuales de Marvin desde tres perspectivas diferentes: la existencial (con el foco en la ansiedad ontológica provocada por el inicio de una de las fases importantes en la vida); la freudiana (con énfasis en la ansiedad edípica, que relaciona el acto sexual con una catastrófica ansiedad primitiva); y la comunicacional (con énfasis en la manera en que los acontecimientos recientes habían desestabilizado el equilibrio dinámico matrimonial, de lo que hablaremos pronto).

Marvin, como siempre, se esforzaba en proporcionar la información necesaria, pero, aunque sus sueños lo requirieran, pronto perdió interés en los orígenes de sus actuales patrones vitales. En una ocasión, comentó que esos polvorientos hechos pertenecían a otro tiempo, casi a otro siglo. También observó, pensativo, que estábamos discutiendo un drama en el que todos los personajes estaban muertos, excepto él.

El soñador pronto me dio una serie de mensajes sobre la reacción de Marvin a nuestras excursiones históricas:

Vi un coche con una forma curiosa, como una caja larga y grande sobre ruedas. Era negra y brillante como el charol. Me sorprendió el hecho de que las únicas ventanillas estaban en la parte de atrás y eran torcidas, de manera que no se podía ver a través de ellas.

Había otro vehículo con problemas con el espejo retrovisor. Las ventanillas de atrás tenían una especie de filtro que se deslizaba hacia abajo y hacia arriba, pero estaba atascado.

Yo estaba dando una conferencia con gran éxito. Luego empe-
cé a tener problemas con el proyector de diapositivas. Primero, no
podía sacar una diapositiva para poner otra. Era la diapositiva de
una cabeza de hombre. Luego no podía enfocar la diapositiva
para que se viera nítida. Además, las cabezas de la gente tapaban
la visión de la pantalla, así que recorrí todo el auditorio para lo-
grar una visión sin obstrucciones, pero nunca pude ver una diapo-
sitiva entera.

El mensaje que creo que me estaba enviando el soñador:

Trato de mirar hacia atrás, pero me falla la visión. No
hay ventanillas posteriores. No hay un espejo retrovisor. Una
diapositiva con una cabeza obstruye la visión. El pasado, la
historia verdadera, la crónica de los hechos reales, es irrecuperable. La cabeza en la diapositiva —mi cabeza, mi visión,
mi memoria— se interpone. Veo el pasado solo filtrado a
través de los ojos del presente, no tal y como lo conocí y lo
experimenté en su momento, sino desde el ahora. El recuerdo histórico es un ejercicio fútil que no puede apartar las
cabezas para obtener una visión nítida.

No solo el pasado está perdido para siempre, sino que el
futuro también está cerrado como con un sello. El coche
negro como el charol, la caja, mi ataúd, tampoco tienen ventanillas en la parte de atrás.

Poco a poco, con relativamente poca ayuda por mi parte, Marvin empezó a adentrarse en aguas más profundas.
Quizá oyó fragmentos de mi conversación con el soñador.
La primera asociación con que relacionó el automóvil, la
curiosa caja negra sobre ruedas, fue:

—No es un ataúd. —Al notar mis cejas levantadas, sonrió—. ¿Fue uno de ustedes el que dijo que uno se traiciona al protestar demasiado?

—El coche no tiene ventanas delanteras, Marvin. Piense en eso. ¿Qué se le ocurre?

—No sé. Sin ventanas delanteras uno no sabe adónde va.

—¿Cómo se aplicaría eso a usted, a lo que tiene por delante en este momento en su vida?

—La jubilación. Soy un poco lento, pero empiezo a entender. Pero no me preocupa la jubilación. ¿Por qué no siento nada?

—El sentimiento está ahí. Se infiltra en sus sueños. Quizá sea demasiado doloroso. Quizá el dolor experimenta un cortocircuito y es puesto en otra parte. Fíjese en las veces que se pregunta por qué se preocupa tanto por su rendimiento sexual y dice que eso no tiene sentido. Una de nuestras tareas principales es ordenar las cosas y devolver el sentimiento adonde pertenece.

Poco después relató una serie de sueños con material explícito sobre el envejecimiento y la muerte. Por ejemplo, soñó que caminaba por un gran edificio de hormigón subterráneo y sin terminar.

Un sueño en particular lo afectó:

> Vi a Susan Jennings. Estaba trabajando en una librería. Se veía deprimida y me acerqué para animarla un poco. Le dije que conocía a otras personas, seis personas, que se sentían igual. Ella me miró y vi que su cara era una horrenda calavera llena de mucosidades. Me desperté muy asustado.

Marvin trabajó bien con este sueño.

—¿Susan Jennings? ¿Susan Jennings? La conocí hace cuarenta y cinco años en la universidad. Creo que no he pensado en ella ni una sola vez hasta ahora.

—Pues piense en ella ahora. ¿Qué le viene a la mente?

—Puedo ver su cara: redonda, regordeta, gafas grandes.

—¿Le recuerda a alguien?

—No, pero sé lo que diría usted; que se parece a mí: la cara redonda y las gafas demasiado grandes.

—¿Qué hay de «los otros seis»?

—Ah, sí, sí, ahí hay algo, sí. Ayer hablé con Phyllis acerca de amigos que han muerto y también de un artículo en el periódico sobre gente que muere inmediatamente después de jubilarse. Le dije que había leído un boletín de exalumnos y vi que han muerto seis de mi promoción. Esos deben de ser los seis del sueño. ¡Fascinante!

—Hay mucho miedo a la muerte, Marvin, en este sueño y en todas las otras pesadillas. Todo el mundo le tiene miedo a la muerte. No he conocido a nadie que no lo tuviera. Pero la mayoría de la gente trabaja sobre el tema una y otra vez a lo largo de los años. En su caso parece haber explotado de repente. Estoy casi seguro de que fue la jubilación lo que encendió la mecha.

Marvin dijo que el sueño más fuerte de todos fue el primero, de hace seis meses, el de los dos hombres flacos, el bastón blanco y la bebé. Esas imágenes volvían siempre a su mente, sobre todo la imagen del sepulturero victoriano o miembro de la liga por la templanza. Quizá, dijo, ese era un símbolo de él mismo: había sido sobrio, demasiado sobrio. Hacía ya dos años que sabía que siempre había llevado una vida apagada, inerte.

Marvin estaba empezando a sorprenderme. Se aventuraba a sumergirse en tales profundidades que yo no podía creer que estuviera hablando con la misma persona. Cuando le pregunté qué pasó hacía dos años, mencionó un episodio del que nunca había hablado con nadie, ni siquiera con Phyllis. Mientras hojeaba una copia de *Psychology Today* en la sala de espera del dentista, quedó intrigado por un artículo que sugería que se debería intentar mantener una conversación final y significativa con cada una de las personas que han sido importantes en nuestra vida.

Un día, cuando estaba solo, trató de hacerlo. Imaginó que le decía a su padre cuánto lo echaba de menos y cuánto le habría gustado conocerlo. Su padre no le contestaba. Se imaginó diciéndole el último adiós a su madre, sentada frente a él en su mecedora de siempre. Dijo las palabras, pero no sintió nada. Hizo rechinar los dientes y trató de sentir algo. Pero no dio resultado. Se concentró en el significado de *nunca*: no la vería nunca, nunca más. Dio un puñetazo sobre el escritorio, forzándose a recordar el frío de la frente de su madre cuando la besó en el ataúd. Pero no recordó nada. Gritó: «¡Nunca más volveré a verte!». Aun así, nada. Fue entonces cuando se dio cuenta de que había asfixiado sus sentimientos.

Ese día lloró en mi consulta. Lloró por todo lo que se había perdido, por todos los años sin sentimientos. Qué triste era, dijo, haber esperado hasta ahora para tratar de sentirse vivo. Por primera vez yo me sentí muy cerca de Marvin. Le apreté el hombro mientras lloraba.

Al terminar esta sesión, yo estaba exhausto y muy conmovido. Pensé que por fin habíamos traspasado la impenetrable barrera: ahora Marvin y el soñador se habían fusionado y habían hablado con una sola voz.

Marvin se sentía mejor después de nuestra sesión y recuperó el optimismo hasta que, unos días después, ocurrió un hecho curioso. Él y Phyllis estaban comenzando una relación sexual cuando él dijo de repente: «Quizá el médico tenga razón, quizá toda mi ansiedad sexual sea en realidad ansiedad por la muerte». En cuanto terminó de decir esto, tuvo una inesperada eyaculación precoz, desprovista de todo placer. Comprensiblemente, a Phyllis le incomodó esa selección de temas de conversación durante el acto sexual. Entonces Marvin empezó a reprenderse con vehemencia por su insensibilidad hacia Phyllis y por su fracaso sexual, y se sumió en una profunda depresión. Pronto recibí un urgente y alarmado mensaje del soñador:

> *Había estado llevando muebles nuevos a la casa, pero no podía cerrar la puerta que da a la calle. Alguien había colocado un dispositivo para que la puerta quedara abierta. Después vi a diez o doce personas con maletas junto a la puerta. Eran horribles, malignas, sobre todo una vieja arpía cuya cara me recordaba a la de Susan Jennings. También me recordaba a Madame Defarge en la película* Historia de dos ciudades, *esa mujer que tejía al lado de la guillotina mientras caían las cabezas.*

El mensaje:

> Marvin está muy asustado. Ha terminado por percibir demasiado y muy rápido. Sabe ahora que la muerte lo espera. Ha abierto la puerta del entendimiento, pero ahora teme que haya salido demasiado y que ya no pueda volver a cerrarla.

Siguieron sueños atemorizantes con mensajes similares:

> *Era de noche. Yo estaba encaramado en un balcón alto de un edificio. Oí que lloraba un niño abajo, en la oscuridad. Pedía ayuda. Le dije que bajaría, porque yo era el único allí que podía ayudarlo, pero cuando echaba a andar en la oscuridad, la escalera se hacía más y más angosta y la endeble barandilla se deshacía en las manos. Tenía miedo de seguir.*

El mensaje:

> Hay partes vitales de mí mismo que he enterrado toda la vida: el niño, la mujer, el artista, la parte que quiere encon-

trar significados. Sé que he sofocado mis sentimientos y he dejado de vivir gran parte de mi vida. Pero ahora no puedo descender a esos reinos. No puedo hacer frente al temor y al arrepentimiento.

Y otro sueño más:

Estoy haciendo un examen. Entrego mi cuaderno azul, uno de esos que se usan para los exámenes escritos, y recuerdo que no he respondido la última pregunta. Me entra el pánico. Trato de conseguir que me devuelvan el cuaderno, pero ya ha pasado la hora límite. Dispongo una cita para encontrarme con mi hijo.

El mensaje:

Me doy cuenta ahora de que no he hecho lo que podría haber hecho con mi vida. El curso y el examen ya han pasado. Me habría gustado hacerlo de una manera distinta. La última pregunta del examen, ¿cuál era? Quizá si hubiera tomado otra senda, hecho algo diferente, si me hubiera convertido en otra cosa, no en un profesor de secundaria ni un adinerado contable. Pero es demasiado tarde, demasiado tarde para cambiar cualquiera de las respuestas. Se terminó el tiempo. Si tuviera un hijo, a través de él podría prolongarme en el futuro más allá de la línea de la muerte.

Más tarde, esa misma noche:

Estoy ascendiendo por un sendero de montaña. Veo a unas personas que intentan reconstruir una casa por la noche. Sé que no puede hacerse, y trato de decírselo, pero ellos no me pueden oír. Luego oigo que alguien detrás de mí me llama por mi nombre. Es mi madre que intenta alcanzarme. Dice que tiene un mensaje para mí. Alguien se está muriendo. Sé que soy yo el que se está muriendo. Me despierto sudando.

El mensaje:

Es demasiado tarde. No es posible volver a construir tu casa por la noche, cambiar el curso que te has fijado justo cuando te estás preparando para entrar en el mar de la muerte. Ahora tengo la edad de mi madre cuando murió. La estoy alcanzando, y me doy cuenta de que la muerte es inevitable. No puedo cambiar el futuro porque estoy siendo alcanzado por el pasado.

Estos mensajes del soñador se hacían cada vez más fuertes. Yo debía escucharlos. Me obligaban a determinar un rumbo y a repasar lo que había estado sucediendo en la terapia.

Marvin se había movido rápido, quizá demasiado rápido. Al principio era un hombre sin percepción: no podía, no quería dirigir su mirada hacia su interior. En el relativamente breve periodo de seis meses había hecho enormes descubrimientos. Supo que sus ojos, como los de un gatito recién nacido, habían estado cerrados. Supo que allí dentro hay un mundo rico y prolífico que, una vez confrontado, produce un miedo terrible, pero que también nos redime a través de la iluminación.

La apariencia superficial de las cosas ya no lo constreñía: se sentía menos cautivado por sus colecciones de sellos y ejemplares del *Reader's Digest*. Ahora, con los ojos abiertos a los hechos existenciales de la vida, se debatía con la inevitabilidad de la muerte y con su impotencia para salvarse.

Marvin despertó más rápido de lo que yo esperaba; quizá escuchase, después de todo, la voz de su propio soñador.

Al principio estaba ansioso por ver, pero pronto el entusiasmo dio paso a una poderosa sensación de pesar. Lamentaba su pasado y las pérdidas inminentes. Sobre todo, lamentaba los vastos espacios vacíos de su vida: el potencial interior no empleado, los hijos que no tuvo, el padre al que no conoció, la casa que nunca llenó de familia y amigos, el trabajo de una vida que pudo haber significado más que la acumulación de demasiado dinero. Por último, se lamentaba por sí mismo, por el soñador aprisionado, por el niño que pedía ayuda en la oscuridad.

Sabía que no había vivido la vida que verdaderamente quería. Quizá aún pudiera hacerse algo. Quizá aún hubiera tiempo para volver a pintar su vida en una gran tela en blanco. Había empezado a hacer girar el picaporte de puertas secretas, susurrándole a una hija desconocida, preguntándose adónde van los padres desaparecidos.

Sin embargo, se había excedido. Se había aventurado más allá de sus vías de suministro, y ahora era atacado por todos los flancos: el pasado era oscuro e irrecuperable; el futuro estaba bloqueado. Era demasiado tarde: su casa estaba terminada, había entregado el cuaderno de examen. Había abierto las compuertas de la percepción solo para que lo inundara la angustia de la muerte.

Hay veces que esta angustia se tacha de irrelevante por su universalidad. Después de todo, ¿quién no conoce y teme a la muerte? Sin embargo, una cosa es saber sobre la muerte en general, apretar los dientes y tener un par de escalofríos, y algo muy distinto aprehender la propia muerte y experimentarla en los huesos y en las raíces de nuestro ser. Esta percepción de la muerte es un terror que se experimenta rara vez, quizá una o dos veces en toda la vida, un terror que ahora Marvin sentía noche tras noche. Contra este espanto él carecía de las defensas más comunes. Sin hijos, no podía consolarse con la ilusión de genes inmortales. Tampoco tenía una fe religiosa que lo sustentara: no creía en un más allá ni en una deidad personal omnipresente que lo protegiera, ni sentía una sincera satisfacción por sus propios logros. (Como regla general, cuanto menor es la sensación de una vida plena, mayor es la angustia ante la muerte.) Lo peor de todo era que Marvin no podía prever el final de esta ansiedad. La imagen del sueño era gráfica: los demonios habían escapado del recinto de su mente y ahora se mostraban amenazantes. Él no podía escapar ni volverlos a encarcelar cerrando la puerta.

De modo que Marvin y yo habíamos llegado a un punto crucial, a una coyuntura a la que inevitablemente conduce la toma de conciencia. Es el momento en que uno se para frente al abismo y decide enfrentarse a los despiadados hechos existenciales de la vida: la muerte, la soledad, la falta de fundamento, el sinsentido. Por supuesto, no hay soluciones. Uno solo puede elegir ciertas posturas: ser «resuelto» o «comprometido» o valerosamente desafiante, la aceptación estoica o, por último, la renuncia a la racionalidad y, con gesto reverente, confiar en la providencia de lo Divino.

Yo no sabía lo que haría Marvin ni tampoco de qué otra manera ayudarlo. Recuerdo que esperaba cada sesión con algo más que curiosidad por la opción que escogería. ¿Qué haría finalmente? ¿Huiría de su propio descubrimiento? ¿Encontraría, otra vez, la manera de taparse la cabeza con la manta del autoengaño? ¿Abrazaría en última instancia una solución religiosa? ¿O encontraría fortaleza y refugio en una solución filosófica? Nunca he sentido tan vivamente el papel dual del terapeuta como participante y observador. Aunque ahora me sentía emocionalmente involucrado y me importaba mucho lo que le sucediera a Marvin, al mismo tiempo sabía que estaba en una posición privilegiada para poder estudiar la embriología de la fe.

Aunque Marvin se seguía sintiendo ansioso y deprimido, continuaba valerosamente trabajando en la terapia. Mi respeto por él aumentó. Yo había pensado que terminaría antes. ¿Qué hacía que siguiera viniendo?

Varias cosas, me contestó. Para empezar, seguía sin migrañas. Segundo, recordaba la advertencia que le hice la primera vez, que habría momentos en que se sentiría peor; confiaba, por lo tanto, en que la ansiedad que sentía fuera una etapa en la terapia y que con el tiempo remitiese. Además, estaba convencido de que algo significativo se estaba produciendo en la terapia: había aprendido más sobre sí mismo en los seis últimos meses que en los sesenta y cuatro años anteriores.

Y había sucedido otra cosa totalmente inesperada. Su relación con Phyllis había empezado a experimentar un cambio perceptible.

—Hablamos con más frecuencia y con mayor sinceridad que nunca. No estoy seguro de cuándo empezó. Cuando usted y yo comenzamos a vernos, tuvimos un breve periodo de conversación íntima. Pero fue una falsa alarma. Creo que Phyllis solo trataba de convencerme de que podíamos hablar sin que yo tuviera que consultar a un terapeuta.

»Pero en las últimas semanas ha sido diferente. Ahora hablamos de verdad. Le cuento a Phyllis lo que usted y yo discutimos. En realidad, ella espera con impaciencia que regrese de la sesión y se enfada si demoro nuestra charla; por ejemplo, si sugiero que esperemos hasta después de la cena, porque eso nos dará un tema interesante de conversación.

—¿Qué es lo más importante para ella?

—Casi todo. Ya le he dicho que a Phyllis no le gusta gastar dinero. Adora las rebajas. Bromeamos con que estamos haciendo una ganga terapéutica: dos al precio de uno.

—Es el tipo de ganga que me encanta ofrecer.

—Creo que lo que más le interesó a Phyllis fue cuando le hablé de nuestra conversación sobre mi trabajo y lo decepcionado que estoy por no aprovechar más mis capacidades, por haberme dedicado solo a hacer dinero, por no considerar nunca lo que le podría haber dado al mundo. Eso la golpeó fuerte. Dijo que, si era verdad para mí, también lo era para ella: había llevado una vida egoísta y nunca ha dado nada de sí misma.

—Le ha dado mucho a usted.

—Fue lo que le respondí. Al principio me lo agradeció, pero luego, después de pensarlo un poco, me dijo que no estaba tan segura. Quizá me haya ayudado, pero puede que en cierta forma se haya interpuesto en mi camino.

—¿En qué sentido?

—Mencionó todo lo que he hablado con usted: el hecho de haber impedido que otros vinieran a casa, el haberme disuadido de hacer amigos, el hecho de negarse a viajar y desanimarme a mí para que tampoco lo hiciera... ¿No le he hablado de eso? Sobre todo, lamenta no haber tenido hijos y haberse negado a consultar a un médico especialista en infertilidad.

—Marvin, estoy sorprendido. ¡Tanta franqueza! ¿Cómo pueden hacerlo? Son temas difíciles, muy difíciles.

Me dijo entonces que Phyllis estaba pagando un alto precio por esto. Se agitaba mucho. Una noche él no podía dormir y oyó murmullos en el cuarto de Phyllis. (Dormían en cuartos separados porque él roncaba.) Se acercó andando de puntillas y la vio arrodillada junto a la cama, rezando, repitiendo la misma frase una y otra vez: «La madre de Dios me protegerá. La madre de Dios me protegerá. La madre de Dios me protegerá».

A Marvin le impactó mucho la escena, aunque le costaba expresarlo con palabras. Creo que se sintió abrumado por la lástima, lástima por Phyllis, por sí mismo, por todas las personas débiles e indefensas. Creo que percibió que esa frase era como un conjuro mágico, una endeble protección contra todo lo terrible que debemos enfrentar.

Por fin volvió a dormirse y esa noche tuvo un sueño:

Había una estatua de una diosa sobre un pedestal en una habitación grande y llena de gente. Parecía Cristo, solo que tenía puesto un vestido color anaranjado pastel. En el otro extremo de la habitación había una actriz con un vestido blanco largo. De alguna manera intercambiaron vestidos, la estatua se bajó y la actriz subió al pedestal.

Marvin dijo que por fin entendía un sueño: este quería decir que él había endiosado a las mujeres y luego creía que estaría a salvo si era capaz de apaciguarlas. Por eso siempre había temido la ira de Phyllis, y por eso también, cuando estaba ansioso, ella podía aliviarlo al calmarlo sexualmente.

—Sobre todo con sexo oral. Creo que le he contado que, cuando estoy aterrorizado, ella se pone mi pene en la boca y yo me tranquilizo enseguida. No se trata de sexo. Usted me lo ha dicho todo el tiempo, y ahora sé que está en lo cierto, pues mi pene puede estar totalmente flácido. Es que significa que ella me acepta por completo y también que yo paso a ser una parte de ella.

—Es verdad que usted le confiere poderes mágicos, como a una diosa. Ella puede sanarle con solo una sonrisa, un abrazo o tomándole dentro de ella. No es raro que se esfuerce tanto por no disgustarla. Pero el problema es que el sexo se ha convertido en algo medicinal... No, más aún, el sexo se ha convertido en una propuesta de vida o muerte, y su supervivencia depende de su fusión con esta mujer. No es de extrañar que el sexo haya sido tan difícil. Debería ser un acto de amor y placer, no de protección contra el peligro. Con esa actitud ante el sexo, cualquiera —yo mismo, de hecho— tendría problemas con la erección.

Marvin sacó su libreta y escribió unas líneas. Yo me irrité unas semanas atrás cuando empezó a tomar notas, pero estaba aprovechando tan bien la terapia que terminé aceptando el hecho de que necesitara ayuda mnemónica.

—Veamos si he entendido bien esto. Su teoría es que lo que yo llamo «sexo» muchas veces no es sexo, o al menos no buen sexo, sino más bien una manera de protegerme contra el miedo, sobre todo el miedo al envejecimiento y a la muerte. Y cuando sufro de impotencia no es porque fracase sexualmente como hombre, sino porque le estoy pidiendo al sexo que haga cosas que no puede hacer.

—Exactamente. Y hay muchas evidencias que lo prueban. Por ejemplo, el sueño de los dos sepultureros enjutos y el bastón de la punta blanca. Y el sueño del suelo que se derrite bajo su casa, que usted intenta arreglar con el taladro gigantesco. Y lo que acaba de describirme, el hecho de que se siente aliviado por una conexión física con Phyllis que se disfraza de acto sexual pero que no lo es, como usted mismo dice.

—De modo que hay dos cuestiones. Primero, le pido al sexo que haga algo que está más allá de su alcance. Y segundo, le otorgo un poder casi sobrenatural a Phyllis para que me sane o me proteja.

—Y luego todo se desmoronó cuando oyó su quejumbroso rezo repetitivo.

—Fue entonces cuando me di cuenta de lo frágil que son todas las mujeres, no solo Phyllis en particular. No, no solamente las mujeres, sino todos nosotros. Yo estaba haciendo lo mismo que Phyllis: dependía de la magia.

—De modo que usted depende de su poder de protección y ella, a su vez, suplica protección mediante un cántico mágico. Fíjese en dónde lo deja eso a usted.

»Hay algo más que es importante. Considere ahora las cosas desde la perspectiva de Phyllis: si ella, por su amor hacia usted, acepta el papel de diosa que usted le asigna, piense en lo que le hace eso a sus propias posibilidades de crecimiento. Para poder permanecer sobre el pedestal, ella nunca ha podido hablar con usted de sus propios temores ni de su propio dolor hasta hace muy poco.

—¡No vaya tan rápido! Permítame anotar esto. Tendré que explicárselo luego a Phyllis.

Marvin estaba escribiendo furiosamente.

—De modo que, en cierto sentido, ella estaba siguiendo sus deseos no manifestados al no expresar abiertamente su inseguridad, fingiendo ser más fuerte de lo que en realidad se sentía. Tengo la impresión de que esa fue una de las razones por las que no quiso venir a terapia cuando empezamos: en otras palabras, asumió su deseo de que no cambiara. También tengo la impresión de que, si se lo pide ahora, es probable que venga.

—Por Dios, parece que nos hemos sincronizado o algo así. Phyllis y yo lo hemos hablado y está dispuesta a hablar con usted.

Y fue así como Phyllis entró en la terapia. Llegó con Marvin para la siguiente sesión. Era una mujer atractiva y elegante que, a fuerza de voluntad, superó su timidez y en las sesiones que mantuvimos los tres reveló mucho de sí misma.

Nuestras conjeturas acerca de Phyllis resultaron acertadas: con frecuencia debía ocultar su propia sensación de no estar a la altura para no inquietar a Marvin. Y, por supuesto, debía ser especialmente solícita cuando él estaba angustiado, lo que quería decir la mayor parte del tiempo.

Pero su comportamiento no solo respondía a los problemas de Marvin. También luchaba con muchas cuestiones personales, en especial el hecho de ser dolorosamente sensible a su falta de formación y de creerse intelectualmente inferior a la mayoría de las personas, en especial Marvin. Una de las razones por las cuales temía y evitaba las reuniones sociales era porque alguien podría preguntarle qué hacía. Eludía las conversaciones largas porque podía salir a la luz el hecho de que ella no había ido a la universidad. Cada vez que se comparaba con otras personas, siempre llegaba a la conclusión de que los demás estaban mejor informados, eran más inteligentes, socialmente más hábiles, más seguros de sí mismos y más interesantes que ella.

—Quizá —sugerí—, la única área en la que puede mantener el poder sea el sexo. Es ahí donde Marvin la necesita y no puede ejercer ningún control sobre usted.

Phyllis respondió primero con vacilación, y luego las palabras empezaron a brotar.

—Supongo que debo de tener algo que Marvin necesita. En todo lo demás es autosuficiente. Muchas veces siento que no tengo mucho más que ofrecer. No pude tener hijos. Tengo miedo a la gente. Nunca he trabajado fuera de casa. No tengo talentos ni habilidades. —Hizo una pausa, se secó los ojos y se dirigió a Marvin—. Mira, puedo llorar si me lo propongo.

Se volvió hacia mí.

—Marvin le ha dicho que me cuenta todo lo que ustedes discuten. De forma que he hecho terapia de manera indirecta. Algunos de esos debates me sacudieron. Pueden aplicarse a mí más que a él.

—¿Por ejemplo?

—Por ejemplo, el arrepentimiento. Eso dio en el blanco. Me lamento por muchas cosas que he hecho en la vida, o, mejor dicho, por las que no he hecho.

Me sentí conmovido por Phyllis en ese momento y busqué desesperadamente algo para poder ayudarla.

—Si examinamos el pasado con demasiada dureza, es fácil lamentarse. Pero ahora lo importante es volverse hacia el futuro. Debemos pensar en cambiar. Lo que no debe ocurrir es que dentro de cinco años miren hacia atrás y se lamenten por el modo en que han vivido estos últimos cinco años.

Phyllis respondió después de una breve pausa.

—Iba a decir que soy demasiado vieja para hacer las cosas de una manera diferente. Es algo que siento desde hace treinta años. ¡Treinta años! Se me ha ido toda la vida pensando que es demasiado tarde. Pero ver cambiar a Marvin estas últimas semanas ha sido impresionante. Usted quizá no se dé cuenta, pero el solo hecho de que hoy esté yo aquí, en la consulta de un psiquiatra, hablando de mí misma es un paso gigantesco.

Recuerdo que pensé lo afortunado que era que el cambio de Marvin impulsara también a Phyllis a cambiar. Muchas veces la terapia no funciona así. De hecho, no es raro que la terapia provoque tensiones en un matrimonio: si un paciente cambia y su cónyuge se queda estancado en el mismo lugar, el equilibrio dinámico del matrimonio puede desintegrarse. El paciente debe renunciar a crecer o crecer y poner en peligro la unión. Yo estaba muy agradecido de que Phyllis demostrara tanta flexibilidad.

Lo último que discutimos fue la sucesión de los síntomas de Marvin en el tiempo. Yo estaba convencido de que el significado simbólico de la jubilación —la ansiedad existencial subyacente en este importante periodo de la vida— era explicación suficiente para el comienzo de los síntomas. Pero Phyllis dio una explicación adicional al «¿Por qué ahora?».

—Estoy segura de que usted sabe de qué habla y que

Marvin debe de estar más afectado de lo que cree por la jubilación. Pero, si le soy sincera, a mí sí que me ha afectado lo de su jubilación, y cuando yo me inquieto por algo, Marvin se siente igual. Así funciona nuestra relación. Si yo me preocupo, aunque no diga nada, él lo siente y se preocupa también.

Phyllis dijo esto con tanta facilidad que por un momento me olvidé de la tensión a la que estaba sometida. Antes miraba a Marvin cada vez que decía algo. Yo no estaba seguro de si era para conseguir su apoyo o para asegurarse de que podría asumir lo que ella iba a decir. Pero ahora estaba absorta en sus propias palabras, y mientras hablaba mantenía el cuerpo y la cabeza inmóviles.

—¿Qué le inquieta de la jubilación de Marvin?

—Pues, para empezar, él cree que jubilarse significa viajar. No sé cuánto le ha dicho sobre lo que pienso acerca de los viajes. No me enorgullezco de ello, pero me cuesta salir de casa, y mucho más me costaría empezar a dar vueltas por el mundo. Tampoco espero con ansia que Marvin pase a ocuparse de la casa. Durante los últimos cuarenta años él ha administrado su oficina y yo la casa. Sé que la casa también es de él. Uno diría que es toda de él, ya que la compró con su dinero. Pero me molesta oírlo hablar de remodelar algunas habitaciones para que pueda exhibir sus colecciones. Por ejemplo, ahora está tratando de que alguien le haga una nueva mesa de cristal para el comedor en la que pueda exhibir sus chapas de campañas políticas. Yo no quiero comer encima de todas esas chapas. Me temo que tendremos problemas. Y... —Se interrumpió.

—¿Iba a decir algo más, Phyllis?

—Bueno, esto es difícil de decir. Me siento avergonzada. Tengo miedo de que cuando Marvin esté todo el tiempo en casa, vea lo poco que hago y empiece a perderme respeto.

Marvin la tomó de la mano. Parecía lo correcto.

De hecho, durante toda la sesión mostró una fuerte empatía. No hizo preguntas que distrajeran la atención, no soltó tópicos chistosos ni luchó por quedarse en la superficie. Le aseguró a Phyllis que viajar era importante para él, pero no tan importante como para no esperar a que ella estuviera lista para hacerlo. Le dijo explícitamente que lo más importante del mundo para él era la relación que había entre ellos, y que nunca se había sentido más cerca de ella.

Me reuní con Phyllis y Marvin como pareja durante varias sesiones. Reforcé su nuevo modo de comunicación, más abierta, y les enseñé algunos datos fundamentales sobre el funcionamiento sexual: la manera en que Phyllis podía ayudar a Marvin a mantener su erección, cómo contribuir a evitar una eyaculación precoz. A Marvin le comenté la manera de enfocar el sexo menos mecánicamente y cómo podía, si perdía la erección, llevar a Phyllis al orgasmo manual u oralmente.

Ella había vivido confinada en su casa durante años, y ahora raras veces se aventuraba a salir sola. Me parecía que era el momento propicio para romper con esa pauta. Yo creía que el significado —o al menos uno de los significados— de su agorafobia estaba obsoleto y podía ser influenciado por la paradoja. Primero, acordé con Marvin la manera en que podía ayudar a Phyllis a superar su fobia: le sugerí que le dijera, puntualmente cada dos horas —por teléfono si estaba en la oficina—, estas palabras exactas: «Phyllis, por favor, no salgas. Necesito saber que estás ahí todo el tiempo para cuidarme e impedir que me sienta asustado».

Phyllis abrió los ojos como platos. Marvin me miró incrédulo. ¿Le estaba gastando una broma? Le dije que sabía que parecía un disparate, pero lo convencí para que siguiera mis instrucciones al pie de la letra.

Los dos se rieron las primeras veces que Marvin le dijo a
Phyllis que no saliera: parecía ridículo y artificial. Hacía
meses que ella no salía. Pero pronto empezaron a sentirse
irritados. Marvin estaba irritado conmigo por hacerle pro-
meter que repetiría la misma estupidez. Phyllis, aunque sabía que Marvin estaba siguiendo mis instrucciones, se irritaba con él por ordenarle que se quedara en casa. Después
de algunos días, ella fue sola a la biblioteca, luego de compras, y a las pocas semanas se aventuró a ir más lejos de lo
que había hecho en años.

Raras veces utilizo mecanismos tan manipuladores en terapia. Por lo general, el precio es demasiado alto: uno debe
sacrificar lo genuino del encuentro terapéutico. Pero la paradoja puede resultar efectiva en aquellas situaciones en que el
fundamento terapéutico es sólido y el comportamiento prescrito explota el significado del síntoma. En este caso, la agorafobia de Phyllis no era su síntoma, sino el síntoma de los dos,
y servía para mantener el equilibrio conyugal: Phyllis estaba
eternamente presente para Marvin. Él podía salir al mundo,
garantizar la seguridad de ambos, y al mismo tiempo sentirse
seguro sabiendo que ella estaba siempre esperándolo.

Había cierta ironía en mi uso de esta intervención: un
enfoque existencial y una paradoja manipuladora suelen
ser bastante incompatibles. Sin embargo, aquí la secuencia
parecía natural. Marvin había aplicado a su relación con
Phyllis lo que había aprendido de su confrontación con el
origen profundo de su desesperación. A pesar de su abatimiento (representado en sus sueños por símbolos tales
como la incapacidad de reconstruir su casa de noche), había procedido a hacer una drástica reconstrucción de la
forma en que se relacionaba con su esposa. Tanto a Marvin
como a Phyllis les importaba ahora el que el otro creciera,
y podían colaborar de forma auténtica en el proceso de
arrancar un síntoma de raíz.

El cambio de Marvin inició una espiral de adaptación: Phyllis, liberada de su rol restrictivo, experimentó una enorme mejoría en el espacio de unas pocas semanas, una mejoría que ella continuó y consolidó en terapia individual con otro terapeuta durante el año siguiente.

Marvin y yo nos vimos solo unas pocas veces más. Contento con su progreso, según dijo, había logrado finalmente buenos dividendos de su inversión. Las migrañas —la razón por la que buscó la ayuda de la terapia— nunca volvieron. Aunque aún se producían las fluctuaciones anímicas (y seguían dependiendo del sexo), su intensidad se redujo de manera considerable. Marvin estimaba que ahora eran las mismas que había tenido durante los veinte años anteriores.

Yo también me sentía satisfecho con nuestro trabajo. Siempre hay algo más que se puede hacer, pero en líneas generales habíamos logrado más de lo que pude haber previsto en la sesión inicial. El hecho de que los sueños angustiosos de Marvin hubieran cesado también era alentador. Aunque hacía ya varias semanas que yo no recibía mensajes del soñador, no los echaba de menos. Marvin y el soñador se habían fusionado, y ahora yo les hablaba como a una sola persona.

Vi a Marvin un año después. Siempre cito a mis pacientes para una sesión de seguimiento al año de concluir la terapia, algo que los beneficia tanto a ellos como a mí. También tengo la costumbre de hacerles escuchar una grabación de nuestra sesión inicial. Marvin escuchó diez minutos de nuestra primera entrevista con gran interés, sonrió y dijo:

—¿Quién es ese imbécil?

La broma de Marvin tenía su lado serio. He oído el mismo tipo de reacción en muchos pacientes, y lo considero un indicador válido de cambio. Marvin, en efecto, estaba diciendo: «Ahora soy una persona diferente. Casi no reconozco al Marvin de hace un año. Esas cosas que solía hacer —negarme a mirar mi vida, tratar de controlar e intimidar a los demás, de impresionarlos con mi inteligencia, mis gráficos, mi minuciosidad—, todo eso ha desaparecido. Ya no lo hago».

Estos no son cambios menores: representan modificaciones básicas en la persona. Sin embargo, son de naturaleza tan sutil que generalmente eluden la mayoría de los cuestionarios de investigación de resultados.

Con su acostumbrada previsión, Marvin había traído notas tomadas durante todo un año para repasar y evaluar los puntos que habíamos tratado en la terapia. El veredicto era ambivalente: en algunas áreas los cambios se habían mantenido; en otros se había producido un retroceso. Primero, me informó de que Phyllis estaba bien: su agorafobia había mejorado mucho. Se había unido a un grupo de terapia de mujeres y estaba trabajando su temor de asistir a reuniones sociales. Quizá lo más impresionante era su decisión de afrontar su vergüenza por su falta de educación asistiendo a varios cursos de extensión universitaria.

Y en cuanto a Marvin, no tuvo más migrañas. Sus cambios de humor persistían, pero no lo incapacitaban para nada. Seguía con su impotencia periódica, pero pensaba menos en ella. Había cambiado de opinión con respecto a jubilarse y trabajaba a tiempo parcial, pero ahora se ocupaba más de bienes raíces y administración, trabajo que encontraba más interesante. Él y Phyllis seguían comunicándose bien, pero a veces se sentía perjudicado e ignorado por las nuevas actividades de ella.

¿Y mi viejo amigo, el soñador? ¿Qué había sido de él? ¿Tenía algún mensaje para mí? Aunque Marvin no tenía pesadillas ni sueños poderosos, algunos rumores nocturnos persistían. La noche anterior a nuestro encuentro tuvo un breve sueño bastante misterioso. Parecía quererle decir algo. Quizá yo lo entendería.

Mi mujer está frente a mí. Está desnuda, de pie, con las piernas separadas. Yo miro a lo lejos a través del triángulo de sus piernas. Pero todo lo que alcanzo a ver, lejos en el horizonte, es la cara de mi madre.

El mensaje final que me envía el soñador:

Mi visión está limitada por las mujeres en mi vida y por la imaginación. Aun así, puedo ver a lo lejos. Quizá eso sea suficiente.

POSFACIO

RELECTURA DE *VERDUGO DEL AMOR* A LOS OCHENTA AÑOS

Cuando acepté escribir un posfacio para *Verdugo del amor*, no tenía ni idea de la aventura emocional que me esperaba. Escribí este libro hace veinticinco años, y desde entonces no había vuelto a leerlo completo ni una sola vez. Esta mirada retrospectiva a lo escrito por un yo anterior resultó ser emocionante y conmovedora, aunque también perturbadora e incómoda. El arrebato de orgullo que experimenté al leer las primeras páginas rápidamente dio paso a una sensación de desánimo: «Este tipo escribe mucho mejor que yo».

Al principio pensé que me iba a encontrar conmigo tal como era en mis años de juventud, pero un simple cálculo hizo que advirtiese que no era tan joven cuando escribí este libro: ¡ya tenía cincuenta y tantos años! Lo cual resultaba sorprendente, ya que el autor me parecía muy joven y enérgico, y a menudo desenfrenado y temerario. Y escandalosamente desbordante, tanto como para, con frecuencia, lanzarse ariete en mano contra las defensas de un paciente. Ojalá hubiera podido yo supervisarlo y así serenarlo.

De todas formas, hay muchas cosas que me gustan de este yo más joven. Me gusta la manera en que evitaba el diagnóstico o la categorización. Actuaba como si estuviera viendo por primera vez cada conjunto particular de dolencias y de características de la personalidad, como si de verdad creyera que cada individuo es único y requiere un enfoque terapéutico único. Y me gusta su disposición para aceptar la incertidumbre y emprender la laboriosa tarea de inventar una terapia diferente para cada paciente. Padecí con él el malestar que experimentaba en cada una de las terapias. Le faltaba la confianza que proporciona una escuela de pensamiento establecida, un refugio profesional al estilo freudiano, junguiano, lacaniano, adleriano o cognitivo-conductual, un sistema que lo explicara todo. Pero me gustó que él nunca creyera conocer cosas que no podía conocer.

Y la audacia. La magnitud de sus revelaciones personales era escandalosa hace veinticinco años e irritó a la mayoría de los terapeutas de entonces. Y todavía sigue siendo escandalosa. A mí personalmente me escandaliza. ¿Cómo se atrevió a revelar tantos de mis asuntos personales? Mi alijo secreto de cartas de amor, mis hábitos compulsivos de trabajo, mis actitudes imperdonablemente desagradables y llenas de prejuicios hacia las personas obesas, aquella obsesión amorosa que me impidió estar del todo presente en unas vacaciones familiares en la playa. A pesar de semejante comportamiento, me siento, no obstante, orgulloso de la manera en que no permitía que nada alterara su tarea de forjar un verdadero encuentro terapéutico; hoy haría exactamente lo mismo. Sigo estando convencido de que la cuidadosa revelación de la intimidad de un terapeuta facilita el avance de la terapia.

Verdugo del amor significó un punto de inflexión para mí. Durante mis primeros años como profesor en la Facultad de Medicina de la Universidad de Stanford, estuve intensamente concentrado en la enseñanza y la investigación de la psicoterapia y en publicar en revistas profesionales.

Me especialicé en la terapia de grupo, y durante mi primer año sabático escribí un libro de texto sobre ese campo específico. Después de terminar ese libro, pasé a ocuparme de otro tema que había estado incubándose bajo la superficie desde hacía mucho tiempo: el papel de las preocupaciones existenciales en la vida y la angustia humanas. Después de una década de estudio e investigación escribí un libro, *Psicoterapia existencial*, no con la intención de crear una nueva especialidad, sino para hacer que todos los terapeutas tuvieran mayor conciencia de los asuntos existenciales. Cuatro temas existenciales clave —la muerte, el significado en la vida, el aislamiento y la libertad— tienen un papel crucial en la vida interior de cada ser humano y constituyen los ejes de ese volumen.

Una vez terminado ese libro, seguí desarrollando nuevas ideas sobre cómo aplicar esas preocupaciones existenciales en la terapia, pero poco a poco llegué a la conclusión de que esas ideas podían expresarse mejor en forma de relatos. No ignoraba que las ideas de algunos de los pensadores existencialistas más importantes —por ejemplo, Camus y Sartre— resultan más vívidas y persuasivas en sus relatos y novelas que en sus obras específicamente filosóficas.

Tampoco se me escapaba que la narrativa jugaba un papel esencial, aunque encubierto, en mis libros teóricos. Muchos profesores y estudiantes me han dicho que los numerosos relatos —algunos de unas pocas páginas, otros simplemente de un párrafo o dos— que yo había intercalado tanto en *Teoría y práctica de la psicoterapia de grupo* como en *Psicoterapia existencial* contribuyeron en gran medida a la eficacia de esos libros. Los estudiantes me decían que estaban más dispuestos a adentrarse en la árida teoría sabiendo que, probablemente, habría un relato interesante a la vuelta de la esquina.

Y así fue como desarrollé gradualmente la opinión de

que la mejor manera en que podía transmitir mis ideas a los estudiantes, y aumentar así una sensibilidad existencial, era a través de la narración. En 1987 me lancé a escribir un tipo diferente de libro, un libro que antepusiera el relato a la discusión teórica. En ningún caso me desviaba de mi función como profesor de psicoterapia, solo lo estaba haciendo de un modo diferente. La intención de *Verdugo del amor* era la de ser una colección de relatos didácticos dirigida (como todos mis relatos y novelas posteriores) al psicoterapeuta joven y a todos aquellos, incluidos los pacientes, interesados en la psicoterapia. El libro matriz que alimentaba las ideas en esos relatos era *Psicoterapia existencial*.

Había, además, otro componente en esta decisión. Yo siempre había querido ser un narrador de cuentos. Hasta donde puedo recordar, he sido un lector voraz, y en algún momento de mi primera adolescencia fantaseé con ser un verdadero escritor. Ese deseo debió de haber estado madurando en algún remoto lugar de mi mente mientras yo continuaba con mi carrera académica, porque cuando empecé a escribir estos diez relatos sentí que iba camino de encontrarme a mí mismo.

En mi memoria, los libros y los lugares van juntos. Siempre que releo, o incluso cuando simplemente pienso en un libro que he leído, de inmediato visualizo el lugar donde lo leí por primera vez. Releer *Verdugo del amor* me provocó un torrente de recuerdos agradables que comenzaban en 1987, cuando mi hijo menor se fue de casa para empezar la universidad, y mi esposa y yo emprendimos un viaje alrededor del mundo durante aquel año sabático. Primero nos pusimos en contacto con la cultura japonesa, cuando di clases durante dos semanas en Tokio; luego siguieron dos semanas de viaje por China, donde mi esposa, una académica feminista, dio conferencias ante estudiantes y profesores universitarios. En mi último día en China, pasé una tarde solo, paseando por las callejuelas de Shanghái, y encontré una elegante pero completamente abandonada iglesia católica. Después de asegurarme de que no hubiera nadie dentro, me metí en el confesionario y me senté en el lugar del sacerdote a meditar sobre las generaciones de sacerdotes que habrían escuchado allí todo tipo de confesiones. Envidié su capacidad de sentenciar: «Estás perdonado».

¡Qué poder terapéutico! Mientras estuve sentado en ese asiento de poder, tuve una rara experiencia como escritor. Durante una hora, me sumergí en un ensueño en el que la trama entera de «Tres cartas sin abrir» me vino a la mente. Garabateé los elementos esenciales de la historia en el único papel que tenía a mano: las páginas en blanco de mi pasaporte.

Fue en Bali donde empecé a escribir en serio. Allí nos instalamos durante dos meses en Kuta, en una exótica casa con un alto muro alrededor de un único y suntuoso jardín, sin más paredes que unas pantallas colgantes. Como no necesitaba libros de referencia para escribir, viajaba con poco peso y solo tenía la pila de notas de las sesiones de unos cincuenta pacientes. La atmósfera era exótica y como de otro mundo. Aves de iridiscentes colores se posaban despreocupadas en los árboles intricadamente retorcidos del jardín y cantaban extrañas melodías. Sentado en el jardín para leer una y otra vez todas mis notas, el perfume de flores desconocidas me embriagaba. Mientras los recuerdos de las sesiones pasaban por mi mente durante días y días, una historia, casi sin que me diera cuenta, arraigó y acumuló tanta energía que me obligó a dejar de lado todas las otras notas para dedicarme a ella en particular. Cuando empecé a escribir no tenía la menor idea de qué rumbo iba a tomar el relato ni de cuál iba a ser su forma. Me sentía casi como un espectador que observaba la manera en que se desarrollaba orgánicamente. Muchas veces había escuchado decir a otros escritores que un relato se escribe solo, pero fue entonces cuando comprendí lo que querían decir. Uno tras otro, mis cuentos se fueron escribiendo solos. Al cabo de dos meses, tenía una profunda y nueva comprensión de una vieja anécdota que me habían contado en la escuela secundaria sobre un novelista inglés del siglo XIX, William Makepeace Thackeray. La anécdota decía que un día, al salir de su estudio, su esposa le preguntó cómo le había ido con la escritura. A lo que él respondió: «¡Oh, ha sido un día terrible! Pendennis [uno de sus personajes] se ha puesto hoy a hacer locuras y no he podido detenerlo». Pronto me acostumbré a escuchar a mis personajes hablando entre sí. Los escuchaba sin interrupción, incluso después de terminar la jornada de escritura, mientras caminaba del brazo con mi esposa sobre las seductoras arenas de las interminables playas balinesas.

Pronto iba a tener otra experiencia de escritor, una de las más intensas de mi vida. En algún momento, sumergido profundamente en uno de los relatos, observé a mi mente inconstante que coqueteaba con otra historia, una que parecía estar tomando forma lentamente más allá de mi percepción inmediata. Interpreté eso como una señal que yo mismo me hacía —asombrosa incluso para mí— de que el relato que estaba escribiendo llegaba a su fin, mientras que otro estaba en camino.

Había escrito todos mis libros anteriores con lápiz y papel, con la ayuda de mi secretaria en Stanford, que los mecanografiaba. Pero estábamos en 1987, así que era hora de modernizarse y pasar a un ordenador y una impresora. Aprendí a escribir a máquina durante el vuelo intercontinental por medio de un videojuego en el que las letras iban atacando mi nave espacial y mi única defensa era apretar una letra de ataque antes de que hicieran volar mi nave. Mi ordenador era uno de los primeros modelos portátiles, todavía poco fiables, y la impresora era todavía menos fiable, y se averió al cabo de un mes en Bali. Alarmado ante la posibilidad de que mi trabajo desapareciera sin dejar rastro en las entrañas del ordenador, busqué ayuda. Resultó que, en Denpasar, la ciudad más importante de Bali, había una sola impresora y estaba en una escuela de informática. Allí, después de mendigar o sobornar (no lo recuerdo bien), obtuve una valiosa copia impresa de mi trabajo hasta entonces.

La inspiración llegó rápidamente en Bali. No tenía ninguna distracción (en esos apacibles tiempos anteriores al correo electrónico) y nunca he escrito mejor ni más rápidamente. Mientras estuve allí, escribí la historia que da título a la colección, «El verdugo del amor», así como «En busca del soñador» y «Si la violación fuera legal...»; además, transcribí las notas que había escrito en mi pasaporte en el confesionario para «Tres cartas sin abrir». Escribí «Dos sonrisas» y «No vayas mansamente» en Hawái, y el resto de los relatos en París, la mayoría de ellos en un café no lejos del Panteón.

Mi plan inicial era añadir al final de cada narración algunos párrafos sobre los puntos teóricos que este ilustraba. Pronto me di cuenta de que este plan era un poco rígido, por lo que cambié de idea y puse todo el material teórico en un epílogo de cincuenta páginas en el que explicaba en profundidad de qué trataba realmente mi libro. Poco después de haber enviado el original a mi editor, Phoebe Hoss, una editora del infierno (pero también del cielo), se puso en contacto conmigo. Con ella iba a sostener una larga y feroz lucha. Ella estaba completamente convencida de que no era necesaria ninguna explicación teórica, y que debía dejar que mis relatos hablaran por sí mismos. Discutimos durante meses. Presenté una versión tras otra, y cada una me fue devuelta considerablemente acortada hasta que, después de varios meses, había reducido mi prólogo de cincuenta páginas a unas diez. Al releer el libro, me vuelvo a dar cuenta una vez más de que ella tenía razón. Absolutamente.

Aunque me siento orgulloso de este libro, me lamento por uno de los relatos: «Mujer obesa». Algunas mujeres obesas me han enviado correos electrónicos diciendo que mis palabras las ofendieron profundamente, y es muy probable que hoy yo no sería tan insensible. No obstante, aunque me he puesto en el banquillo de los acusados varias veces y me he encontrado culpable, permítanme que aproveche esta oportunidad para explicarme. En ese relato yo soy el personaje principal, no el paciente. Es una historia sobre la contratransferencia, es decir, los sentimientos irracionales y a menudo vergonzosos que un terapeuta experimenta hacia un paciente y que constituyen un obstáculo temible en la terapia. Mis sentimientos negativos hacia las personas obesas me impidieron alcanzar el compromiso profundo que yo creo que es necesario para una terapia eficaz. Mientras luchaba interiormente contra esos sentimientos, no esperaba que mi paciente los percibiera. De todas maneras, ella había detectado mis sentimientos con exactitud, como lo cuenta al final del relato. La historia retrata mi lucha por superar esos sentimientos rebeldes para relacionarme con el paciente a un nivel humano. Por mucho que deplore esos sentimientos, puedo sentirme orgulloso del desenlace expresado en las palabras finales del relato: «Cuando nos abrazamos, me sorprendí al ver que mis brazos podían envolverla por completo».

Termino esta retrospectiva con un comentario que mi yo más joven habría encontrado sorprendente: que la mirada de los ochenta años es mejor de lo esperado. Es cierto, no puedo negar que la vida en los años finales no es más que una maldita pérdida tras otra, pero aun así he encontrado mucha más tranquilidad y felicidad en mis séptima, octava y novena décadas de lo que jamás hubiera imaginado que fuera posible. Y hay un premio adicional al envejecer: ¡leer el propio trabajo puede ser muy estimulante! He descubierto que la pérdida de memoria de la que nadie se libra tiene algunas ventajas. Al recorrer las páginas de «Tres cartas sin abrir», «El verdugo del amor» y «Nunca pensé que me pasaría a mí», entre otras historias, sentí el agradable ardor de la curiosidad. ¡Había olvidado cómo terminaban!